KB143594

가
오
고
락

이 책은 2021년도 정부(교육부)의 재원으로 한국고전번역원의 지원을 받아
수행된 '권역별거점연구소협동번역사업'의 결과물임.

This work was supported by Institute for the Translation of Korean Classics - Grant funded by
the Korean Government.

한국고전번역원 한국문집번역총서 / 성균관대학교 대동문화연구원

가오고략 4
嘉梧藁略

이유원 지음 이상아 옮김
李裕元

일러두기

1. 이 책의 번역 대본은 한국고전번역원에서 간행한 한국문집총간 315집 소재 《가오고
   략(嘉梧藁略)》으로 하였다. 번역 대본의 원문 텍스트와 원문 이미지는 한국고전종
   합DB(http://db.itkc.or.kr)에서 확인할 수 있다.
2. 내용이 간단한 역주는 간주(間註)로, 긴 역주는 각주(脚註)로 처리하였다.
3. 한자는 필요한 경우 이해를 돕기 위하여 넣었으며, 운문(韻文)은 원문을 병기하였다.
4. 맞춤법과 띄어쓰기는 한글 맞춤법과 표준어 규정을 따랐다.
5. 이 책에서 사용한 부호는 다음과 같다.
   ( ) : 번역문과 음이 같은 한자를 묶는다.
   〔 〕 : 번역문과 뜻은 같으나 음이 다른 한자를 묶는다.
   " " : 대화 등의 인용문을 묶는다.
   ' ' : " " 안의 재인용 또는 강조 문구를 묶는다.
   「 」 : ' ' 안의 재인용을 묶는다.
   《 》 : 책명 및 각주의 전거(典據)를 묶는다.
   〈 〉 : 책의 편명 및 운문·산문의 제목을 묶는다.

일러두기 •

가오고략 제6권

소차 疏箚

가오고략 제7권

소차 疏箚

가오고략

제6권

소차
疏箚

소차疏箚

규례에 따라 검열을 사직하는 소[1]
檢閱援例疏

삼가 아룁니다. 신은 노둔하고 어리석은 자질로 어느 하나 잘하는 것이 없는데도 처음 출사한 지 얼마 되지 않아서 외람되이 한림소시(翰林召試)에 선발되어 얼마 전 신을 검열에 임명하신다는 명을 받았습니다. 명패(命牌)로 부르시는 명이 잇달아 내려오니 신은 참으로 감

---

1 규례에⋯⋯소 : 저자가 28세 때인 1841년(헌종7) 12월 10일 올린 소로, 저자는 4일 전인 12월 6일 단독 후보자로 정9품 예문관 검열(檢閱)에 임명되었다. 저자는 동년 윤3월 13일 문과 정시(庭試)에 합격한 후 승정원의 임시 관직인 사변가주서(事變假注書)에 임명되었으며, 동년 11월 17일 한림소시(翰林召試) 3인 중 한 사람으로 뽑혔는데, 당시 저자의 처삼촌인 우의정 정원용(鄭元容)이 감춘추관사(監春秋館事)를 겸하고 있었기 때문에 이를 상피(相避)하여 사직소를 올린 것이다. 규례에 따르면 검열은 영의정이 겸임하는 춘추관의 영춘추관사(領春秋館事)나 좌의정·우의정이 겸임하는 감춘추관사와 친척 관계일 경우 상피해야 했다. 《육전조례》에 "영사·감사와 상피해야 할 친척의 혐의가 있으면 검열의 소를 받아 체차하고, 영사·감사가 체차되거나 해면되면 도로 검열을 돌려준다.〔與領監事親避, 則檢閱疏遞, 而領監事遞解, 則還付.〕"라는 규정이 보인다. '한림소시'는 예문관 검열 후보자를 대상으로 시(詩)·부(賦)·논(論)·책(策) 등을 시험하여 합격한 자를 임용하는 일종의 특별 시험이다. 《承政院日記 憲宗7年 11月 17日, 12月 6日·10日》《國朝榜目》《六典條例 禮典 藝文館 官制》

격하고 황공하여 힘껏 달려가 숙배하고 조금이나마 사은의 정성을 폈으며 뒤이어 숙직에 나아간 것이 또한 이미 여러 날 되었습니다.

가까이서 용안을 뵙고 역사를 기록하는 대열에서 주선하는 것은 실로 신의 지극한 광영이요 큰 바람입니다. 다만 신의 처삼촌 우의정 정원용(鄭元容)이 감춘추관사(監春秋館事)를 겸하고 있으니, 신의 관직을 체차해야 하는 것으로 말씀드리면 법의 규정이 곧 그러하고, 사사로운 분수에 피해야 하는 것으로 말씀드리면 잠시 이 직임을 띠는 것도 오히려 두렵습니다. 그러나 얼마 전 재계하는 날을 만나² 이제야 비로소 아뢰오니, 삼가 바라건대 밝으신 성상께서는 신이 띠고 있는 직명(職名)을 속히 개차하시어 공직의 격식을 보존하신다면 이보다 더 큰 다행이 없을 것입니다.

---

2 얼마……만나 : 1841년(헌종7) 12월 9일 인조의 비인 인열왕후(仁烈王后, 1594~1635. 12. 9.)의 국기(國忌)에 대한 재계일을 가리키는 것으로 추정된다. 《승정원일기》동년 12월 8일 무자일 기사에, 도총부(都摠府)에서 자일(子日)·오일(午日)·묘일(卯日)·유일(酉日)의 중일(中日) 중 하나에 해당하는 당일, 활쏘기 시합을 해야 하는데 국기 재계일과 겹쳐 설행할 수 없었다는 내용이 보인다. 《承政院日記 憲宗 7年 12月 8日》

규장각 대교를 사직하는 소[3]

辭奎章閣待敎疏

삼가 아룁니다. 신이 이달 13일 삼가 교지를 받아보니 신을 규장각 대교로 삼는다는 것이었습니다. 신은 참으로 놀라고 두려워 어떻게 이런 명이 내린 것인지 알 수 없었습니다. 신은 본래 어리석고 견문이 적어 어느 하나 거론할 만한 것이 없건만 요행으로 한 번 급제하여 단지 옛사람이 불행한 일이라고 했던 경계[4]를 범하게 되었기에 신의 재주를 헤아려 분수를 지켜서 감히 영달은 생각하지도 않았습니다. 유례없이 큰 은혜는 조상의 음덕에 힘입은 것이었습니다. 출사한 지 얼마 되지 않아 갑자기 한림에 선발되고, 한림에 선발된 지 얼마 되지 않아 또 규장각의 직함을 차지하여, 아침에 임명되었는데 저녁에 승진하여 청요직에까지 이르렀으니, 세상의 영화 중 이에 비견될

---

3 규장각……소 : 저자가 29세 때인 1842년(헌종8) 3월 13일 규장각 대교(待敎)에 임명되자 동월 17일 이를 사직하는 소이다. 저자의 외숙 박기수(朴綺壽)가 동년 3월 1일 종2품 규장각 제학(提學)에 임명되었기 때문에 이를 상피(相避)하여 사직소를 올린 것이다. 이에 대해 헌종은 규장각의 관직을 상피하지 않는 것은 본래 선왕의 비답에도 있으니 사직하지 말고 직임을 살피라는 비답을 내렸다. 이와 관련하여 《순조실록》 4년(1804) 2월 17일 기사에 김매순(金邁淳)의 종6품 규장각 직각(直閣) 상피 사직소에 대해 "규장각의 관직은 본래 상피가 없다.[閣職本無相避.]"라는 순조의 비답이 보인다. 《承政院日記 憲宗 8年 3月 1日, 13日, 17日》《純祖實錄 4年 2月 17日》

4 옛사람이……경계 : 북송의 유학자 정이(程頤)가 말한 세 가지 불행 중 '젊은 나이에 장원급제하는 것[年少登高科]'을 이른다. 정이가 말한 다른 두 가지 불행은 '부형의 권세에 힘입어 좋은 벼슬을 하는 것[席父兄之勢爲美官]'과 '뛰어난 재주가 있어 문장을 잘하는 것[有高才能文章]'이다. 《小學 卷6 嘉言》

것이 거의 없습니다. 옛사람 중에 재주가 뛰어나고 학식이 많은 선비에게 이를 감당하라 해도 오히려 놀라서 어찌할 바를 모르고 머뭇거리며 뒤를 돌아볼 것입니다. 하물며 신처럼 참으로 보잘것없고 참으로 비슷하지도 않은 사람이야 말해 무엇 하겠습니까.

신이 일찍이 들으니, 이 규장각은 보문각(寶文閣)과 용도각(龍圖閣)의 제도를 본뜬 것이고, 그 직임은 천록각(天祿閣)과 석거각(石渠閣)처럼 서적 보관을 관장한다고 하였습니다.[5] 역대 군왕의 말씀과 계책을 모시자 은하수가 밝게 돌았고, 역대 군왕의 그림과 글씨를 보관하자 문운(文運)을 주관하는 규수(奎宿)와 벽수(壁宿)가 찬란히 빛나게 되었습니다. 관직을 설치하고 관계(官階)를 구분하여 뛰어난 인재들을 신중히 선발하였으니,[6] 참으로 성상의 교화를 도울 수 있는 재주를

---

5 이……하였습니다 : '보문각(寶文閣)'과 '용도각(龍圖閣)'은 각각 송(宋)나라 인종과 태종의 어제(御製)를 보관하던 전각으로, 학사(學士)·대제(待制)·직각(直閣) 등의 관원을 두었다. '천록각(天祿閣)'과 '석거각(石渠閣)'은 한(漢)나라 때 미앙궁(未央宮) 북쪽에 두었던 왕실 도서관이다. 조선 시대의 규장각은 1463년(세조9) 양성지(梁誠之)의 건의로 처음 도입이 논의되었으며, 1694년(숙종20) 종정시(宗正寺) 안에 소각(小閣)을 두어 역대 군왕의 어제·어서를 보관하였다가 곧 폐지되었다. 정조 때 규장각제도를 재정비하여 1776년(정조 즉위년) 3월 11일 창덕궁 금원(禁苑) 북쪽에 상루하헌(上樓下軒)의 제도로 세워 정조의 어진(御眞)·어제(御製)·어필(御筆)·보책(寶冊)·인장(印章) 등을 보관하고, 역대 군왕의 어제 등은 별도로 그 서남쪽에 봉모당(奉謨堂)을 세워 보관하였다. 뒤에 규모가 커져 각종 서적의 수집과 보관·출판까지 기능이 확대되자 내각과 외각으로 분리하여 출판을 담당했던 교서관(校書館)을 외각으로 삼아 서적을 편찬하고, 정조의 개혁정치를 달성하기 위한 핵심 정책 연구기관으로 발전하였다. '규장각'이라는 현판은 숙종의 어필이며, '주합루(宙合樓)'라는 현판은 정조의 어필이다. 《奎章閣志 卷1 建置 內閣, 外閣》《正祖實錄 卽位年 9月 25日》
6 관직을……선발하였으니 : 규장각은 소속 관원으로 제학(提學, 종1품~종2품) 2인,

지니지 않고 성상의 자문에 대비할 수 있는 학식을 지닌 자가 아니라면 이 자리에 있어서는 안 됩니다. 관직의 제도는 직위가 낮을수록 준엄하여 참외관인 남상(南床)의 관원은 특히 빙조(氷條)라고 부르며[7] 이름이 적힌 기록을 보면 그 수가 가장 적으니, 이는 실로 문단의 영재를 뽑는 최고의 선발이며 예림(藝林)의 지극한 광영입니다. 앞뒤로 이 대교를 역임했던 많은 이들은 모두 당대에 분명히 드러난 바가 있는 사람들입니다. 지금 신과 같은 사람이 그 자취를 잇는다면 이 어찌 속된 음악이 옛 성군들의 음악 반열에 뒤섞여 들어가고 투박한 질그릇이 종묘의 보기(寶器) 사이에 뒤섞여 들어가는 것과 다르겠습니까.

신의 거취는 스스로 이미 충분히 헤아렸기에, 아패(牙牌)[8]를 공경히

직제학(直提學, 종2품~당상 정3품) 2인, 직각(直閣, 낭하 정3품~종6품) 1인, 대교(待敎, 정7품~정9품) 1인을 두었다. 규장각 제학은 대제학 및 홍문관 제학과 예문관 제학의 후보 명단에 올랐던 사람으로 임명하며, 규장각 부제학은 홍문관 부제학의 후보 명단에 올랐던 사람으로 임명하며, 규장각 직각은 일찍이 홍문관의 관원을 역임한 사람으로 임명하며, 규장각 대교는 한림 권점(圈點)을 통해 정7품 세자시강원 설서(說書)의 후보 명단에 올랐던 사람으로 3명의 후보자를 추천받아 한 사람을 선발한다. 또한 직각과 대교는 종5품 세손강서원 권독(勸讀)과 정4품 성균관 사업(司業)의 예(例)에 따라 실직이 있을 경우 겸임하고, 실직이 없으면 실직으로 임명하였다. 《奎章閣志 卷1 建置 差除》

7 참외관인……부르며 : '남상(南床)'은 홍문관(弘文館)에서 관원이 자리를 잡고 앉을 때 남쪽에 자리하는 7품 이하의 관원으로, 정7품 박사(博士) 1인, 정8품 저작(著作) 1인, 정9품 정자(正字) 2인의 실무 관원을 이른다. 여기에서는 규장각 대교를 가리킨다. '빙조(氷條)'는 청요직(淸要職)이라는 뜻으로, 북송(北宋) 때의 대신 진팽년(陳彭年)이 겸한 관직이 모두 문한(文翰)의 청요직이었으므로 사람들이 그 관함을 일조빙(一條氷)이라고 말한 것에서 유래하였다. 《日省錄 正祖 7年 2月 15日》

8 아패(牙牌) : 규장각의 관원을 부를 때 사용했던 상아로 만든 패이다.

받은 뒤 신발 신기를 기다리지 않고 급히 달려가는 의리[9]를 얼추 폈으나 이내 숙직에 나아가서는 담장을 따라 빠른 걸음으로 걷는 두려운 마음[10]이 갈수록 절실해졌습니다. 적합하지 않다는 비난은 그래도 신의 몸에 속한 것이지만 누를 끼친다는 죄목은 어찌 두려워하지 않을 수 있겠습니까. 격례를 따라 잠시 응하기는 하였으나 이로 인해 그대로 눌러앉아서는 안 되는 것이 분명합니다.

그리고 본각(本閣) 제학(提學) 신 박기수(朴綺壽)는 바로 신의 외숙입니다. 숙부와 조카가 나란히 현직을 차지하는 것은 규장각이 설치된 이래 처음 있는 일이니 사사로운 분수로 헤아려보아도 매우 마음이 편안치 못합니다. 이것이 또 신이 반드시 체직되어야 하는 이유이기에 더욱 편안히 그대로 차지하고 있을 수 없었습니다. 이에 감히 실상을 소략하게 드러내어 성상을 번거롭게 하오니, 삼가 바라건대 자애로운 성상께서는 관직을 임명하는 것은 신중해야 한다는 것을 생각하시고 신의 사사로운 의리에는 벼슬을 차지하기 어렵다는 것을 살피셔서 새

---

9 신발……의리 : 군주의 부름에 급히 달려가는 의리를 말한다. 《예기》〈옥조(玉藻)〉에 "무릇 군주가 부를 때……관청에 있을 때는 신발 신기를 기다리지 않고 가고, 밖에 있을 때는 수레를 끄는 말에 멍에 메기를 기다리지 않고 간다.〔凡君召……在官不俟屨, 在外不俟車.〕"라는 내용이 보인다.

10 담장을……마음 : 벼슬이 높을수록 더욱 삼가고 두려워하는 마음을 말한다. 춘추시대 공자의 조상 정고보(正考父)가 벼슬이 높아질수록 행동을 더욱 삼가서 "일명을 받아 대부가 되어서는 고개를 숙이고, 재명을 받아 하경이 되어서는 허리를 굽히고, 삼명을 받아 상경이 되어서는 몸을 굽히고서, 길을 갈 때도 도로 중앙을 피해 갓길로 담장을 따라 빠른 걸음으로 지나가니 감히 나를 업신여기는 사람이 없었다.〔一命而傴, 再命而僂, 三命而俯, 循牆而走, 亦莫余敢侮.〕"라는 구절을 정(鼎)에 새겨 스스로 경계한 고사를 원용한 것이다. 《春秋左氏傳 昭公 7年》

로 제수하신 신의 관직을 속히 체직하신다면 공사(公私) 간에 매우
다행일 것입니다.

별겸춘추가 아랫사람을 단속하는 것에 대한 소[11]

別兼春秋檢下疏

삼가 아룁니다. 상번(上番) 검열(檢閱) 신 조귀식(趙龜植)이 어제 부모님의 병환을 이유로 소를 올리고 곧장 나갔는데,[12] 춘추관의 규정으로 헤아려보면 곧바로 아랫사람을 단속해야 했으나, 신이 마침 규장각에서 숙직하고 있었기에 제멋대로 나갈 길이 없어 규례에 따라 호소할 수 없었습니다. 지금은 규장각 숙직이 이미 바뀌었으니 그대로 눌러앉아 대신 행하는 것이 옛 규례와 어긋나기에 이에 감히 짧은 글을 올려 소략하게 진달하고 곧장 궁궐 문을 나갑니다. 삼가 바라건대 자애로운 성상께서는 굽어살피시어 속히 신의 별겸 직함을 체차하여 공직의 격식을 보존하신다면 매우 다행일 것입니다.

---

11 별겸춘추(別兼春秋)가……소 : 저자가 31세 때인 1844년(헌종10) 1월 17일 규장각 검교대교(檢校待教)로 있으면서 춘추관 별겸춘추를 겸할 때 올린 것이다. 동부승지 남성교(南性敎)의 계(啓)에 따르면 저자는 춘추관의 규정에 따라 이날 소를 올리고 곧바로 궁궐 문을 나갔다. 홍문관과 예문관의 관원은 모두 춘추관의 직함을 겸하는데, 별겸춘추는 일찍이 한림을 거친 사람 중에 품계가 오른 자를 임명한다. 저자는 일찍이 정4품 홍문관 응교(應敎)와 종5품 홍문관 부교리(副校理)를 지냈다. 《承政院日記 憲宗 10年 1月 17日》《弘齋全書 卷170 日得錄10 政事5》

12 상번(上番)……나갔는데 : 조귀식은 1843년(헌종9) 12월 23일 정9품 예문관 검열(檢閱)에 임명되었는데, 도승지 이경재(李景在)의 계(啓)에 근거하면 조귀식이 부모님의 병환을 이유로 무단으로 나간 것은 1844년 1월 16일의 일이다. 이에 대해 해명하는 조귀식의 소가 《승정원일기》 같은 날짜 기록에 실려 있다. 《承政院日記 憲宗 9年 12月 23日, 10年 1月 16日》

집의로서 차자를 올린 대간들을 성토하는 소[13]

以執義聲討陳箚諸臺疏

삼가 아룁니다. 신이 방금 양사(兩司 사헌부와 사간원)에서 연명으로 올린 차자의 내용을 삼가 보니 놀랍고 한탄할 만한 내용이 있었습니다. 우리 전하께서 일전에 하교하신 것은 바로 내의원(內醫院)의 문후를 고례(古例)에 의거해 바로잡으라는 하교일 뿐이었습니다.[14] 만약 진

---

13 집의(執義)로서……소 : 저자가 33세 때인 1846년(헌종12) 10월 27일 정3품 사헌부 집의로서 상소하여 전 대사간 김필(金鏎) 등을 나국(拿鞫)하여 해당 형률을 시행할 것을 청하는 내용의 소이다. 헌종은 이에 대해 윤허하지 않는다는 비답을 내렸다. 자세한 비답의 내용은 동년 10월 26일 승정원에서 올린 연명 상소에 대한 비답에 보인다. 이에 앞서 동월 25일 김필 등 양사(兩司)의 관원들은 연명으로 차자를 올려, 동월 23일 시·원임(時原任) 대신들이 연명으로 차자를 올려 '약원 일차(藥院日次)와 연석 등대(筵席登對) 때 중궁전에 대한 문후를 고례(古例)에 따라 바로잡으라는 하교를 거둘 것'을 청한 것에 대해 윤허하지 않은 것을 비판하며 속히 이전의 하교를 거둘 것을 청하였다. 25일 당일, 헌종은 대사간 김필을 해임하고 대사헌과 대사간을 다른 사람으로 임명하였다. 《내각일력》에는 동일한 내용이 동월 26일 기사에 보이는데, 규장각의 벼슬인 검교대교(檢校待敎) 이유원이 본직의 신분으로 올린 소라 하여 헌종의 비답과 함께 실려 있으며, 《소차집요(疏箚輯要)》(규장각. 필사본. 古4253.5-5-v.1-14)에는 비슷한 내용이 행 도승지 이정신(李鼎臣)을 비롯한 좌·우승지, 좌·우부승지, 동부승지가 연명으로 올린 차자로 실려 있다. 《憲宗實錄 12年 10月 23日, 25日, 26日, 27日》《日省錄 憲宗 12年 10月 27日》《內閣日曆 憲宗 12年 10月 26日》

14 우리……뿐이었습니다 : 헌종은 1846년(헌종12) 10월 22일 사알(司謁)을 통해 구전(口傳) 하교를 내려 "중궁전에 대한 문후 의식을 고례에 의거해 바로잡아서 들이도록 하라.〔中宮殿問候, 依古例釐正以入.〕"라고 하였는데, 이에 대해 갑론을박이 계속되자 동년 10월 26일 승정원의 연명 상소에 대해 비답을 내려 "당초 승정원에 구전 하교를 내린 것은 내의원의 계사가 잘못된 것을 바로잡아 열조에서 이미 행한 사례를 따르게

언하고자 한다면 그 의절을 갑자기 논의하는 것은 어렵다고 말했어
도 좋았을 것입니다. 아! 그런데 저 대간들은 문후와 문안에 차이가
있고[15] 고례와 근례(近例)가 같지 않다는 것을 알지 못하고,[16] 처음에
는 "체후가 어떠한지를 살피지 않는다.[不察如何.]"라고 하더니, 또
"정리가 있는 곳이다.[情理所在.]"라고 하였습니다.[17] 그 사용한 어구
가 전혀 분명하지 않아 매우 의심스러우니, 그 범한 것을 논한다면
단지 무례하다는 것으로만 말할 수는 없습니다. 심지어 "신하가 감히
들을 수 없는 두 글자 하교를 받들었다.[承臣子所不敢承聞之二字下
敎.]"라고까지 하였으니,[18] 참으로 인륜이 있다면 어느 누가 간담이

한 것에 지나지 않는다.[當初口敎於政院者, 不過釐正其藥房啓辭之謬, 而遵列朝已行之
例也.]"라고 설명하였다. 《內閣日曆 憲宗 12年 10月 22日》《憲宗實錄 12年 10月 26日》

15 문후와……있고 : '문안'은 백관이 왕과 왕실 구성원에게, 또는 왕과 왕실 구성원
중 아랫사람이 윗사람에게 안부를 묻는 것이다. 정월 초하루, 동지, 섣달그믐, 각 전
(殿)의 탄신일에 행하는 정기적인 문안, 그리고 애사(哀事), 경사(慶事), 수고로이
거둥할 때 행하는 비정기적인 문안이 있다. '문후'는 저자의 이 소에 따르면 내의원에서
계사(啓辭)를 올려 5일마다 정기적으로 안부를 묻는 의식을 말한 듯하다. 《銀臺條例
禮攷 問安》《六典條例 禮典 內醫院 問安》

16 고례와……못하고 : 헌종의 비답에 따르면 중궁전에 대한 내의원의 문후는 1821년
(순조21) 신사년 3월 이후에 처음으로 시행하였기 때문에 구례(舊例)라고 할 수 없다.
《憲宗實錄 12年 10月 26日》

17 처음에는……하였습니다 : 양사(兩司)의 대신들이 차자에서 "신하가 임금을 섬기
는 것은 아들이 어버이를 섬기는 것과 같은 점이 있습니다. 가령 아들이 아버지에게
아침 문후를 올리면서 어머니의 체후가 어떠한지를 살피지 않는다면, 이것을 정리라
할 수 있겠습니까. 정리가 있는 곳에서 바로 예절이 생겨나는 것입니다.[人臣之於君父,
有如人子之事親. 假如人子之晨省問候於其父也, 不察其母候之如何, 則是可曰情理乎?
情理之所在, 卽禮節之所由生也.]"라고 한 것을 말한다. 《憲宗實錄 12年 10月 25日》

18 심지어……하였으니 : '두 글자 하교'는 자세하지 않다. 남아 있는 대간의 차자 기

떨리고 머리털이 쭈뼛하며 속으로 두렵지 않겠습니까. 양사의 대간들에 대한 성토는 실로 공분(共憤)하는 의리에서 나온 것이니, 신은 생각하기에 일전에 차자를 올린 양사의 대간들을 모두 의금부로 하여금 나국(拿鞫)하여 실정을 알아내게 한 뒤 해당 형률을 시행하는 것을 단연코 그만두어서는 안 됩니다.

록에는 이 구절이 보이지 않는다.

겨울에 천둥 치는 이변이 발생한 뒤 성상의 구언(求言)에 응하는 소[19]

冬雷後應旨疏

삼가 아룁니다. 순음(純陰)의 달, 폐장(閉藏)의 때[20]에 이러한 천둥 치는 이변이 있으니, 이것이 어찌 하늘이 인애(仁愛)한 마음으로 우리 전하를 돌아보아 간곡하게 경계해주는 것과 같은 징조를 보인 것이 아니겠습니까. 이번에 자신을 책망하는 하교를 크게 펴시어 구언(求言)의 뜻을 매우 간절히 하신 것을 삼가 보았는데, 윤음이 매우 곡진하여 글자마다 정성스럽고 간곡하였습니다. 신은 삼가 교서를 읽은 뒤에 마음속으로 우러러 흠앙과 찬탄을 금할 수 없었습니다.

  삼가 생각건대 밝은 성상께서 위에 계시어 능히 천심(天心)에 합당하고 교화가 한창 융성하여 화기(和氣)를 맞이할 수 있었습니다. 그런

---

19 겨울에……소 : 저자가 33세 때인 1846년(헌종12) 10월 28일, 헌종이 모든 조정 신하들에게 명하여 겨울에 천둥과 번개가 그 어느 해보다 빈번하니 3일 동안 감선(減膳)하겠다며 재변을 그치게 할 방책을 진달하라고 하자, 같은 날 헌종의 구언(求言)에 응하여 저자가 사헌부 집의(執義)의 신분으로 올린 소이다. 헌종은 이에 대해 "진달한 내용을 유념하겠다. 징토하는 일에 대해서는 이미 다른 여러 비답에 유시하였다.〔所陳當體念矣. 懲討事已諭於諸批矣.〕"라는 비답을 내려 전 대사간 김필(金鏶) 등의 징토 건에 대해서는 윤허하지 않는 뜻을 표명하였다.《憲宗實錄 12年 10月 28日》《內閣日曆 憲宗 12年 10月 28日》

20 순음(純陰)의……때 : '순음의 달'은《주역》의 괘를 12월에 대응시켰을 때 음력 10월은 6효가 모두 음(陰)인 곤괘(坤卦 ䷁)에 해당한다는 말이다. '폐장(閉藏)의 때'는 만물이 닫히고 감추어지는 겨울 석 달을 가리킨다.

데 어찌하여 금년 이래 우레와 지진[21]이 빈번하더니 마침내 양(陽)이 다 숨은 달에는 또 우르릉 쾅쾅 천둥 치는 이변까지 있게 되었단 말입니까. 신이 비록 어떤 일은 어떤 일의 응험이라고[22] 감히 견강부회하여 말씀드리지 못하지만, 다만 지금 향락과 안일이 풍조를 이루어 온갖 법도가 무너지고 사치와 낭비가 점점 자라나 재용(財用)이 고갈되어, 기강이 날로 무너져 정령(政令)이 진작되지 못한 것에 대한 탄식이 있고 탐오(貪汚)가 횡행하여 민생이 도탄에 빠진 것에 대한 근심이 있으니, 이는 족히 하늘의 화기(和氣)를 범하여 재앙을 초래할 수 있습니다.

돌아보건대 오늘날 몸을 닦고 성찰하는 방도와 재변을 그치게 하는 방책은 또한 오직 성상의 한마음에 달려 있을 뿐이며, 이 한마음을 다스리는 요체는 반드시 강학에서 힘을 얻어야 할 것이니, 이는 하루도 중단해서는 안 되는 것입니다. 가만히 보건대 근래에 하루에 신하를 세 차례 접견하는 것[23]이 오랫동안 중지되었으니, 하루만 햇볕을 쬐고

---

21 우레와 지진 : 원문은 '뇌진(雷震)'인데, 《내각일력》 동일자 기사에는 '뇌전(雷電)'으로 되어 있다. 《헌종실록》 동일자 헌종의 교서에도 '뇌전(雷電)'으로 되어 있는 것에 근거하면 '진(震)'은 '전(電)'의 오류로 추정된다. 《內閣日曆 憲宗 12年 10月 28日》《憲宗實錄 12年 10月 28日》

22 어떤 일은……응험이라고 : 한 무제(漢武帝) 때 동중서(董仲舒)가 현량대책(賢良對策)에 올린 천인감응(天人感應)의 설에서 유래한 것으로, 하늘이 인간의 행위에 간여하여 재앙이나 상서(祥瑞)를 미리 보여주며, 인간의 행위 역시 능히 하늘을 감응시킬 수 있다는 설이다.

23 하루에……것 : 신하를 깊이 총애하고 예우하는 것을 말한다. 《주역》〈진괘(晉卦)〉에 "나아가 성한 때에는 나라를 편안히 하는 제후에게 말을 하사하기를 많이 하고 하루에 세 차례 접견한다.〔晉, 康侯用錫馬蕃庶, 晝日三接.〕"라는 내용이 보인다.

열흘을 춥게 하는 것은 아닌가 하는 근심[24]이 매우 절박합니다. 면려하실 것을 진달하는 연신(筵臣) 중에 이것을 급선무로 하지 않는 사람이 없으니, 비록 유념하겠다는 우악(優渥)한 비답을 받았어도 채택하여 받아들이신 실질적인 효과를 보지 못하였습니다. 오늘날 신하들은 모두 답답한 심정으로 날마다 성상께서 마음을 열고 받아들여주시기를 갈망하며 성상께서 학문에 정진하시는지의 여부로 오늘날 치란의 기미를 삼지 않는 사람이 없습니다.

이제 전하께서 두려워하는 마음으로 경계하고 성찰하여 날마다 강연(講筵)에 납시어 부지런히 힘써 쉼 없이 노력하신다면 인정(人情)이 기뻐하는 것을 천심(天心) 역시 기뻐할 것이니, 하늘에 응하여 재앙을 없애는 실제적인 조치가 어찌 이보다 앞서는 것이 있겠습니까. 앞에서 진달한 현재의 문제점과 백성의 근심은 윗물이 맑으면 아랫물도 맑아지는 효과를 저절로 보게 될 것입니다. 어리석은 신은 감히 이 말씀을 올리오니, 삼가 바라건대 전하께서는 힘쓰고 힘쓰소서.

그리고 현재 징토(懲討)하는 일[25]로 말씀드리면, 이것은 막을 수 없는 여론입니다. 그 말이 임금을 능멸한 죄는 왕법에 용서할 수 없는

---

24 하루만……근심 : 학문을 하루만 진력하고 열흘을 폐지하면 성취할 수 없다는 말이다. 《맹자》〈고자 상(告子上)〉에 "비록 천하에 쉽게 자라는 물건이 있다 하더라도 하루 동안 햇볕을 쪼여주고 열흘 동안 춥게 한다면 제대로 자랄 수 있는 것이 없다.〔雖有天下易生之物也, 一日暴之, 十日寒之, 未有能生者也.〕"라는 내용이 보인다.

25 현재 징토(懲討)하는 일 : 삼사(三司)의 관원을 비롯하여 시 · 원임 대신들이 모두 전 대사간 김필(金鏹) 등을 처벌하라고 청한 것을 말한다. 23쪽 주13 참조. 헌종은 결국 하루 뒤인 10월 29일 명을 내려 김필은 전라도 강진현(康津縣) 고금도(古今島)에 위리안치(圍籬安置)하고 나머지 사람들에게는 도배(島配)의 법을 시행하도록 하였다. 《憲宗實錄 12年 10月 29日》

것인데 하루 이틀 넘기고 지금까지도 윤허를 아끼시니, 무엇으로 신명과 사람의 분노를 누그러뜨려 오늘날 재변을 그치게 하는 방도를 삼겠습니까. 삼가 바라건대 과감히 결단하시어 속히 윤허를 내려주소서.

죄인에게 정상을 참작하여 처분한다는 명을 받은 뒤 이의가 있어 올리는 소[26]

罪人酌處後覆難疏

삼가 아룁니다. 신은 어제 전석(前席)에서 여러 죄수에게 죄의 경중을 헤아려 처분한다는 명을 삼가 받들었습니다. 신은 외람되이 여러 대각의 신하 뒤를 따라 이미 내리신 처분을 거두고 다시 중한 쪽으로 처분해달라는 청을 누차 진달하였으나 아직 유음(兪音)을 듣지 못하여 두려운 마음을 안고 물러 나왔습니다. 그리고 밤새도록 벽을 돌며 근심과 울분이 갈수록 더 심해졌습니다.

아! 이 국청(鞫廳)의 죄수들이 기강을 범하고 인륜을 무너뜨린 것은 단안(斷案)이 이미 확정되었으니 이들이 빚어낸 흉측하고 참람한 계략은 오직 철저히 조사하여 낱낱이 밝힐 것을 기약해야 할 것입니다. 그런데도 우두머리는 완악하게 자복하지 않고 있고 나머지 죄수들은 혹 아직 심문을 하지 않은 자도 있건만 다시 끝까지 캐물을 단서가 없다는 이유로 한꺼번에 가벼운 쪽으로 처리하는 법을 적용하시니,

---

26 죄인에게……소 : 저자가 33세 때인 1846년(헌종12) 11월 1일 사헌부 집의(執義)의 신분으로 올린 소이다. 이에 대해 헌종은 이미 양사(兩司)의 비답에 유시하였다는 비답을 내렸다. 같은 날 저자가 이 소를 올리기 전에 양사와 옥당, 시·원임 대신들이 연명으로 김필(金鏏) 등을 도배(島配)하라는 명을 빨리 거두고 다시 국문하기를 청하자, 헌종은 이미 처분을 내렸으니 다시는 번거롭게 하지 말라는 비답을 내렸었다. 김필 등에 대한 처분은 28쪽 주25 참조. 《承政院日記 憲宗 12年 11月 1日》《憲宗實錄 12年 11月 1日》

설령 추적할 만한 형적(形迹)이 있고 알아낼 만한 단서가 있다 해도 어떻게 차례로 드러내 밝혀서 감히 그 실정을 숨기지 못하게 할 수 있겠습니까.

더없이 무거운 것은 왕법(王法)이건만 왕법이 시행되지 않고, 더없이 엄한 것은 옥사의 체모이건만 옥사의 체모가 이루어지지 않으니, 사람들 마음속의 울분을 어떻게 조금이나마 풀 수 있겠으며, 불순한 무리가 장차 어찌 두려워할 줄 알겠습니까. 대신들과 여러 대간이 연달아 글을 올려 번갈아 호소하는데도 윤허의 유음(兪音)을 끝내 아끼시어 국법이 시행되지 못하니, 너무도 근심되고 한탄스러워 억누르지 못하고 이에 또 번거롭게 호소합니다. 삼가 바라건대 밝으신 성상께서는 깊이 생각하시어 이미 내리신 전교를 도로 거두시고, 다시 의금부로 하여금 엄히 국문하여 실정을 알아내게 하셔서 시원스레 떳떳한 법을 바로잡으소서.

이조 참의를 사직하는 소[27]
辭吏曹參議疏

삼가 아룁니다. 신이 의주(義州)에서 직임을 살피고 있을 때 삼가 이조 참의에 임명한다는 교지를 받드니[28] 은총의 빛이 멀리까지 입혀져 변방 구석에서 감격하였습니다. 이내 청나라 사신이 국경에 도착하는 일로 인해 특별히 이전 직임에 잉임(仍任)시키시니[29] 처음부터 끝까지 전례 없는 은총이었습니다. 돌이켜보건대 어찌하여 밝으신 성상께 이런 은총을 받게 되었단 말입니까.

칙사를 맞이하여 물자를 제공하는 일에 다행히 큰 잘못을 면하고 체차를 청하여 인계인수를 마친 뒤에[30] 길을 배로 빨리 달려서 가까스

---

27 이조……소 : 저자가 37세 때인 1850년(철종1) 7월 9일 정3품 이조 참의를 사직하며 올린 소이다. 저자는 동년 7월 5일 이조 참의에 임명되었으며, 이후 계속되는 패초(牌招)에도 직임에 나가지 않다가 동년 10월 8일 체차되고 좌승지에 임명되었다. 《承政院日記 哲宗 1年 7月 5日・9日, 10月 8日》

28 신이……받드니 : 저자는 1848년(헌종14) 8월 5일 평안도 의주 부윤(義州府尹)에 임명되었으며, 여기에서 말하는 이조 참의 임명은 1850년(철종1) 1월 18일 의주 부윤으로 있을 때 받았던 임명을 가리킨다. 《承政院日記 憲宗 14年 8月 5日, 哲宗 1年 1月 18日》

29 청나라……잉임(仍任)시키시니 : 의주 부윤으로 있던 저자가 1850년(철종1) 1월 18일 이조 참의에 임명된 뒤 숙배(肅拜)하지 않은 상태에서, 동년 1월 14일 청나라 도광제(道光帝)가 붕어했다는 소식이 전해지자 동년 2월 4일 의주 부윤에 잉임(仍任)되었다. 《承政院日記 哲宗 1年 1月 18日, 2月 4日》

30 칙사를……뒤에 : 의주 부윤으로 있던 저자는 1850년(철종1) 3월 3일 함풍제(咸豐帝)의 등극 칙사 패문(牌文)이 나오자 청나라 칙사의 음식과 일용품을 공급하는 지칙

로 효정전(孝定殿)의 연제(練祭)[31] 전에 도착하였습니다. 승하하신 세월이 아득히 멀어짐에 울부짖어도 미칠 수 없었지만, 보의(黼扆)[32]가 높이 임하고 염유(簾帷)[33]가 엄숙히 드리워진 것을 보고 근시의 반열에서 주선할 수 있었으니[34] 실로 몹시 경하하는 마음을 이길 수 없었습니다. 설령 곧바로 물러나 시골에서 죽더라도 거의 여한이 없었을 것인데, 한 달도 채 안 되어 과분한 은총으로 또 이조 참의에 임명하시어 거의 신이 아니면 안 될 것처럼 하시니, 임명장을 받들고 두려운 마음에 더욱 몸 둘 바를 알지 못하였습니다.

신은 처음 벼슬길에 나왔을 때부터 선대왕께 세상에 없는 대우를 후히 받아 전후로 거친 벼슬이 분수에 넘친 요행 아닌 것이 없었습니다. 머리끝에서 발끝까지 터럭 한 올조차 모두 선대왕의 은혜 덕분이건만 작환(雀環)의 보답[35]을 바치지 못하여 의욕(蟻蓐)의 한(恨)[36]만 간

(支勅) 임무를 담당하게 되었다. 동년 4월 15일 지칙 임무가 끝나자 저자는 부모님의 병환을 이유로 의주 부윤의 해면을 청하여 대왕대비 순원왕후(純元王后) 김씨의 허락을 받았다. 《哲宗實錄 1年 2月 3日, 3月 3日》《承政院日記 哲宗 1年 2月 4日, 4月 15日》

31 효정전(孝定殿)의 연제(練祭) : '효정전'은 1849년(헌종15) 6월 6일 창덕궁(昌德宮) 중희당(重熙堂)에서 승하한 헌종의 혼전(魂殿)으로, 창덕궁 내에 있으며 1850년(철종1) 6월 6일 이곳에서 연제를 지냈다. 《憲宗實錄 15年 6月 6日》《哲宗實錄 1年 6月 6日》

32 보의(黼扆) : 자루가 없는 도끼 무늬가 그려진 병풍으로 어좌 뒤에 치기 때문에 보통 어좌를 가리킨다. 여기에서는 철종이 즉위한 것을 가리킨다.

33 염유(簾帷) : '발과 휘장'이란 뜻으로, 여기에서는 대왕대비 순원왕후(純元王后) 김씨의 수렴청정(垂簾聽政)을 가리킨다.

34 근시의……있었으니 : 당시 저자는 원임대교(原任待敎)의 신분으로 입시(入侍)하였다.

35 작환(雀環)의 보답 : 한(漢)나라 때 양보(楊寶)가 나무에서 떨어진 참새를 구해주

직하고 있을 뿐입니다. 이제 만사가 다 아득한 옛날이 된 뒤에 공명을 추구하는 벼슬에 대한 일념은 싸늘하게 식은 지 이미 오래되었습니다. 더구나 신의 집안이 대대로 나라의 은혜를 입음이 하늘처럼 끝이 없어 부자(父子)가 벼슬하고 집안이 창성한 것은 말해 무엇 하겠습니까. 일찌감치 겸손하고 삼가라는 가르침을 이어받아 가득 차면 넘친다는 경계를 늘 생각하였고, 청요직(淸要職)의 좋은 벼슬은 꿈에도 생각한 적이 없으니 현재의 직임에 대해 신의 입장에서 어찌 거취를 논할 겨를이 있겠습니까. 견문이 적고 학식이 얕아 감당할 수 없을 뿐 아니라 성력(姓曆)과 전부(銓簿)에 전혀 익숙하지 않은 것으로 말씀드린다면, 도리어 어찌 감히 장황하게 언사를 늘어놓아 겸양을 숭상했던 선배들의 미덕을 모방하겠습니까.

숨을 죽이고 엎드려 있은 지 수일 동안 더욱 심하게 두려워지고 위축되고 있던 터라 도목정사(都目政事)를 열라는 명이 있어 소패(召牌)가 누차 이르렀지만 부르심에 달려가는 공손함을 알지 못하고 명을 어기는 죄를 기꺼이 범하였습니다. 이것이 어찌 그칠 수 있는데도 그치지 않는 것이겠습니까. 이 때문에 진심을 다 토로하여 외람되이 지엄하신 성상을 번거롭게 한 것이니, 삼가 바라건대 자애로우신 성상께서는

자 참새가 양보에게 흰 옥환(玉環) 4개를 주어 은혜에 보답했다는 고사를 말한다. 《後漢書 卷54 楊震列傳》

36 의욕(蟻蓐)의 한(恨) : 선대왕을 따라 죽어 황천에서 모시지 못해 부끄럽다는 말이다. 전국 시대에 안릉군(安陵君)이 초(楚)나라 공왕(共王)에게 "대왕께서 돌아가신 뒤에는 이 몸도 황천에 따라가서 땅강아지와 개미를 막는 돗자리가 되기를 원합니다. 〔大王萬歲千秋之後, 願得以身試黃泉蓐螻蟻.〕"라고 하였다는 고사에서 유래하였다. 《戰國策 楚策1》

동조(東朝)[37]께 아뢰어 속히 신의 이조 참의 직임을 체차하셔서 공기 (公器 벼슬)를 더럽히지 마시고 사사로운 분수를 편안하게 해주소서.

---

37 동조(東朝) : 순조의 비로, 당시 수렴청정하고 있던 대왕대비 순원왕후(純元王后) 김씨(金氏)를 이른다.

전라도 관찰사를 사직하는 소[38]

辭全羅監司疏

삼가 아룁니다. 신은 연륜이 얕고 학문이 엉성하며 재주가 적고 식견이 어두워서 본래 그릇에 따라 부리는[39] 말석에 머릿수를 채우기에도 부족하건만, 우리 선대왕의 교화를 두텁게 입어 청현(淸顯)의 좋은 벼슬을 거의 다 두루 거쳤으니, 아침부터 밤까지 두려움과 부끄러움에 마치 깊은 골짜기에 떨어진 듯하였습니다. 승하하신 선왕을 따라가지 못하였으니 참으로 보답하는 데 성심을 바치지 못하였고, 종지만한 그릇이라 넘치기가 쉬우니 벼슬길에 나아가는 것에서 생각을 이미 끊었습니다. 자취를 감추고 한산한 자리에 몸을 두어 티끌만큼이나마 보답하지 않음으로써 보답하는 것[40]을 길이 도모하려고 삼가

---

38 전라도……소 : 저자가 37세 때인 1850년(철종1) 12월 8일 종2품 전라도 관찰사에 임명되자 3일 뒤인 12월 11일 전라도 관찰사를 사직하며 올린 소이다. 철종은 이에 대해, 사직하지 말고 공경히 직임을 살피라는 비답을 내렸다. 《承政院日記 哲宗 1年 12月 8日, 11日》

39 그릇에 따라 부리는 : 재능과 역량에 따라 벼슬을 내린다는 말이다. 《논어》〈자로(子路)〉에 "군자는 섬기기는 쉬워도 기쁘게 하기는 어렵다. 기쁘게 하기를 도로써 하지 않으면 기뻐하지 않으며, 사람을 부림에 있어서는 그 사람의 그릇에 따라 부린다. 〔君子易事而難說也. 說之不以道, 不說也, 及其使人也, 器之.〕"라는 내용이 보인다.

40 보답하지……것 : 벼슬하지 않고 은거하여 군주에게 심려를 끼치지 않는 것이 오히려 군주의 은혜에 대한 보답이 된다는 말이다. 《능엄경(楞嚴經)》에 "이 마음과 몸을 가지고 세상의 모든 중생을 받드는 이것을 이름하여 부처의 은혜에 보답하는 것이라고 한다.〔將此心身奉塵刹, 是則名爲報佛恩.〕"라는 말이 있는데, 주희(朱熹)가 이를 인용하여 출처(出處)를 구차히 해서는 안 된다는 의리를 논하면서부터 이러한 의미로 쓰이

생각했는데, 천만뜻밖에 전라도 관찰사에 임명한다는 새로운 명이 또 어찌하여 신에게 이르렀단 말입니까.

돌아보건대 지금은 막 즉위하신 성대한 시기입니다. 훌륭한 인재들이 많고 많은데도 조정의 천거와 인사 전형을 통해 관찰사의 직임을 반드시 신에게 맡기신 것은 혹시 명망과 실제가 당연히 그럴 것이라고 생각해서입니까? 이는 신이 감히 의론할 수 있는 바가 아닙니다. 아니면 재능이 응당 그러하리라고 생각해서입니까? 이는 신이 감히 기대에 부응할 수 있는 바가 아닙니다.

저 관찰사의 직임은 선발을 신중히 하는 막중한 자리입니다. 두루 왕명을 펴는데 번번이 백성의 기쁨과 슬픔이 관계되고, 규찰하여 살펴서 수령의 잘잘못을 감별하기 때문입니다. 근래 백성에 대한 근심과 나라를 위한 계책이 망망하여 끝을 알 수 없는 것은, 참으로 그 근원을 따져보면 실로 백성을 미처 다 품어 보호하지 못하고 수령을 제어하지 못하는 데에서 연유합니다. 그리고 그 책임은 전적으로 관찰사에게 귀결되니, 이 어찌 신 같은 자들이 일찍이 만분의 일이라도 흉내 낼 수 있겠습니까.

그리고 호남이란 도는 예로부터 사통팔달의 대도회지로 일컬어집니다. 조와 쌀, 삼과 모시는 전량 상급 관청으로 보내지는데 경상비용의 여유와 부족이 이에 달려 있고, 대나무와 이대[箭竹], 닥나무와 옻나무는 먼 지방에까지 유포되는데 교역에 따른 이해가 여기에서 판가름 납니다. 여러 폐단과 병폐들이 엉킨 실타래처럼 분분히 얽혀 있으니, 참으로 청렴함이 위엄을 낳을 수 있고 밝음이 간사함을 알아볼 수 있어

게 되었다. 《晦庵集 卷36 書 答陳同甫》

서 법규를 차근차근 실천하고 조처가 핵심을 찌르는 사람이 아니라면 어떻게 새는 것을 보완하고 기울어진 것을 바로잡을 수 있겠습니까.

그리고 지금 바닷가 일대는 장맛비가 극심하여 재해로 인한 황폐한 정경이 눈에 넘쳐 근심이 갖가지입니다. 조금이라도 백성을 위무하는 정사를 그르친다면 백성들이 뿔뿔이 흩어지는 근심을 초래하기 쉬우니, 곤궁한 백성들의 마음은 원망스럽게 보면서 날마다 성상의 다스림을 함께할 수 있는 훌륭한 수령의 선발을 갈망하고 있습니다. 만약 이러한 시기에 신과 같이 얕고 어두운 식견을 가진 자에게 성대한 중임을 외람되이 차지하게 하여 하사하신 밝은 명을 완수하게 하신다면, 필경 일을 그르칠 것은 서서도 기다릴 수 있습니다. 직임을 무너뜨려 성상의 기대를 저버린 뒤에는 비록 다시 신을 내쫓고 신에게 죄를 묻는다 한들 또한 장차 어떻게 벌충하여 속죄할 수 있겠습니까.

그리고 신의 사사로운 실정을 말씀드린다면, 신의 아비는 경상도 관찰사의 부절을 반납한 지 겨우 4년 되었으며[41] 신은 의주 부윤(義州府尹)의 부절 끈을 푼 지 겨우 반년 되었습니다.[42] 병한(屛翰)[43]과 쇄약

---

41 신의……되었으며 : 저자의 아버지 이계조(李啓朝)는 1845년(헌종11) 10월 4일 경상도 관찰사에 임명되어 1847년 3월 8일 의금부 지사에 임명될 때까지 약 1년 6개월 동안 경상도 관찰사로 있었다. 《承政院日記》

42 신은……되었습니다 : 저자는 35세 되던 1848년(헌종14) 8월에 평안도 의주 부윤(義州府尹)에 임명되어, 1850년(철종1) 4월 부모님의 병환을 이유로 해면을 청하여 허락을 받을 때까지 의주 부윤으로 있었다. 32쪽 주30 참조.

43 병한(屛翰) : '나라의 울타리와 기둥'이란 뜻으로, 여기에서는 경상도 관찰사를 말한다. 《시경》〈대아(大雅) 판(板)〉의 "큰 제후국은 나라의 병풍이며 대종은 나라의 기둥이다.〔大邦維屛, 大宗維翰.〕"라는 구절에서 유래하였다.

(鎖鑰)[44]은 세상에서 말하는 중임이건만 한집안에서 네 필 말이 끄는 수레가 연달아 이어지니, 빛나는 은총은 옛날에도 비견할 이가 드뭅니다. 분수에 넘친 복이 초래할 재앙은 비록 스스로 돌아볼 것이 없지만 천지와 같은 성상의 사랑으로 어찌 굽어살펴 곡진히 신의 뜻을 이루어 줄 것을 생각하지 않으신단 말입니까. 옛사람은 하나의 고을을 얻고서도 오히려 그 임명장을 기쁘게 받들었습니다.[45] 더구나 지금 수레의 휘장을 걸고 대장기를 꽂는 것[46]은 영광스러운 일이고 부모를 봉양할 수 있는 일입니다. 한 치 작은 풀처럼 보잘것없는 몸이 지극한 바라던 일이니, 어찌 감히 총록(寵祿)을 한사코 사양하며 헛된 겸양을 꾸며대어 스스로 참월한 죄를 범하면서도 끊임없이 호소하며 그칠 줄을 알지 못하겠습니까. 재주가 감당하지 못하고 실정이 부득이해서입니다.

이에 감히 간곡한 심정을 토로하여 성상의 위엄을 무릅쓰고 아뢰오니, 삼가 바라건대 자애로우신 성상께서는 동조(東朝)[47]께 아뢰어 신에

---

44 쇄약(鎖鑰) : '자물쇠'라는 뜻으로, 변방을 지키는 직책을 말한다. 여기에서는 의주 부윤을 말한다.

45 옛사람은……받들었습니다 : 후한(後漢)의 효자 모의(毛義)가 가난하여 노모를 잘 모시지 못하다가 현령에 임명한다는 부(府)의 공문을 보고 기뻐하였는데, 뒤에 어머니가 세상을 떠나자 벼슬을 그만두고 다시는 벼슬길에 나가지 않았다고 한다. 《後漢書 卷39 劉趙淳于江劉周趙列傳 序》

46 수레의……것 : '수레의 휘장을 걷는다'는 것은 지방관이 민정을 가까이 살펴 선정을 편다는 말이다. 후한의 가종(賈琮)이 기주 자사(冀州刺史)가 되어 부임하자 기주에서 전례를 따라 자사를 영접하는 수레에 붉은 휘장을 드리우고 가종을 맞이했는데, 가종이 "자사는 널리 듣고 보아 민정을 살펴야 하니 어찌 도리어 휘장을 드리워 스스로 가리겠는가."라고 하며 휘장을 걷게 하였다는 고사에서 유래하였다. '대장기를 꽂는다'는 것은 관찰사로 부임하는 것을 말한다. 《後漢書 卷31 賈琮列傳》

게 새로 임명한 관찰사의 직임을 거두어 감당할 만한 사람에게 내리셔서, 조정의 조처가 마땅함을 얻고 아래 백성들이 믿을 곳이 있게 하신다면 더없는 다행일 것입니다.

---

47 동조(東朝) : 순조의 비로, 당시 수렴청정하고 있던 대왕대비 순원왕후(純元王后) 김씨(金氏)를 이른다.

전라도 관찰사를 사직하며 실정을 진달하는 소[48]

辭全羅監司陳情疏

삼가 아룁니다. 신이 한 도를 맡아 왕명을 펴는 중임에 어찌 조금이라도 감당할 가망이 있어 아직까지 이렇게 버젓이 자리를 차지하고 있는 것이겠습니까. 처음 임명을 받았을 때는 감격이 앞섰고, 부르심에 달려간 뒤에는 빈번히 호소하여 성상을 번거롭게 하지나 않을까만 두려워하였습니다. 이 때문에 애써 힘을 내어 부임해서 은인자중하며 말씀드리지 못한 채 그럭저럭 지내다 이에 오늘에까지 이르게 되었습니다. 그러나 자신을 돌아보고 분수를 헤아려서 죄를 기다리지 않는 날이 없었습니다.

가만히 스스로 생각하기를, 온 전라도가 그다지 심하게 피폐하지는 않아서 작황이 조금 편안해질 수 있으니[49] 상황에 따라 임시변통하여 그럭저럭 세월을 보낼 수 있을 것이라 여겼습니다. 그리고 관리가 되어 성상의 은총에 보답하는 것은 단지 큰 잘못을 범하지 않는 데 달려 있을 뿐이라고도 여겼습니다. 그리하여 명을 받은 이래 전심전력을

---

48 전라도……소 : 저자가 38세 때인 1851년(철종2) 12월 16일 종2품 전라도 관찰사를 사직하며 올린 소이다. 저자는 약 1년 전인 1850년 12월 8일 전라도 관찰사에 임명되어 3일 뒤인 12월 11일 사직 소를 올렸으나 윤허를 받지 못하여 부임하였다가 이때 다시 사직소를 올린 것이다. 철종은 이에 대해 윤허한다는 비답을 내리고, 이틀 뒤인 1851년 12월 18일 정3품 성균관 대사성에 임명하였다. 《承政院日記 哲宗 1年 12月 8日 · 11日, 2年 12月 16日 · 18日》

49 조금……있으니 : 원문은 '득이소강(得以少康)'인데, '소강'은 중국 고대 하(夏)나라의 중흥 군주로 문맥에 맞지 않기 때문에 '소(少)'를 '소(小)'로 바로잡아 번역하였다.

바치겠노라 다짐하고 온 마음을 쏟아 밤낮으로 게을리하지 않았으니, 어언 시위소찬(尸位素餐)한 지 이제 곧 1주년이 다 되어갑니다.

다만 신이 복이 없어서인지 그 죄가 작황에 나타나 여름에 장맛비가 극심하더니 가을에 농사가 흉년을 고하였습니다. 연안과 평야를 통틀어 논한다면 재해를 당한 상황이 다름이 없지는 않지만 목하 민정의 황급함은 똑같이 신음하는 형세입니다. 온 호남의 수천 수백 생령이 물이 새는 배 안에 있는 것과 같으니, 헌 옷을 준비하여 물이 새는 것에 대비하고[50] 노련한 뱃사공을 준비하는 것은 그 책임이 오직 신에게 있습니다.

우리 성상께서는 갓난아이를 보호하듯[51] 혹여 다치기라도 할 듯[52] 백성을 사랑하는 마음에 남방을 돌아보는 근심으로 애를 태우시니, 이러한 성상의 심정을 받들어 널리 펴는 책임 또한 오직 신에게 있습니다. 그러나 신은 본래 연륜이 얕고 손이 서툴며 식견이 짧고 재주가 엉성하여 마치 큰 나루를 건너는데 망망하여 정박해 쉴 곳이 없는 것과 같습니다. 한번 해보고자 했던 생각은 맞닥뜨린 상황 앞에서 전혀 갈피

---

50 헌……대비하고 : 환난에 대비한다는 말로,《주역》〈기제괘(既濟卦) 육사(六四)〉의 "물이 새어 젖는 것에 대비하여 헌 옷을 준비해 두고 종일토록 경계한다.〔繻, 有衣袽, 終日戒.〕"라는 구절을 원용한 것이다.

51 갓난아이를 보호하듯 :《서경》〈주서(周書) 강고(康誥)〉에 "왕이 말하였다. '아, 봉아!……마치 갓난아이를 보호하듯이 하면 백성들이 편안히 다스려질 것이다.'〔王曰: 嗚呼, 封!……若保赤子, 惟民其康乂.〕"라는 내용이 보인다. '봉(封)'은 주 무왕(周武王)의 아우인 강숙(康叔)의 이름이다.

52 혹여……듯 :《맹자》〈이루 하(離婁下)〉에 "문왕은 백성을 보기를 다치기라도 할 듯 여겼다.〔文王視民如傷.〕"라는 내용이 보인다.

를 잡지 못하였고 처음의 생각은 미리 정했던 계획에 미치지 못하여, 위로는 한 도를 맡겨주신 은혜를 저버리고 아래로는 여러 고을의 두터운 기대에 부응하지 못하였습니다. 이 직임에 하루 머물면 하루의 해로움이 있고 이틀 머물면 이틀의 해로움이 있게 되니, 해로움이 귀결되는 곳에 그 원망을 장차 누가 떠맡겠습니까. 옛사람이 이르기를 "관찰사가 적임자가 아니면 백성과 나라가 그 폐해를 입는다.〔監司非其人, 則民國受其病.〕"라고 하였는데,[53] 바로 신을 위해 준비한 말입니다. 오직 일찌감치 해면을 청하여 뒤를 잘 마무리 짓는 계책을 도모하는 것이 바로 보잘것없는 신의 소원이며 또한 성상께서 곡진히 신의 소원을 이루어 주시는 은혜를 베푸시는 것입니다. 그 지나친 복에 대한 두려움과 차지해서는 안 될 것을 차지한 부끄러움으로 말씀드린다면 논할 것도 없습니다.

　게다가 신의 사사로운 실정은 더욱 몹시 답답하고 절박한 사정이 있습니다. 신의 부모는 나이가 육순에 찼는데[54] 일찍부터 고질병을 앓아 편안한 날이 항상 드물었습니다. 신은 이미 형제가 없어 대신 간호할 사람이 없기에 약을 올려 기력을 보양하고 맛있는 음식을 드리는 일에 매번 마땅함을 잃고 있습니다. 여름과 가을 이후로 오랫동안 병석에 누워 계시는데 부모님을 모시는 발걸음은 이로 인해 점점 늦어지니 때때로 집에서 오는 편지를 받으면 근심과 걱정이 교차합니다. 아,

---

53 옛사람이……하였는데 : 북송(北宋) 유지(劉摯)의 말이다. 《承政院日記 憲宗 10年 11月 27日, 11年 10月 15日》

54 신의 부모는……찼는데 : 저자의 아버지 이계조(李啓朝, 1792~1855)와 어머니 반남 박씨(潘南朴氏, 1792~1866)는 저자가 이 소를 올릴 당시 모두 60세였다.

관직이 관찰사에 이르는 것을 어느 누가 영광스럽게 생각하지 않겠습니까만[55] 신은 영광스러운 벼슬을 가지고 부모님을 모실 수 없고, 한 고을의 수령이 되어 봉양하는 것을 어느 누가 바라지 않겠습니까만 신은 그 바람대로 고을을 얻지 못하였으니, 부모님이 계신 곳을 생각하면 가슴이 꽉 막힌 듯하고 녹봉으로 봉양하는 것을 생각하면 편안하지 않습니다.

신은 들으니 성왕(聖王)이 아랫사람을 거느릴 때 효(孝)를 다스림의 근간으로 삼으며, 신하가 군주를 섬기는 것은 효를 옮겨 충성을 하는 것이라고 하였습니다.[56] 지금 신이 녹봉을 보고 벼슬하는 것은 오로지 부모님을 기쁘게 하기 위한 계책일 뿐인데 부모님의 은혜에 보답하는 정성을 펴지 못하고 부질없이 슬하를 떠난 그리움만 품고 있으니, 이러한 신하가 장차 무슨 도움이 되겠습니까. 옛날에 부모님이 연로하다 하여 벼슬을 사양한 사람이 '관리가 될 마음이 없다[無心爲吏]'고 하였는데,[57] 논하는 자들은 이를 옳다고 여겼고 후세의 역사서에서는 이를

---

55 관직이……않겠습니까만 : 당나라 한유(韓愈)의 〈최 복주를 증별하는 서〔贈崔復州序〕〉에 "장부가 벼슬이 자사에 이르는 것은 또한 영광스러운 것이다.〔丈夫官至刺史亦榮矣.〕"라는 내용이 보인다.

56 신은……하였습니다 : 《효경(孝經)》〈효치장(孝治章)〉에 "그러므로 성명한 군주가 효로 천하를 다스리는 것이 이와 같이 아름다운 풍속을 불러오는 것이다.〔故明王之以孝治天下也如此.〕"라는 내용이 보이는데, 당 현종(唐玄宗)의 주에 "성명한 군주가 효로 다스림의 근간을 삼으면 제후 이하가 감화되어 이를 행하기 때문에 이와 같은 복을 불러온다는 말이다.〔言明王以孝爲理, 則諸侯以下化而行之, 故致如此福應.〕"라고 하였으며, 또 《효경》〈광양명(廣揚名)〉에 "군자는 부모를 섬김이 효성스러우므로 효성을 옮겨 군주에게 충성할 수 있다.〔君子之事親孝, 故忠可移於君.〕"라고 하였다.

57 옛날에……하였는데 : 진(晉)나라 때의 효자 왕접(王接)이 13세 때 아버지를 여의

기록하고 있습니다. 신과 같은 처지라면 의당 이와 다름이 없어야 할 것입니다. 그런데 지금 그저 두려움만 품고서 효로 다스리시는 교화를 스스로 막는다면 공적으로는 직무를 제대로 수행하지 않는 것이며 사적으로는 부모님께 문안하는 예를 거르는 것이어서 반드시 죄를 자초하는 데에 이르게 되어 많은 비난을 받을 것입니다. 염치를 장려하고 교화를 돈독히 하는 것이 장차 신으로 인해 무너질 것이니, 신이 비록 스스로 해명을 하고자 해도 할 수 없을 것입니다.

이에 감히 속마음을 모두 토로하여 죽기를 무릅쓰고 호소하오니, 삼가 바라건대 자애로우신 성상께서는 신의 지극히 간절한 마음을 헤아리시어 신의 지극한 심정을 긍휼히 여겨주소서. 그리하여 동조(東朝)[58]께 아뢰어 속히 신이 현재 띠고 있는 직임을 체차하시어 관찰사의 임명을 중히 하시고 사사로운 분수를 편안하게 해주소서.

고 노모를 봉양하며 살았는데, 왕접의 효성과 식견이 소문이 나서 하동 태수(河東太守) 유원(劉原)이 왕접을 예로 초빙하자, 왕접은 이를 거절하며 "저는 박복하여 어려서 아버지를 여의었는데 형제마저 없고, 어머니는 연로하신 데다 중병이 드셨습니다. 이 때문에 관리가 될 마음이 없습니다.[接薄祜, 少孤而無兄弟, 母老疾篤, 故無心爲吏.]"라고 하였다는 고사가 전한다. 《晉書 卷51 王接列傳》

58 동조(東朝) : 순조의 비로, 당시 수렴청정하고 있던 대왕대비 순원왕후(純元王后) 김씨(金氏)를 이른다.

가선대부를 사양하는 소[59]

辭嘉善疏

삼가 아룁니다. 능침에 나아가 친히 제사를 올리시니[60] 성상의 사모하는 마음에 선왕의 모습이 어렴풋이 담장에 보이는 듯하였고, 어가가 평안하게 돌아오니 뭇 신하들이 성상의 행차를 바라보고 기뻐하였습니다. 신이 이 당시 외람되이 근신의 반열에 끼어 있어 시종신의 인원을 채우다 보니 시종하는 수레의 맑은 먼지를 배종하여 성대한 위의를 볼 수 있어서 이러한 기회를 만난 것을 영광으로 여겼습니다. 그런데 마침내 신이 승정원에서 예(禮)를 담당했다고 하여 특별히 명하시어 자급을 올려 가선대부(嘉善大夫)로 삼으시고, 이어서 춘추관(春秋館)과 오위도총부(五衛都摠府)에 벼슬을 내린다는 교지가 잇따라 내려오니[61] 신은 놀라고 황감하여 수일이 지나도록 몸을 움츠리

---

59 가선대부(嘉善大夫)를 사양하는 소 : 저자가 40세 때인 1853년(철종4) 2월 21일 종2품 자급인 가선대부에 가자(加資)되자 4일 뒤인 2월 25일 산관(散官) 벼슬인 정4품 호군(護軍)의 신분으로 이를 사양하며 올린 소이다. 철종은 이에 대해 사양하지 말고 공무를 행하라는 비답을 내렸다. 다만 《철종실록》 4년 2월 20일 기사에 예방승지(禮房承旨) 이유원에게 가자하라는 명을 내렸다는 기록이 보이는데, 예방승지는 우승지이다. 《승정원일기》 동년 2월 20일 좌목에는 좌승지로 기록되어 있으며, 좌승지는 호방승지(戶房承旨)이다. 《승정원일기》의 기록이 오류로 추정된다. 《哲宗實錄 4年 2月 20日》 《承政院日記 哲宗 4年 2月 20日, 21日, 25日》

60 능침에……올리시니 : 철종이 1853년(철종4) 2월 20일 수릉(綏陵)에 나아가 친히 제사한 것을 이른다. '수릉'은 익종(翼宗)으로 추존된, 순조의 장자 효명세자(孝明世子)의 능이다. 《哲宗實錄》

고서 어찌할 바를 몰랐습니다.

무릇 이 자급은 옛날에 이른바 덕이 있는 자에게 명하는 공기(公器
벼슬)입니다. 명망과 실제가 당대의 의표가 될 만하고 재능과 계책이
각종 정무를 해낼 수 있은 연후에야 논의할 수 있는 자급이니, 예로부
터 신중히 했던 것은 참으로 이유가 있는 것입니다. 지금 신이 직분으
로 헤아려보면 기록할 만한 공로가 없는데도 가부를 따지지 않고 이러
한 과분한 은혜를 내리시니, 세속을 격려하고 우둔한 자를 단련시키는
성상의 큰 권병(權柄)[62]에 과연 어떠하겠습니까.

아! 신은 자질이 본래 부족한 데다 성품은 또 서툴고 어설퍼서 참으
로 조그마한 장점도 없고 사리를 헤아려 의리에 맞게 하는 것이 없습니
다. 그런데도 도야시키고 등용해주신 우리 선대왕과 우리 전하의 은혜
를 두터이 입어 나이가 이제 막 사십이 되고 과거에 급제한 지 겨우
12년이 지났을 뿐인데[63] 내외의 청요직을 거의 다 두루 거치고 오늘에
이르렀습니다. 실낱같은 보답도 바치지 못하고 늘 깊은 못에 임한 듯
얇은 얼음을 밟는 듯한 두려움을 품었으니, 오히려 어찌 좋은 벼슬

61　춘추관(春秋館)과……내려오니 : 저자는 1853년(철종4) 2월 21일 가선대부에 가
자된 날 춘추관의 종2품 벼슬인 동지춘추관사(同知春秋館事)와 오위도총부(五衛都摠
府)의 종2품 벼슬인 부총관(副摠管)에도 임명되었다. 《承政院日記》

62　세속을……권병(權柄) : 송나라 진관(秦觀)의 〈관제 하(官制下)〉에 "작록이란 천
하의 숫돌과 같은 것으로, 성인이 세속을 격려하고 우둔한 자를 단련시키는 도구이다.
〔爵祿者, 天下之砥石, 聖人所以礪世磨鈍者也.〕"라는 내용이 보인다. 《淮海集 卷15 進
策 官制下》

63　과거에……뿐인데 : 저자는 28세 때인 1841년(헌종7) 윤3월 13일 문과 정시(文科
庭試)에 합격하였다.

영화로운 자리에 한 걸음 더 나아가겠다는 생각을 했겠습니까.

게다가 신의 집안이 점점 번성하여 금초관(金貂冠)이 서로 비추니,[64] 부자가 마주하면 매번 가득한 물이 흘러넘치지 않도록 하는 것[65]을 경계로 삼았습니다. 가자(加資)의 명을 들은 날 교지를 직접 받들고 신의 늙으신 부모님께 영광을 고하자 부모님께서는 걱정스러운 기색을 보이셨습니다. 신이 물러나 생각해보니 걸음이 빠른 자가 넘어지고 짐이 무거운 자가 엎어지는 것은 고금의 사례를 살펴보면 혹시라도 어긋난 적이 없으니, 이것이 바로 신의 부모님이 신을 위해 걱정하셨던 이유였습니다.

그렇기는 하나 집안이 대대로 은혜를 입음이 하늘처럼 끝이 없어 머리끝에서부터 발끝까지 터럭 하나 머리카락 한 올까지 모두 성상의 은혜로 귀결되니, 만약 졸렬한 재주를 다그쳐서라도 조정의 자리를 채울 수만 있다면 한 몸의 과분한 복으로 초래될 재앙과 온 세상 사람들에게 비웃음당하고 손가락질당할 부끄러움은 돌아볼 겨를도 없을 것입니다. 그러나 억지로 할 수 없는 것은 재능이며 변할 수 없는 것은 기량입니다. 한 치의 회초리 감이 기둥과 들보로 쓰이고자 하고 한 말들이 대그릇이 솥과 종으로 쓰이고자 한다면 따질 것도 없이 결단코 이런 이치는 없다는 것을 알 수 있습니다. 그렇다면 일찌감치 다 털어

---

64 금초관(金貂冠)이 서로 비추니 : 부자(父子)가 모두 고관(高官)이라는 말로, '금초관'은 금당(金璫)과 초미(貂尾, 담비 꼬리)로 장식한 고관이 쓰는 관이다.

65 가득한……것 : 높은 자리에 처하여 교만하지 않을 것을 스스로 경계한다는 말로, 지만계영(持滿戒盈)이라는 성어(成語)가 있다. 《노자(老子)》 제9장에 "이미 가지고 있는데 더 채우고자 하는 것은 그만두느니만 못하다.〔持而盈之, 不如其已.〕"라는 내용이 보인다.

놓아 이미 내리신 명을 다시 거두어주시기를 바라서, 간택해주신 성상을 욕되게 하고 집안의 가르침을 실추시키는 데에 이르지 않게 하는 것이, 바로 보답하지 않음으로써 은혜에 보답하는 길[66]이 될 것입니다.

공적으로 헤아려보고 사적으로 헤아려보아도 명을 받들 길이 없기에 간절한 심정을 토로하여 지엄하신 성상을 번거롭게 하오니, 삼가 바라건대 자애로우신 성상께서는 굽어살펴 긍휼히 여기셔서 신에게 새로 내리신 자급을 곧바로 거두어들여 공기(公器)를 중히 하시고 사사로운 분수를 편안하게 해주소서.

---

66 보답하지……길 : 36쪽 주40 참조.

도승지로서 초상을 치른 뒤의 심정과 형편을 진달하는 소[67]
以都承旨陳苫餘情勢疏

삼가 아룁니다. 능침에 합부(合祔)하는 예가 이미 이루어져 대왕대
비전의 아름다운 덕음이 길이 막혔습니다.[68] 우리 전하께서 타고난
효성으로 혼전(魂殿)[69]에서 상제(喪制)를 지키며 이리저리 찾는 듯
방황하며[70] 시간이 지남에 따라 더욱 애통해하시니, 신이 비록 막 삼
년상을 치르고 숨이 간신히 붙어 있는 몸이기는 하나[71] 속으로 몹시
걱정되는 마음을 이기지 못하겠습니다.

---

67 도승지로서……소 : 저자가 45세 때인 1858년(철종9) 3월 6일 도승지의 신분으로
올린 소이다. 철종은 이에 대해, 사양하지 말고 공무를 행할 것을 당부하고, 연전의 일을
뒤늦게 군이 언급할 필요가 있느냐는 비답을 내렸다. 《承政院日記 哲宗 9年 3月 6日》

68 능침에……막혔습니다 : 대왕대비로서 수렴청정했던 순조의 비 순원왕후(純元王
后, 1789~1857. 8. 4.) 김씨를 승하한 지 5개월 만인 1857년(철종8) 12월 17일 순조의
능인 인릉(仁陵)에 합부(合祔)하는 예가 끝났다는 말이다. 《哲宗實錄 8年 8月 4日,
12月 17日》

69 혼전(魂殿) : 순원왕후의 혼전은 효정전(孝正殿)으로, 창경궁의 편전인 문정전
(文政殿)에 설치하였다.

70 이리저리……방황하며 : 《예기》〈단궁 상(檀弓上)〉에 "처음 초상이 났을 때에는
가슴이 꽉 맺힌 듯 슬퍼하여 막다른 골목에 다다른 듯이 하며, 빈을 한 뒤에는 너무
놀라 눈동자를 움직이며 이리저리 찾아도 찾지 못하는 듯이 하며, 장례를 한 뒤에는
방황하며 다시 살아 돌아오시기를 바라도 오시지 않는 것처럼 한다.〔始死, 充充如有窮;
旣殯, 瞿瞿如有求而弗得; 旣葬, 皇皇如有望而弗至.〕"라는 내용이 보인다.

71 신이……하나 : 저자가 42세 때인 1855년(철종6) 10월 16일 부친 이계조(李啓朝,
1792~1855)의 상을 당하여 삼년상을 치른 지 얼마 되지 않았다는 말이다.

이어 삼가 생각건대 신은 변변치 못한 자식으로 죄가 크고 허물이 깊습니다. 신의 아비가 많지 않은 나이로 이유 없는 병을 앓는데도 신이 옛날 효자들이 했던 것처럼 의서(醫書)를 깊이 읽고 성심을 다해 약으로 치료해드리지 못함으로써 갑자기 종신토록 잊지 못할 애통한 심정을 안고 길이 한평생의 한을 만들고 말았습니다. 의당 곧바로 죽어서 죄를 조금이라도 씻어야 했건만, 다만 노모가 살아 계시기에 3년 동안 시골 여막에서 서로 의지하여 목숨을 부지하였습니다. 거상 기간 동안 휴가를 주신 것에서 사사로운 심정을 위로받고 조정에 나오라고 부르지 않으신 것에서 예(禮)로 대해주신 것에 감격하였습니다. 눈 깜짝할 사이에 관(冠)과 의상을 예전처럼 갖추고 나오게 되었으니, 하늘을 우러러보고 땅을 굽어보아도 슬픔이 북받칩니다. 신은 이 어떤 사람이란 말입니까.

아! 신의 집안은 대대로 나라의 은혜를 받음이 하늘처럼 끝이 없는데, 신이 또 큰 보살핌을 받아 일찌감치 과거에 급제하자 선대왕께서는 신을 도와주시고 우리 전하께서는 신을 발탁해주시어, 주선한 것은 지극히 가까운 자리를 벗어나지 않고 지낸 벼슬은 청요직을 거의 두루 거쳤습니다. 관찰사의 부절을 쥐고 녹봉으로 봉양하였으니 신의 바람은 이미 임명장을 받을 때 이루어졌고, 허리에 금인(金印)을 차고 부임지로 달려갔으니 경계는 매번 부임지에 도착할 때마다 있었습니다. 가문이 번성하고 분수가 넘친 것이 지극하니, 신의 아비는 신의 어리석음을 근심하며 신의 끊임없는 승진을 두려워하였습니다. 무릇 신이 한 관직에 임명되고 한 자급이 올라갈 때마다 신의 아비는 불안해하며 근심하는 빛을 안색에 보였습니다. 경계하고 두려워하라는 가르침이 신의 귀에 대고 일러주신 것과 같을 뿐만이 아니었건만 신은 만에 하나도 받들지 못하였습니다. 결국 지나친 복이 화를 불러 재앙을 스스로 만들고 말았습니다.

연전의 행행(行幸)을 호종하는 일로 말씀드리면, 왕명을 태만히 한 죄를 면하기 어렵게 되었건만 다급한 사정을 호소한 실정을 살펴주시어 곡진히 용서해주시는 은혜를 깊이 입어 가볍게 견책을 받았다가 곧바로 서용되어 이조 참판의 직함을 받았습니다.[72] 죄를 지은 몸으로 영화로운 직책을 받았으니 온 집안이 감읍하였습니다. 잠시 아비의 병이 조금 차도를 보이기를 기다려 곧장 글을 올려서 스스로를 탄핵하고 공손히 엄한 벌을 기다리려 하였는데, 갑자기 큰 상을 당하여[73] 천지에 호소해도 어쩔 수 없게 되고 말았습니다.

지금은 만사가 끝이 났건만 신이 여전히 죽지 않고 다시 보통 사람들의 대열에 끼게 되자 보잘것없는 몸을 다시 조정에 거두어주시어 몇 달 안에 임명하는 교지가 연달아 이르고 계속해서 승정원의 버슬을 특별히 낙점해주셨습니다.[74] 은혜는 성상께서 옛 신하를 기억해주심에

---

72 연전의……받았습니다 : 저자는 42세 되던 1855년(철종6) 8월 1일 종2품 병조 참판에 임명되었는데, 8월 3일 철종이 시·원임 대신에게 명하여 다음 날인 4일 파주목(坡州牧)의 행궁으로 행행(幸行)할 때 시종하도록 하자, 당일인 3일 소를 올려 면제시켜달라고 청하였다가 8월 7일 간삭(刊削)의 처벌을 받았다. 그러나 약 두 달 뒤인 동년 10월 12일 이조 참판에 임명되었다. 8월 3일 저자가 올린 소의 자세한 내용은 현재 기록에 남아 있지 않다. 《承政院日記 哲宗 6年 8月 1日·3日, 10月 12日》《哲宗實錄 6年 8月 3日, 4日, 7日》《內閣日曆 哲宗 6年 8月 3日》

73 갑자기……당하여 : 1855년(철종6) 10월 16일 부친 이계조(李啓朝)의 상을 당하였다.

74 몇……낙점해주셨습니다 : 저자는 1858년(철종9) 1월 12일 종2품 병조 참판, 1월 20일 종2품 사헌부 대사헌, 2월 28일 종2품 한성부 우윤(右尹), 3월 2일 정3품 승정원

서 연유한 것으로, 역마로 급히 부르라 명하시니 온 마을 사람들이 기뻐하였습니다. 지난날 신이 영달을 고하면 신의 아비는 근심하였는데, 지금은 신이 임명장을 받들었건만 신의 아비는 살아 있지 않으니, 신이 목석이 아닌 이상 어떤 심정이겠습니까. 신이 지난날 인재가 즐비했던 조정의 반열에 섰던 몸으로 대궐을 떠난 지 지금 이미 세 성상이 지났습니다. 성상에 대한 그리움으로 대궐을 내내 잊지 못하니 머리를 조아리고 사은하는 의리를 어찌 말에 멍에 메고 신 신기를 기다려서 행하겠습니까. 다만 신의 오늘날 심정이 영화로운 임명장을 받들자 더욱 슬퍼지니, 어찌 차마 거듭 상자에 든 사모관대를 꺼내 쓰고 다시 조정의 먼지를 밟겠습니까.

그리고 신의 노모는 나이가 칠순이 다 되어 강녕한 날이 항상 적습니다. 아비의 상을 겪은 뒤로 두려움이 배나 많아져서 약을 올려 조섭하는 일을 신이 직접 살피지 않으면 대신 간호해줄 사람이 없으니, 신은 하루도 어미의 곁을 떠날 수 없고 신의 어미 또한 하루도 곁에 신이 없어서는 안 됩니다. 이러한 실정이 참으로 슬프지 않습니까. 오직 궁벽한 시골로 돌아가 변변치 않은 봉양이나마 노모를 모시는 데에만 전념하여 우리 성상의 효로 다스리시는 교화를 체행하는 것이 바로 남은 생에 보답하지 않음으로써 성상의 은혜에 보답하는 것입니다.[75]

신이 실정으로 보면 지극히 절박한 간절함을 안고 있고, 자취로 보면 아직 처벌받지 않은 죄를 지고 있기에 감히 심중의 뜻을 모두 토로하여 현도(縣道)를 통해 호소하여 지엄하신 성상을 번거롭게 합니다. 바라

도승지에 임명되었다. 《承政院日記》

75 남은……것입니다 : 36쪽 주40 참조.

건대 성상께서는 특별히 인자하고 측은한 마음으로 굽어살펴주시어 신이 지금 띠고 있는 직임을 간삭(刊削)해주심으로써 신이 길이 은혜를 입어 작은 소원을 펼 수 있도록 해주소서. 이어 신이 마땅히 받아야 할 형률로 처벌하여 조정의 기강을 엄히 하신다면 이보다 더 큰 다행이 없을 것입니다.

이조 참판을 사직하는 소[76]

辭吏曹參判疏

삼가 아룁니다. 신은 얼마 전 승정원의 직함을 띠고 있다가 다행히 헤아려주시는 은혜를 입어 사사로운 처소로 돌아와 머물게 되었기에 몹시 감격해하며 찬미하고 있었습니다.[77] 그런데 생각지도 않게 특별히 낙점하시어 신을 이조 참판에 임명하셨으니, 분수를 헤아려볼 때 황송하여 어찌할 바를 알지 못하였습니다.

신은 연전에 잠시 이 직함을 띠었는데,[78] 비록 한 번 사은숙배는 하지 않았으나 직임에 걸맞지 않음을 매우 부끄럽게 여겼으며 지금까지도 그치지 않습니다. 그런데 이번에 과분한 은총이 또 어찌하여 신에게 이르렀단 말입니까. 예전의 직임에 다시 임명하는 것이니 그다지 어렵게 여기고 신중하게 여길 것이 없기에 단지 미천한 옛 신하를 거두어주시는 뜻을 보여주기 위한 것입니까? 이미 참판에 임명한 적이 있으니[79]

---

76 이조……소 : 저자가 45세 때인 1858년(철종9) 8월 18일 종2품 이조 참판에 임명되자 동월 25일 이를 사직하며 올린 소이다. 철종은 이에 대해 사양하지 말고 공무를 행하라는 비답을 내렸다. 《承政院日記 哲宗 9年 8月 18日, 25日》《日省錄 哲宗 9年 8月 25日》

77 신은……있었습니다 : 저자는 1858년(철종9) 3월 2일 정3품 승정원 도승지에 임명되었다가 열흘 만인 3월 13일 체차되었다. 《日省錄 哲宗 9年 3月 2日, 13日》

78 신은……띠었는데 : 저자는 42세 때인 1855년(철종6) 10월 12일 이조 참판에 임명되었으나 사은숙배하지 않고 있다가 약 한 달 만인 동년 11월 25일 파직되었다. 《承政院日記 哲宗 6年 10月 12日・20日, 11月 25日》

79 이미……있으니 : 저자는 1853년(철종4) 5월 16일, 1855년(철종6) 2월 14일, 1858년

그다지 경중의 차이가 없어서 무딘 칼과 같은 재주라도 바치게 하고자
해서입니까? 아니면 신이 외람되이 반열에 나열된 세월이 많지는 않으
나 거쳐온 경력이 인재를 선발하는 자리의 말석에 넣어 의론할 만해서
입니까? 신은 이 몇 가지에 대해 이유를 궁구해보았지만 알 수 없었습
니다.

　신은 감히 장황한 말로 겸양을 꾸며서 옛사람의 사양하고 받는 절의
를 흉내 내지 못합니다. 그러나 재주도 없이 끊임없이 올라가고 능력도
없이 승진하는 것은 산더미 같은 죄를 짓고 티끌 같은 보답도 하지
않는 것이니, 바로 신이 아침부터 밤까지 가장 두려워하는 것입니다.
오직 그칠 줄 알고 만족할 줄 아는 것만이 살아갈 수 있는 작은 방도입
니다. 시골 산천을 오가며 오리의 자취를 달게 여기고[80] 영달의 길을
배회하며 마소(馬牛)의 내달림을 얼추 면하자는 진실한 이 마음은 성
상의 밝은 감식을 벗어날 수 없다는 것을 압니다.

　그리고 신은 연래에 일체의 세상사가 애초부터 눈에 들어와 집중되
지 않은 데다, 관부(官簿)와 규례에 이르러서는 안개 자욱한 아득한
바다처럼 망연하여 귀머거리에 장님이 된 지 오래입니다. 설사 명을

(철종9) 1월 12일 병조 참판에 임명된 적이 있다. 《承政院日記》

80　시골……여기고 : 시골에 거처하면서 일이 있을 때만 조정에 나오는 생활을 말한
것으로, 후한 명제(明帝) 때 섭현(葉縣)의 영(令)이었던 왕교(王喬)의 고사를 원용한
것이다. 왕교는 신선술을 익혀 수레나 말을 타지 않고 매달 초하루와 보름날 대궐의
조회에 참석했는데, 명제가 이를 이상히 여겨 사정을 알아보게 하자 왕교가 올 때마다
오리 두 마리가 동남쪽에서 날아온다고 하였다. 이에 오리가 날아올 때를 기다려 그물로
잡자 예전에 상서성의 관속들에게 하사했던 신발만 들어 있었다고 한다. 《後漢書 卷82
上 方術列傳 王喬》

받들어 현능한 자를 대신하여 직임에 임한다 해도 백관을 구별하여 등용시키거나 물러가게 하는 것은 참으로 말할 것도 없거니와, 이름을 불러 임용 후보자의 명단에 올리는 것 역시 누구는 가(可)이고 누구는 부(否)인지를 알지 못하니, 마치 양(羊) 자와 우(芋) 자를 구분하지 못하는 자[81]가 한림원의 붓을 잡고서 품평하는 말을 돕는 것과 정말 똑같습니다. 당당한 성조(聖朝)에 어찌 이런 우스운 전관(銓官 이조 참판)이 있을 수 있겠습니까.

전관을 설치한 것은 다른 사람에게 벼슬을 주기 위한 것입니다. 다른 사람에게 벼슬을 주는 관원에 적임자를 얻지 못하면 장차 어떻게 이런 사람을 써서 적임자에게 벼슬을 줄 수 있겠습니까. 옛날에 송(宋)나라 의 신하 구양수(歐陽脩)는 "먼 길을 가는 험난한 일에 역량이 감당하지 못하는 경우 반드시 전복되는 화를 초래하니, 재주를 헤아려서 할 수 없음을 스스로 아는 자가 오히려 밝은 것이다.〔致遠之難, 力不勝者, 必速其覆, 量才不可能, 自知者猶爲明.〕"라고 하였습니다.[82] 이것이 바로 신이 스스로 감당하지 못함을 알고 근심하며 물러나서 이것을 넘어 서는 안 되는 염치로 본 이유입니다.

81 양(羊)……자 : 양(梁)나라의 한 권력자가 〈촉도부(蜀都賦)〉의 주석 중 "준치는 토란이다.〔蹲鴟, 芋也.〕"라는 문장의 '우(芋)'가 '양(羊)'으로 되어 있는 잘못된 판본을 보고서, 나중에 다른 사람이 양고기를 보내오자 답장을 보내 "과분하게 준치를 보내주셨 습니다.〔損惠蹲鴟.〕"라고 하였다는 고사에서 유래하였다.《顔氏家訓 勉學篇》《太平廣 記 卷258 嗤鄙1 梁權貴》
82 옛날에……하였습니다 : 송 인종(宋仁宗) 가우(嘉祐) 5년(1060) 11월에 추밀부사 (樞密副使)를 사직하며 올린 구양수(歐陽脩)의 표문에 보인다.《文忠集 卷91 辭樞密副 使表》

성상께서 욕되이 거듭 부르심에 무릅쓰고 응할 길이 없어 감히 남김 없이 호소하여 밝게 아시는 성상께 우러러 구합니다. 자애로운 성상께 바라오니, 신의 말을 헤아리시고 신의 실정을 살피시어 신의 새 직함을 거두어 실제 능력이 있는 자에게 주심으로써 벼슬을 주는 권병(權柄)이 무너져 왜곡되지 않도록 하신다면, 신이 큰 은혜에 감격하는 것은 진실로 처음부터 끝까지 곡진히 이루어주신 데에 그치지 않을 것입니다.

이조 참판을 사직하는 두 번째 소[83]
辭吏曹參判再疏

삼가 아룁니다. 성상의 효성이 선왕을 높이는 데 더욱 돈독하시어 떳
떳한 예를 올림이 선왕을 잇는 데 빛이 납니다. 아! 우리 순조대왕의
영정을 남전(南殿)에 배향하시니,[84] 구슬을 드리운 면류관에 수놓은
곤룡포 차림으로 공경히 여섯 신실에 모두 임하시어[85] 보배로운 족자
에 옥 굴대로 장식한 영정을 만대토록 길이 편안하게 모셨습니다. 몸
소 봉심(奉審)하시고 작헌례(酌獻禮)를 섭행하게 하시니, 정성과 의

---

83 이조⋯⋯소 : 저자가 45세 때인 1858년(철종9) 8월 18일 종2품 이조 참판에 임명되
자 10월 4일 이조 참판을 사직하며 올린 두 번째 소이다. 8월 25일 첫 번째 사직 소를
올렸으나 허락을 받지 못하여 다시 올린 것이다. 철종은 이에 대해 윤허한다는 비답을
내렸다. 첫 번째 사직 소는 55쪽 〈이조 참판을 사직하는 소〔辭吏曹參判疏〕〉 참조. 《가
오고략》 책6 저본의 목차에는 '사이조참판재소(辭吏曹參判再疏)'의 '재(再)'가 누락되
어 있다. 《承政院日記 哲宗 9年 8月 18日·25日, 10月 4日》

84 우리⋯⋯배향하시니 : 1858년(철종9) 9월 27일 순조의 1830년 대본(大本) 영정을
남전(南殿)에 봉안한 것을 말한다. '남전'은 한성부 남부 훈도방(薰陶坊)에 있던 남별전
(南別殿)으로, 지금의 영희전(永禧殿)을 가리킨다. 《哲宗實錄 8年 7月 15日, 9月 27日》

85 구슬을⋯⋯임하시어 : 이때 철종은 졸곡(卒哭) 후 정사를 볼 때 입는 차림인 백포
(白布)로 싼 익선관(翼善冠)에 백포(白袍)를 착용하고 백포로 싼 오서대(烏犀帶)를
띠고 백피화(白皮靴)를 신고 창덕궁을 출발하였다가, 영희전(永禧殿)에서 예를 행할
때는 익선관에 무양흑원령포(無揚黑圓領袍)로 갈아입고 청정소옥대(靑鞓素玉帶)를
띠고 흑피화(黑皮靴)를 신었다. '여섯 신실'은 태조·세조·원종·숙종·영조·순조
의 영정을 봉안한 영희전의 제1실부터 제6실까지의 신실을 말한다. 《承政院日記 哲宗
9年 9月 27日》《世宗實錄 五禮 凶禮儀式 服制》

식이 진실로 부합하여 지극한 기쁨과 슬픔이 교차한 것은 대소 신료의 똑같은 심정이었습니다.

이어 삼가 생각건대 신은 이제 막 내각의 직함을 띠어 해면을 호소하였으나 정성이 적어 헤아려주시는 은혜를 입지 못하였습니다.[86] 오직 거듭 번거롭게 해드리는 것만이 송구스러워 억지로나마 반열에 나아가 공손히 직임에 달려가는 예(禮)를 얼추 행하였습니다. 그러나 차지해서는 안 될 자리를 오랫동안 차지하고 있는 전관(銓官 이조 참판)의 직임으로 말씀드리면 더더욱 신이 애초에 생각할 수 있었던 자리가 아닙니다. 청직(淸職)과 요직(要職)을 한꺼번에 겸임하는 것은 단지 신에게 있어 요행이고 분수에 넘칠 뿐만이 아닙니다. 이조의 관원은 한만한 직임이 아니며 참판은 군더더기 인원이 아닙니다. 신의 보잘것없는 재주로 일단 맡아서 이 자리에 머무르게 된다면, 말석에 참여하여 논할 때는 가타부타 의견을 들을 수 없을 것이고, 현능한 자를 대신하여 외람되이 차지한 것이라 결점이 가려지지 않을 것입니다. 이 자리에 시험해보아도 공헌은 하지 못할 것이요, 신을 물리치지 않으면 필경은 그저 관직을 병들게 하고 현자를 방해할 뿐이니, 비방이 몰려올 때 무슨 말로 사죄할 수 있겠습니까.

무릇 신하가 관직을 사양하는 것은 몇 가지 경우가 있습니다. 첫째는 재주가 감당하지 못하는 경우이고, 둘째는 병이 들어 힘써 나오기 어려

---

86 신은……못하였습니다 : 저자는 1858년(철종9) 9월 19일 규장각 직제학에 임명되자 5일 뒤인 9월 24일 사직소를 올렸는데, 철종은 사양하지 말고 공무를 행하라는 비답을 내렸다. 저자의 사직소는 62쪽 〈규장각 직제학을 사직하는 소[辭奎章閣直提學疏]〉 참조. 《承政院日記 哲宗 9年 9月 19日, 24日》

운 경우입니다. 신이 어리석고 용렬하여 백에 하나도 잘하는 것이 없음은 밝으신 성상께서 이미 남김없이 아실 것입니다. 그리고 일찍부터 고질병을 안고 산 것으로 말씀드리면 누적된 원인이 있습니다. 겉으로는 튼튼한 듯하나 안으로는 실제 허약하다는 것을 남들은 알지 못하고 신만 홀로 아는 것입니다. 이 때문에 시골 산중에 들어와 사는 것은 오로지 샘물을 마셔서 위를 다스릴 계책에서 나온 것입니다. 가을과 겨울이 교차하는 환절기에는 묵은 병이 암암리에 발작하여 한담(寒痰)이 혹 근육 마디에 침입하기도 하고 견적(堅積)이 은미하게 배꼽에까지 퍼집니다. 의관을 정제하고 관직에 나간 뒤에는 그 해로움이 곧장 닥치니, 제때 치료하는 것을 조금도 소홀히 할 수 없습니다. 오직 담백하고 조용하게 살면서 일을 줄이고 생각을 쉬어 약을 쓰지 않고서도 절로 낫기를 바라오니, 이렇게 된다면 바로 소원을 따라 곡진히 이루어 주시는 지극히 인자하신 성상의 덕일 것입니다.

바라건대 전하께서 특별히 가엾게 여기시어 속히 신이 갖고 있는 이조의 직함을 체차하여 공사(公私) 간에 모두 다행일 수 있게 하신다면 신이 큰 은혜에 감읍함이 새로 임명을 받을 때와 같을 것입니다.

규장각 직제학을 사직하는 소[87]

辭奎章閣直提學疏

삼가 아룁니다. 신은 본각(本閣)에서 일찍이 명예로운 참외관(參外官)에 발탁되어[88] 크나큰 은혜에 흠뻑 젖으며 분수에 넘치는 행운에 부끄러움만 쌓여갔습니다. 말단 반열에서 주선한 세월이 얼마 되지는 않으나 신이 보고 들은 것을 통해 이 관직을 설치한 뜻을 대략 알게 되었습니다.

'직학사(直學士)'[89]라는 명칭은 성대한 당나라의 관직에서 처음 시작되었고, 융성한 송나라에서 이를 이어받아 사람들이 선망하는 비직(秘職)으로 당시 준걸들이 총애를 받아 승진하는 통로였습니다. 작질(爵秩)은 고위와 하위 사이에 위치하고 직무는 크고 작은 일을 겸하며 노성(老成)의 모습을 지니고 깨끗하고 높은 명망을 갖추어야 하는 것

---

87 규장각……소 : 저자가 45세 때인 1858년(철종9) 9월 19일 규장각 직제학에 임명되자 5일 뒤인 9월 24일 이를 사직하며 올린 소이다. 철종은 사양하지 말고 공무를 행하라는 비답을 내렸다.《承政院日記 哲宗 9年 9月 19日, 24日》

88 신은……발탁되어 : 저자는 29세 때인 1842년(헌종8) 3월 13일 정7품부터 정9품까지의 벼슬인 규장각 대교(待敎)에 임명되어 약 1년 동안 재직하였다. '참외관(參外官)'은 조참(朝參)에 나아가지 못하는 정7품 이하에서 종9품까지의 관직을 말한다.《承政院日記》

89 직학사(直學士) : 당나라 때 홍문관(弘文館)과 집현원(集賢院)에 설치한 관직 이름으로, 지위는 학사(學士)의 아래였다. 송나라 때에는 관각(館閣)에 처음 들어온 품계가 낮은 관리를 임명하였으며, 지위는 대제(待制)의 위, 학사의 아래였다.《中國官制大辭典》(兪鹿年, 哈爾濱 : 黑龍江人民出版社, 1998)

은 본래 그러하였습니다. 차라리 인원을 비워둘지언정 함부로 임명하지 않아서 절연히 매우 엄하였으니, 신이 이 직임에 어찌 터럭만큼이라도 흉내 낼 만한 점이 있어서 바라지도 않던 과분한 은총이 갑자기 신에게 이르렀단 말입니까.

신이 지난날 거친 영화로운 벼슬들을 마치 이 벼슬을 위해 건너온 교량처럼 보시고 신에게 한 번 시험해볼 수 있는 작은 재주라도 있다고 생각해서입니까? 신의 문아(文雅)함과 풍도가 성상의 교화를 돕고 사대부들에게 모범이 될 수 있다고 생각해서입니까? 자문받는 반열에서 경전을 펼쳐 글을 읽으며, 문장을 대신 짓는 자리에서 옛사람의 문장을 그대로 따라 짓는 것이, 또한 깊은 이치를 드러내고 아름다운 문채로 꾸밀 수 있다고 생각해서입니까? 신이 어느 하나도 걸맞음이 없다는 것은 해와 달처럼 밝으신 성상께서 의당 빠짐없이 아실 것입니다.

신은 학문이 본래 오활하고 엉성하며 재능이 민첩하고 많은 자가 아닙니다. 단지 밝은 조정을 만나고 선대의 명망에 힘입어서 요직을 두루 거치며 끊임없이 승진했을 뿐입니다. 패옥과 수놓은 주머니를 차고 대부들의 뒤를 따르며 아무 하는 일 없이 깜깜하여 아는 것이 없으니, 바로 녹을 훔치며 자리만 채우는 한 신하일 뿐입니다. 자신을 살피고 돌아보건대 두렵게도 앞에는 높고 험한 산이 있고 뒤에는 휘몰아치는 파도가 있건만, 근래 승정원의 직함과 전조(銓曹)의 부관(副官)에 임명한다는 전지가 잇따라 내려와[90] 마치 특별한 장점을 가진 인재를 선발하여 이 사람이 아니면 가당한 사람이 없는 것처럼 하시니,

---

90 근래……내려와 : 저자는 1858년(철종9) 3월 2일, 5월 5일, 8월 8일 승정원 도승지에 임명되고, 동년 8월 18일 이조 참판에 임명되었다. 《承政院日記》

신은 참으로 이에 대해 곰곰이 되씹어보아도 이유를 끝내 알 수 없었습니다. 지금 이 청요직에 다시 더 나아간다면 마땅히 그쳐야 하는데 그칠 줄 모르는 것이며 이미 만족스러운데 만족할 줄 모르는 것입니다. 지나친 복으로 인한 재앙은 이치상 반드시 요행이 없을 것이니, 세상의 비난이 몰려들 때 신이 장차 무슨 말로 이를 막을 수 있겠습니까.

신은, 군주는 재능에 따라 관직을 주어서 반드시 쉽게 말라버리는 웅덩이 물인지를 살펴야 하고,[91] 신하는 분수를 헤아려 직임에 달려가서 항상 벼슬에 나아가기 어려운 개밋둑인가를 생각해야 한다고 들었습니다.[92] 이것이 바로 윗사람과 아랫사람이 서로 신뢰하는 이유이니, 조금이라도 어그러져서 곧바로 낭패를 초래하게 되면 신이야 참으로 돌아볼 가치가 없으나 그 피해가 장차 어디로 돌아가겠습니까. 패초(牌招)를 받고 나아가는 것은 의리가 엄정하고 한사코 피하고자 해도 길이 막혀서 비록 염치를 버리고 공경히 받들지 않을 수 없었지만 두려움이 가슴속에 교차하여 여러 날이 되도록 가시지 않습니다.

오직 진심으로 호소하여 바라는 것은, 행여 살아갈 수 있는 작은

---

91 군주는……하고 : 군주는 신하의 역량이 이 직임을 감당할 수 있을지의 여부를 살펴야 한다는 말이다. 당(唐)나라 한유(韓愈)의 〈부가 성남에서 글을 읽다[符讀書城南]〉라는 시에 "웅덩이에 고인 물은 근원이 없어서, 아침에 찼다가도 저녁에는 이미 말라버린다오.[潢潦無根源, 朝滿夕已除.]"라는 구절이 보인다. '부(符)'는 한유의 아들 이름이며, '성남(城南)'은 한유의 별장이다.

92 신하는……들었습니다 : 신하는 자신의 역량이 이 벼슬에 나아가도 될 만한가를 돌아본다는 말이다. '개밋둑'은 《맹자》〈공손추 상(公孫丑上)〉의 "언덕이나 개밋둑이 태산에 대한 것과 길바닥에 고인 물이 강이나 바다에 대한 것이 이와 같으며, 일반 백성이 성인(聖人)에 대한 것이 또한 이와 같다.[泰山之於丘垤, 河海之於行潦, 類也. 聖人之於民, 亦類也.]"라는 구절을 원용한 것이다.

방도를 내려주시는 것이며 또한 그릇에 따라 부리는 교화에 빛이 나는 것입니다. 삼가 바라건대 밝으신 성상께서는 마음속에서 우러나오는 간절함을 굽어살피셔서 특별히 아랫사람의 마음을 헤아려주시는 인자함을 베푸시어 즉시 새로 선발하신 직제학의 직함을 도로 거두어서 실제 능력 있는 사람에게 주신다면 공사(公私) 간에 모두 다행일 것입니다.

올리지 못한 부제학을 사양하는 소[93]

副提學未徹疏

삼가 아룁니다. 신은 맑은 세상의 한 행운아입니다. 선조의 음덕에 힘입어 큰 은총을 받아 성상과 매우 가까운 자리에서 주선하고 영화롭게 노니는 반열에 오르내린 것이 또한 이미 여러 해입니다. 노둔한 자질로 한 치의 재능도 바치지 못했는데 총애가 한 몸에 쏠린 듯하니, 은총을 생각하면 깜짝 놀라 과분한 복을 근심할 뿐입니다. 그런데 천만뜻밖에도 홍문관의 수장에 특별히 낙점하시어 은혜로운 명이 뒤따라 내려오니, 신이 처음에는 어찌할 줄 몰랐다가 중간에는 놀라고 당혹스러웠으며 이어서 가슴을 졸이며 몸 둘 바를 몰랐습니다.

아! 이 홍문관이 설치된 것은 매우 오래되었으니, 주관하는 의리가 다른 관직에 비해 매우 중합니다. 경연에 참여하고 논사(論思)에 대비하여 위로 군주의 덕을 돕고, 제학(提學)의 다음 자리로 사명(詞命)을 전담하여 아래로 세상의 교화를 도우니, 이는 참으로 문관 중에서도 신중히 선발하는 자리이며 유자(儒者)가 가장 영광스럽게 여기는 자리입니다. 그러므로 상황이 맞지 않으면 그 직함을 비워두어서 늘 구비하지는 않았으니, 옛날에도 적임자의 선발에 신중했던 것입니다.

전후로 이 직임을 띤 자를 낱낱이 헤아려보면 저명한 석학과 재능

---

93 올리지……소 : 언제 작성된 것인지 자세하지 않다. 다만 《가오고략》이 글을 작성한 시기 순으로 편차된 것에 근거하면 저자가 45세 때인 1858년(철종9) 9월 이후부터 46세 때인 1859년 7월 이전 사이에 작성된 것으로 추정된다.

있는 이들이 줄줄이 이어졌습니다. 근래의 선발이 비록 이 관직을 설치한 초창기에는 미치지 못하지만, 여전히 한 시대의 명망이 더욱 높은 사람이며 같은 조정의 의론에 부합하는 사람입니다. 혹 가문은 훌륭하지만 문학이 떨어지거나 혹 재지는 뛰어나지만 재능이 부족하면 이 자리에 있어서는 안 됩니다. 반드시 안과 밖이 서로 부합하고 이름과 실제가 모두 합치되어야 비로소 이 자리에 후보로 추천할 수 있으며 또한 크게 차이 나는 데에는 이르지 않을 것입니다. 그러므로 용렬하고 우둔하여 어느 하나 남만 못한 신과 같은 사람은 일찍이 꿈속에서도 바란 적이 없으며, 다른 사람들 또한 이것으로 신과 같은 자에게 기대를 걸지 않는 것이 분명합니다.

　신은 들으니 은혜는 지나쳐서는 안 되고 의리는 무너뜨려서는 안 된다고 하였습니다. 주지 말아야 할 것을 주면 은혜가 지나치게 되고 받지 말아야 할 것을 받으면 의리가 무너지게 됩니다. 하나는 지나치고 하나는 무너지면 조종(祖宗)께서 관직을 설치한 뜻이 이에 폐기될 뿐입니다. 돌아보면 오늘날 홍문관에서 후보자가 될 만한 사람의 이름에 권점(圈點)을 치는 일은 나라의 큰 제도입니다. 한 사람에게 관직을 주고 선비 한 사람을 선발하는 저 일도 오히려 신중하게 한다고 합니다. 더구나 우열을 정하는 사이에서 채찍을 잡고 등급을 매기는 문에서 저울추를 드리워, 뛰어난 인재를 발탁하고 역량을 가늠하여, 이에 여론에 부합하도록 안배하여 현자들이 함께 나와 우리 성상의 교화를 돕게 하는 일은 더더욱 어찌 신이 감히 감당할 수 있는 것이겠습니까. 분수를 헤아려보고 능력을 가늠해보고서 감당할 수 없음을 스스로 알아 감히 욕심내어 무릅쓰고 나아갈 생각을 하지 못하는 것은, 참으로 관리 선발의 엄정함이 두렵고 공공의 의론에 부합하지 않음이 겁나기 때문입니다.

그리고 더구나 신은 집안이 매우 쓸쓸한데 가득 차서 끝까지 올라가고 행적이 본래 외로운데 갑자기 승진하여 점진적이지 않으니, 수레를 탄 학과 어량에 있는 도요새처럼 만에 하나도 걸맞지 않습니다.[94] 영화롭게 한 걸음 나아갈 때 생각은 늘 물러남에 있으니, 장차 궁벽한 골목에서 문을 닫아걸고서 미처 다 읽지 못한 서책을 읽고 몸과 마음을 가다듬어 훗날 도움을 받을 자산으로 삼고자 할 뿐입니다. 한결같은 이 말은 신명에게 물어보아도 틀림없으며 성상께서도 환히 아실 것이니 부디 밝게 살펴주시기 바랍니다.

패초로 부르시는 명을 받고 달려갈 명분이 없어 이에 감히 속마음을 모두 토로하여 성상의 귀를 번거롭게 하오니, 삼가 바라건대 성상께서는 굽어살펴 헤아려주시어 신에게 새로 내리신 부제학의 직임을 즉시 바꾸심으로써 명기(名器)를 중히 하고 미천한 분수를 편안하게 해주소서.

---

94 수레를……않습니다 : 군주의 총애를 받아 재주도 없이 높은 벼슬을 차지하고 하는 일 없이 녹봉만 축낸다는 말이다. '수레를 탄 학'은 《춘추좌씨전》 민공(閔公) 2년 조에 보이는 춘추 시대 위(衛)나라 의공(懿公)의 고사에서 유래한 것으로, 의공이 학을 매우 좋아하여 학에게 벼슬을 내리고 대부의 수레에 학을 태우기도 했다고 한다. '어량에 있는 도요새'는 직접 물고기를 잡지 않고 사람이 설치한 어량에 들어가 물고기를 잡아먹는 것처럼 제 할 일을 하지 못한다는 뜻으로, 《시경》〈조풍(曹風) 후인(候人)〉의 "도요새가 어량에 있으니, 그 부리를 적시지 않도다. 저 사람이여, 그 총애에 걸맞지 않도다.〔維鵜在梁, 不濡其咮. 彼其之子, 不遂其媾.〕"라는 구절에서 유래하였다.

자헌대부를 사양하는 소[95]

辭資憲疏

삼가 아룁니다. 성상(星霜)이 여러 번 바뀌어 효정전(孝正殿)의 상제
(祥祭)가 단지 10일이 남았을 뿐이니,[96] 성상의 사모하는 마음에 슬
픔과 허전함이 처음 초상을 당했을 때처럼 다시 더할 것입니다. 이러
한 때 떳떳한 작헌례(酌獻禮)에 징험을 두시어 우리 대왕대비전과 왕
대비전 두 분 마마의 아름다운 호칭을 의정(議定)하여 성대한 의식을
거행하고자 하시니[97] 조정 신료 중에 어느 누가 옛날을 슬퍼하고 오
늘날을 다행으로 여기지 않겠습니까.

95 자헌대부(資憲大夫)를 사양하는 소 : 저자가 46세 때인 1859년(철종10) 7월 20일
정2품 하계의 자급인 자헌대부에 가자(加資)되자 5일 뒤인 7월 25일 행 대호군(行大護
軍)의 신분으로 이를 사양하며 올린 소이다. 저자는 7월 20일 가자와 함께 오위도총부의
종2품 벼슬인 부총관(副摠管)에 임명되었다. 《承政院日記 哲宗 10年 7月 20日, 25日》
96 효정전(孝正殿)의……뿐이니 : '효정전'은 순조의 비 순원왕후(純元王后, 1789~1857.
8. 4.) 김씨(金氏)의 혼전(魂殿)으로, 창경궁의 편전인 문정전(文政殿)에 설치하였다.
순원왕후의 대상제(大祥祭)는 1859년(철종10) 8월 4일 거행되었다.
97 우리……하시니 : 1859년(철종10) 7월 8일 철종은 대왕대비전과 왕대비전에 존호
를 더 올리도록 의정(議定)하여 7월 19일 의식을 거행할 수 있게 하라고 명하였다.
대왕대비는 익종(翼宗, 순조의 장자인 효명세자)의 비 신정왕후(神貞王后, 1808~1890)
조씨(趙氏)를 가리키며, 왕대비는 헌종의 계비 효정왕후(孝定王后, 1831~1903) 홍씨
(洪氏)를 가리킨다. 7월 19일 빈청에서 신정왕후의 존호를 자혜(慈惠), 효정왕후의
존호를 예인(睿仁)으로 의망(擬望)하였고, 동년 10월 11일 창덕궁 인정전(仁政殿)에
나아가 이 존호로 책보(冊寶)를 올리고 반사(頒赦)하였다. 《哲宗實錄 10年 7月 8日ㆍ
19日, 10月 11日》

이어 삼가 생각건대 신은 시골 오두막에서 병으로 드러누워 여름을 보내고 가을이 되어서야 얼마 전에 억지로 지팡이를 짚고 공소(公所)에 나갔습니다. 그런데 뜻밖에도 대신이 연석(筵席)에서 주청하여 전조(銓曹)에 오랫동안 승진하지 못하고 머물러 있는 사람을 발탁하여 자헌대부(資憲大夫)의 자급을 주자고 청하였는데 미천한 신의 이름이 그 가운데 들어갔습니다.[98] 전신(銓臣)이 호명하여 교지가 크게 선포되었기에 신은 당에 올라가 노모에게 기쁜 소식을 고하였습니다. 영광이 극진하여 감격이 앞서니 어찌 감히 사양하고 받는 절의를 함부로 흉내 내겠습니까.

그러나 그 직분을 돌아보면 바로 팔좌(八座)[99]의 높은 작질입니다. 구극(九棘)은 삼공(三公)의 다음가는 자리로 주(周)나라의 법에 처음 설치되었고, 육경(六卿)은 구시(九寺)의 수장으로 당나라의 제도에 그대로 이어졌습니다.[100] 우리 조선조에 들어와 이를 본받았는데, 그

---

98 대신이……들어갔습니다 : 1859년(철종10) 7월 20일 영의정 정원용(鄭元容)이, 전조(銓曹)에 오랫동안 승진하지 못하고 한자리에 머물러 있는 사람을 발탁하여 임용하는 것은 옛 제도인데, 현재 참판의 전망(前望)은 적체되어 승진시켜주기 어려우나 자급은 올려주지 않을 수 없으니 이유원 등 4명을 정경, 즉 판서의 자급으로 올려주기를 청하자, 철종이 윤허하였다. 저자는 이전에 이조 참판과 병조 참판에 수차례 임명되었었다. 《承政院日記》

99 팔좌(八座) : 시대에 따라 다르나 중국에서는 주로 육조(六曹)의 상서(尙書)와 좌・우복야(左右僕射)를 가리켰는데, 조선 시대에는 주로 정2품 육조의 판서를 지칭하였다.

100 구극(九棘)은……이어졌습니다 : '구극'은 가시나무를 심어 조정 신하들이 서는 자리를 표시한 것으로, 구경(九卿)을 이른다. 주(周)나라에서는 소사(少師), 소부(少傅), 소보(少保), 총재(冢宰), 사도(司徒), 종백(宗伯), 사마(司馬), 사구(司寇), 사

선발을 매우 신중하게 하고 엄정하게 한 것은 덕이 있는 자에게 명하는 이경(貳卿 참판)과 같은 선발에 그칠 뿐만이 아니었습니다. 식견과 재주로 명망이 나고 거쳤던 벼슬에 쌓인 경력과 큰 공이 있어야 할 것이니, 양쪽 면에서 모두 훌륭한 사람으로 선발하면 더할 나위 없겠지만, 이러한 모습이 하나도 없이 함부로 나아간 사람은 이제까지 없었습니다.

전대의 현자와 당대의 인재에 대해서는 신이 감히 논하지 못하지만, 신이 집안에서 직접 보고 기억하는 것을 가지고 말씀드리면, 신의 조부와 부친이 이 자리를 이어서 역임하여 전후로 조정에 선 것이 50년이 넘습니다.[101] 청렴함과 삼감으로 스스로 다잡는 규율을 지키고 평탄함과 험함을 가리지 않는 의리를 본받아 이것으로 모두 높고 현달한 지위까지 올라 세상 사람들의 존경을 받았습니다. 신이 일찍감치 요행으로 급제하여 높은 요직을 두루 거치자, 신의 아비는 늘 신이 어리석고 용렬한 자질로 계속 승진하는 것이 너무 빠름을 근심하였습니다. 그리고 겸양하고 물러나서 그칠 줄을 알면 위태롭지 않다고[102] 경계하였습

공(司空)을 가리키며, 조선에서는 육조(六曹)의 판서와 의정부의 좌·우참찬(左右參贊), 한성부의 판윤(判尹)을 총칭한다. '육경(六卿)'은 주(周)나라 제도의 천관총재(天官冢宰), 지관사도(地官司徒), 춘관종백(春官宗伯), 하관사마(夏官司馬), 추관사구(秋官司寇), 동관사공(冬官司空)을 가리키며, 수나라와 당나라 이후 육조의 상서(尙書)를 가리키게 되었다. '구시(九寺)'는 구경의 관청이다.

101 신의……넘습니다 : 저자의 할아버지 이석규(李錫奎, 1758~1839)는 1825년(순조25) 1월 26일 정4품 호군(護軍)의 신분으로 자헌대부(資憲大夫)에 발탁되었으며, 저자의 아버지 이계조(李啓朝, 1792~1855)는 1848년(헌종14) 10월 10일 즈음에 정3품 도승지의 신분으로 자헌대부에 발탁되었다. 《承政院日記 純祖 25年 1月 26日·29日, 憲宗 14年 10月 10日》

니다. 간곡히 어리석은 신을 가르친 말씀이 아직도 귀에 쟁쟁하니, 바로 이 때문에 높은 관직에 나아갈 생각을 끊고 한산한 무리 속에 노닐어 시골 산천에서 자유롭게 먹고 마시며 오리처럼 오가는 것[103]을 살아갈 수 있는 작은 계책으로 삼은 것입니다. 지금 과분한 은총을 크게 더해주신 것은 더욱 꿈속에서도 생각지 못했던 것입니다.

신은 재능으로 말씀드리면 어느 하나 볼만한 것이 없어 아무런 직임도 감당할 수 없고, 거쳐온 벼슬로 말씀드리면 한결같이 기대를 저버려 죄가 아닌 것이 없습니다. 무릇 집안의 명성을 실추시킨 자취를 가지고 다시 부친과 조부의 뒤를 잇는 반열에 끼어 의기양양 마치 원래 이런 지위를 가진 것처럼 한다면, 신의 몸이 끝내 거꾸러지고 말 것은 오히려 작은 일에 속합니다. 이름에 걸맞게 실질을 요구하는[104] 밝은 조정의 정사에, 장차 그 사람의 현부(賢否)를 따지지 않고 오직 가문만을 숭상하여 대대로 그 직책을 주어서, 마치 고사렴(高士廉)의 복야(僕射) 벼슬이나[105] 증흠도(曾欽道)의 집정(執政) 벼슬처럼[106] 단지 한집안을 휘

---

102 그칠……안다고 : 《노자(老子)》 제44장에 "만족할 줄을 알면 치욕을 당하지 않고 그칠 줄을 알면 위태롭지 않아서 장구할 수 있다.〔知足不辱, 知止不殆, 可以長久.〕"라는 내용이 보인다.

103 시골……것 : 56쪽 주80 참조.

104 이름에……요구하는 : 원문은 '설명책실(挈名責實)'로, 명실상부를 요구한다는 말이다. 《문자(文子)》〈상인(上仁)〉의 "이름에 걸맞게 실질을 요구하여, 담당 관리로 하여금 알지 못하는 것을 도(道)로 삼고 각박하게 하지 않는 것을 주(主)로 삼게 하니, 이렇게 하면 백관의 일이 각각 상고할 바가 있게 된다.〔循名責實, 使有司以不知爲道, 以禁苛爲主, 如此則百官之事, 各有所考.〕"라는 구절을 원용하였다.

105 고사렴(高士廉)의 복야(僕射) 벼슬이나 : 고사렴(575~647)은 본명은 검(儉)이며 자가 사렴으로, 당 태종(唐太宗)의 비인 문덕황후(文德皇后)의 외숙이자 당나라

황하게 하는 자급으로만 삼으시겠습니까.

군주의 신하에 대한 관계는 아버지의 아들에 대한 관계와 같으니, 신자(臣子)의 재능 여부는 이보다 더 잘 아는 이가 없는 군부(君父)의 밝은 안목[107]을 피할 수 없는 것이 당연합니다. 성상의 사랑하여 살기를 바라는 마음으로[108] 신의 지나친 복을 긍휼히 여기시고 신의 과도한 분수를 절제하시어, 위로는 조정의 체통에 누가 되지 않고 아래로는 선친의 가르침에 욕되지 않게 해주시기를 신이 어찌 자애롭게 덮어주시는 성상께 정성을 쌓아 바라지 않을 수 있겠습니까. 신의 말은 속마음에서 우러나온 것으로 추호도 거짓으로 꾸민 것이 아닙니다. 바라건대 전하께서는 속히 신에게 새로 제수하신 자급을 거두시어 성인(聖人)이 말의 가슴걸이 끈을 아꼈던 뜻[109]을 보존하시고 신하들에게 남우

초기의 재상이다. 태종의 현무문(玄武門)의 변(變)에 공을 세워 태종이 즉위한 뒤 시중(侍中)에 임명되었다. 638년 재상 벼슬인 상서우복야(尚書右僕射)에 임명되었으며, 이후 능연각(凌煙閣)에 초상이 걸렸다. 사후 태위(太尉)에 추증되고 태종의 사당에 배향되었다.

106 증흠도(曾欽道)의 집정(執政) 벼슬처럼 : 증흠도(1106~1174)는 본명은 회(懷)이며 자가 흠도이다. 남송 때의 관리로, 재정을 관리하는 능력이 뛰어나 송 효종(宋孝宗)은 그를 소하(蕭何)와 유안(劉晏)에 비견하였다. 벼슬은 우승상 겸 추밀사(樞密使)에 이르렀으며 그의 집안에서 대대로 재상의 직을 세습하였다.

107 신자(臣子)의……안목 :《관자(管子)》〈대광(大匡)〉에 "옛사람의 말에 '자식을 아는 사람은 부모만한 사람이 없고, 신하를 아는 사람은 군주만한 사람이 없다.'라고 하였네.〔先人有言曰: 知子莫若父, 知臣莫若君.〕"라는 포숙(鮑叔)의 말이 보인다.

108 사랑하여……마음으로 :《논어》〈안연(顏淵)〉에 "사랑할 때는 살기를 바라고, 미워할 때는 죽기를 바란다.〔愛之, 欲其生; 惡之, 欲其死.〕"라는 공자의 말이 보인다.

109 성인(聖人)이……뜻 : 군왕의 권병(權柄)을 상징하는 명기(名器)를 아껴야 한다는 말이다.《춘추좌씨전》성공(成公) 2년 조에 다음과 같은 일화가 보인다. 위(衛)나라

(濫竽)의 경계[110]를 드리워서 공사(公私)의 계한(界限)에 모두 타당하
게 해주소서.

임금이 대부인 중숙우혜(仲叔于奚)에게 읍을 상으로 주자 중숙우혜가 사양하고 곡현
(曲縣)과 반영(繁纓)을 청하였는데 위후가 허락하였다. 공자가 뒤에 이 말을 듣고 "애
석하다! 읍을 많이 주는 것만 못하였다. 오직 기물과 명호(名號)만은 남에게 주어서는
안 된다. 이는 군왕의 소관이기 때문이다.……만약 이를 남에게 준다면 정권을 남에게
주는 것이다. 정권을 잃으면 국가도 따라 잃게 되는 것을 막을 수 없다.[惜也! 不如多與
之邑. 唯器與名, 不可以假人, 君之所司也.……若以假人, 與人政也. 政亡, 則國家從之,
弗可止也已.]"라고 하였다 한다. '곡현'은 헌현(軒縣)으로, 남쪽을 제외한 삼면에 악기
를 거는 제후의 음악이다. '반영'은 말의 뱃대끈과 가슴걸이 끈으로 제후의 의장(儀仗)
이다.

110 남우(濫竽)의 경계 : 능력도 없이 높은 자리를 차지하는 것에 대한 경계를 이른
다. 제(齊)나라 선왕(宣王)이 생황[竽]을 좋아하여 반드시 300명을 채워서 불게 하였
는데, 남곽처사(南郭處士)가 왕을 위하여 생황을 불기를 청하자 선왕은 매우 기뻐하며
녹을 후히 주었다. 뒤에 선왕이 죽고 민왕(湣王)이 즉위하여 한 사람 한 사람 부는
것을 듣는 것을 좋아하자 남곽처사가 도망갔다고 한다. 《韓非子 內儲說上》

예문관 제학을 사양하는 소[111]
辭藝文館提學疏

삼가 아룁니다. 우리나라에서 양관(兩館 홍문관과 예문관)의 제학을 설치한 것은 실로 전대의 훌륭한 제도를 모방한 것이니, 사명(詞命)을 관장하고 고과(考課)를 주관하여 지제교(知製敎)와 지공거(知貢擧)가 하는 일을 하고 있습니다. 이는 문학적 재능과 감식안이 본래 두 가지 이치가 아니어서 여기에 뛰어난 사람이 반드시 저기에 뒤떨어지는 것은 아니기 때문입니다. 그러므로 그 진짜 재능과 실제 학문이 있고 당시에 명망도 쏠린 사람을 얻어야 분수에 넘친 임명이라고 여기지 않을 것입니다. 이는 마치 시장에 있는 보화가 본래 정해진 가격이 있는 것과 같아서, 마음대로 천거하여 사사로이 할 자리가 아니며 외람되이 차지하여 감히 요행을 바랄 자리가 아닙니다.

비록 높고 좋은 벼슬을 많이 거쳤고 대대로 이어온 가문의 전통을 조금이나마 이을 수 있는데도[112] 곧 이 직책에 몸을 숙이고 사양하여 넘으면 안 되는 선을 분명히 긋는 것은, 신이 이 직책에 대해 비단 스스로 헤아린 것이 자세하고 스스로 생각한 것이 분명하기 때문만은 아닙니다. 조정 관원이나 친척과 벗들이 일찍이 이것으로 인정해주지

---

111 예문관……소 : 정2품 한성부 판윤으로 재직하던 저자가 47세 때인 1860년(철종 11) 2월 29일 종2품 예문관 제학에 임명되자, 사흘 뒤인 3월 3일 이를 사양하며 올린 소이다. 《承政院日記 哲宗 11年 2月 29日, 3月 3日》

112 대대로……있는데도 : 저자의 아버지 이계조(李啓祚)는 1853년(철종4) 4월 15일 홍문관 제학에, 동년 5월 23일 예문관 제학에 임명된 적이 있다. 《承政院日記》

않았던 것은 진실로 신이 불학무식하기 때문입니다. 그런데 지금 이렇게 과분한 은혜가 어찌하여 신에게까지 이르렀단 말입니까. 상소하여 논박하는 간관들의 논의는 들리지 않고 신이 숨고 달아날 길은 또 막혀서 수일을 그대로 있다 보니 불안함이 더해가고 송구함이 쌓여서 두려움에 몸 둘 바를 모르겠습니다.

　신이 밝은 조정에 이름을 올리고 겨우 몇 년 되었지만 그동안 단계를 뛰어넘어 임명된 것이 모두 청직 아님이 없고 명사를 선발하는 자리가 아님이 없는데도 혹시라도 한사코 사양하여 면직되기를 힘쓰지 않았던 것은, 어찌 신의 기국과 재능이 조금이라도 합당해서 그런 것이겠습니까. 쉽고 어려운 일을 가리지 말자고 스스로 마음에 다짐하며 직분에 달려가는 것을 공손한 것으로 여기고 의리와 분수만을 두렵게 여겨서였습니다. 이로 말미암아 차츰차츰 나아가는 과정도 없이 승진하여 순식간에 육경의 반열에 이르게 되었습니다. 지나친 복은 재앙을 부른다는 것을 늘 생각하고 만족할 줄 알아야 한다는 경계[113]를 얼추 지켜서, 시골 산천을 오가며 한 마리 강호의 오리가 되어[114] 옛사람이 말한 부처의 은혜에 보답한다는 구절[115]을 외우는 것을 여생의 가슴에 새길 부적으로 삼았으니, 한결같은 이 마음은 신명에게 물어도 증명할 수 있습니다.

113　만족할……경계 : 72쪽 주102 참조.

114　시골……되어 : 56쪽 주80 참조.

115　옛사람이……구절 : '보답하지 않음으로써 은혜에 보답한다[不報之報]'는 뜻으로, 벼슬하지 않고 은거하여 군주에게 심려를 끼치지 않는 것이 오히려 군주의 은혜에 대한 보답이 된다는 말이다. 36쪽 주40 참조.

문장을 관장하는 직임으로 말하면 애초에 꿈에서도 생각하거나 갈 망했던 것이 아닙니다. 신은 본래 재주가 적고 몽매하여 노는 데에 빠져 지내는 것이 익숙하니, 글을 읽어도 마저성침(磨杵成針)[116]의 노력을 할 줄 모르고 벗을 사귀어도 공옥이석(攻玉以石)[117]의 유익함을 모릅니다. 드넓은 옛 전적의 세계는 근처에도 이르지 못하였고 부차적인 공령문(功令文)은 울타리조차 엿보지 못하였으니, 이것이 진정 송(宋)나라 사람이 말했던 "등용이 너무 이르고 벼슬이 너무 빠르면 학문을 할 겨를이 없다.〔用太早, 仕太速, 未及學耳.〕"라는 것입니다.[118]

큰 계책을 보필하고 문교(文敎)를 널리 펴는 것은 나라를 빛내는 일입니다. 신처럼 아무 학식이 없는 자가 어떻게 소임을 다할 수 있겠습니까. 훌륭한 인재들을 평가하고 규정을 표명하는 것은 선비들을 등급 매기는 일입니다. 신처럼 안목이 없는 자가 어떻게 감별할 수

---

116 마저성침(磨杵成針) : '쇠몽둥이를 갈아 가는 바늘을 만든다'는 뜻으로, 흔들리지 않고 각고의 노력을 하면 결국 공이 이루어진다는 말이다. 당나라의 시인 이백(李白)이 젊었을 때 글을 읽다가 도중에 포기하고 떠났는데 가는 길에 바늘을 만들기 위해 쇠몽둥이를 갈고 있다는 노파를 만난 뒤 느낀 바가 있어 다시 매진하여 학업을 마쳤다는 고사에서 유래하였다. 《蜀中廣記 卷12》

117 공옥이석(攻玉以石) : '박옥(璞玉)을 가공하기 위해서는 다른 산의 돌을 빌려야 한다'는 뜻으로, 다른 사람의 하찮은 언행일지라도 자신의 단점을 다스릴 수 있다는 말이다. 《시경》〈소아(小雅) 학명(鶴鳴)〉의 "다른 산의 돌이 옥을 갈 수 있느니라.〔他山之石, 可以攻玉.〕"라는 구절에서 유래하였다.

118 송(宋)나라……것입니다 : 송나라 장영(張詠)이 촉(蜀)의 태수로 있을 때 벗 구준(寇準)이 재상이 되었다는 말을 듣고 "창생이 복이 없구나!〔蒼生無福.〕"라고 하였는데, 문인이 그 이유를 묻자, "벼슬이 너무 이르고 등용이 너무 빠르면 학문을 할 겨를이 없다.〔仕太早, 用太速, 不及學耳.〕"라고 하였다는 고사가 전한다. 《宋名臣言行錄前集 卷4》

있겠습니까. 비슷한 글자도 구분하지 못하는 학사요 오활하고 흐리멍덩한 관리이니, 그저 끝내는 보는 이들을 놀라게 하고 의혹하게 할 뿐입니다. 신이 아무리 못났다 해도 어찌 차마 이런 짓을 하겠습니까.

아, 신이 듣건대 얻는 것이 당연한데 사양하면 윗사람이 허락하지 않는 경우가 있고, 얻어서는 안 되는데 주면 아랫사람이 받지 않는 경우가 있으니, 이때는 윗사람이 허락하지 않는 것이 재갈이 되지 않고, 아랫사람이 받지 않는 것이 거만함이 되지 않는다고 하였습니다. 신은 새로 제수하신 명에 대해 이미 얻어서는 안 되는 것을 얻은 것이니 아마도 받지 않는 것이 거만함에 이르지는 않을 것이며, 성상께서는 신의 뜻을 곡진히 이루어주시는 은덕을 베풀어서 필시 속히 윤허를 내리고 사양을 허락하지 않는 데에까지 이르지 않으실 것입니다.

더구나 지금 응제시(應製試)를 앞두고 독권(讀券)의 명을 내리셨으니,[119] 신은 이에 두려움이 배나 더하여 몸 둘 바를 알지 못하겠습니다. 이에 감히 진심을 남김없이 호소하여 지엄한 성상을 번거롭게 하는 것은, 자애로우신 성상께서 마음을 돌려 신이 가지고 있는 예문관의

---

119 응제시(應製試)를……내리셨으니 : 철종은 1860년(철종11) 3월 12일 창경궁(昌慶宮) 춘당대(春塘臺)에 나아가 경과 정시(慶科庭試) 문과를 행하여 합격자를 발표하고, 이틀 뒤인 3월 14일 참반 유생(參班儒生)에게 응제(應製)를 행하여 직부전시(直赴殿試) 하게 하였다. 이는 순조의 비인 순원왕후(純元王后)의 신주를 태묘에 모시고 대왕대비전과 왕대비전에 존호를 올리며 헌종의 신주를 세실(世室)로 모신 네 가지 경사로 인해 시행한 시험이다. 이에 앞서 동년 2월 18일 기사에 '고관 이유원(考官李裕元)', 3월 3일 기사에 '독권관 한성 판윤 이유원(讀券官漢城判尹李裕元)'의 구절이 있는 것에 근거하면, 저자는 이즈음에 독권관의 명을 받은 듯하다. 《哲宗實錄 11年 2月 18日, 3月 3日 · 12日 · 14日》

직임을 즉시 체차하셔서 명기(名器)를 중히 하고 미천한 신의 신념을
온전히 지키도록 해주시기를 바라고자 해서입니다.

별운검을 현탈하고 견책을 받아 파직되었다가 용서받은 뒤 스스로 탄핵하는 소[120]

別雲劍懸頉譴罷分揀後自劾疏

삼가 아룁니다. 신은 바로 지난번 별운검(別雲劍)을 현탈(懸頉)했던 사람 중 하나일 뿐이니, 견책을 받은 뒤 두려움에 몸 둘 바를 몰랐습니다.

　무릇 가까이 모시고 호종하는 반열은 지극히 영광스러운 자리입니다. 명을 듣고 달려가 받드는 것이 분수에 당연한 것이나 마침 미천한 신의 몸에 병이 나서 수레를 끄는 말에 멍에 메고 신발 신기를 기다릴 것 없이 달려가야 하는 의리[121]를 바치지 못하였고, 심지어 의장병을

120　별운검(別雲劍)을……소 : 저자가 47세 때인 1860년(철종11) 9월 24일 산직(散職)인 종3품 대호군(大護軍)의 신분으로 올린 소이다. 이에 대해 철종은 지나간 일을 굳이 자책할 필요 없으니 사직하지 말고 공무를 행하라는 비답을 내렸다. 이에 앞서 저자가 별운검에 임명받은 기록은 보이지 않으며, 동년 7월 22일 별운검에서 파직되었다가 이틀 뒤인 동월 24일 용서받았다는 기록만 보인다. 동년 7월 21일 철종은 창경궁(昌慶宮) 춘당대(春塘臺)에 나아가 응제(應製)와 시사(試射)를 행하고, 22일 춘당대에서 칠석제(七夕製)를 행하였는데, 아마도 이즈음에 별운검에 임명되었던 듯하다. '별운검'은 왕이 거둥할 때 운검을 차고 호위하는 일을 맡는 임시 벼슬이며, '현탈(懸頉)'은 출석하지 못한 사유를 기록하는 것으로, 여기에서는 일이 있어 직무를 이행하지 못했다는 말이다. 《承政院日記 哲宗 11年 9月 24日》《日省錄 哲宗 11年 7月 22日, 24日》
121　수레를……의리 : 《예기》〈옥조(玉藻)〉에 "무릇 군주가 사자를 보내 신하를 부를 때 3절로써 부르니, 2절을 가지고 부를 때는 달려가고 1절을 가지고 부를 때는 바쁜 걸음으로 간다. 관청에 있을 때는 신발 신기를 기다리지 않고, 밖에 있을 때는 수레를 끄는 말에 멍에 메기를 기다리지 않고 간다.〔凡君召以三節, 二節以走, 一節以趨, 在官,

구비하지 못함으로 인해 끝내는 누차 번거롭게 응대하시도록 하고 말 았습니다.

만약 그 연유를 추궁한다면 신의 죄가 아님이 없으니 조정의 기강으로 다스려서 중벌을 받아야 했을 것입니다. 그런데 하늘처럼 큰 성상의 도량으로 곡진히 사면하시어 며칠 되지 않아 특별히 유지를 내려 용서하셔서 신칙과 유시가 함께 이르렀습니다.[122] 마치 자애로운 아버지가 미욱한 자식을 깨우쳐주는 것과 같아서, 노한 것이 아니라 가르쳐주신 것이어서[123] 죄를 매개로 영화롭게 하셨으니, 크나큰 은혜에 감읍함이 다른 신하들보다 몇 배나 됩니다. 떳떳한 법을 요행으로 면하였으니 신의 마음이 더욱 두렵고, 관작이 예전 그대로이니 신의 마음이 더욱 위축됩니다.

이제 이 일에 다시 은혜로운 낙점을 받고[124] 예전의 허물을 돌이켜 생각하니 더욱 황공하고 부끄러워 감히 태연하게 달려가 응할 수 없습니다. 이에 감히 짧은 글로 스스로를 탄핵하여 성상을 번거롭게 하오니, 삼가 바라건대 밝으신 성상께서는 굽어살펴주시어 속히 신에게

不俟屨, 在外, 不俟車.〕"라는 내용이 보인다.

122 며칠……이르렀습니다 : 이와 관련하여 《일성록》 철종 11년(1860) 7월 24일 기사에 "일전에 내린 별운검에 대한 처분은 바로 일의 체통을 보존하기 위한 것이었다. 신칙은 이미 행하였으니 파직한 이들을 모두 용서하라.〔日前別雲劍處分, 卽存事體也. 飭已施矣, 罷職並分揀.〕"라는 철종의 하교가 실려 있다.

123 노한……것이어서 : 《시경》〈노송(魯頌) 반수(泮水)〉에 "얼굴빛을 화락하게 하고 웃으시니, 노한 것이 아니라 가르치시는 것이로다.〔載色載笑, 匪怒伊教.〕"라는 구절이 보인다.

124 이제……받고 : 저자는 1860년(철종11) 8월 17일 정2품 의금부 지사(知事)에 임명되었다. 《承政院日記》

해당하는 형률을 시행하여 온 신료들이 경계를 알게 하시고 미천한 신의 분수가 편안함을 얻을 수 있도록 해주소서.

황해도 관찰사로 부임한 뒤 사직하는 소[125]

黃海監司赴任後辭疏

삼가 아룁니다. 하늘과 조종(祖宗)이 우리 성상을 보우하여 주(周)나라 궁궐에는 병환이 단시간에 낫는 경사가 응하고[126] 제(齊)나라 백성들은 우리 임금님께 병이 없으신가 하는 노래가 드높습니다.[127] 길한 날 좋은 때 성대한 의식 거행을 앞두고[128] 하늘도 땅도 기뻐하며

125　황해도……소 : 저자가 49세 때인 1862년(철종13) 2월 27일 올린 소이다. 이에 대해 철종은 "소를 보고 잘 알았다. 노모를 모시고 가면 봉양에 편할 것이니 공사 간에 모두 좋을 것이다. 경은 사직하지 말고 관찰사의 책무에 더욱 힘쓰도록 하라.〔省疏具悉. 將老便養, 則公私兩得, 卿其勿辭, 益勉藩宣之責.〕"라는 비답을 내렸다. 이에 앞서 저자는 1861년 11월 25일 황해도 관찰사에 임명되고 동년 11월 27일 부임하러 떠나면서 철종에게 하직 인사를 올렸다. 《承政院日記 哲宗 13年 2月 27日》《日省錄 哲宗 12年 11月 25日》《哲宗實錄 12年 11月 27日》

126　주(周)나라……응하고 : 철종의 병이 쾌차했다는 말이다. 《철종실록》 13년 (1862) 2월 17일 기사에 예조에서 철종의 체후가 회복되었다 하여 종묘에 고하고 진하(陳賀)·반교(頒敎)할 것을 청하는 내용이 실려 있다. '주(周)나라 궁궐' 운운은 주무왕(周武王)의 고사를 원용한 것으로, 《서경》〈주서(周書) 금등(金縢)〉에 "주공이 돌아가 자신이 대신 죽게 해달라고 비는 글을 금등의 궤 안에 넣자, 무왕이 다음 날 병이 나았다.〔公歸, 乃納冊於金縢之匱中, 王翼日乃瘳.〕"라는 내용이 보인다.

127　제(齊)나라……드높습니다 : 철종이 백성들과 즐거움을 함께하여 백성들이 철종의 쾌유를 기뻐한다는 말이다. 맹자가 제(齊)나라 왕이 음악을 좋아한다는 말을 듣고 제나라 왕에게, 백성들이 왕의 음악 소리를 듣고서 기뻐하며 서로 말하기를 "우리 왕께서 행여 질병이 없으신가, 어떻게 음악을 연주하시는가.〔吾王庶幾無疾病與! 何以能鼓樂也?〕"라고 하는 것은 왕이 여민동락(與民同樂)하기 때문이라고 설파한 것을 원용한 것이다. 《孟子 梁惠王下》

사람들 마음도 모두 똑같으니, 신은 대궐을 바라보며 더더욱 손을 모아 발 구르고 춤추며 기뻐서 손뼉 치는 심정을 이길 수 없습니다.

이어 삼가 생각건대 신이 외람되이 관찰사의 직임을 맡은 것은 천만 뜻밖의 일이었습니다. 단지 사정이 몰리고 엄명이 다급하니 왕역(往役)[129]과 똑같게 여겨서 국사를 우선하는 것이 의리였기 때문에, 진달할 만한 실정이 있어도 숨기고서 말씀드리지 못하고 어울리지 않는 실제가 있어도 태연히 부끄러움을 모르는 것처럼 하여, 마침내 염치를 무릅쓰고 부름에 응하여 서둘러 길을 떠났습니다.

감영에 부임하여 자리에 앉은 지 얼마 되지 않아 지경에서 기다리던 사신 일행의 떠나는 수레를 이내 보고하고[130] 동분서주하느라 스스로를 돌아볼 겨를이 없었으니, 참으로 먼 길을 가는 자가 숨고 피할 수 없어 엎어지고 쓰러지며 앞으로 나아가서 잠시 멈추고 쉴 겨를도 없이 오직

---

128 길한……앞두고 : 1862년(철종13) 3월 10일 창덕궁 춘당대(春塘臺)에서 순조와 순조의 비인 순원왕후(純元王后)에게 존호를 추상(追上)한 경사로 인해 경과(慶科) 정시(庭試) 거행이 예정되어 있는 것을 이른다. 《哲宗實錄》

129 왕역(往役) : 왕이 명하면 반드시 행해야 하는 부역과 같은 일이라는 말이다. 《맹자》〈만장 하(萬章下)〉의 만장이 "서인이 군주가 자신을 불러 부역을 시키면 가서 부역하지만, 군주가 그를 만나보고자 하여 부르면 가서 보지 않는 것은 어째서입니까? 〔庶人, 召之役則往役, 君欲見, 召之則不往見之, 何也?〕"라고 묻자, 맹자가 "가서 부역하는 것은 의이고, 가서 만나보는 것은 의가 아니기 때문이다.〔往役, 義也. 往見, 不義也.〕"라고 대답한 구절에서 유래하였다.

130 지경에서……보고하고 : 《철종실록》12년(1861) 12월 20일 기사에 진향사(進香使)가 사폐(辭陛)하였다는 내용이 보이고, 동년 12월 22일 기사에 모화관(慕華館)에 나아가 칙사를 맞이하였다는 내용이 보인다. 아래 본문에서 '큰 손님을 겪었다〔經大賓〕'라는 말과 당시의 정황에 근거하면 저자가 황해도 관찰사로서 지나가는 청나라의 칙사 일행을 접대했던 일을 가리키는 듯하다.

목적지만을 목표로 하고 가는 것과 같았습니다. 그러다가 숨을 조금 돌리게 되자 비로소 병으로 몸이 아프다는 것을 깨닫게 되었으니, 이것은 신의 실제 상황을 말씀드린 것입니다.

지금은 사신의 수레가 조금 한가한 때이고 칙사에 관한 문서가 이제 막 마감되어 현재의 사무는 그럭저럭 처리해 나갈 수 있으니, 신 또한 비로소 사적인 일을 말씀드릴 수 있게 되었습니다. 신에게는 노모가 계시는데 연세가 칠순이 넘었습니다. 허약한 체질로 병이 잘 나는데 노쇠하자 더욱 고질이 되어 시름시름 앓으며 자리만 보전하고 계시니, 가쁜 숨이 아침저녁이라도 어찌 될까 하는 우려가 있습니다. 잠자리에 들고 일어날 때 신의 부축이 필요하고 먹고 마실 때 신의 살핌이 필요하니, 서로 의지하여 목숨을 부지한 것이 지금까지 벌써 여러 해가 되었습니다.

옛사람 중에는 부모가 연로하다 하여 벼슬을 사양한 자가 있고 관리가 될 마음이 없는 자가 있었으니,[131] 신이 매번 이것을 생각하게 되면 마음속으로 두렵지 않은 적이 없었습니다. 제수의 명을 받들게 되어 이내 멀리 떠나는 것을 고할 때, 신은 가까운 시일 내에 호소하여 관찰사의 부절을 반납하고 시골로 돌아와 슬프고 그리워하는 마음을 위로하겠다고 하였고 신의 어미 또한 간절히 바란다는 말씀을 하셨는데, 어언 해가 바뀌고 달이 또 두 번이나 바뀌었습니다. 엄자산(崦嵫山)[132]의 지는 해는 붙잡기 어렵고 태항산(太行山)의 조각구름이 눈에 들어

---

131 옛사람······있었으니 : 44쪽 주57 참조.

132 엄자산(崦嵫山) : 중국 감숙성(甘肅省) 천수현(天水縣) 서쪽에 있는 산으로, 전설에 따르면 해가 들어가는 곳이라고 한다.

올 뿐이니,[133] 신의 정황을 생각하면 어찌해야 할지 모르겠습니다. 신은 부모의 나이 70이면 자식 하나를 돌려보내 봉양하게 하는 것을 허락한다고 들었으니, 바로 예경(禮經)에 실린 것입니다.[134] 더구나 신은 이미 형제가 적고 어미는 또 매우 연로하니 더 말해 무엇 하겠습니까. 이것만으로도 이미 신이 반드시 사직해야 할 사유입니다.

간악한 자를 탄핵하고 공이 있는 이를 천거하는 직임으로 말씀드린다면, 감히 자처하지 못할 뿐 아니라 부임해온 지 또 얼마 안 되어 경내를 두루 살펴보지는 못했지만, 대체로 전체 도를 논한다면 문제없는 고을이 없습니다. 이제 막 큰 손님을 겪고 나니 텅 빈 것이 마치 온 집에 아무것도 남은 것이 없는 것 같으니, 소루(疏漏)하고 천근(淺近)한 신이 지탱하고 온전히 보전할 수 있는 것이 아닙니다. 이것이 또 신이 떠날 만한 사유입니다.

그러나 이것은 그래도 신의 두 번째 사유에 속합니다. 현재 가장 절박한 심정을 눌러도 누를 수 없는 것은 효로 다스리시는 세상에서 감히 그 효를 스스로 막을 수 없기 때문이니, 밝으신 성상께서 남의 노인에게까지 미치는 인자함[135]으로 분명 긍휼히 살펴주실 것입니다.

---

133 태항산(太行山)의……뿐이니 : 부모를 그리워한다는 말이다. 당나라 적인걸(狄仁傑)의 고사를 원용한 것으로, 적인걸은 부모가 하양(河陽)에 있었는데 병주(幷州)로 부임하게 되자 태항산에 올라 흰 구름이 날아가는 남쪽을 바라보며 "우리 부모님 계시는 곳이 이 구름 아래에 있다.〔吾親所居, 在此雲下.〕"라고 하고서 한참 동안 서 있다가 구름이 옮겨가고 나서야 길을 떠났다고 한다. 《舊唐書 卷89 狄仁傑列傳》

134 신은……것입니다 : 《경국대전(經國大典)》〈이전(吏典) 급가(給假)〉에 "70세 이상의 부모가 있으면 자식 중 한 사람을, 80세 이상의 부모가 있으면 자식 중 두 사람을, 90세 이상의 부모가 있으면 자식들을 모두 돌려보내 봉양하게 한다.〔有七十歲以上親者一子, 八十歲以上親者二子, 九十歲以上親者諸子歸養.〕"라는 내용이 보인다.

아, 절도사의 깃발로 영화로운 벼슬을 고하고 귀부인의 수레로 노모를 봉양하는 것은 신이 바라던 것이니 감읍하여 노래하지 않은 것이 아니지만, 노모의 병이 이와 같으니 곁에서 보살피는 것을 비우기 어렵습니다. 지금의 계책으로는 오직 하루빨리 면직을 바라는 것이 공사(公私) 간에 모두 다행이라는 것입니다. 감히 바라오니 자애로우신 성상께서는 속히 불쌍히 여겨주시어, 신의 절도사의 직임을 곧바로 체차하여 돌아가 노모를 간호할 수 있게 하여 미천한 신의 간청을 이루어주신다면, 신은 새로 벼슬을 임명받을 때처럼 감격하고 노래할 것입니다.

135 남의……인자함 : 《맹자》〈양혜왕 상(梁惠王上)〉에 "내 노인을 노인으로 섬겨서 남의 노인에게까지 미친다.〔老吾老, 以及人之老.〕"라는 내용이 보인다.

황해도 관찰사를 사직하는 두 번째 소[136]
辭黃海監司再疏

삼가 아룁니다. 신이 얼마 전 간절하고 절박한 심정을 호소하여 헤아려주시기를 바랐는데, 비답을 받들고 보니 신에게 유시하시기를 "노모를 모시고 가면 봉양에 편할 것이니 공사(公私) 간에 모두 좋을 것이다."라고 하셨습니다.[137] 성상께서 아랫사람의 심정을 곡진히 살펴주시어 큰 은총이 격례를 훨씬 벗어나니, 신은 그 은혜로운 말씀을 기쁜 마음으로 외며 신의 어미에게 간청하였고 신의 어미 역시 이 말을 듣고 매우 감동하며 칭송하고 편여(便輿)로 길을 나설 것을 천천히 의논하였습니다.

신은 이에 노모를 살피지 못하는 시간이 점점 길어지는 것을 참고 있었던 터라 영화로운 벼슬로 봉양할 기약이 있음을 기쁜 마음으로 기대하였는데, 사자가 소식을 전하여 신의 어미가 앓던 담벽(痰癖)이 여름과 가을이 바뀌는 이때를 만나 기약이나 한 듯 재발하였다고 하였습니다. 취침과 식사가 예전보다 완전히 줄었고 거동하는 것은 오히려

---

136 황해도……소 : 저자가 49세 때인 1862년(철종13) 7월 14일 올린 소이다. 이에 대해 철종은 노모를 병구완하는 것에 대해서는 합당한 방도가 있을 것이나 경의 거취로 말하면 대번에 논의할 수 없으니 사직하지 말고 관찰사의 책무에 더욱 힘쓰도록 하라는 비답을 내렸다. 이에 앞서 저자는 1861년 11월 25일 황해도 관찰사에 임명되어 재직하던 중 1862년 2월 27일 첫 번째 사직소를 올렸다. 83쪽 주125 참조. 《承政院日記 哲宗 13年 7月 14日》

137 비답을……하셨습니다 : 83쪽 주125 참조.

방 안에서도 어렵다고 합니다. 갖가지 병으로 오랫동안 드러누워 두렵고 위태로운 상황이 갈수록 심해져서 망팔(望八 71세)의 노쇠한 병든 몸을 억지로 일으킬 방법이 없으니, 바로 일의 형세가 실제로 그러합니다.

신이 만약 이 답답한 마음을 안고서 그저 성상의 위엄이 두려운 것만 생각하여, 감히 속에 쌓인 심정을 거듭 호소할 계획을 하지 않아서 우리 성상의 효로 다스리는 정사에 누를 끼친다면 불충하고 불효한 것이니, 신의 죄는 더욱 커질 것입니다. 신은 들으니 자식은 군주와 부모에 대해 섬기기를 똑같이 한다고 하였습니다.[138] 군주에게 목숨을 바치고 몸을 바치며 부모에게 힘을 다하고 효로 봉양하는 것은 모두 타고난 품성에서 나온 것이지만, 공사(公私)의 분계선은 때에 따라 완급을 저울질하여 각각 은혜와 의리를 다하되 이치에 맞게 대처해야 할 것입니다. 이 때문에 영백(令伯)이 조모를 봉양할 사람이 없는 실정을 진달한 글을 올리고[139] 무열(茂烈)이 노모를 봉양할 수 있게 해달라고 간청을 드린 것[140]은 어찌 의리와 분수에 어두워서 한 것이겠습니까.

---

138 자식은……하였습니다 : 《국어(國語)》〈진어1(晉語一)〉에 "사람은 세 분의 은혜로 살아가니, 섬기기를 똑같이 해야 한다. 부모는 낳아주신 분이고, 스승은 가르쳐주시는 분이고, 군주는 먹여주시는 분이기 때문이다.〔民生於三, 事之如一. 父生之, 師敎之, 君食之.〕"라는 내용이 보인다.

139 영백(令伯)이……올리고 : '영백'은 서진(西晉) 초기의 대신인 이밀(李密)의 자이다. 촉한(蜀漢)이 멸망한 뒤 진 무제(晉武帝)가 태자 세마(太子洗馬)에 임명하자 〈진정표(陳情表)〉를 올려 96세의 조모가 병이 많고 봉양할 사람이 없다는 이유를 들어 사양하였다. 《古文眞寶後集 卷1》

140 무열(茂烈)이……것 : '무열'은 명나라 효종(孝宗) 홍치(弘治) 연간에 효렴선생(孝廉先生)으로 불렸던 진무열(陳茂烈)을 이른다. 진무열이 벼슬을 내놓고 돌아가 노

무릇 "왕사를 견고히 하지 않을 수 없기에 어머니를 봉양할 겨를이 없노라.〔王事靡盬, 不遑將母.〕"[141]라는 것은 바로 강토에 일이 있을 때를 가리킨 것입니다. 그러나 평상시 관직의 거취를 말씀드린다면, 혹은 부모가 연로하다 하여 면직을 청하기도 하고 혹은 부모가 병이 났다 하여 곧장 떠나기도 하였으니, 이것이 바로 우리 조정의 충후한 기풍입니다. 지금 신이 외람되이 맡고 있는 관찰사는 단지 평상시의 한 관직일 뿐이며 온 도내에는 또 견고히 하지 않을 수 없는 왕사가 없습니다. 그러나 신의 어미는 이미 연로하고 병까지 들었는데 신의 처지는 또 곧장 떠나도 되는 자리가 아닙니다. 공적으로 말할 때와 사적으로 말할 때 이미 완급에 현격한 차이가 있다면 은혜와 의리를 모두 온전히 할 수 있는 합당한 방도가 있을 것이니, 빠짐없이 곡진히 이루어주시는 전하의 덕으로 볼 때 응당 신에 대한 처분이 있어야 할 것입니다.

신의 걸맞지 않은 직임에 대한 두려움이나 엉성하고 어두운 자질에 대한 부끄러움 같은 것은 오히려 신에게는 부차적인 일에 속합니다. 실정이 궁박하고 형세가 다급하여 완곡하게 말씀드릴 겨를이 없기에 이제 또 속마음을 다 토로하여 낮은 사람의 말도 들어주시는 성상께 거듭 호소하오니, 바라건대 밝으신 성상께서는 간절한 신의 말을 살피고 애타는 신의 실정을 긍휼히 여기시어, 속히 신이 가지고 있는 관찰사의 직임을 체차해주소서. 그리하여 늦지 않게 돌아가 노모를 병구완

모를 봉양할 수 있도록 허락해줄 것을 청하자 효종이 불쌍히 여겨 허락한 고사가 있다. 《忠貞錄 附錄 孝廉陳公傳》

141 왕사(王事)를……없노라 : 《시경》〈소아(小雅) 사모(四牡)〉의 구절로, 이 시는 사신의 수고로움을 위로한 시이다.

하여 지극한 바람을 이룰 수 있게 해주신다면, 맑은 조정의 인륜을 돈독히 하는 교화가 신으로 인해 더욱 빛날 것이고, 온 집안의 감축이 처음 임명장을 받들었을 때보다 더욱 배가 될 것입니다.

함경도 관찰사로 옮겨 임명된 뒤 사직하는 소[142]

移拜咸鏡監司後辭疏

삼가 아룁니다. 신이 황해도에서 직분을 수행한 지 이제 어느덧 1년 남짓 되었습니다.[143] 재능으로 말씀드리면 차지하지 말아야 할 직책을 외람되이 차지한 것이고, 사사로운 실정으로 말씀드리면 의당 돌아가야 하는데 아직 돌아가지 않은 것입니다. 사직소를 누차 올렸으나 은혜로운 비답이 갈수록 융숭하여, 이 때문에 감격이 앞서고 거듭 번거롭게 호소하는 것이 두려워서 자리를 더럽히며 머물러 있었던 것입니다.

장차 진심을 다시 호소하여 긍휼히 여겨주시는 성상께 요행을 바라고자 하였는데, 생각지도 않게 북쪽 변경으로 옮겨 임명하셨으니 격례를 훨씬 벗어난 것이었습니다. 은혜로운 명이 멀리까지 전해오자 온 도가 기뻐하였으나 신은 교지를 받들고 더욱 두려웠으니, 달아나 숨고자 해도 피할 길이 없어서였습니다. 혹여 신이 이미 관찰사의 직임을 수행하여 조금이나마 경력이 있다고 여겨서 장차 큰 번진을 맡기고

---

142 함경도……소 : 저자가 49세 때인 1862년(철종13) 12월 28일 올린 소이다. 이에 대해 철종은 사직하지 말고 가서 공경히 직임을 행하라는 비답을 내렸다. 《승정원일기》에 따르면 저자는 1862년 12월 19일 황해도 관찰사에서 체차되어 함경도 관찰사에 임명되었다. 《철종실록》에는 함경도 관찰사에 임명된 기록이 동년 12월 18일 기사에 보인다. 《承政院日記 哲宗 13年 12月 19日, 28日》

143 신이……되었습니다 : 저자는 48세 되던 1861년(철종12) 11월 25일 황해도 관찰사에 임명되었다. 《日省錄 哲宗 12年 11月 25日》

그 결과를 요구하시려는 것입니까? 신이 현재 한가한 자리를 맡아서 다행히 실패를 면하였다 하여 어려운 자리에 두어도 그 일을 할 만하다고 생각해서입니까? 무딘 날은 재차 베는 것을 감당하지 못하고 작은 그릇은 중임을 맡기에 맞지 않으니, 신이 이에 대해 근거로 삼을 만한 말이 없다면 성상의 임명에 대한 득실은 의론할 것이 없을 것입니다.

아, 관북 지역은 바로 우리 조선 왕조의 뿌리가 되는 땅입니다. 오이 덩굴처럼 면면히 이어진 터전이니 주(周)나라의 칠수(漆水)와 저수(沮水) 같은 곳이고,[144] 의관(衣冠)의 봉안을 존숭하니 한(漢)나라의 풍패(豐沛)와 같습니다.[145] 강역이 궁벽하게 멀리 있는 것은 외복(外服)인

---

144 오이……곳이고 : 《시경》〈대아(大雅) 면(綿)〉의 "면면히 이어진 오이 덩굴이여, 주(周)나라에 사람이 처음 산 것이 저수와 칠수에 터전을 잡으면서부터였네.〔綿綿瓜瓞, 民之初生, 自土沮漆.〕"라는 구절을 원용한 것이다. 주희(朱熹)의 주에 따르면 오이 덩굴이 뿌리에 가까워 처음 맺히는 것은 작고 그 덩굴이 끊어지지 않아서 끝에 이른 뒤에야 커지는 것처럼, 주나라가 처음 저수(沮水)와 칠수(漆水) 가에 터를 잡고 살 때는 매우 작았는데 문왕(文王)에 이른 뒤에야 커졌다는 말이다.

145 의관(衣冠)의……같습니다 : '의관의 봉안을 존숭한다'는 것은 철 따라 제사를 지낸다는 뜻으로, 한 고조(漢高祖) 유방(劉邦)의 능침에 보관된 고조의 의관을 매달 꺼내 바람을 쐰 데서 유래하였다. 《漢書 卷43 叔孫通傳》 '풍패(豐沛)'는 한 고조의 고향이자 고조가 처음 군사를 일으킨 곳으로, 여기서는 함경도를 가리킨다. 함경도는 조선 태조 이성계(李成桂)가 태어난 영흥(永興)과 어린 시절을 보낸 함흥(咸興)이 있는 곳일 뿐 아니라 태조가 처음 군사를 일으킨 곳이기도 하다. 태조의 부친인 환조(桓祖)의 옛 저택이자 태조가 출생한 영흥 본궁(本宮)과, 태조의 옛 집터이자 정종과 태종이 태어난 함흥 본궁에서는 철 따라 제사를 지냈는데, 영흥 본궁에는 태조와 신의왕후(神懿皇后)・신덕왕후(神德王后)의 위판을 봉안하였고, 함흥 본궁에는 태조의 고조인 목조(穆祖)와 효공왕후(孝恭王后), 태조의 증조인 익조(翼祖)와 정숙왕후(貞淑王后), 태조의 조부인 도조(度祖)와 경순왕후(敬順王后), 태조의 부친인 환조와 의혜왕후(懿惠王后), 태조와 신의황후・신덕왕후의 위판을 봉안하였다.

요복(要服)과 황복(荒服) 같고,[146] 토속이 강인하고 용감한 것은 중국의 연(燕)나라와 대(代)나라 같습니다.[147] 관방(關防)을 수비하는 계책과 지방관으로서 살펴야 할 정사는 신이 거쳤던 두 도[148]와 비교하면 더더욱 매우 어렵습니다.

더구나 함흥(咸興) 백성들이 일으킨 소요는 실로 옛날에도 드문 변고입니다.[149] 조정의 은혜와 위엄이 함께 시행되어 처분이 마땅하였으

---

146 외복(外服)인……같고 : '외복'은 왕기(王畿)를 내복(內服)이라고 칭하는 것에 상대적으로 말한 것으로, 왕기 밖의 오복(五服)의 지역을 이른다. '오복'은 사방 1000리인 왕기 밖의 지역을 500리를 기준으로 구획하여 왕기와 가까운 곳에서부터 후복(侯服)·전복(甸服)·수복(綏服)·요복(要服)·황복(荒服)으로 구분한 것으로, '복(服)'은 천자의 뜻에 따라 섬긴다는 의미이다. 이 가운데 '요복'은 왕기와의 거리가 1500리부터 2000리 사이인 지역을 이르며, '황복'은 왕기와의 거리가 2000리부터 2500리 사이인 지역을 이른다.

147 중국의……같습니다 : 전국 시대 때 지금의 하북성 서북부와 산서성 동북부 지역에 있었던 연(燕)나라와 대(代)나라의 기풍에 대해,《자치통감》에 "좌장군이 거느리고 있는 연나라와 대나라 지역의 병사들은 강인하고 용감한 자가 많았다.〔左將軍所將燕代卒多勁悍.〕"라고 말한 기록이 보인다.《資治通鑑 卷21 漢紀13 世宗孝武皇帝 下之上 元封3年》

148 신이……도 : 저자가 37세 되던 1850년(철종1) 12월 8일 전라도 관찰사에 임명되어 약 1년 동안 재임하고, 48세 되던 1861년(철종12) 11월 25일 황해도 관찰사에 임명되어 약 1년 동안 재임한 것을 이른다.《哲宗實錄 1年 12月 8日, 12年 11月 25日》

149 함흥(咸興)……변고입니다 : 1862년(철종13) 11월 2일 함경도 관찰사 이종우(李鍾愚)의 장계에 따르면 함경도 함흥부(咸興府)에서 일어난 소요로, 환자(還上)를 독촉받은 백성들이 연명으로 관청에 호소하다가 술김에 함흥부 정당(政堂)의 창문과 벽 및 감영의 삼문(三門)을 부순 소란을 이른다. 철종은 1862년 11월 3일 안핵사로 이삼현(李參鉉)을 임명하여 당일로 함흥으로 내려갈 것을 명하고, 관찰사 이종우의 관직을 박탈하고 판관 윤경진(尹庚鎭)을 의금부로 잡아들여 조처하도록 명하였다. 이후 이삼현의 보고에 따라 도당을 모아 소란을 일으킨 난민들을 수종(首從)을 나누어 처분하였

니 비록 예전 그대로 교화 가운데 있는 백성이기는 하지만, 사람들 마음속 동요와 한가득 남은 근심은 여전히 안정되지 않았습니다. 이러한 때 어루만지고 진정시키며 힘써 그 요점을 얻어서 위로는 맡겨주신 큰 은혜에 부합하고 아래로는 도신(道臣)의 책임에 답하는 것이 관찰사의 직분일 것입니다. 그런데 신이 무슨 위엄과 명망으로, 무슨 역량으로 한 도를 진정시켜서 설산(雪山)이 무거워지듯[150] 응집시키고 북문(北門)의 방비처럼[151] 튼튼하게 할 수 있겠습니까. 그러나 이것도 신의 두 번째 사유일 뿐입니다.

신은 본래 집안 대대로 청렴하고 검소하며 뿌리는 외롭고 미약하니

다.《承政院日記 哲宗 13年 11月 2日》《哲宗實錄 13年 11月 3日, 12月 7日・9日, 14年 1月 16日》

150 설산(雪山)이 무거워지듯 : 당나라 중기의 대신이자 시인인 엄무(嚴武)가 사천성 검남절도사(劍南節度使)로 있을 때 변경을 튼튼히 한 고사를 원용한 것이다. '설산'은 중국 사천성 북쪽에 있는 서산(西山)으로, 민산(岷山)의 주봉(主峯)이다. 눈이 쌓여 여름에도 녹지 않으므로 설산으로 불렸다고 한다. 두보(杜甫)가 엄무를 애도한 〈좌복야 정국공 엄공 무에게 드리다[贈左僕射鄭國公嚴公武]〉라는 시에 "공이 오자 설산이 무거워졌고, 공이 떠나자 설산이 가벼워졌네.[公來雪山重, 公去雪山輕.]"라는 구절이 보이는데, 촉 지역과 변경이 붙어 있는 토번(吐蕃)이 엄무가 태수로 있을 때는 그의 위엄에 눌려 감히 소란을 일으키거나 침범하지 못했다는 말이다. 엄무는 실제로 서쪽으로 정벌을 나가 토번 7만여 군대를 격파하고 토번의 대대적인 침공을 격퇴하여 서남 변경을 지켰다.

151 북문(北門)의 방비처럼 : 북송 때의 명재상이자 시인인 구준(寇準)의 고사를 원용한 것이다. 구준이 지금의 절도사에 해당하는 지천웅군(知天雄軍)으로 있을 때 요(遼)나라 사신이 지나가다가 구준을 만나 묻기를 "상공(相公)은 명망이 높은데 어찌하여 중서성(中書省)에 있지 않고 여기 있습니까?"라고 하자, 구준이 "주상께서 조정은 일이 없고 북문의 방비는 구준이 아니면 안 된다고 하셨기 때문입니다.[主上以朝廷無事, 北門鎖鑰非準不可.]"라고 대답하였다고 한다.《宋史紀事本末 卷4 天書封祀》

다. 태평성세를 만나 유독 큰 은혜를 받아서 벼슬을 시작한 지 30년이 되어가는 동안 요직을 거의 다 거쳤고 점진적인 승진도 없이 대번에 뛰어올라 팔좌(八座)[152]의 반열에까지 올랐습니다. 족함을 알고 가득 찬 것을 경계하라는 선친의 가르침을 받았는데,[153] 매번 이를 회상할 때마다 두려움으로 온몸에 소름이 돋습니다.

근년 이래 시골집에 거처하면서 오리와 함께 오가는 짝이 될 것을 좋아하였으니[154] 신의 몸은 아직 물러나지 않았으나 신의 마음은 이미 물러난 것입니다. 밝은 세상을 곧바로 떠나겠다는 말은 신이 감히 말씀드리지 못하지만, 벼슬길에서 자취를 거두는 것은 신이 실로 맹세한 것이니, 결연한 이 마음은 신명(神明)에게 물어보아도 증명할 수 있습니다. 그런데 지금 또 황해도에서 함경도로 옮겨 임명하시니 이미 분수에 넘치는데 또 넘친 것입니다. 자리를 탐하여 염치를 무릅쓰고 힘써 나아가는 것은 도리어 애초의 마음을 저버리는 것이니, 홀로 있을 때 이불과 그림자에 모두 부끄러운 것이라[155] 주저하며 달려가지 못합

---

152 팔좌(八座) : 정2품 벼슬로, 육조 판서, 의정부 좌·우참찬, 한성부 판윤, 홍문관 대제학 등을 이른다.

153 족함을……받았는데 : 저자의 아버지 이계조(李啓祚)는 저자가 42세 때인 1855년 (철종6) 10월 16일 향년 64세로 별세하였는데, 임종할 때 유언으로 "우리 부자는 임금의 은총을 두터이 입었으니 가득 차면 넘친다는 두려움을 항상 생각해야 한다. 나는 사직하고자 해도 지금 병이 들어 일어나지 못하니, 너는 반드시 50세를 기준으로 삼아 관리로서 업적이 이루어졌는지 여부를 따질 필요 없이 용감히 벼슬에서 물러나 복록을 남겨서 후손에게 물려주라.〔吾父子厚被寵渥, 常懷滿溢之懼. 吾欲謝事, 今病不起, 汝必以五十爲準, 宦業之成與不成, 不須較計, 勇退留餘以遺後也.〕"라고 한 것을 이른다. 《嘉梧藁略 卷8 乞致仕疏》

154 오리와……좋아하였으니 : 56쪽 주80 참조.

니다.

신은 노모가 살아 계십니다. 절도사의 깃발로 기쁜 소식을 고하고 귀부인의 수레로 노모를 봉양하는 것은 광영이 모인 것이니 감격하고 칭송할 일임을 너무나 잘 압니다. 그러나 길이 멀고 아득하여 마음은 있지만 이루기가 어려우니, 이것이 머뭇거리며 물러나는 이유입니다. 스스로 한계를 그은 것처럼 처신하는 것은 참으로 부득이한 사정이 있어서입니다. 분수를 헤아리고 역량을 가늠해보면 달려가 응하는 것이 매우 어렵기에, 이에 감히 간절한 심정을 다 호소하여 낮은 곳의 소리도 들어주시는 성상께 청하는 것입니다.

삼가 바라건대 자애로우신 성상께서는 신의 말을 살피시고 신의 실정을 긍휼히 여기시어 속히 신의 함경도 관찰사의 직임을 체차해주소서. 그리하여 일찌감치 돌아가 노모를 보살피고 사사로운 도리를 펼 수 있게 하여 남은 생 동안 보답하지 않음으로써 보답하는 의리[156]를 도모하게 해주신다면 신은 새로 하사받을 때처럼 떠받들고 칭송할 것입니다.

---

155 홀로……것이라 : 북제(北齊) 유주(劉晝)의 《신론(新論)》〈신독(愼獨)〉의 "홀로 서 있을 때 그림자에 부끄럽지 않게 하고, 홀로 잠들 때 이불에 부끄럽지 않게 해야 한다.〔獨立不慚影, 獨寢不慚衾.〕"라는 구절을 원용한 것이다.

156 보답하지……의리 : 재능이 적은 자신과 같은 사람은 벼슬에 나갔다가 역량이 부족하여 군주에게 심려를 끼치는 것보다는 벼슬을 하지 않는 것이 오히려 군주의 은혜에 보답하는 것이라는 말이다. 36쪽 주40 참조.

숭정대부를 사양하는 소[157]

辭崇政疏

삼가 아룁니다. 신이 지난번에 반드시 물러가야 할 의리를 진달하고 곡진히 이루어주시는 인자함을 기대하였는데, 은혜로운 비답[158]을 받들고 보니 정중하고 엄정한 말씀에 감격스럽고 황송하여 어찌할 바를 몰랐습니다. 성심을 다해 거듭 호소하고 싶은 심정을 비록 억누르기 어려웠으나 죽음을 무릅쓰고 거듭 번거롭게 말씀드리는 것은 의리상 감히 할 수 없었기에 마치 궁박하여 돌아갈 곳이 없는 사람처럼 방황하고 머뭇거렸습니다.

그런데 능역(陵役)을 감독했다 하여 특별히 숭정대부(崇政大夫)의 품계를 명하시어 자급을 올려주시니,[159] 자급은 판서보다 높고 반열은

---

157 숭정대부(崇政大夫)를 사양하는 소 : 저자가 50세 때인 1863년(철종14) 10월 29일 함경도 관찰사로 재직하고 있을 당시 올린 소이다. 이에 대해 철종은 사직하지 말고 가서 관찰사의 직임에 더욱 힘쓰라는 비답을 내렸다. 《승정원일기》에 따르면 저자는 동년 10월 15일 종1품 숭정대부에 가자되었다. 《承政院日記 哲宗 14年 10月 15日, 29日》

158 은혜로운 비답 : 92쪽 주142 참조.

159 능역(陵役)을……올려주시니 : 《승정원일기》 기록에 따르면 함경도 관찰사로 재직 중이던 저자는 1863년 8월 7일 장계를 올려 함흥(咸興)에 있는 태조의 아버지 환조(桓祖)의 정릉(定陵)과 환조의 비 의혜왕후(懿惠王后)의 화릉(和陵)의 능 위 대석이 밀려났을 뿐 아니라 봉토가 떨어져 나갔다고 보고하였다. 그리고 동년 8월 27일 기사에 영의정 정원용(鄭元容)이 정릉과 화릉의 공사는 이제 막 명을 내렸으니 도신(道臣)이 감독해야 한다고 한 말에 근거하면, 저자는 이후 이를 보수하라는 철종의 명을 받고 이 일을 감독하였던 듯하다. 다만 가자(加資)와 관련하여 《승정원일기》 10월 10일 기사에 정릉과 화릉의 능역(陵役)을 감독한 관찰사에게 가자하였다는 내용이 보이나, 실제

세 정승의 다음에 있게 되었습니다.[160] 이 자급의 높은 지위와 명망은 본래 남다른 것입니다. 그런데 신이 무슨 기록할 만한 작은 공로라도 있어서 이런 분수에 맞지 않는 과분한 상을 받는단 말입니까. 끊임없이 올라가는 것이 재앙을 부른다는 것은 오히려 사사로운 근심입니다. 밝은 정사에 누를 끼치는 것은 참으로 작은 일이 아니니, 어찌 감히 편안히 받아서 몹시 탐하는 것에 대한 경계를 전혀 모르는 사람처럼 범하겠습니까. 다만 지금 너무도 답답하고 절박한 사사로운 간청이 있기에 이에 또 고개 들어 효로 다스리시는 성상께 슬피 부르짖는 것입니다.

신이 재주 없는 몸으로 외람되이 관찰사의 임명에 응한 것이 어찌 조금이라도 성상의 명을 받들 만한 가망이 있어서였겠습니까. 단지 노모를 모시고 가서 봉양에 편하게 하라고 하시니[161] 영광스러움이 앞서서 이 때문에 애써 직임에 나아가 차지하지 말아야 할 자리에 머무르며 일찌감치 해면을 청할 생각을 하지 못했던 것입니다. 신의 어미는 노쇠한 나이가 되어 고질병을 앓고 있습니다. 집에 있을 때 강녕한 날이 늘 적었는데 다행히 약물과 좋은 음식 덕분에 뜻한 대로 조섭하여 봄과 여름 동안은 근근이 보낼 수 있었습니다. 그러나 가을에 들어선 이후로는 풍기(風氣)가 일찍 차가워지고 샘물이 맞지 않아 때때로 기침을 하고 설사를 하십니다. 갖가지 증상이 겉으로 드러난 것은 아니

로 저자가 종1품 숭정대부에 가자되었다는 기록은 동년 10월 15일 기사에 보인다. 《承政院日記 哲宗 14年 8月 7日 · 27日, 10月 10日 · 15日》

160 자급은……되었습니다 : 육조의 판서는 정2품이며, 세 정승의 품계는 정1품이다.

161 노모를……하시니 : 83쪽 주125 참조.

나, 만약 이곳에서 한겨울을 지낸다면 실로 더 심해질 우려가 있습니다. 이렇게 심한 추위가 아직 오지 않았을 때 수습하여 사사로운 처소로 돌아간다면 조섭할 수 있을 것이니 이는 늦출 수가 없는 것입니다.

신의 어미는 신에게 재촉하여 주선해보라고 말씀하시는데, 지금 신의 사정은 이미 혼자서 먼저 노모를 모시고 돌아가기도 어렵고 또 잠시 노모와 헤어져서 뒤에 남기도 어렵습니다. 형세상 절도사의 부절을 바치고 노모의 가마를 따라가서 동온하정(冬溫夏淸)과 먹고 마시는 범절을 부지하는 데 전념하고자 합니다.[162] 다시 맡기시는 관찰사의 직임을 방치할 수 없고 온갖 사무를 처리할 수 없는 것으로 말씀드린다면, 이것은 오히려 신의 두 번째 사유에 속할 뿐입니다.

이에 감히 짧은 글로 모두 진달하여 낮은 곳의 소리도 들으시는 성상께 청하오니, 삼가 바라건대 자애로우신 성상께서는 특별히 인자하고 측은히 여기는 마음으로 굽어살펴주시어 신에게 새로 주신 자급을 속히 거두소서. 이어 신의 관찰사의 직임을 체차하여 신의 소원을 이루어주신다면 공사(公私)의 계한(界限)에 양쪽 모두 합당할 것입니다.

---

162 동온하정(冬溫夏淸)과……합니다 : 자식이 부모를 섬기는 도리를 다하겠다는 말이다. '동온하정'은 《예기》〈곡례 상(曲禮上)〉에 "무릇 자식이 부모를 위하는 예는, 겨울에는 따뜻하게 해드리고 여름에는 시원하게 해드리며, 어두워지면 이부자리를 펴드리고 새벽에는 안부를 살펴야 한다.〔凡爲人子之禮, 冬溫而夏淸, 昏定而晨省.〕"라는 내용이 보인다.

함경도 관찰사를 사직하는 소[163]

辭咸鏡監司疏

삼가 아룁니다. 하늘이 재앙을 내려 대행대왕께서 갑자기 신민(臣民)을 버리시니 깊은 산중과 먼바다에서도 달려와 살고 싶지 않는 것처럼 부르짖으며 슬피 울지 않는 사람이 없습니다. 이즈음 나라의 형세는 장차 위태로워지게 되었고 인심은 머물 곳이 없었는데, 우리 성상께서 태모(太母)의 휘음(徽音)을 받들어 대통(大統)을 환히 이어서 자리에 나아가 예를 행하시자, 태모께서 발을 드리우고 함께 정사를 들으시어 구면(裘冕)이 더욱 높으니,[164] 종묘사직이 다시 편안해지고 신인(神人)이 서로 기뻐하였습니다. 신이 온 도의 군민(軍民)과 함께 손을 모으고 남쪽을 멀리 바라보며[165] 이 때문에 슬퍼하고 이 때문에

---

163 함경도……소 : 저자가 51세 때인 1864년(고종1) 1월 17일 함경도 관찰사로 재직하고 있을 당시 올린 소이다. 이에 대해 고종은 "피폐해진 뒤에 어찌 가벼이 체차할 수 있겠는가. 사직하지 말고 지방관의 책무에 더욱 힘쓰도록 하라.〔凋弊之餘, 豈可輕遞? 卿其〔勿〕辭, 益勉分憂之責.〕"라는 비답을 내렸다. 《承政院日記》

164 우리……높으니 : '태모'는 헌종의 부친인 익종(翼宗, 효명세자)의 비 신정왕후(神貞王后, 1808~1890) 조씨(趙氏)를 이른다. 1863년(철종14) 12월 8일 철종이 후사 없이 창덕궁(昌德宮) 대조전(大造殿)에서 승하하자 신정왕후는 같은 날 전교를 내려 흥선군(興宣君)의 둘째 아들에게 익종의 대통을 잇게 하고, 영의정 김좌근(金左根)과 도승지 민치상(閔致庠)을 보내어 잠저(潛邸)에서 모셔오게 하였다. 이에 흥선군의 둘째아들인 고종은 1863년(고종 즉위 년) 12월 13일 창덕궁 인정문(仁政門)에서 즉위하였으며, 이어서 대왕대비 신정왕후의 수렴동청정(垂簾同聽政) 의식을 거행하였다. 《承政院日記 哲宗 14年 12月 8日》《哲宗實錄 14年 12月 8日》《高宗實錄 卽位年 12月 13日》

165 남쪽을 멀리 바라보며 : 저본에는 '남망(南望)'으로 되어 있는데, 《승정원일기》

경하하였는데 시간이 지날수록 더욱 깊어만 갑니다.

이어 삼가 생각건대 신은 변변찮은 자질로 성조(聖朝)의 도야해주시는 교화를 입어 근시(近侍)의 반열에서 주선하며 어느덧 높은 관작에 이르렀으니 높고 두터운 은혜가 하늘처럼 끝이 없습니다. 그런데 연이어 관찰사의 직임을 받아 서쪽에서 북쪽으로 오게 되어[166] 대궐을 멀리 떠난 지 어느덧 이제 3년이 되었습니다. 이런 와중에 생각지도 않게 태산이 무너지고 땅이 갈라지는 변고가 그리움으로 답답해하던 때에 갑자기 발생하였습니다. 객관에서 거상(居喪)하며 오장이 찢어지는 듯하였으나 질긴 목숨이 끊어지지 않아서 예전처럼 구차히 살고 있는데, 또 한 해가 홀연 바뀌어 공제(公除)가 문득 지나간 것을 보니[167] 만사가 아득히 멀어지는 것이 슬프고 천 리 밖에 머물고 있는 것이 한스럽습니다. 승하하신 것에 대한 애통함이 사무치고 황천으로 따라가 모시고 싶은 마음이 간절합니다. 국장(國葬)을 앞둔 이때[168] 뒤늦게

고종 1년(1864) 1월 17일 기사에는 '북망(北望)'으로 되어 있다.

166 연이어……되어 : 저자는 48세 때인 1861년(철종12) 11월 25일 황해도 관찰사에 임명되고, 약 1년 뒤인 1862년 12월 19일 황해도 관찰사에서 체차되어 함경도 관찰사에 임명되었다. 《承政院日記》

167 또……보니 : '공제(公除)'는 왕·왕비·왕세자의 국상을 당하면 하루를 한 달로 계산하여 성복(成服)한 날부터 26일이 지나면 상복을 벗는 것을 이른다. 기록에 따르면 1863년(철종14) 12월 8일 승하한 철종의 상(喪)에 동년 12월 13일 성복하였으며, 이때부터 만 27일을 계산하여 1864년(고종1) 1월 9일 공제하고, 각 아문에서 시행하는 형벌은 동년 1월 10일부터 시작하였다. 이에 따르면 관원들은 자최기년복(齊衰期年服)을 입은 것이다. 《承政院日記 哲宗 14年 12月 8日·12日, 高宗 卽位年 12月 13日》《高宗實錄 1年 1月 10日》

168 국장(國葬)을 앞둔 이때 : 철종이 승하한 지 5개월 만인 1864년(고종1) 4월 7일

라도 분문(奔問)하는 예를 바쳐서 영구를 실은 수레를 받들고 상여 줄을 함께 잡는 반열에 참여할 수 있다면 신의 정리(情理)에 또한 비통하고 억울한 심정을 만에 하나라도 조금 펼 수 있을 것입니다.

그리고 신에게는 노모가 계시는데 나이가 70이 넘었습니다. 노쇠로 인한 병이 고질병이 되었는데 변방에서 해를 넘기며 갑절이나 위중해졌습니다. 지금이라도 모시고 시골집에 돌아가 적절하게 조섭한다면 신의 어미의 남은 세월은 모두 우리 전하께서 내려주신 은혜일 것입니다. 신이 공사(公私) 간에 반드시 체차되어야 하는 이런 의리를 품고 있을진대 어떻게 인자함으로 덮어주시는 성상께 고개 들고 애처롭게 호소하지 않을 수 있겠습니까.

신이 차지하지 말아야 할 직책을 차지하고 있는 부끄러움과 성상의 은혜에 보답하지 못하는 죄로 말씀드린다면 어느 하나 체차되어야 할 이유 아님이 없지만, 이것은 그래도 두 번째 사유에 속할 뿐입니다. 이에 실정을 호소하여 외람되이 여막에서 거상하시는 성상을 번거롭게 하오니, 삼가 바라건대 자애로우신 성상께서는 동조(東朝)[169]께 아뢰어서 속히 신의 관찰사의 직임을 체차하시어 작은 정성을 이루어주시기를 눈물을 흘리며 간청드립니다.

철종을 경기도 고양시 예릉(睿陵)에 장사 지냈다.《高宗實錄 1年 4月 7日》
169 동조(東朝) : 익종(翼宗)으로 추존된 효명세자(孝明世子)의 비이자 헌종의 어머니로, 당시 수렴청정하고 있던 대왕대비 신정왕후(神貞王后) 조씨(趙氏)를 이른다.

함경도 관찰사를 사직하고 선조의 서원 배알을 청하는 소[170]
辭咸鏡監司 請省先院疏

삼가 아룁니다. 세월은 빠르게 흘러가고 예제(禮制)는 정해진 기한
이 있기에 유궁(幽宮)이 길이 닫히고 졸곡제(卒哭祭)도 문득 지나갔
으니,[171] 성상의 사모하고 애통한 심정이 더욱 끝이 없으실 것입니다.
신은 지난 조정에서 은혜를 받은 것이 끝이 없는데 질긴 목숨이 끊어
지지 않아서 황천으로 따라가 모시는 정성을 바치지 못하고 다만 선
왕을 그리워하는 한만 품은 채 남쪽을 멀리 바라보며 길이 부르짖고
하염없이 눈물을 흘릴 뿐입니다.

---

170 함경도……소 : 저자가 51세 때인 1864년(고종1) 5월 1일 함경도 관찰사로 재직
하고 있을 당시 올린 소이다. 이에 대해 고종은 "지극히 절실한 간청에 대해서는 응당
헤아려주는 날이 있을 것이다. 선조의 서원에 정성을 올리는 일은 경이 편할 대로 오고
가도록 하라.〔至切之懇, 當有體諒之日. 先院展誠, 卿其從便往來.〕"라는 비답을 내렸
다. '선조의 서원'은 노덕서원(老德書院)을 이른다. 저자의 선조인 이항복(李恒福)이
1617년(광해군9) 인목대비(仁穆大妃) 김씨의 폐위에 반대한 것 때문에 1618년 1월 6일
함경도 북청(北靑)으로 유배되었다가 동년 10월 13일 그곳에서 세상을 떠나자, 1627년
(인조5) 지방 유림의 공론으로 북청에 서원을 세워 제향하였다. 1687년(숙종13) '노덕'
으로 사액되었다. 이와 관련하여 저자가 고종의 윤허를 받고 관찰사의 신분으로 찾아가
제향한 사실이 《임하필기》에 보인다. 《承政院日記 高宗 1年 5月 1日》《光海君日記(正
草本) 9年 11月 24日, 10年 1月 6日, 10年 10月 13日》《新增東國輿地勝覽 咸境道 北靑都
護府》《林下筆記 卷25 春明逸史 省謁先院》
171 유궁(幽宮)이……지나갔으니 : 1864년(고종1) 4월 7일 철종을 경기도 고양시 예
릉(睿陵)에 장사 지내고 칠우제(七虞祭)를 거쳐 동년 4월 20일 졸곡제(卒哭祭)를 지낸
것을 이른다. 《高宗實錄 1年 4月 7日, 4月 20日》

이어 삼가 생각건대 신은 연초에 호소하고서 외람되이 공적으로나 사적으로나 간절하고 절박한 심정을 불쌍히 여겨서 곡진히 이루어주시는 인자한 은혜를 입기 바랐는데, 은혜로운 비답이 융숭하고 극진하여 지방관의 책무에 더욱 힘쓰라고 하유하셨습니다.[172] 신은 명을 받들고 더욱 두려워 어찌할 줄 몰랐지만 성상을 거듭 번거롭게 해드리는 것만이 두려워 자리를 더럽히며 그대로 머물렀는데, 지금에 이르게 되니 신의 심정이 더욱 다급해져서 마치 궁박하여 돌아갈 곳이 없는 사람 같습니다. 이에 감히 효로 다스리시는 성상의 정사에 스스로 막을 수 없어, 반드시 호소하고 숨김이 없어야 하는 의리[173]를 망령되이 바칩니다.

신의 노모는 이미 노쇠한 나이가 되었고 병은 또 점점 심해져만 갑니다. 변방에서 한 해를 보내며 다행히 버틸 수 있었던 것은 성상의 은혜로운 보살핌을 받아 봉양에 편하게 해주신 조처가 적절하였기 때문입니다. 올해 들어와서는 갑절로 위중해져서 마치 급류에 떠내려가는 배를 돌릴 수가 없는 것과 같습니다. 여기에 북쪽 지역의 풍기까지 더하여 날씨가 어긋나는 날이 많고 샘물이 맞지 않으니, 천 리 먼 객관에서 또 여름 석 달을 보낸다면 사리를 따져보았을 때 실로 매우 우려스

---

172 은혜로운……하유하셨습니다 : 101쪽 주163 참조.

173 반드시……의리 : 지극히 아프면 반드시 부모를 찾고 군주에게는 숨김이 없어야 한다는 의리를 이른다. 《시경》〈패풍(邶風) 일월(日月)〉주희(朱熹)의 주에 "근심과 고통이 극에 달하면 반드시 부모를 찾는 것은 사람의 지극한 감정이다.〔蓋憂患疾痛之極, 必呼父母, 人之至情也.〕"라는 내용이 보이며, 《예기》〈단궁 상(檀弓上)〉에 "군주를 섬기되 면전에서 직간함은 있고 숨겨서 은미하게 간함은 없다.〔事君, 有犯而無隱.〕"라는 내용이 보인다.

럽습니다. 이미 달포 전에 모시고 도성으로 돌아가 집에서 조섭할 계책을 세웠으나, 신의 정황이 노모 곁을 한시도 떠날 수 없지만 이미 관찰사의 깃발을 바치고 곧장 돌아갈 수도 없는 것을 생각하면 애타는 심정은 하루를 보내는 것이 한 해를 보내는 것처럼 길기만 합니다. 이에 감히 죽음을 무릅쓰고 호소하여 낮은 곳의 소리도 들어주시는 성상께 바라오니, 신의 직명을 즉시 체차하고 곧바로 돌아가 보살피게 해주신다면 신의 모자가 서로 의지하여 목숨을 부지하면서 날마다 감읍하고 송축할 것입니다.

그리고 신에게 구구한 간청이 있어 감히 이렇게 말미에 진달합니다. 신의 선조인 문충공(文忠公) 신 항복(恒福)은 일찍이 유배를 받음으로 인해 북청(北靑)에서 세상을 떠났는데, 노덕서원(老德書院)이 바로 사액을 받아 영령을 모신 곳입니다.[174] 자손들이 공무로 인해 이곳을 지나가게 되면 그때마다 모두 가서 사판(祠版)에 배알하여 추모하는 마음을 폈습니다. 신은 함경도의 관찰사로 재임한 지 만 1년이 되었는데 참배할 길이 막혀 있으니 산천이 시야에 들어오면 마음이 응어리진 듯합니다. 그 노정을 헤아려보니 200리가 채 되지 않는 곳이었습니다. 8, 9일의 휴가를 얻는다면 넉넉히 다녀올 수 있으니, 관찰사의 깃발을 받들고 가서 기쁜 소식을 고하고 제수를 올려 정성을 편다면 유명(幽明) 간에 매우 영광되고 감격스러울 것입니다.

바라건대 밝으신 성상께서는 특별히 인자하고 측달하신 마음으로 굽어살피시어 동조(東朝)[175]께 아뢰어서 신의 직책을 체차하시고 신에

---

174 신의……곳입니다 : 104쪽 주170 참조.
175 동조(東朝) : 익종(翼宗)으로 추존된 효명세자(孝明世子)의 비이자 헌종의 어머

게 말미를 허락해주소서. 그리하여 선친을 위해서, 선조를 위해서 모두
정을 펼 수 있게 해주신다면 바로 우리 성상께서 즉위하신 원년의 아래
사람의 뜻을 살피는 정사일 것입니다.

니로, 당시 수렴청정하고 있던 대왕대비 신정왕후(神貞王后) 조씨(趙氏)를 이른다.

좌의정을 사직하는 소[176]

辭左議政疏

삼가 아룁니다. 신이 오늘 받든 천만뜻밖의 예사롭지 않은 명은 비단 신이 뜻도 생각도 하지 못했던 것일 뿐 아니라, 또한 대부와 나라 사람들의 기대나 의론이 미치지 않았던 것입니다.

　신은 일찍이 들으니 인군(人君)의 직책은 재상을 등용하는 데 달려 있다고 하였습니다. 재상이 현명한지 어리석은지, 잘하는지 못하는지에 따라 군주의 덕이 성취될지 아닐지, 다스림이 평탄할지 기울지, 세도(世道)가 낮을지 높을지, 백성들이 기쁠지 슬플지가 모두 좌우됩니다. 그러므로 인군이 한 명의 재상을 두고자 하면 자나 깨나 이리저리 찾으며 일을 물어보고 말을 살피며 정신을 집중하고 주의 깊게 살펴서 매우 어렵게 여기고 지극히 신중하게 하였으니, 혹은 이 뜻이 발로되어 꿈이 되기도 하고[177] 혹은 한 사람씩 점을 치기도 하며,[178] 심지어

176　좌의정을 사직하는 소 : 저자가 51세 때인 1864년(고종1) 7월 16일 전(前) 함경도 관찰사의 신분으로 좌의정을 사직하는 소이다. 이에 대해 고종은 지나치게 겸양하는 것은 기대했던 뜻이 아니니 다시 한번 생각하여 임명한 뜻에 부응하라는 비답을 내리고, 사관(史官)을 보내 이 뜻을 전하고 함께 올라오도록 명하였다. 저자는 동년 6월 15일 좌의정에 임명되었는데, 이 명을 함경도 감영 임소(任所)에서 받고 서울 집으로 돌아온 뒤에 이 소를 올렸다. 《승정원일기》와 《고종실록》에 상소와 비답이 모두 실려 있는데, 다만 《고종실록》에는 간략하게 기술되어 있다.

177　이……하고 : 109쪽 주179 참조.

178　한……하며 : 춘추 시대 초(楚)나라 혜왕(惠王)이 섭공(葉公)과 함께 재상을 점쳐 자량(子良)을 영윤(令尹)으로 삼으려다가 다시 점쳐 자국(子國)을 영윤으로 삼은

평소 거처할 때 혼자 중얼거리고 근심이 낯빛에 드러나서 모시는 자가 그 이유를 물어보기도 하였으며, 또 대내(大內)에서 특지(特旨)를 내릴 때 마음속으로 스스로 다행이라 생각하면서도 외부의 여론을 물어보기도 하였습니다. 여기에서 일을 맡겨 돕게 하고 등용하여 정사를 듣는 재상의 자리에 대해 그 살펴서 가리고 신중하게 선택하는 것이 다른 일반 백관에 비할 바가 전혀 아님을 알 수 있습니다.

지금 우리 전하께서 부암(傅巖)의 부열(傅說)을 꿈속에서 보기를[179] 기다리지 않고 금 사발로 덮고서 점치기를[180] 기다리는 일도 없이, 또 공적도 헤아리지 않고 여론도 채택하지 않고서 선마(宣麻)의 조서를 내려서[181] 삼공의 반열에 올린 사람이 마침내 신과 같은 천부당만부당 못난 자이니, 팔방에서 보고 들은 사람들이 놀라 의혹하지 않고 속으로 탄식하지 않을 수 있겠습니까.

신이 북쪽 변방에서 직책을 맡아 날마다 문서를 받들고 통지하여

고사가 있다. '영윤'은 초나라의 집정(執政) 관직으로 재상에 해당한다. 이외에도 당 현종(唐玄宗)의 금구매복(金甌枚卜) 고사가 유명하다. 주180 참조. 《春秋左氏傳 哀公 17年》

179 부암(傅巖)의……보기를 : 은(殷)나라 고종(高宗)이 자신을 보필할 신하를 간절히 구하던 중 꿈속에서 보고 초상화를 그려 찾은 결과 부암의 들에서 성벽을 쌓고 있는 부열(傅說)을 얻어 재상으로 삼았다고 한다. 《書經 說命上》

180 금……점치기를 : 당나라 현종(玄宗)이 재상을 뽑을 때 최림(崔琳) 등의 이름을 써서 금 사발[金甌]로 덮고 태자에게 맞혀보라고 하자, 태자가 최림이 아니면 노종원(盧從愿)이라고 말했다는 고사가 있다. 《新唐書 卷109 崔琳列傳》

181 선마(宣麻)의 조서를 내려서 : 재상이나 장수를 임명하는 것을 이른다. 당나라와 송나라에서 재상이나 장수를 임명할 때 백마지(白麻紙)에 조서를 써서 공포한 것에서 유래하였다.

알린 것은, 바로 성상께서 등극하신 원년의 덕음(德音)으로 논밭과 마을 사이에서 백성들의 생활을 돌아보는 것이었습니다. 열읍(列邑)의 수령 및 함흥(咸興)의 부로(父老)들과 함께 성대한 성상의 덕을 칭송하고 깊이 무젖는 자애로운 감화에 감격하여, 때에 맞게 해가 나고 비가 와서 풍년 들 것을 점치고 멀리 대궐을 바라보며 축원하였습니다. 그런데 어느 날 갑자기 역마(驛馬)로 임명의 소식을 급히 알려서 사관이 와서 성상의 은혜로운 하유(下諭)를 전하니, 신은 정신이 나가고 입이 떨어지지 않아 멍하니 아무 생각도 나지 않았습니다. 한참 뒤에야 수습하여 정신을 차리고 나서는 자신과 집안을 위해 근심하고 두려워할 겨를도 없이 조정과 나라의 체통을 위해 근심되고 두려워서 어찌할 바를 알지 못하였습니다.

신은 본래 대대로 녹을 받은 집안의 후손으로 일찌감치 과거에 급제하였는데, 곧바로 헌종조(憲宗朝)의 융숭한 보살핌과 남다른 은혜를 받아 글을 관장하는 관청에서 일하고[182] 한가로이 거처하시는 여가를 모시게 되었습니다. 온몸에 은총을 입고 마음과 뼛속에 새겨 조금이라도 보답하겠다고 일찍부터 다짐하였는데, 또 대행조(大行朝 철종)의 총애와 은혜를 받아 내외의 화려한 관직을 거쳐 공경의 관작에 이르게 되었습니다. 신이 두 선왕께 입은 은혜는 하늘처럼 끝이 없으니 신이 만약 조금이라도 달아나 피하는 마음이 있다면 이것이 어찌 사람의 도리이겠습니까. 신이 이 직책에 대해 뛰어넘기 어려운 철벽처럼 여기

---

182 글을……일하고 : 저자는 28세 때인 1841년(헌종7) 윤3월 문과에 합격한 뒤 동년 12월 6일 예문관 검열을 시작으로, 1842년 3월 13일 규장각 대교, 1843년 5월 10일 홍문관 부교리, 1844년 10월 22일 홍문관 수찬 등에 임명되었다. 《承政院日記》

는 것은 단지 신의 재주와 역량으로 할 수 있는 바가 아니기 때문이니, 인수인계를 마친 뒤에 도성 밖에 나아가 엎드리고서 속마음을 모두 토로하여 성상께 진심이 닿기를 바라지 않을 수 없습니다.

신이 지난가을에 감히 사사로운 간절함으로 인해 소를 올려 벼슬에서 물러날 것을 말씀드렸는데,[183] 이것은 나이를 끌어와 치사(致仕)를 청한 것과는 다르지만 또한 신의 정리(情理)에 그만둘 수 없었던 것입니다. 비록 직책에 매여 있어 애초의 바람을 이루지는 못했으나 정무를 보고하고 직임을 내려놓은 뒤에는 마음대로 유유자적하는 생활을 도모할 수 있으리라 생각했습니다. 지금 만약 융숭한 명에 응하기라도 한다면, 단지 신의 마음에 스스로 부끄러울 뿐 아니라 또한 어찌 작은 벼슬은 사양하고 큰 벼슬은 받는다는 혐의가 없겠습니까. 이것이 신이 나아갈 수 없는 첫 번째 이유입니다.

신이 가만히 국조(國朝)의 옛 법을 살펴보니 집무실 문을 노란색으로 칠하고 붉은 신을 신는 재상의 자리[184]에 굉유석학(宏儒碩學)이 이

---

183 신이……말씀드렸는데 : 저자는 50세 때인 1863년(철종14) 10월 29일 함경도 관찰사로 재직하고 있을 때 소를 올려, 병든 노모를 함흥(咸興)에서 모시기에는 샘물이 맞지 않은 데다 가을 들어 노모의 기침과 설사가 심해졌는데 따뜻한 시골로 노모를 홀로 보내기에는 보살필 사람이 없으니 형세상 벼슬에서 물러나 노모를 보살필 수밖에 없다며 사직을 청했었다. 98쪽 〈숭정대부를 사양하는 소〔辭崇政疏〕〉 참조.

184 집무실……자리 : 원문은 '황비적석(黃扉赤舃)'이다. '황비'는 한(漢)나라 때 승상・공경・고관이 집무하는 청사의 문을 황색으로 칠했던 것에서 유래하여 재상의 지위를 뜻하는 말이 되었고, '적석'은 천자나 제후가 신는 바닥이 두 겹인 붉은 신으로, 《시경》〈빈풍(豳風) 낭발(狼跋)〉의 "공이 큰 아름다움을 사양하시니, 붉은 신이 편안하도다.〔公孫碩膚, 赤舃几几.〕"라는 구절에서 유래하여 지위 높은 공경(公卿)을 뜻하게 되었다.

어졌는데, 연치로 보면 노성한 원로들로 일찍부터 재상감으로 기대를 받았고, 경력으로 보면 인재를 전형(銓衡)하고 나라의 재정을 담당하여 여러 차례 거복(車服)을 하사받을 만한 공[185]을 세운 사람들이었습니다. 지금 신이 나이로는 대부가 되어 정사에 참여할 때이고,[186] 경력으로는 담당 관리로서 보잘것없는 의견을 바칠 단계입니다. 그사이에 혹 상규(常規)에 구애받지 않고 차례를 밟지 않은 사람이 있었다 하더라도 이는 모두 갑자기 나라가 어지럽고 어려운 때를 만나 뛰어나고 걸출한 인재를 발탁했던 것이니, 어찌 신과 같은 무리가 비견하고 흉내 낼 수 있는 것이겠습니까. 이것이 신이 나아갈 수 없는 두 번째 이유입니다.

도를 논하고 나라를 경영하며 음양을 조화롭게 다스리며[187] 군주의 그릇된 마음을 바로잡고 군주의 도리에 어긋남을 보필하여 바로잡는 것[188]은 학술이 있는 사람이 할 수 있습니다. 조화시키고 공평하게 하며

---

185 거복(車服)을……공 : 《서경》〈우서(虞書) 순전(舜典)〉의 "각자 다스리는 일을 펴서 아뢰되 말로써 하게 하며, 밝게 시험하기를 일로써 하며, 수레와 의복으로 공을 표창하였다.〔敷奏以言, 明試以功, 車服以庸.〕"라는 구절에서 유래하여, '거복'은 공이 이루어졌다는 것을 뜻하게 되었다.

186 나이로는……때이고 : 《예기》〈내칙(內則)〉에 "50세에는 대부가 되어서 국가의 정사에 참여한다.〔五十, 命爲大夫, 服官政.〕"라는 내용이 보인다.

187 도를……다스리며 : 《서경》〈주서(周書) 주관(周官)〉에 "태사·태부·태보를 세우노니, 이들이 바로 삼공이다. 도를 논하고 나라를 경영하며 음양을 조화롭게 다스리니, 관원을 반드시 구비해야 하는 것은 아니며 오직 적임자를 임명해야 한다.〔立太師、太傅、太保, 玆惟三公, 論道經邦, 燮理陰陽, 官不必備, 惟其人.〕"라는 내용이 보인다.

188 군주의……것 : 《서경》〈주서(周書) 경명(冏命)〉에 "허물을 바로잡고 잘못을 바로잡아 군주의 그릇된 마음을 바로잡는다.〔繩愆糾謬, 格其非心.〕", 《서경》〈우서(虞

사람들을 포용하고 풍속을 진정시키는 것은 덕과 도량이 있는 사람이 할 수 있습니다. 얼굴빛을 바르게 하고[189] 곧은 말을 하며 백관의 모범이 되는 것은 풍도가 있는 사람이 할 수 있습니다. 아래로 제도와 문물에 통달하고 군국기무에 훤하며 사리에 해박하고 민심에 따라서 임기응변으로 미봉하는 책임을 수행하는 자도 오히려 한 시대를 구하는 인재라고 할 수 있지만, 또한 어찌 쉽게 얻을 수 있겠습니까. 신을 논한다면 산동(山東)의 대추와 밤이 종묘의 제기(祭器)에 오르지 못하는 것과 같으며,[190] 민간의 삼과 모시가 수놓인 비단이나 그림이 있는 고운 갈포와 똑같을 수 없는 것과 같으니, 이것이 신이 나아갈 수 없는 세 번째 이유입니다.

신은 학문은 근본한 것이 없고 재주는 뛰어난 것이 없으니, 비록

書)익직(益稷)〉에 "내가 도리에 어긋나면 너는 보필하여 바로잡아야 한다.〔予違, 汝弼.〕"라는 내용이 보인다.

189 얼굴빛을 바르게 하고 : 《서경》〈주서(周書) 필명(畢命)〉에 "필공(畢公)이 성대한 덕으로 능히 작은 행실을 부지런히 힘써 4대를 보필하고 밝혀서 얼굴빛을 바르게 하고 아랫사람들을 거느리자, 태사(太師)의 말을 공경하지 않음이 없어 아름다운 공적이 선왕의 세대보다 많으니, 나 소자는 의상을 드리우고 손을 마주 잡고서 공이 이루어지기만을 바라노라.〔惟公懋德, 克勤小物, 弼亮四世, 正色率下, 罔不祗師言, 嘉績多于先王, 予小子垂拱仰成.〕"라는 내용이 보인다.

190 산동(山東)의……같으며 : 훌륭한 집안의 후손이라도 모두 뛰어난 사람은 아니라는 말이다. 당나라 유종원(柳宗元)의 〈석종유를 논하는 내용으로 최 연주 자사에게 보내는 편지〔與崔連州論石鐘乳書〕〉 중 "반드시 산지에서 나온 것은 좋지 않은 것이 없다고 한다면……사람의 경우로 보면……산동의 몽매하고 투박하여 경작과 양잠에 힘쓰고 대추와 밤을 먹는 자들도 모두 묘당에서 국사를 도모할 수 있을 것입니다.〔必若土之出無不可者……其在人也……山東之稚駿樸鄙, 力農桑、啖棗栗者, 皆可以謀議於廟堂之上.〕"라는 구절에서 유래하였다.

벼슬 하나 직책 하나의 일이라 해도 이미 말할 만한 기대가 없다는 것은 스스로도 매우 잘 아는데 남들은 장차 무어라 하겠습니까. 확고한 이 마음은 털끝만큼도 가식이 아니건만 사신이 끊임없이 이르고 윤음이 거듭하여 내려오니, 군주의 은혜는 신으로 인해 날로 설만해지고 조정의 법은 신으로 인해 날로 무너지고 있습니다. 신의 죄가 여기까지 이르렀으니 무엇으로 스스로 속죄할 수 있겠습니까. 이에 감히 실상을 말씀드려 굽어살피시는 성상께 호소하오니, 삼가 바라건대 밝으신 성상께서는 지극한 간청을 굽어살피시어, 동조(東朝)[191]께 아뢰어서 속히 재상의 직함을 거두고 어질고 덕망이 있는 사람으로 바꾸어 임명하여 시대의 어려움을 널리 구제하신다면 공사(公私) 간에 매우 다행일 것입니다.

---

191 동조(東朝) : 익종(翼宗)으로 추존된 효명세자(孝明世子)의 비이자 헌종의 어머니로, 당시 수렴청정하고 있던 대왕대비 신정왕후(神貞王后) 조씨(趙氏)를 이른다.

두 번째 소[192]

再疏

삼가 아룁니다. 신이 주청하고 소를 올려 속마음을 모두 토로하였는데, 신의 실정은 거짓이 아니건만 도리어 장려하는 융성한 교지를 부르고, 신의 사양은 가식이 아니건만 단지 기대하고 면려하는 은혜로운 명만 과분하게 내렸습니다. 정성이 성상을 감동시키지 못한 것이니, 어디를 통하고 어디를 찾아간단 말입니까.[193]

옛말에 이르기를 "세 번 읍하고서 나아가고 한 번 사양하고서 물러간다.〔三揖而進, 一辭而退.〕"라고 하였습니다.[194] 이것은 나아가는 것을

---

192 두 번째 소 : 저자가 51세 때인 1864년(고종1) 7월 18일 전 함경도 관찰사의 신분으로 좌의정을 사직하는 두 번째 소이다. 첫 번째 소는 이 소를 올리기 이틀 전인 16일에 올렸다. 이에 대해 고종은 더 이상 고집하지 말라는 비답을 내리고, 이어 전교를 내려 사관(史官)을 보내 함께 올라오도록 명하였다. 저자는 동년 6월 15일 좌의정에 임명되었으며, 이 전교를 함경도 감영 임소(任所)에서 받은 뒤 서울 집으로 돌아와 이 사직소를 올렸다. 《승정원일기》에 상소와 비답이 모두 실려 있다.

193 어디를 통하고……말입니까 : 《시경》〈용풍(鄘風) 재치(載馳)〉의 "큰 나라에 하소연하고프나, 누구를 통하며 누구에게 찾아가야 하나?〔控于大邦, 誰因誰極?〕"라는 구절을 원용한 것이다.

194 옛말에……하였습니다 : 《예기》〈표기(表記)〉에 "군주를 섬기되, 나아가는 것을 어렵게 여기고 물러가는 것을 쉽게 여기면 벼슬자리가 질서가 있고, 나아가는 것을 쉽게 여기고 물러가는 것을 어렵게 여기면 벼슬자리가 혼란하다. 그러므로 군자가 세 번 읍하고서 나아가고 한 번 사양하고서 물러가는 것은 혼란을 멀리하고자 해서이다.〔事君, 難進而易退則位有序, 易進而難退則亂也. 故君子三揖而進, 一辭而退, 以遠亂也.〕"라는 공자의 말이 보인다.

어렵게 여기고 물러가는 것을 쉽게 여기라는 뜻을 말한 것이지만, 그래도 나아가고 물러가는 즈음에 따지고 재는 부분이 있습니다. 또 이르기를 "능력을 펴서 반열에 나아가 능히 할 수 없는 경우에는 그만두라.〔陳力就列, 不能者止.〕"라고 하였습니다.[195] 이는 할 수 없을 경우 가는 것과 그치는 것[196] 사이에서 논하기를 기다릴 것도 없이 물러날 뿐임을 곧바로 잘라 말한 것입니다.

지금 신이 임명받은 직명은 바로 옛날에 방략을 총괄하고 여러 무리를 통솔하여 백관의 우두머리가 되어 조용히 도를 논하는 자리이니, 본래 공로가 높고 덕이 중한 사람이 아니면 차지할 수 없는 자리입니다. 신은 재능으로 말하면 한 자 한 치도 뛰어나다 할 만한 것이 없고, 공적으로 말하면 한 올 한 털도 기록할 만한 것이 없으니, 뭇 관리들 명부 속의 머릿수만 채우는 평범한 신하에 지나지 않습니다. 신이 스스로를 평가하는 것이 이와 같고 다른 사람이 신을 보는 것 또한 이와 같은데, 지금 갑자기 명망이 알려지고 후보로 지명된 사람 밖에서 하루아침에 발탁하여, 나라를 다스리고 전형을 관장하는 재상의 반열에

---

195 또……하였습니다 : 《논어》〈계씨(季氏)〉에 "구야! 주임이 말하기를 '능력을 펴서 반열에 나아가 능히 할 수 없는 경우에는 그만두라.' 하였다. 위태로운데도 붙잡아주지 못하며 넘어지는데도 부축하지 못한다면 장차 저 상(相)을 어디에 쓰겠느냐.〔求! 周任有言, 陳力就列, 不能者止. 危而不持, 顚而不扶, 則將焉用彼相矣.〕"라는 공자의 말이 보인다. '구(求)'는 공자의 제자인 염유(冉有)의 이름이고, '주임(周任)'은 옛날의 어진 사관(史官)이며, '상(相)'은 장님을 인도하여 예를 돕는 사람이다.

196 가는……것 : 《맹자》〈양혜왕 하(梁惠王下)〉에 "가는 것은 누군가 혹 시켜서이며, 그치는 것은 누군가 혹 저지해서이다. 그러나 가는 원인과 그치는 원인은 사람이 하게 할 수 있는 것이 아니다.〔行, 或使之; 止, 或尼之. 行止, 非人所能也.〕"라는 내용이 보인다.

차례를 넘어 올리시어 군주의 덕을 높이고 백성들의 삶을 보호하도록
하시니, 할 수 있겠습니까, 할 수 없겠습니까? 천부당만부당하여 할
수 없는 상황임을 스스로 너무도 분명히 아니, 오직 그칠 데에 그칠
뿐 다시 무슨 나아감과 물러감, 가는 것과 그치는 것에 대해 의론할
만한 것이 있겠습니까.

신이 이로 인해 스스로 탄식한 것이 있습니다. 선비가 이 세상에
태어나 태평한 세상을 만나서, 조정에 몸을 바치면 군주와 뜻이 맞아
군주를 감동시키며, 계획을 장구히 하고 때에 따라 고하면[197] 당대의
군주가 받아들여서, 백성에게 이로움과 은혜를 주고 당대에 명성과
실제가 전하는 것은 실로 신하로서 얻기 어려운 지극한 바람입니다.
그런데 신은 다행히 이런 때를 만나서 윤음이 날마다 내려오는데도
은혜로운 뜻을 받들지 못하고 단지 명을 무시하고 분수에 오만한 죄만
쌓고 있으니, 어찌 신이 본래의 마음 평소의 뜻에 바라고 원하던 것이
겠습니까. 진실로 재능과 역량의 한계 때문입니다.

더구나 지금은 성상의 덕과 정삭(正朔)이 새로 시작되어 마치 해가
막 떠오르는 것과 같아서 밝음을 명하고 길함을 명하는 것이 처음 정사
를 하는 것에 달렸으니,[198] 큰 기틀을 반석같이 하고 태산같이 하며

---

197 계획을……고하면 : 《시경》〈대아(大雅) 억(抑)〉에 "계책을 크게 하고 명을 살펴
정하며, 계획을 장구히 하고 때에 따라 고하며, 위의를 공경히 하고 삼가야, 백성의
모범이 되리라.〔訏謨定命, 遠猶辰告, 敬愼威儀, 維民之則.〕"라는 구절이 보인다.

198 밝음을……달렸으니 : 《서경》〈주서(周書) 소고(召誥)〉에 "아, 자식을 낳음에
모든 것이 처음 낳을 때에 달려 있어 스스로 밝은 명을 받는 것과 같으니, 이제 하늘이
우리에게 밝음을 명할 것인가? 길흉을 명할 것인가? 역년(歷年)을 명할 것인가? 이것
을 아는 것은 지금 우리가 처음 정사를 함에 달려 있다.〔嗚呼! 若生子罔不在厥初生,

성대한 교화를 요(堯) 임금같이 하고 순(舜) 임금같이 하는 것은 모두 어릴 때 기른 덕성에 근본을 두는데, 이를 계도하고 보필하는 책임을 진 사람이 바로 삼공입니다. 예악·제도·전장(典章)의 가감과 풍속을 다스리고 일을 헤아리고 명령을 시행하는 것에 대한 재단으로 말하면, 깊은 뜻을 펼쳐서 연역하고 근거를 끌어대어 강론해서 성상의 뜻을 개발시키고 깨닫게 하여 계속해서 밝히는 경지[199]에 이르게 하는 것 또한 어진 보필이 인도하고 돕는 것입니다.

일찍이 옛 역사를 보니, 재상을 명하고 재상을 두는 것은 처음 즉위했을 때 더욱 신중히 하였습니다. 위로는 군주의 다스림을 돕고 아래로는 사람들의 기대를 안정시키는 직책이므로 사관이 역사책에 써서 정사의 근본을 드러내어 그 책임과 기대의 중함을 그처럼 오롯이 기록했던 것입니다. 그러므로 적임자를 얻으면 선비는 때를 만났다고 하고 백성은 즐겁다고 하며, 군주는 의심하지 않고 사람들은 비난하지 않지만, 만약 적임자가 아니면 저 상(相)을 어디에 쓰겠냐는 기롱[200]이 일어나고 이런 자도 정사에 참여하냐는 조롱[201]이 이르게 됩니다. 재상의 현부(賢否)에 따라 인심의 향배가 곧바로 갈리니 어찌 크게 두려워

自貽哲命, 今天其命哲? 命吉凶? 命歷年? 知今我初服.〕"라는 내용이 보인다.

199 계속해서 밝히는 경지 :《시경》〈주송(周頌) 경지(敬之)〉에 "날로 나아가며 달로 진전하여, 계속해서 밝혀 학문이 광명함에 이르고자 한다.〔日就月將, 學有緝熙於光明.〕"라는 구절이 보인다.

200 저……기롱 : 116쪽 주195 참조.

201 이런……조롱 : 송(宋)나라의 명재상인 여몽정(呂蒙正)이 처음 조정에 들어갔을 때 한 조정 관원이 여몽정을 가리키며 "이런 자도 정사에 참여한단 말인가.〔此子亦參政耶?〕"라고 조롱하였다는 고사가 전한다.《宋史 卷265 呂蒙正列傳》

할 만하지 않겠습니까. 신이 분수를 지키고 능력을 헤아려서 죄를 지어 처벌받는 지경까지 이르지 않는다면 이것은 신이 떠남으로써 보답을 도모하는 것이 되지만, 영화를 돌아보고 은총에 미련을 두어 성상의 명에 달려가는 것을 공손함으로 여긴다면 이것은 신이 나아감으로써 은혜를 저버리는 것이 됩니다.

신은 본래 어리석고 용렬하여 한 가지 기예에도 통달하지 못하였으며 앞일을 내다보는 지혜와 원대한 계책은 더욱 부족합니다. 그런데도 젊은 나이에 조정에 들어와 판서에까지 이르고, 나가서는 고을과 도를 맡아 맡기신 직임을 수행하고 성상의 근심을 나누었으나, 일찍이 성상의 다스림에 도움 되고 성상의 뜻에 부합할 만한 한 조각 작은 계책도 없었습니다. 그런데도 중요하고 현달한 직책을 두루 거치면서 요행히 견책을 면한 것은, 모두 우리 성조(聖朝)에서 포용하고 너그럽게 용서하는 크고 두터운 은혜와 보호 때문이었습니다. 소 발자국에 고인 빗물[202]처럼 작은 물방울은 본래 넓고 큰 바다에 도움이 되지 않으며, 반딧불이의 작은 불빛 또한 밝은 태양에 도움이 되지 않습니다. 신의 나아감과 물러남, 가는 것과 그치는 것이 어찌 소를 연달아 올리고 자주 올려서 비로소 굽어살펴주시기를 기다리겠습니까. 사정이 궁하고 형세가 다급하여 말을 가려서 하지 못합니다.

삼가 바라건대 밝으신 성상께서는 매우 간절한 심정을 살펴주시어

---

202 소……빗물 : 원문은 '제잠(蹄涔)'으로, 용량이나 부피가 얼마 되지 않는 것을 비유한다. 《회남자(淮南子)》〈범론훈(氾論訓)〉의 "소 발자국에 고인 빗물에서는 철갑상어나 다랑어 같은 큰 물고기가 살 수 없다.〔夫牛蹄之涔, 不能生鱣鮪.〕"라는 구절에서 유래하였다.

동조(東朝)[203]께 아뢰어서 속히 신의 의정부의 새로운 직함을 해면하여 나라의 체통이 손상되는 데에 이르지 않고 사사로운 분수가 원만히 이루어지도록 해주소서.

203 동조(東朝) : 익종(翼宗)으로 추존된 효명세자(孝明世子)의 비이자 헌종의 어머니로, 당시 수렴청정하고 있던 대왕대비 신정왕후(神貞王后) 조씨(趙氏)를 이른다.

세 번째 소[204]

三疏

삼가 아룁니다. 하늘은 만물을 곡진히 이루어주기 때문에 바라는 것이 있으면 반드시 들어주며, 성주(聖主)는 아랫사람의 실정을 잘 알기 때문에 구하는 것이 있으면 반드시 얻게 해줍니다. 지금 신이 아침에 소를 봉해 올리고 저녁에 부주(附奏)로 대답한 것이 전후 모두 몇 차례나 되지만, 신이 바라고 구하는 것은 재상을 사양하는 한 가지 일입니다. 이것이 어찌 신과 집안을 위한 계책이겠습니까.

오늘의 세상에 보기 드문 대우와 예사롭지 않은 은총은 비록 산중에 은거하는 고상한 선비에게 내리더라도 감격하여 몸을 잊고서 대번에 일어나 명에 응할 것입니다. 더구나 신처럼 규장각에서 늙도록 벼슬을 차지한 채[205] 성상의 명을 공손히 따르며 모셨던 사람이야 말해 무엇

---

204 세 번째 소 : 저자가 51세 때인 1864년(고종1) 7월 19일 전 함경도 관찰사의 신분으로 좌의정을 사직하는 세 번째 소이다. 첫 번째 소와 두 번째 소는 같은 달 16일과 18일 연달아 올렸다. 이에 대해 고종은, 다시 숙고한다면 틀림없이 의리상 받아도 되며 시기상 나와도 된다는 것을 알 것이니 더 많은 말을 하지 않겠다는 비답을 내리고, 이어 전교를 내려 승지와 함께 올라오도록 명하였다. 저자는 동년 6월 15일 좌의정에 임명되었으며, 이 전교를 함경도 감영 임소(任所)에서 받은 뒤 서울 집으로 돌아와 이 사직소를 올렸다. 《승정원일기》에 상소와 비답이 모두 실려 있다.

205 늙도록……채 : '종명루진(鍾鳴漏盡)'에서 온 말로, 늙어서도 관직을 탐하는 것을 비유한다. 삼국 시대 위(魏)나라의 전예(田豫)가 늙어서 벼슬을 내놓으며 "나이 70이 넘었는데도 여전히 벼슬자리를 차지하고 있는 것은 비유하자면 인경의 종이 울리고 물시계가 다했는데도 밤에 돌아다니기를 그치지 않는 것과 같으니, 이는 죄인이다.〔年過七十而以居位, 譬猶鍾鳴漏盡而夜行不休, 是罪人也.〕"라고 말한 것에서 유래하였다.

하겠습니까. 무릇 사람의 재능과 힘은 저마다 정해진 한계가 있어서 담장을 채색하는 것과 톱을 잡는 것처럼 재능이 현격히 차이 나는 경우가 있고, 무거운 솥을 메는 것과 가벼운 깃털을 드는 것처럼 힘이 판연히 다른 경우가 있습니다. 만일 할 수 없는 자에게 하라고 하면 이것이 어찌 억지로 노력한다고 해서 따를 수 있는 것이겠습니까.

신하는 관작에 대해 크든 작든 다르기는 해도 사양과 받음, 나아감과 물러감에 대해 반드시 모두 스스로 헤아려서 먼저 정해야 합니다. 그러므로 한 개의 부절로 부르는 소명에 종종걸음으로 빨리 가는 경우가 있고[206] 삼명(三命)의 높은 벼슬에 담장을 따라 빠른 걸음으로 지나가는 경우가 있습니다.[207] 재상이나 판서처럼 직임이 막중한 관작으로 말하면, 또한 혹 수레를 급히 몰아 속히 나아가는 경우가 있고 혹 조서를 받든 사신이 열 번을 왕복하는 경우가 있습니다. 그 나아감과 물러감이 비록 같지 않으나 스스로 헤아려 정한 것은 동일합니다.

《三國志 卷26 魏書 田豫傳》

206 한……있고 : 《예기》〈옥조(玉藻)〉에 "무릇 군주는 세 개의 부절로 신하를 부른다. 군주가 두 개의 부절로 부르면 신하는 달려가고, 군주가 한 개의 부절로 부르면 신하는 종종걸음으로 빨리 걸어간다.〔凡君召以三節. 二節以走, 一節以趨.〕"라는 내용이 보인다.

207 삼명(三命)의……있습니다 : 벼슬이 높을수록 더욱 공손하고 삼간다는 말이다. 공자의 선조인 정고보(正考父)의 사당에 있는 정(鼎)에 새겨진 명(銘)에 "일명을 받아 대부가 되어서는 고개를 숙이고, 재명을 받아 하경(下卿)이 되어서는 허리를 굽히고, 삼명을 받아 상경(上卿)이 되어서는 몸을 굽히고서, 길을 갈 때도 도로 중앙을 피해 갓길로 담장을 따라 빠른 걸음으로 지나가니, 감히 나를 업신여기는 사람이 없었다.〔一命而傴, 再命而傴, 三命而俯, 循牆而走, 亦莫余敢侮.〕"라는 구절이 있다고 한다. 《春秋左氏傳 昭公 7年》

신은 일찍부터 탄탄대로를 달리며 은혜를 생각하고 녹을 사모하여 맡기고 시키신 일이면 몸과 마음을 다해 앞으로 나아가서 한 번도 회피하려는 마음을 가진 적이 없습니다. 더구나 지금 황금 인장에 둑기(纛旗)를 단 수레는 신하로서 최고의 영광이며, 마지(麻紙)의 조서로 내려주신 윤음은 성세(盛世)의 드문 은총입니다. 들어가서는 경연에서 격의 없이 정사를 논하여 경전을 강론하고 교화를 도우며, 나가서는 묘당에서 계책을 내어 장부와 문서를 결재하고 각종 정무를 처리하는 자리이니, 이것은 옛날 굉유석학(宏儒碩學)이 군주의 마음을 얻어 그 뜻을 행했던 경우입니다.

지난번 전교에서 신에게 '충정한 집안'이라는 말씀으로 칭찬하시고 '선조'를 언급하여 면려까지 해주시니,[208] 신은 감격하여 눈에 가득 눈물이 고이고 무어라 대답해야 할지 몰랐습니다. 신의 선조 문충공(文忠公) 신 항복(恒福)의 덕과 공업과 이름과 절조는 서책에 실려 있지만, 신처럼 아무 직임도 감당할 수 없는 사람은 단지 선조를 욕되게 하는 죄를 더할 뿐이니, 이것이 또 신이 크게 두려워하는 것입니다.

지금 우리 동조(東朝)[209] 전하께서 태임(太妊)과 태사(太姒)[210]의 예

208　지난번……해주시니 : 고종은 1864년(고종1) 6월 15일 저자에게 좌의정을 임명한 뒤 동년 7월 15일 전교를 내려 "경을 충정한 집안에서 얻어 선조의 유업을 잇는 아름다움과 의지하고 맡기는 중임으로 상하가 서로 면려하는 것이 바로 오늘 있으니 기뻐서 잠을 이루지 못하였다. 내 마음에 지금 그대의 옛 선조가 몹시 생각나는데 경은 어찌 그러하지 않겠는가.〔得卿於忠貞之門, 趾述之美, 倚毗之重, 上下交勉, 政在今日, 喜而不寐. 予心方切念昔先故, 卿豈不然?〕"라고 하였다. 이 전교를 받은 이튿날 저자는 첫 번째 사직소를 올렸다. 《承政院日記》

209　동조(東朝) : 익종(翼宗)으로 추존된 효명세자(孝明世子)의 비이자 헌종의 어머니로, 당시 수렴청정하고 있던 대왕대비 신정왕후(神貞王后) 조씨(趙氏)를 이른다.

지(叡智)를 지니고 요(堯) 임금과 순(舜) 임금의 정사를 행하시어 백성들을 화합시켜 하늘의 영원한 명을 기원하는 도를 돌아보시니, 발을 드리우고 행하시는 덕교(德教)가 날로 팔방에 펴지고 있습니다. 그 신칙하고 면려하며 백성들을 품어 보호하는 어려운 계책을 끊임없이 신과 같은 자에게 요구하시는 것은, 아마도 명을 받들어 그 뜻을 백성에게 알리는 일이 전적으로 정사의 근본인 재상의 자리에 달려 있기 때문일 것입니다. 백관을 감찰하고 기강을 진작시키며, 백성들의 고통을 살피고 부세와 요역을 가볍게 하며, 서한(西漢)의 제도처럼 이술(吏術)을 존숭하고[211] 원우(元祐) 연간의 치세(治世)[212]처럼 어진 정사를 행하며, 이 백성들을 태평성세로 인도하고 나라의 형세를 태산 반석

---

210 태임(太妊)과 태사(太姒) : '태임'은 주(周)나라 문왕(文王)의 어머니이며, '태사'는 문왕의 후비(后妃)이자 무왕(武王)의 어머니이다.

211 서한(西漢)의……존숭하고 : 한(漢)나라 선제(宣帝) 때 이천석(二千石) 군수 중에 잘 다스린 공로가 있으면 조서를 내려 면려하고, 봉록을 더해주거나 금을 하사하며, 혹 벼슬이 관내후(關內侯)까지 이르기도 하고, 공경 중에 결원이 생기면 이렇게 표창한 이들 중에서 선발하여 차례로 등용하였는데, 이 때문에 한나라 때 훌륭한 관리가 많아져서 중흥이라 일컬었다고 한다. 《승정원일기》에도 좌의정 김병학(金炳學)이 "공경 중에 결원이 있으면 군읍을 잘 다스린 사람을 뽑아서 보충하는 것은 곧 서한 때 이술(吏術)을 숭상하던 일인데, 우리 조정에서 잘 다스리고 잘 진휼한 사람에게 자급을 올려주는 법 또한 이러한 뜻입니다.〔公卿缺, 則以郡邑治理選補, 卽西京之崇尙吏術, 而我朝善治善賑加資之典, 亦此義也.〕"라고 주청한 내용이 보인다. '이술'은 정사를 행하는 방법이라는 뜻이다. 《漢書 卷89 循吏傳 序》《承政院日記 高宗 3年 7月 30日》

212 원우(元祐) 연간의 치세(治世) : '원우'는 1086~1094년 사이에 사용한 송나라 철종(哲宗)의 연호이다. 신종(神宗)이 죽고 철종이 어린 나이로 즉위하자, 영종(英宗)의 후비인 선인태후(宣仁太后) 고씨(高氏)가 대리청정하여 왕안석(王安石)의 신법(新法)을 폐지하고 사마광(司馬光) 등을 등용하여 치세를 이룬 시기를 이른다.

위에 올려놓는 것은, 정치의 요체를 알고 세상일을 다스리는 자가 아니면 어떻게 여기에 참여하여 의론할 수 있겠습니까.

신이 학문이 엉성하고 아는 것이 없으며 재주가 용렬하고 힘이 미약하다는 것은, 신 스스로 명확히 알고 있으며 스스로 상세히 헤아리고 있습니다. 지금 그저 발탁하여 맡겨주신 은혜만 믿고 일을 그르쳐서 실패할 근심을 생각하지 않는다면, 신의 몸이 낭패를 당하는 것은 참으로 돌아볼 것이 없지만 성상의 발탁에 누를 끼치는 것과 창생의 기대에 미치지 못하는 것은 어떻게 하겠습니까.

지금 이 세 번째 호소는 감히 의정부의 옛 법을 행한 것이 아닙니다. 소를 올려 호소했는데도 성상을 감동시키지 못하고 명을 어겼는데도 죄를 묻지 않으시니, 사정이 궁하고 형세가 다급하여 속마음을 다 토로하는 것입니다. 삼가 바라건대 밝으신 성상께서는 신을 헤아리시고 신을 살펴주시어 동조(東朝)께 아뢰어서 속히 신이 띠고 있는 벼슬을 체차해주시고, 금 사발을 엎어놓고 재상을 점치는 일을 다시 행하여[213] 공기(公器 벼슬)를 중하게 하고 국정(國政)을 다행하게 하소서.

---

213 금……행하여 : 109쪽 주180 참조.

국경을 넘어가려던 함경도의 사건에 대해 스스로 죄를 논열하는 차자[214]

北道犯越事自列箚

삼가 아룁니다. 이즈음에 성상의 효를 독실히 행하시어 진전(眞殿)에서 울창주를 부어 제사를 돕는 예를 친히 행하시니,[215] 즉위하신 원년에 성대한 전례를 행한 것이기에 조정에 있는 신료들이 슬퍼하면서도 기뻐하는 마음이 모두 같았습니다.

이어 삼가 생각건대 신이 북쪽 변방을 맡고 있을 때 매번 변경의

---

214 국경을……차자 : 저자가 51세 때인 1864년(고종1) 8월 11일 좌의정의 신분으로 올린 차자이다. '국경을 넘어가려던 함경도의 사건'은 함경도 경원 부사(慶源府使) 신명희(申命羲)가 청나라와 무역을 하기 위해 지은 건물이 소실되자 목재를 구하기 위해 비변사에 보고하지 않고 중국에 공문을 보내 국경 밖으로 목재를 구하러 갈 수 있게 해달라고 요청하였는데, 중국 예부(禮部)에서 도문강(圖們江, 두만강)을 넘어 목재를 벌목할 수 있도록 허가를 요청하는 공문을 받았다는 내용의 자문(咨文)을 보내온 사건을 이른다. 신명희는 1864년 2월 2일 경원 부사에 임명된 뒤 이 사건으로 인해 동년 8월 10일 파출(罷黜)되고 동년 10월 24일 전라도 해남(海南)으로 유배되었는데, 이 기간은 저자가 동년 6월 15일 좌의정에 임명되기 전 함경도 관찰사로 재직하고 있던 시기와 겹친다. 이에 대해 고종은 인혐(引嫌)하지 말고 안심하라는 비답을 내리고, 이어 사관을 보내 이 비답을 전하게 하였다. 《승정원일기》에 차자와 비답이 모두 실려 있는데, 다만 약간의 글자 출입이 있다. 《高宗實錄 1年 9月 13日》《承政院日記 高宗 1年 2月 2日, 6月 15日, 8月 10日 · 11日》《日省錄 高宗 1年 8月 10日》

215 진전(眞殿)에서……행하시니 : '진전'은 조선 태조 이하 역대 제왕의 어진(御眞) · 금보(金寶) · 옥책(玉冊) 등을 모신 궁전으로, 창덕궁(昌德宮) 안에 있었던 선원전(璿源殿)을 이른다. 고종은 1864년(고종1) 8월 9일 진전에 나아가 작헌례(酌獻禮)를 행하였다. 《高宗實錄》

금령이 어지러워지고 해이해지는 것 때문에 속으로 매우 근심하여 경내 고을들을 살피고 경계하지 않은 적이 없었는데, 지금 이 경원부 (慶源府)의 전에 없던 변고가 신이 관찰사의 직임을 맡고 있을 때 발생 하였으니, 신은 그저 놀랍고 두렵기만 하여 어찌할 바를 알지 못하겠 습니다.

저 청나라와 우리나라의 국경이 단지 작은 배로 건널 수 있을 정도의 좁은 강물을 사이에 두고 있지만 관방(關防)을 설치하여 자른 듯 영채 를 세우는 한계를 둔 것은, 비록 나무하고 풀 베며 꼴을 베고 짐승을 기르는 미천한 백성이라도 감히 국경을 넘어가서 채취하는 일이 없도 록 하기 위한 것입니다. 관인이 찍힌 공문으로 말하면 더더욱 감히 이유 없이 서로 왕래하지 못하게 하였으니, 이 얼마나 엄한 나라의 금령입니까.

아! 저 무과 출신의 수령도 의당 이것을 잘 알고 있었을 것입니다. 그런데도 사체(事體)를 생각하지 않아 감영을 경유하지 않고서 망령되 이 관사를 수리하는 거창한 역사임을 가탁하여 제멋대로 공문을 보내 벌목을 청하였습니다. 이 공문이 전해지고 전해져 황지(皇旨)에까지 번거롭게 언급되고, 엄한 꾸지람이 경사의 자문(咨文)에까지 거듭 나 오게 되었습니다.

무릇 상국(上國)에서 너그러이 용서하여 특별히 몇 그루를 실어 내가 도록 허락하였지만, 법을 무시하고 금령을 범한 것은 실로 처음 있는 일대 괴이한 일입니다. 참람하게도 사대(事大)의 의리를 설만하게 하고 부끄럽게도 삼가 지켜야 할 자리를 경홀히 한 것은, 알려져서는 안 될 일이니 참으로 아무 말도 하고 싶지 않습니다. 만약 신이 밝게 살피고 엄하게 단속하여 제어하는 위엄과 금지하는 명령이 있었다면, 어찌 관할하의 소속 관원이 이런 뜻밖의 사변을 일으키게 하고서도 귀머거리처럼 아무것도 모른 채 끝내 이런 지경에까지 이르렀겠습니까.

해당 수령에게 형률을 시행하는 것은 마땅히 여쭌 뒤에 처리해야 하겠지만, 신이 똑같이 처벌받는 것을 요행히 벗어난 것은 비록 후히 용서해주신 은혜에서 나왔다 하더라도 신의 의리와 분수를 헤아려보면 잠시도 스스로 편안히 있을 수 없습니다. 신이 신의 죄를 알기에 감히 아무 말도 없이 있을 수 없어, 이에 소를 올려 스스로 죄를 논열하여 성상의 귀를 번거롭게 합니다. 삼가 바라건대 밝으신 성상께서는 동조(東朝)[216]께 아뢰어 형벌을 담당하는 관리에게 신을 내려보내 신에게 해당하는 형률을 적용하셔서, 나라의 체통을 보존하고 변방의 정사를 중히 하여 한 도를 안찰하는 일을 제대로 수행하지 못한 자의 경계가 되게 하소서. 재결해주시기를 바랍니다.

---

[216] 동조(東朝) : 익종(翼宗)으로 추존된 효명세자(孝明世子)의 비이자 헌종의 어머니로, 당시 수렴청정하고 있던 대왕대비 신정왕후(神貞王后) 조씨(趙氏)를 이른다.

겨울에 우레가 울린 뒤 연명으로 올리는 차자[217]

冬雷後聯箚

삼가 아룁니다. 신들이 삼가 살펴보건대 《주역》〈진괘(震卦) 상(象)〉
에 이르기를 "우레가 거듭된 것이 진괘이니, 군자가 이것을 보고서
두려워하고 조심하여 행실을 닦고 반성한다.〔荐雷震, 君子以, 恐懼修
省.〕"라고 하였습니다. 아! 근래 우르릉거리고 번쩍이는 이변은 무엇
때문에 거듭하여 이른단 말입니까. 월령(月令)에 따르면 우레가 소
리를 거두는 때가 이미 지났으니[218] 하늘의 뜻이 경계를 고하는 것임
을 징험할 수 있습니다. 신들이 비록 감히 오행론자들의 견강부회한
설처럼 어떤 일은 어떤 일의 감응이라고 하지는 못하지만, 재이(災
異)는 이유 없이 발생하지 않고 반드시 이를 부른 원인이 있을 것이
므로 어리석은 마음에 잠을 이루지 못하고 벽을 따라 돌며 근심하고

---

217 겨울에……차자 : 저자가 51세 때인 1864년(고종1) 9월 5일 좌의정의 신분으로
영의정 조두순(趙斗淳), 우의정 임백경(任百經)과 함께 연명으로 올린 차자이다. 이에
대해 고종은 재해를 만나 신하들을 면직시키는 것은 본래 한대(漢代)의 잘못된 정사로
원용할 고사가 아니니 군신 상하가 더욱 힘써 행실을 닦기를 바란다는 비답을 내렸다.
이에 앞서 동년 9월 4일 우레가 울리자 수렴청정하고 있던 대왕대비 신정왕후(神貞王
后) 조씨(趙氏)는 사흘 동안 반찬 수를 줄이고 신하들에게 정사의 잘못된 부분을 살피
도록 명하였다. 《승정원일기》에 차자와 비답이 모두 실려 있다. 《承政院日記 高宗 1年
9月 4日, 5日》

218 월령(月令)에……지났으니 : 우레가 소리를 거두는 8월이 이미 지났다는 말이다.
《예기》〈월령(月令)〉에 "중추의 이달에 추분이 들어 낮과 밤이 반으로 나뉘며, 우레가
땅속으로 들어가 처음으로 소리를 거둔다.〔是月也, 日夜分, 雷始收聲.〕"라는 내용이
보인다.

두려워하였습니다.

방금 삼가 자성(慈聖) 전하께서 내리신 전교의 윤음을 보았고 이어서 우리 성상의 속마음을 펴 보이신 하유(下諭)가 있었는데, 특별히 스스로를 책망하여 반찬 수를 줄이라는 유지(有旨)를 내리시어 반성하고 두려워하는 도를 다하게 하셨습니다.[219] 아마도 지극한 정성이 믿음을 얻어 천심을 기쁘게 하는 데 이를 것이니, 은(殷)나라 탕왕(湯王)이 자신에게 죄를 돌리고[220] 주(周)나라 선왕(宣王)이 잠시도 몸을 편안히 하지 못한 것[221]은 지나친 것이 아니었습니다.

돌아보건대 지금 하늘의 뜻에 실질로 응하는 도[222]는, 학문을 부지런

---

219 방금……하셨습니다 : 《고종실록》 1년(1864) 9월 4일 기사에 대왕대비 신정왕후(神貞王后) 조씨(趙氏)의 전교와 고종의 전교가 모두 실려 있는데, 두 전교 모두 앞으로 3일 동안 반찬 수를 줄일 것이며, 신하들에게 자신의 잘못을 고칠 수 있도록 숨기지 말고 모두 고하라고 당부하는 내용이다.

220 은(殷)나라……돌리고 : 이와 관련하여 《춘추좌씨전》 장공(莊公) 11년 조에 "하(夏)나라 우왕(禹王)과 은(殷)나라 탕왕(湯王)은 죄를 자신에게 돌렸으므로 그 흥하는 것이 성대하였다.〔禹湯罪己, 其興也悖焉.〕"라는 내용이 보인다. 다만 이에 대해 양백준(楊伯峻)은 우왕이 죄를 자신에게 돌린 일이 《서경》에는 보이지 않고 《설원(說苑)》과 《후한서(後漢書)》에 우왕이 죄인을 보고 눈물을 흘렸다는 일화가 실려 있지만 이것은 《춘추좌씨전》의 위 내용으로 인해 조작되었을 가능성이 있어 믿을 수 없다고 하였다. 《春秋左傳注 莊公 11年 楊伯峻注》

221 주(周)나라……것 : 주나라 선왕(宣王)을 찬미한 시인 《시경》〈대아(大雅) 운한(雲漢)〉의 모서(毛序)에 "재앙을 만나 두려워하여 잠시도 몸을 편안히 하지 못하고 행실을 닦아 재앙을 사라지게 하려고 하였다.〔遇災而懼, 側身修行, 欲消去之.〕"라는 내용이 보인다.

222 하늘의……도 : 후한 애제(哀帝) 때의 승상 왕가(王嘉)의 말에 "백성을 감동시키는 것은 행동으로 하고 말로 하지 않으며, 하늘의 뜻에 응하는 것은 실질로 하고 겉치레로 하지 않는다.〔動民以行不以言, 應天以實不以文.〕"라는 내용이 보인다. 《漢書 卷45

히 닦고 기강을 세우며 탐관오리를 징계하고 곤궁한 자를 긍휼히 여기는 것보다 급한 것이 없습니다. 다만 생각하건대 천명(天命)을 맞이하여 이어 나가서[223] 민심을 붙잡는 것은 오로지 군주의 덕이 성취되는 것에 달려 있으며, 덕을 성취하는 방법은 성상께서 학문에 매진하는 것을 버리고 어디에서 찾겠습니까. 학문에 매진하는 방법은 단지 장구(章句)를 외고 읽으며 글의 뜻을 깨닫는 데에만 있는 것이 아닙니다. 반드시 깊은 의리를 탐색하여 격물치지(格物致知)의 실제를 다하고 몸과 마음에 체득하고 검증하여 일을 하는 사이에 적용해야 합니다. 끊임없이 힘써서 잠시도 중단하지 않으면 절로 고명하고 광대한 경지에 이르게 될 것입니다.

　이미 학문에 부지런히 힘써 정사에 이를 시행한 뒤에는 마땅히 기강을 진작시켜 엄숙히 하는 것을 급선무로 삼아야 할 것이니, 나라에 기강이 있는 것은 사람에게 원기(元氣)가 있는 것과 같기 때문입니다. 현재는 백관이 태만하여 뭇 일들이 진작되지 못하고 있습니다. 열성(列聖)의 법과 제도가 모두 남아 있는데 '잘못하지 않고 잊지 않는다〔不愆不忘〕'는 것[224]을 아직 그 도를 다 행하였다고 말할 수 없으며, 중외의 바람과 기대가 한창 간절한데 '편안하게 하고 다스려지게 한다〔俾安俾治〕'는 것[225]을 아직 그 요점을 얻었다고 말할 수 없습니다. 무릇 기강은

息夫躬傳》

223　천명(天命)을……나가서 : 《서경》〈상서(商書) 반경 중(盤庚中)〉에 "나는 하늘로부터 너희의 명을 맞이하여 이어 나가려 한다.〔予迓續乃命于天.〕"라는 구절이 보인다.

224　잘못하지……것 : 《시경》〈대아(大雅) 가락(假樂)〉에 "잘못하지 아니하며 잊지 아니하여 옛 전장을 따르도다.〔不愆不忘, 率由舊章.〕"라는 구절이 보인다.

225　편안하게……것 : 한(漢)나라 가의(賈誼)의 〈지안책(治安策)〉에 "오랫동안 편

절로 확립되지 않습니다. 반드시 크고 작은 정령이 한결같이 모두 공정한 도에서 나와 털끝만큼도 사사로운 뜻에 얽매임이 없고 난 연후에 비로소 크게 백성의 마음을 복종시킬 수 있으며[226] 나라의 법을 삼가 준수할 수 있게 됩니다.

　기강을 세우려면 탐관오리를 징계하는 것이 급선무입니다. 무릇 수령이 탐관오리일 경우 심한 자는 범이 사람을 해치는 것과 같고 교묘한 자는 좀벌레가 나무를 파먹는 것과 같습니다. 고혈을 짜고 가혹하게 수탈하는 것은 그 길이 매우 많아서, 관리의 녹봉은 법으로 정해진 부세(賦稅)보다 먼저 독촉하고 민고(民庫)[227]는 도리어 사사로운 쓰임에 들어갑니다. 천백 가지 방법이 모두 수령의 자루를 불리는 바탕으로

안할 형세를 세우고 장구하게 다스려질 계책을 이루어서 천하를 다행하게 하고 뭇 생민들을 기르며, 큰 법을 세우고 기강을 펴서 경중이 모두 맞으면 뒤에 만세의 법으로 삼을 수 있음이 지극히 분명합니다.〔夫建久安之勢, 成長治之策, 以幸天下, 以育群生, 立經陳紀, 輕重同得, 後可以爲萬世法程至明也.〕"라는 내용이 보인다. 《通鑑節要 卷7 漢紀 文帝 6年》

226 크게……있으며 : 이와 관련하여 《논어》〈안연(顔淵)〉중 "송사를 결단하는 것은 나도 남과 같이 하겠으나, 반드시 사람들로 하여금 송사하는 일이 없게 하겠다.〔聽訟, 吾猶人也, 必也使無訟乎.〕"라는 공자의 말에 대해, 주희가 "공자가 송사하는 일이 없게 한 방법은 오히려 송사를 잘 결단하는 데에 있지 않고 뜻이 정성스럽고 마음이 올바른 데에 있으니, 자연스럽게 감화시켜 점점 스며들게 해서 크게 백성의 마음을 복종시켰기 때문에 절로 결단할 송사가 없게 된 것뿐이다.〔只是它所以無訟者, 卻不在於善聽訟, 在於意誠心正, 自然有以薰炙漸染, 大服民志, 故自無訟之可聽耳.〕"라고 해석한 구절이 보인다. 《朱子語類 卷16 大學3 傳四章 釋本末》

227 민고(民庫) : 고을 관청에서 임시 비용을 충당하기 위해 백성이 바치는 곡식과 물품을 보관하던 창고를 이른다. 민고와 관련된 각종 폐단은 다산(茶山) 정약용(丁若鏞)의 《목민심서(牧民心書)》〈호전육조(戶典六條) 평부(平賦)〉에 자세히 기술되어 있다.

돌아가고, 밤낮으로 생각하고 궁리하는 것이 모두 수령의 주머니를 채울 계책에서 나오니, 이에 고을 창고의 비축은 텅 비고 백성들의 고혈은 고갈되었습니다. 선을 표창하고 악을 미워하는 정사가 엄하지 않다고 말하는 것은 아니지만 징계되거나 두려워하는 효과가 들리지 않으며, 품어주고 보호해주는 은혜가 또한 정성스럽지 않은 것은 아니지만 백성들의 신음하는 고통이 갈수록 심합니다. 수령이 체차되어 돌아간 뒤 관찰사가 성상께 전임 수령의 빚을 아뢰는 것은 조정의 명을 봉행하는 것에 지나지 않을 뿐 그대로 답습하여 엄호해서 형식적인 것으로 여깁니다. 그리하여 자애로운 전교를 받기까지 하였으니,[228] 이 한 가지 일에만 나아가더라도 나머지를 알 수 있습니다.

관찰사인 자가 어찌 억강부약(抑强扶弱)하여 불법을 저지르는 수령을 적발할 수 있겠습니까. 우리 조종조(祖宗朝)의 옛 법에 탐관오리를 징계하는 것이 가장 엄하여 그 아들과 손자에 이르러서도 청요직의 반열에 끼워주지 않았으니,[229] 그 입법의 본래 뜻이 어찌 깊고 중하지

---

228 자애로운……하였으니 : 《승정원일기》 고종 1년(1864) 8월 30일 기사에 이와 관련하여 영의정 조두순(趙斗淳)의 상주가 보인다. 조두순에 따르면 수령이 체차된 뒤 빚이 적힌 장부의 유무를 반드시 보고하는 것이 연전의 정식인데, 10여 년 동안 단지 두세 차례만 법에 따라 드러냈을 뿐 나머지는 일체 '무(無)' 자로 마감하여 전해 듣는 말과는 종종 반대이니 문부(文簿)의 필찰(筆札)만 허비한다는 것이다. 이후에는 번고(反庫)한 수령으로서 사실대로 감영에 보고하지 않은 자는 먼저 파직한 뒤에 나처(拿處)하고, 해당 관찰사로 하여금 엄중히 논죄하여 경책(警責)할 것을 제의하였다. 이에 당시 수렴청정하고 있던 대왕대비 신정왕후(神貞王后) 조씨(趙氏)가 조두순의 상주대로 이 정식에 따라 영구히 준행하되, 번고한 수령이 속이는 일이 있으면 탐장률(貪贓律)로 시행하도록 하라고 답하였으며, 이 내용은 조보에 반포되었다.

229 우리……않았으니 : 《경국대전(經國大典)》 〈이전(吏典) 경관직(京官職)〉에 "탐

않겠습니까. 삼가 바라건대 출척(黜陟)의 법을 거듭 엄히 하여 호오(好惡)의 뜻을 분명히 보여준다면 만 리 먼 곳도 발밑의 계단 앞처럼 환히 알 수 있으니[230] 누가 감히 마음을 다 바쳐 성상의 명을 선양하지 않겠습니까. 탐욕을 제멋대로 부리므로 민생의 곤궁함이 지금 같은 때가 없는 것입니다. 나라 안에 전쟁의 경보가 없고 한 해 농사가 누차 풍년이 드는데도 추위와 굶주림으로 괴로워하는 모습이 없는 곳이 없으며 탄식하고 근심하는 소리가 가는 곳마다 모두 들립니다. 심지어는 연전에 백성들의 소요가 일어나기까지 하여[231] 극에 달하였습니다.

이제 막 즉위하신 처음에 성상의 교화가 날로 새로워지고 자전(慈殿)의 덕이 하늘처럼 덮어주시어 포흠(逋欠)을 탕척해주는 은혜와 세금을 감면해주는 은덕을 지극히 베풀지 않으심이 없지만, 숨어 사는 궁벽한 곳까지 미치지 않음이 없고 내려주신 은혜가 지극하지 않음이

장죄(贓罪)로 처벌된 관리의 아들과 손자는 의정부·육조·한성부·사헌부·개성부·승정원·장례원·사간원·경연·세자시강원·춘추관 지제교·종부시·관찰사·도사·수령의 관직에 임명하지 못하며……증손부터 비로소 이상의 여러 관청 이외의 관직에 임용하는 것을 허락한다.〔贓吏子及孫, 勿授議政府、六曹、漢城府、司憲府、開城府、承政院、掌隷院、司諫院、經筵、世子侍講院、春秋館知製教、宗簿寺、觀察使、都事、守令職……至曾孫方許以上各司外用之.〕"라는 내용이 보인다.

230 만……있으니 : 당나라 선종(宣宗)이 조회 온 건주 자사(建州刺史)에게 건주가 경사에서 얼마나 멀리 떨어졌느냐고 묻자 자사가 8천 리라고 대답하였는데, 선종이 "경이 그곳에 가서 정사를 잘하는지 못하는지 짐은 모두 알고 있으니 멀다고 생각하지 말라. 이 계단 앞이 곧 만 리이니 경은 이를 아는가?〔卿到彼爲政善惡, 朕皆知之, 勿謂其遠! 此階前則萬里也, 卿知之乎?〕"라고 하였다는 일화가 전한다. 《資治通鑑 卷249 唐紀 65 宣宗 大中 12年》

231 연전에……하여 : 1862년(철종13) 함경도 함흥에서 일어난 소요를 가리킨다. 94쪽 주149 참조.

없다고 어찌 장담하겠습니까. 인애(仁愛)의 이치는 그 응하는 것이 메아리와 같으니, 바로 이른바 "하늘의 재이(災異)로 경고하는 것이 태평한 세상에 많다.〔天災警告, 多在泰寧之世.〕"라는 것입니다. 삼가 바라건대 실제의 마음으로 실제의 정사를 행하시되 모두 '인(仁)'이라는 한 글자에서부터 미루어 나가신다면 재이가 바뀌어 길상이 되는 기틀이 진실로 여기에 달려 있을 것입니다.

그러나 재이를 이르게 한 원인을 논한다면 바로 신들 때문입니다. 나라의 중요한 직책으로 재상보다 더한 것이 없으니, 이들로 하여금 하늘의 일을 공경하여 밝히고[232] 음양의 두 기운을 조화롭게 하면[233] 민심을 안정시키고 하늘을 감동시킬 수 있습니다. 그러므로 한(漢)나라 때 재이를 만나면 조서를 내려 승상을 면직시켰던 것이니,[234] 이 또한 하늘을 공경하여 꾸짖음에 답하는 하나의 뜻입니다. 신들은 외람

---

232 하늘의……밝히고 : 《서경》〈주서(周書) 주관(周官)〉에 "소사·소부·소보를 '삼고'라 하니, 공의 다음이 되어 조화를 넓혀서 천지를 공경하여 밝혀 나 한 사람을 보필한다.〔少師少傅少保, 曰三孤, 貳公弘化, 寅亮天地, 弼予一人.〕"라는 내용이 보인다.

233 음양의……하면 : 《서경》〈주서(周書) 주관(周官)〉에 "태사·태부·태보를 세우노니, 이들이 바로 삼공이다. 도를 논하고 나라를 경영하며 음양을 조화롭게 다스린다.〔立太師、太傅、太保, 玆惟三公, 論道經邦, 變理陰陽.〕"라는 내용이 보이며, 한(漢)나라 문제(文帝) 때의 승상 진평(陳平)의 말에 "재상은 위에서 천자를 도와 음양을 조화롭게 하고 아래로는 사방의 이민족을 진무하며, 안으로는 백성을 친근히 붙좇게 하고 공경대부가 각각 알맞은 직분을 얻게 한다.〔宰相在上佐天子調理陰陽, 下遂萬物之宜, 外鎭撫四夷, 內親附百姓, 使公卿大夫各得其職.〕"라는 구절이 있다. 《漢紀 卷7 孝文1》

234 한(漢)나라……것이니 : 후한 화제(和帝)와 상제(殤帝) 때의 재상 서방(徐防)은 안제(安帝)가 즉위한 뒤 용향후(龍鄕侯)에 봉해졌으나 그해에 재이가 일어나고 외적이 침략했다 하여 면직되어 봉국(封國)으로 돌아갔는데, 삼공(三公)이 재이로 인해 면직된 것은 서방부터 시작되었다고 한다. 《後漢書 卷44 徐防列傳》

되이 보잘것없는 몸으로 분수에 맞지 않게 차지하지 말아야 할 자리를 차지하고서 줄곧 병을 핑계 대고 공무를 잘 살피지 않아서 아무런 꾀하는 일이 없습니다. 이미 성상의 덕을 도와 능히 힘써서 민첩하게 하지 않는 때가 없는 공부[235]에 이르도록 하지 못하였고, 왕의 기강을 붙들고 도와서 저절로 두루 교화되는 아름다운 공[236]에 이르게 하지 못하였으며, 탐욕을 부리고 제멋대로 하는 것이 풍조가 되었는데도 규찰하고 탄핵하는 책임을 다하지 못하고, 곤고하고 초췌함이 한창 심한데도 백성들을 위로하고 모이게 하는 기대에 부응하지 못하였으니, 재이의 경고가 이른 것은 그 잘못이 실로 여기에 있습니다. 신들은 감히 형식을 차리고 격례를 갖추는 말을 하여 성상의 밝은 명에 책임을 때우려는 것이 아닙니다. 그 이치가 어긋나지 않아서 명백하게 매우 밝으니, 삼가 바라건대 자애로우신 성상께서는 동조(東朝)[237]께 아뢰어 속히 신들을 물리쳐서 재이에 응답하소서.

---

235 힘써서……공부 : 《서경》〈상서(商書) 열명 하(說命下)〉에 "배움은 뜻을 겸손하게 해야 한다. 힘써서 민첩하게 하지 않는 때가 없게 하면 그 닦여짐이 이르러 올 것이니, 독실히 믿어 이것을 생각하면 도가 그 몸에 쌓일 것이다.〔惟學遜志, 務時敏, 厥修乃來, 允懷于玆, 道積于厥躬.〕"라는 내용이 보인다.

236 저절로……공 : 《서경》〈우서(虞書) 대우모(大禹謨)〉에 "나로 하여금 형벌을 쓰지 않고 다스려지기를 원했던 나의 바람대로 다스리게 해서 사방이 두루 교화되니, 이것은 바로 너의 아름다운 공이다.〔俾予從欲以治, 四方風動, 惟乃之休.〕"라는 순 임금의 말이 보인다.

237 동조(東朝) : 익종(翼宗)으로 추존된 효명세자(孝明世子)의 비이자 헌종의 어머니로, 당시 수렴청정하고 있던 대왕대비 신정왕후(神貞王后) 조씨(趙氏)를 이른다.

휴가를 청하고 겸직을 사양하는 차자[238]

請暇辭兼任箚

삼가 아룁니다. 신이 의정부의 은혜로운 명을 받든 지 이제 벌써 몇 달이나 되었습니다.[239] 추증의 은전이 지하의 선조에까지 미치니[240] 온 집안이 감격하였고, 영광이 부모님 생전에 미치지 못한 것에 대한 애통함이 경사를 만나자 처음 아비의 상을 당했을 때처럼 새로웠습니다. 일이 있으면 고하는 것은 의당 속히 하여 늦춤이 없어야 하건만, 다만 공무가 계속 이어져 감히 대번에 사적인 일을 말씀드리지

---

238 휴가를……차자 : 저자가 51세 때인 1864년(고종1) 9월 14일 좌의정의 신분으로 올린 차자이다. 이에 대해 고종은 저자가 편한 대로 오고 가도록 하였으나, 겸임한 직책 중 내의원 도제조와 찬집청 총재관의 사임만 허락한다는 비답을 내렸다. 《승정원일기》에 차자와 비답이 모두 실려 있다. 저자는 동년 7월 21일 내의원 도제조에, 8월 7일 찬집청 총재관(纂輯廳總裁官)과 경모궁(景慕宮) 도제조에, 8월 12일 봉상시(奉常寺) 도제조에 임명되었다. 내의원은 궁중의 의약을 맡은 관사이며, 찬집청은 철종의 실록을 편수하기 위해 설치한 임시 관청이며, 경모궁은 창덕궁 내에 있는 정조의 아버지인 장헌세자(莊獻世子, 장조(莊祖)로 추존됨)와 부인 헌경왕후(獻敬王后, 혜경궁 홍씨)의 사당이며, 봉상시는 제사와 시호에 관한 일을 맡은 관사이다. 《承政院日記 高宗 1年 9月 14日》《日省錄 高宗 1年 7月 21日, 8月 7日·12日》

239 신이……되었습니다 : 저자는 1864년(고종1) 6월 15일 좌의정에 임명되었다.

240 추증의……미치니 : 《경국대전(經國大典)》〈이전(吏典) 추증(追贈)〉에 따르면 문무 관원으로 실직 2품 이상일 경우 3대(代)를 추증하여 부모는 아들과 동일한 품계로, 조부모와 증조부모는 각각 차례로 1등급씩 낮추어 추증한다. 저자의 부친 이계조(李啓朝)와 조부 이석규(李錫圭)는 모두 생전의 벼슬이 정2품 판서에 이르렀으므로 저자가 좌의정에 임명되기 전에는 추증할 것이 없었으나, 저자가 정1품 좌의정에 임명된 뒤에는 법에 따라 추증된 것이다. 증조부 이경관(李敬寬)은 생전의 실직이 자세하지 않다.

못하고서 성상의 행차를 따라다녔으며 사신의 행렬을 맞이하고 전송하였습니다. 이 때문에 감회가 있어도 호소하지 못하고 오늘에까지 이르게 되었습니다.

신의 선조의 묘소가 있는 산은 경기도 진위(振威)의 땅에 있는데 멀리 감영에 머물다 보니[241] 오랫동안 성묘하지 못했습니다. 상로(霜露)의 감회[242]가 이때 더욱 간절하니 전례를 원용하여 휴가를 청하는 것을 그만둘 수 없습니다. 그리고 신이 시골에서 거처하는 오두막은 바로 양주(楊州)의 선영 아래에 있습니다. 선산을 이장한 지 오래되지 않아 묘역을 조성하는 일이 아직 엉성한 것이 많습니다. 참으로 점검하고 정비하려면 형세상 10여 일은 걸릴 것입니다.

신이 띠고 있는 겸직은 모두 한가한 직무가 아닙니다. 이 가운데 사국(史局 찬집청)의 직임은 재주를 헤아리고 능력을 생각하면 하나도 부합할 만한 것이 없지만, 뜻이 선왕의 일을 잘 마무리하는 데에 있어서 다른 것을 돌아볼 겨를이 없었기에 곧바로 면직을 청할 계획을 하지 않았던 것입니다. 내의원의 직함은 직무가 성상을 보호하는 데에 있어서 날마다 문안을 여쭙는 것이기에 본분에 해야 할 일로 여긴 것입니다. 경모궁(景慕宮)과 봉상시(奉常寺)의 제조(提調)로 말씀드리면 또

---

241 멀리……보니 : 저자는 1861년(철종12) 11월 25일부터 1862년 12월 19일까지 황해도 관찰사로, 동년 12월 19일부터 1864년(고종1) 6월 15일까지 함경도 관찰사로 재직하여 약 2년 6개월 동안 서울 집을 떠나 있었다.

242 상로(霜露)의 감회 : 돌아가신 부모를 그리워하는 마음이다. 《예기》〈제의(祭義)〉의 "가을에 서리가 내리고 나면 군자가 이를 밟고서 반드시 서글퍼하는 마음이 있으니 추위를 말한 것이 아니다.〔霜露既降, 君子履之, 必有悽愴之心, 非其寒之謂也.〕"라는 구절에서 유래하였다.

한 하나같이 헛되이 띨 수 없는 것들입니다.

　무릇 미천한 신의 한 몸에 네 가지 중한 업무를 겸임하는 것도 이미 매우 감당하기 어려운데, 더구나 지금 휴가를 간청하여 또 며칠 동안 업무를 보지 않을 것이니, 더더욱 어찌 신이 잠시라도 마음에 편하겠습니까. 이에 감히 글을 갖추고 사실을 열거하여 낮은 곳의 소리도 들어주시는 성상을 번거롭게 하오니, 바라건대 밝으신 성상께서는 곡진히 굽어살펴주시어 특별히 신이 다녀올 수 있도록 휴가를 허락하여 지극한 정을 펼 수 있게 하소서. 그리고 신이 띠고 있는 총재관과 여러 관사의 제조 직함을 자전(慈殿)[243]께 아뢰어 모두 체차해주셔서 작은 신념을 온전히 해주신다면 공사(公私)의 분한(分限)에 양쪽 모두 다행일 것입니다.

243　자전(慈殿) : 익종(翼宗)으로 추존된 효명세자(孝明世子)의 비이자 헌종의 어머니로, 당시 수렴청정하고 있던 대왕대비 신정왕후(神貞王后) 조씨(趙氏)를 이른다.

김씨와 이씨 두 집안의 일을 논하는 차자[244]

論金李兩家事箚

삼가 아룁니다. 신이 일전에 전 목사(前牧使) 김유희(金有喜)의 종의 이름으로 올라온 원정(原情)[245]으로 인해 품처(稟處)하는 것으로 이미 초기(草記)를 올려 윤허를 받았습니다.[246] 방금 두 집안의 어른인 이재가(李在稼)와 김유희가 올린 서류의 내용을 보니, 하나는 '결국

---

244 김씨와……차자 : 저자가 51세 때인 1864년(고종1) 11월 27일 좌의정의 신분으로 올린 차자이다. 이에 대해 고종은 '일이 윤리강상에 관계되니 널리 문의하여 처리해야 할 것'이라는 저자의 말대로 시행하겠다는 비답을 내렸다. 《승정원일기》에 차자와 비답이 모두 실려 있다. '김씨와 이씨 두 집안의 일'이란 사돈 사이인 이재가(李在稼) 집안의 아들과 전 목사(前牧使) 김유희(金有喜) 집안의 딸이 혼례를 치른 지 여섯 달 만에 출산한 일로 인해 이혼까지 이르게 된 분쟁을 이른다. 《承政院日記 高宗 1年 11月 27日》

245 원정(原情) : 사인(私人)이 관부(官府)에 억울한 사정을 호소하는 소지류(所志類) 문서이다. 기록에 따르면 1864년(고종1) 11월 23일 김유희 집안의 종의 아들 장원(壯元)이 주인을 대신하여 억울하다며 돈화문(敦化門) 서쪽 협문으로 난입하여 원정을 올리자 이에 대한 조사가 이루어졌다. 《承政院日記 高宗 1年 11月 23日》

246 품처(稟處)하는……받았습니다 : 기록에 따르면 1864년(고종1) 11월 23일 김유희 집안의 원정이 올라오자 고종은 당일에 묘당(廟堂)으로 하여금 품처하게 하였는데, 동월 24일 영의정 조두순(趙斗淳)이 차자를 올려 이 일은 혐의가 있어 논단할 수 없다고 하자, 고종은 좌의정 이유원에게 품처하게 하였다. 동월 25일 의정부에서 김유희 집안의 말만 듣고 판단할 수 없으므로 예조에 분부하여 두 집안의 이야기를 모두 들어본 뒤 품처하게 할 것을 청하자 고종은 윤허하였다. 저자는 동월 27일 이 차자를 올리기 전인 11월 25일, 저자의 이름으로 초기(草記)를 올려 윤허를 받았다. '초기'는 상주문(上奏文)의 일종으로, 각 관아에서 아뢸 일이 있을 때 간략히 적어 임금에게 올리던 문서이다. 《承政院日記 高宗 1年 11月 23日, 24日, 25日, 27日》

자세히 살펴보고 나서 이혼하는 지경에 이르게 되었다'는 것이었고, 다른 하나는 '조산하였다고 전하는 것을 그저 대수롭지 않게 들었다'는 것이었습니다.

이것은 본래 일이 매우 애매한데, 지금 또 양쪽의 말이 서로 모순되기까지 합니다. 자세히 살펴보았다고 말하는 것은 이미 무엇 때문에 그런 것인지 모른다는 것이고, 조산하였다고 말하는 것 또한 전혀 근거 없다고는 할 수 없으니, 달수가 이미 찼는가 차지 않았는가를 가지고 대번에 그 이치와 정세가 옳다 그르다 말할 수 없습니다. 무릇 다시 장가드는 것을 쉽게 하지 않는 것은 지극히 중한 상례(常禮)이며, 원통한 마음을 품고 토로하지 못하는 것은 화기(和氣)를 해치는 한 단서가 됩니다.

이는 다른 송사에서 양쪽의 변론을 듣고 한마디 말로 판결할 수 있는 것과 비교하면 크게 어렵고 조심스러우니, 신 한 사람의 얕은 소견으로는 그 사이에서 판단을 내리기가 실로 어렵습니다. 신은 이에 백번 생각하고 헤아려보았는데 감당하기가 매우 어려웠기에, 이에 감히 글을 갖추어 실상을 나열하여 높고 지엄한 성상을 번거롭게 하오니, 바라건대 밝으신 성상께서는 굽어살피시어 동조(東朝)[247]께 아뢰어 시임 대신과 원임 대신들에게 널리 물어서 재단하여 처리할 수 있도록 한다면 매우 다행일 것입니다.

247 동조(東朝) : 익종(翼宗)으로 추존된 효명세자(孝明世子)의 비이자 헌종의 어머니로, 당시 수렴청정하고 있던 대왕대비 신정왕후(神貞王后) 조씨(趙氏)를 이른다.

죄인의 처분에 대해 이의를 제기하며 연명으로 올리는 차자[248]

罪人覆逆聯箚

삼가 아룁니다. 세월이 쉬이 흘러 한 해가 이미 바뀌었으니, 생각건대 성상의 사모하심이 더욱 새로우실 듯합니다. 신들이 방금 승정원의 논의에 대해 내리신 비지(批旨)를 삼가 보니, 김귀주(金龜柱)의 죄명을 지우고 관작을 회복시키며, 김시연(金始淵)은 방축향리(放逐鄉里) 하라는 명이 있었습니다. 서로 돌아보고 놀라 쳐다보며 근심과 탄식을 이길 수 없었습니다. 저 의리라는 것은 천지에 세워도 어긋나지 않는 떳떳한 법이며, 장오(贓汚)는 또한 용서할 수 없는 나라의

---

248 죄인의……차자 : 저자가 52세 때인 1865년(고종2) 1월 3일 좌의정의 신분으로 죄인 김귀주(金龜柱, 1740~1786)와 김시연(金始淵, 1810~?)의 처분에 반대하여 영중추부사 정원용(鄭元容), 영돈령부사 김흥근(金興根), 판중추부사 김좌근(金左根), 영의정 조두순(趙斗淳), 행 판돈령부사 이경재(李景在), 우의정 임백경(任百經) 등과 함께 연명으로 올린 차자이다. 이에 대해 고종은, 김시연의 일은 그 죄에 대해 이미 충분히 징계하였다는 것이 아니라 그저 옛 신하를 생각한 은혜에서 나온 것뿐이니, 더는 고집하지 말라는 비답을 내렸다. 《승정원일기》에 차자와 비답이 모두 실려 있다. 이에 앞서 동년 1월 2일 대왕대비 신정왕후(神貞王后) 조씨(趙氏)는 전교를 내려 사도세자(장헌세자)를 죽음으로 몰아간 벽파의 영수 김귀주의 죄명을 벗겨주고 관작을 회복시키도록 하였으며, 같은 날 고종 역시 전교를 내려 전라도 관찰사로 재직할 때 탐오(貪汚)의 죄를 저질러 제주도에 위리안치된 김시연을 방축향리(放逐鄉里) 하여 밤낮 울어서 앞이 보이지 않는 노모와 만날 수 있게 하라고 하였다. '방축향리'는 벼슬을 삭탈하고 시골로 내쫓는 형벌의 하나로, 유배보다 한 등급 가벼운 형이다. 《高宗實錄 2年 1月 2日, 3日》

중죄이기 때문입니다.

아, 김귀주가 전후로 범한 죄는 바로 왕법에 용납하지 못할 것이며 나라 사람들이 함께 성토하는 죄입니다. 이 때문에 옛날 우리 정조께서도 지극히 인자하고 성대한 덕이 있었지만 또한 법을 굽혀서 용서하지 못했던 것입니다. 이제 세월이 더욱 한참 지난 뒤에 철안(鐵案)이 이미 굳어지고 단서(丹書)[249]가 마멸되지 않았는데 어떻게 갑자기 탕척하는 은전을 의논할 수 있단 말입니까.

그리고 김시연은 나라의 은혜를 저버린 것이 어떠했으며 집안의 명성을 실추시킨 것이 어떠했습니까. 지금까지 섬 안에서 구차하게 연명하고 있는 것도 이미 형벌을 크게 잘못 시행한 것입니다. 그런데 지금 우리 자성(慈聖) 전하와 우리 전하께서 특별히 효로 다스리는 정사와 옛 신하를 생각해주는 은혜를 미루어 넓히셔서 방축향리(放逐鄕里)의 명까지 내리셨습니다. 신들이 매우 감탄하지 않은 것은 아니지만, 다만 생각하면 우리 조선에서 나라를 세운 법이 인후함을 우선으로 삼는다 해도 장률(贓律)에 이르러서는 의금부의 법과 나라의 법에서 가장 엄하게 다스려 존귀한 인군도 높이거나 낮출 수 없습니다.

돌아보면 지금 한 해가 시작되는 맹춘의 달에 특별히 사면하여 너그러이 용서하는 은택을 내리시고 윤음으로 신하들을 책려하셨습니다.[250] 형벌로 가지런히 하는 의리를 일러주시고 백성들에게 부끄러워할 줄 알고 또 선(善)에도 이르는 방법으로 인도하셔서,[251] 귀신과 사람

---

249 단서(丹書) : 붉은색으로 범인의 죄상을 기록한 문서이다.

250 돌아보면……책려하셨습니다 : 142쪽 주248 참조.

251 형벌로……인도하셔서 : 1865년(고종2) 1월 1일 대왕대비 신정왕후(神貞王后)

을 감동시키고 돼지와 물고기에까지 믿음을 줄 수 있었습니다.[252] 그렇다면 어느 누가 우리 대성인(大聖人)의 살리기를 좋아하는 덕을 선양하려 하지 않겠습니까. 그러나 의리에 관련된 것이고 장오죄(贓汚罪)는 가리기 어려운 것을 어찌하겠습니까.

신들이 벽을 돌며 배회하고 가만히 있을 수 없어서 이에 감히 서로 이끌고 연명으로 호소하오니, 삼가 바라건대 밝으신 성상께서는 동조(東朝)[253]께 아뢰어 두 죄인에 대한 처분을 도로 거두셔서 나라의 기강이 엄숙해지고 인심이 선해지도록 하소서.

조씨(趙氏)는 전교를 내려, 사람이 부끄러움이 없으면 못하는 짓이 없게 되고, 부끄러움이 있으면 하지 않는 짓이 있는 법이니, 모두 분발하여 몸가짐과 행실을 각각 깨끗이 가져서 함께 대도(大道)에 이르고 이 태평을 누리도록 하라고 하였다. '형벌로 가지런히 하는 의리' 운운은 《논어》〈위정(爲政)〉의 "인도하기를 법으로 하고 가지런히 하기를 형벌로 하면 백성들이 형벌을 면할 수는 있으나 부끄러워함은 없을 것이다. 인도하기를 덕으로 하고 가지런히 하기를 예로써 하면 백성들이 부끄러워함이 있고 또 선에 이르게 될 것이다.〔道之以政, 齊之以刑, 民免而無恥. 道之以德, 齊之以禮, 有恥且格.〕"라는 구절을 원용한 것이다. 《高宗實錄 2年 1月 1日》

252 돼지와……있었습니다 : 믿음이 돼지와 물고기 같은 미물에까지 미칠 정도로 믿음의 도가 지극하다는 말이다. 《주역》〈중부괘(中孚卦)〉 괘사에 "중부(中孚)는 믿음이 돼지와 물고기에 미치면 길하니, 대천을 건넘이 이롭고 정(貞)함이 이롭다.〔中孚, 豚魚, 吉, 利涉大川, 利貞.〕"라는 내용이 보인다.

253 동조(東朝) : 익종(翼宗)으로 추존된 효명세자(孝明世子)의 비이자 헌종의 어머니로, 당시 수렴청정하고 있던 대왕대비 신정왕후(神貞王后) 조씨(趙氏)를 이른다.

전알을 미루시기를 청하며 연명으로 올리는 차자[254]

請退展謁聯箚

삼가 아룁니다. 한 해가 새로 시작된 이때 태묘(太廟)와 비궁(閟宮 경모궁)에 전알(展謁) 하시겠다는 명이 있었습니다. 좋은 날을 이미 가려서 거둥하실 날이 하루 앞인데, 지금 봄비가 끊임없이 내려서 아직까지 쾌청하게 개지 않고 흐렸다 개었다 하며 진창길은 질척입니다. 이러한 때 비를 무릅쓰고 수고롭게 거둥하시는 것은 대성인(大聖人)이 몸을 돌보는 방도가 아닙니다. 더구나 우리 동조(東朝)[255] 전하의 지극히 자애하시는 마음에 또한 어찌 걱정하시지 않겠습니까. 이에 감히 다급히 소리쳐 연명으로 호소하오니, 삼가 바라건대 밝으신 성상께서는 동조께 아뢰어 속히 이미 내리신 명을 중지하시고, 날이 개고 좋아지기를 기다렸다가 다시 길일을 택하게 하시기를 간절히 바랍니다.

---

254 전알(展謁)을……차자 : 저자가 52세 때인 1865년(고종2) 1월 9일 좌의정의 신분으로 영의정 조두순(趙斗淳), 우의정 임백경(任百經) 등과 함께 연명으로 올린 차자이다. 이에 대해 고종은 경들의 간청이 이미 이와 같으니 힘써 따르겠다는 비답을 내렸다. 《승정원일기》에 차자와 비답이 모두 실려 있다. 이에 앞서 고종은 동년 1월 5일 전교를 내려 1월 10일 태묘에 전알하고 이어서 경모궁(景慕宮)에 전배(展拜)하겠다고 하였는데, 이 차자를 받고 전알을 미루어서 1월 16일에 행하도록 하였다. 《承政院日記 高宗 2年 1月 5日, 9日》

255 동조(東朝) : 익종(翼宗)으로 추존된 효명세자(孝明世子)의 비이자 헌종의 어머니로, 당시 수렴청정하고 있던 대왕대비 신정왕후(神貞王后) 조씨(趙氏)를 이른다.

재상의 직임을 사직하는 소[256]
辭相職疏

삼가 아룁니다. 신이 차지해서는 안 될 자리를 외람되이 차지한 지 어느덧 한 해가 지났는데, 큰 교화를 돕고 군주의 덕을 성취시킨 계책 하나도 신에게는 없었으며, 밝은 명을 선양하여 국정에 보탬이 되는 정령 하나도 신에게는 없었으니, 신이 아무 하는 일 없이 참으로 변변치 않다는 것은 단지 신 자신만 분명히 알 뿐 아니라 또한 같은 조정 사람들도 모두 아는 것입니다. 그런데 어찌하여 밝으신 성상께서 또한 비추지 못한 곳이 있어 신을 물러나게 하지 않으신단 말입니까.

신은 들으니 당나라의 요숭(姚崇)을 두고 시대를 구제한 재상이라고 합니다.[257] 지금 시대로 말한다면 구제해야 할 것이 손으로 다 꼽을 수 없지만, 풍속이 무너지고 기강이 해이하며 민생이 피폐하고 나라의 재정이 고갈되었으며 온갖 일이 안일한 것은, 급급히 바로잡아 구제한다면 혹여 미봉할 가망이 있습니다. 그러나 만 섬을 실을 수 있는 큰

---

256 재상의……소 : 저자가 52세 때인 1865년(고종2) 2월 21일 올린 좌의정을 사직하는 소이다. 이에 대해 고종은 지금은 경을 놓아줄 시기가 아니며 경은 떠나기를 요구할 시기가 아니니 온 정성을 바칠 뜻에 더욱 힘쓰라는 비답을 내렸다. 《승정원일기》에 상소와 비답이 모두 실려 있다. 저자는 1864년(고종1) 6월 15일 좌의정에 임명되었다.

257 당나라의……합니다 : '요숭(姚崇)'은 당나라의 재상이다. 중서사인(中書舍人) 제한(齊澣)에게, 자신이 재상으로서 누구에게 비견되느냐, 춘추 시대 제(齊)나라의 명재상인 관중(管仲)이나 안영(晏嬰)에 비견될 수 있느냐고 묻자, 제한이 "공은 시대를 구제하는 재상이라고 말할 수 있을 뿐입니다.〔公可謂救時之相耳.〕"라고 대답하였다는 고사에서 유래하였다. 《資治通鑑 卷211 唐紀27 玄宗 上之中 3年》

배에 보조할 뱃사공이 없다면 물 한가운데서 노가 부러지고, 구불구불한 험한 길에 규범대로 수레를 모는 좋은 마부를 만나지 못한다면 위험을 만났을 때 실은 짐이 쏟아질 것입니다.

더구나 재상의 직임으로서 정사의 근본인 막중함은 군주를 보필하는 것이고, 원기를 조화하는 책임은 음양을 조화롭게 다스리는 것이고, 시대를 구제하는 일은 나라를 태산 반석처럼 견고하게 하는 것입니다. 헐후시(歇後詩)를 잘 짓는다 하여 재상을 임명한 일이 옛날에도 있었다고 하나,[258] 신처럼 용렬한 자가 구차하게 자리를 채운다면 어찌 근심을 배가시키는 것이 아니겠습니까. 신은 재능이 적고 경력이 일천하며 견식이 또 고루합니다. 일에 임하여 의심스러운 것을 결단할 때는 비록 공이 이루어지기를 바라며 기댈 곳[259]이 있다고 하더라도, 영화를 탐하고 녹봉에 연연해하는 것은 어찌 당대에 비난을 부르는 것을 면하겠습니까.

그리고 신은 근년 이래 벼슬한 자취가 바람에 흐트러지는 쑥대강이 같았습니다. 바닷가 고기잡이 비린내 속에 해를 넘겨 내리는 비가 여전

258 헐후시(歇後詩)를……하나 : 당나라의 시인 정계(鄭綮)는 어구의 끝을 말하지 않고 그 의미만 암시하는 헐후시를 지어 풍자하는 데에 뛰어났다. 소종(昭宗)이 정계의 풍자시를 보고 그가 견문이 넓다고 생각하여 재상에 임명하자, 정계는 글자도 모르는 자신이 재상이 되었다고 하면 천하 사람들이 웃을 것이라며 "헐후시를 짓는 내가 재상이 되었으니 이후의 일을 알 만하다.〔歇後鄭五爲宰相, 事可知矣.〕"라고 하고서 한사코 사양하여 3개월 뒤에 질병을 핑계로 물러났다. 여기에서 유래하여 헐후작상(歇後作相)이라는 말이 생겼다. 《新唐書 卷183 鄭綮列傳》

259 공이……곳 : 《서경》〈주서(周書) 필명(畢命)〉에 "아름다운 공적이 선왕의 시대보다 많으니, 나 소자는 의상을 드리우고 손을 마주 잡고서 공이 이루어지기만을 바라노라.〔嘉績多於先王, 予小子垂拱仰成.〕"라는 내용이 보인다.

히 축축하고[260] 변방 성루의 피리 소리 속에 천 리의 삭풍이 끊이지 않으니,[261] 본래 허약한 기질에 질병이 번갈아 타고 들어왔습니다. 몸 뚱이만 겨우 남아서 일상생활은 비록 여느 사람과 같으나, 기혈은 이미 삭아 고질병이 되어서 갈수록 쇠약해지고 있습니다. 목기(木氣)가 왕성하여 유주담(流注痰)이 뭉쳐 있고 화기(火氣)가 상승하여 완적(頑積)이 치밀어 오르니, 나타나는 증상들은 이미 심상치 않은 것들로 의원들이 멀리서 보고 달아나는 것들입니다.

만약 맑은 조정에 한가함을 청하여 일찌감치 기무(機務)에서 물러나 시골에서 노래할 수 있다면 곡식이 인삼과 백출(白朮)보다 좋을 것이며, 산림에서 살 수 있다면 거문고와 서책이 약물보다 즐거워서, 어쩌면 조금이나마 치료의 효과가 있을 것입니다. 중서성(中書省)이 병든 몸을 요양하는 곳이 되는 것은 옛사람이 근심하고 탄식했던 일입니다.[262] 신이 이런 상황에 불행히도 가까우니, 어찌 급한 소리로 천지

---

260 바닷가……축축하고 : 저자가 48세 때인 1861년(철종12) 11월 25일 황해도 관찰사에 임명되어 1862년 12월 19일 함경도 관찰사에 임명될 때까지 황해도 관찰사로 재직한 것을 이른다.

261 변방……않으니 : 저자가 49세 때인 1862년(철종13) 12월 19일 함경도 관찰사에 임명되어 1864년(고종1) 6월 15일 좌의정에 임명될 때까지 함경도 관찰사로 재직한 것을 이른다.

262 중서성(中書省)이……일입니다 : 송(宋)나라 인종(仁宗) 때 재상 진요좌(陳堯佐)가 병치레만 하고 제대로 정사를 돌보지 못하자, 간관으로 있던 한기(韓琦)가 "중서성이 도리어 양병방이 되었다.〔中書番爲養病坊.〕"라는 당시의 말을 인용해 상소하여 사직하게 하였다는 고사가 있다. 양병방(養病坊)은 당나라 개원(開元) 연간에 유리걸식하거나 병을 앓는 사람을 수용하기 위해 관부에서 설치하여 절에 예속시켜 경영하게 한 장소이다. 《宋史全文 卷7下 宋仁宗2》

부모와 같은 성상께 호소하여 낳아주고 길러주는 은택을 바라지 않을 수 있겠습니까. 이에 감히 글을 갖추어 실정을 남김없이 진달하여 존귀한 성상을 번거롭게 하오니, 삼가 바라건대 자애로우신 성상께서는 신을 긍휼히 여기고 신을 불쌍히 여겨서, 동조(東朝)²⁶³께 아뢰어 속히 신이 맡고 있는 의정의 직임을 체차하여 편하게 병을 조섭하여 여생을 연장할 수 있도록 해주소서.

---

263 동조(東朝) : 익종(翼宗)으로 추존된 효명세자(孝明世子)의 비이자 헌종의 어머니로, 당시 수렴청정하고 있던 대왕대비 신정왕후(神貞王后) 조씨(趙氏)를 이른다.

두 번째 소[264]
再疏

삼가 아룁니다. 신이 삼공(三公)의 직임에 대해 애초에 어찌 조금이라도 합당하다고 여겨서 힘을 다해 애쓰며 지금에 이르렀겠습니까. 은혜로운 대우가 갈수록 높아지자 감격이 앞서고 소를 누차 올렸는데도 진심이 성상께 닿지 않아 하루 이틀 눌러앉아 있다 보니 어느덧 해가 벌써 바뀌고 달이 또 두 번이나 지나게 된 것입니다.

지난번 간절한 마음을 진달했던 것은 실로 어렵고 괴로운 실정에서 나온 것으로, 낳고 길러주시는 성상의 은택을 속으로 기대하였습니다. 그런데 내리신 비지(批旨)를 삼가 받아보니 1백 90여 자의 차근차근 간곡하게 일러주시는 말씀이 거의 자상한 아버지가 어리석은 자식을 타이르는 것 같아서 받들고 채 반도 읽기 전에 얼굴이 감격의 눈물로 뒤덮이고 말았습니다.

'팔과 다리처럼, 심장과 등골처럼 의탁했다[股肱心膂]'는 말씀[265]은

---

264 두 번째 소 : 저자가 52세 때인 1865년(고종2) 2월 25일 올린 좌의정을 사직하는 두 번째 소로, 첫 번째 소는 4일 전인 동월 21일 올렸다. 이에 대해 고종은 윤허한다는 비답을 내렸다. 《승정원일기》에 상소와 비답이 모두 실려 있다. 저자는 1864년(고종1) 6월 15일 좌의정에 임명되었다.

265 팔과……말씀 : 저자의 좌의정을 사직하는 첫 번째 소에 대한 고종의 비답에 "나의 즉위 초년에 경이 특별한 선발에 응하였기에 팔과 다리처럼, 심장과 등골처럼 깊이 의탁하여 다른 신하들과 함께 보필하는 공을 기대하고 있었다.[惟予初元, 卿膺特簡, 深寄股肱心膂之托, 方期寅協匡弼之績.]"라는 내용이 있다. '고굉심려(股肱心膂)'는 《서경》〈주서(周書) 군아(君牙)〉의 "지금 너에게 명하노니, 너는 나를 도와서 팔과

매우 깊게 돌아보아주신 것이며, '덕망과 지모가 있다〔德望才猷〕'는 말씀[266]은 매우 크게 장려해주신 것입니다. 신하로서 군주에게 이런 대우를 받은 사람이 일찍이 몇 명이나 되겠습니까. 그런데 지금 보잘것없는 미천한 신에게 내려주시기를 마치 옛날 훌륭한 보필하는 신하에게 내려주듯이 하니, 신이 비록 지극히 어리석으나 분골쇄신하여 만에 하나라도 보답하려는 것은 또한 사람이면 누구나 똑같이 갖고 있는 본성일 것입니다. 그러나 억지로 나갈 수 없는 신의 질병을 또한 이미 전의 소에서 모두 말씀드렸습니다.

　나이는 아직 노쇠함에 이르지 않았으나 수양버들처럼 먼저 시들고, 풍토가 조섭에 맞지 않으니 인삼과 백출도 효과가 없습니다. 차지해서는 안 될 자리를 외람되이 한 번 차지하고 나서부터는 질병 위에 질병이 더해져서, 매번 분수에 넘치는 은혜를 한 번씩 받을 때마다 조심스럽고 두려운 마음에 마침내 신경쇠약이 되었고, 매번 정사에 참여하여 한 가지씩 일을 겪을 때마다 여러 생각과 걱정으로 답답하고 울적하게 되었습니다. 생활하는 것은 평소와 같으나 먹고 자는 것은 완전히 줄었고, 몸뚱이는 겨우 남았으나 정신은 이미 어지럽습니다. 시무(時務)와 시폐(時弊)는 용렬한 신이 논의할 수 있는 것이 아니지만, 현재 급선무

다리. 심장과 등골이 되어 너의 조부와 부친이 선왕을 섬겼던 것으로 나를 이어서 섬겨 너의 조부와 부친에게 욕됨이 없도록 하라.〔今命爾, 予翼, 作股肱心膂, 纘乃舊服, 無忝祖考.〕라는 구절에서 온 것이다.

266　덕망과……말씀 : 저자의 좌의정을 사직하는 첫 번째 소에 대한 고종의 비답에 "시대의 일을 알고 시대의 폐단을 구하려면, 덕망이 사람들을 감복시키고 지모가 세상을 경영할 수 있는 사람이 아니면 함께 꾀할 수가 없다.〔識時務救時弊, 苟非德望之服人, 才猷之經世, 未可與謀焉.〕라는 내용이 있다.

가 어떠하며 적폐가 어떠합니까. 비록 신의 몸에 질병이 없다 하더라도 단연코 구차하게 자리를 채워서 감당하지도 못할 일을 맡아 망쳤다는 비난을 부를 수는 없습니다. 더구나 드러난 증상과 고질이 된 병은 시간이 지난다고 치료될 수 있는 것이 아님에 있어서이겠습니까. 만약 이런 상황이 아니라면 즉위하신 원년의 좋은 때에 가장 먼저 특별히 선발되는 은혜를 입고서도 노둔하고 어리석은 충정을 다하여 큰 은혜에 보답할 것은 생각하지 않고 일념으로 벗어나기만을 이처럼 간절히 구하며 그칠 줄 모르겠습니까.

신은 들으니 의가(醫家)의 말에 "답답하고 울적한 증상을 제거하는 것은 조용히 사는 것보다 좋은 것이 없고, 기운을 보익하는 것은 생각을 쉬는 것보다 좋은 것이 없다."라고 하였으니, 이것이야말로 참으로 진귀한 약제이며 좋은 비결입니다. 삼가 생각건대 우리 전하께서는 신에게 부모와 같으며 신에게 천지와 같으니, 신이 어찌 경외할 줄 모르겠습니까. 그런데도 고통을 호소하는 것을 절로 느긋하게 할 수 없기에, 이에 감히 다시 간절한 심정을 호소하여 지엄하신 성상께 거듭 아룁니다. 삼가 바라건대 밝으신 성상께서는 특별히 살려주기를 좋아하는 인자함을 베푸시어 동조(東朝)[267]께 아뢰어서 신이 띠고 있는 재상의 직함을 즉시 체차하시어 조섭에 전념하여 여생을 구차히 이어가게 해주소서. 그러면 지금부터 죽기 전의 날들은 모두 전하께서 주신 것이니, 신이 죽어서 결초보은하고자 해도 다 갚을 수 없을 것입니다. 신은 지극히 손 모아 빌고 바라는 마음 그지없습니다.

---

267 동조(東朝) : 익종(翼宗)으로 추존된 효명세자(孝明世子)의 비이자 헌종의 어머니로, 당시 수렴청정하고 있던 대왕대비 신정왕후(神貞王后) 조씨(趙氏)를 이른다.

화성의 각 둔전을 논한 소[268]

論華城各屯疏

삼가 아룁니다. 신은 세상에 드문 남다른 은총을 후하게 입고 분사 (分司)의 직함을 특별히 임명받고서[269] 하늘처럼 끝없는 은혜에 감격 하였습니다. 그러나 부임한 지 얼마 되지 않아 장부와 유수영(留守 營)의 규례를 아직도 이해하지 못하고 있으니, 폐단을 보고 바로잡는 것은 더더욱 논할 것도 아니기에, 늘 걱정되고 두려워서 죄를 기다리 지 않는 날이 없었습니다.

방금 의정부에서 내려보낸 관문(關文)을 삼가 살펴보니, 본부(本府 수원부) 경내의 이생처(泥生處 큰물로 개펄이 쌓인 곳)를 도로 평택(平澤) 에 소속시키는 일로 전교를 받든 뒤 공문을 보내 알린 것이었습니다.[270]

---

268 화성(華城)의……소 : 저자가 52세 때인 1865년(고종2) 5월 4일 행 판중추부사(行判 中樞府事)의 신분으로 올린 소이다. 이에 대해 고종은 고집을 부리지 말라는 비답을 내려 윤허하지 않았다. 저자는 동년 2월 25일 종1품 판중추부사에 임명되었다. 《승정원일기》에 상소와 비답이 모두 실려 있다. 이 상소와 관련하여 《임하필기》 권26 〈춘명일사(春明逸史) 숙성둔변(宿城屯辨)〉에 이 소를 올리게 된 전말이 자세히 소개되어 있는데, 이 소로 인하여 수원부 유수였던 저자는 영의정 조두순(趙斗淳)과 함께 모두 체직되었다고 말하고 있다. '화성'은 수원의 옛 지명이다. 《承政院日記 高宗 2年 5月 4日》 《日省錄 高宗 2年 2月 25日》

269 분사(分司)의……임명받고서 : 저자가 1865년(고종2) 2월 26일 정2품 수원부 유 수에 임명된 것을 이른다. 이보다 하루 앞서 저자는 판중추부사에 임명되어 이를 겸하게 되었다. '분사'는 중앙에 있는 한 관아의 사무를 나눠 맡기 위하여 따로 설치한 관아로, 여기에서는 유수를 가리킨다. 《承政院日記 高宗 2年 2月 26日》

270 방금……것이었습니다 : 《승정원일기》 고종 2년(1865) 4월 26일 기사에 이와 관 련하여 의정부에서 공충도(公忠道) 관찰사 신억(申檍)의 장계를 계문(啓聞)하여 윤허

이것은 본영에 관계됨이 지극히 중하니, 전말을 모두 진달하여 성상께서 살피시는 데 대비하지 않을 수 없습니다.

우리 정묘조(正廟朝)께서 본부 군민의 생활이 곤궁한 것을 매우 안타깝게 여겨서 내탕고(內帑庫)의 돈으로 연해에 각 둔전을 설치하여 혹은 분시(分寺)에 소속시키고 혹은 장리(將吏)의 급료에 보탤 자본으로 삼고는 이러한 내용을 의궤와 영안(營案)에 수록하도록 하였습니다. 지금까지 70여 년 동안 삼가 지키며 바꾸지 않았는데, 숙성둔(宿城屯)도 바로 그중 하나입니다.

본부의 숙성면(宿城面)은 평택(平澤)·직산(稷山) 두 고을과 경계를 접하고 있습니다. 지지난 무오년(1798, 정조22)에 본영 및 총융청의 돈 3천 8백 냥과 장리 등이 추렴한 돈 4천 9백 70냥 남짓을 가지고 평택과 경계를 정해서 측량한 뒤 포구를 메워서 논으로 바꾸었습니다. 그리고 장부 안에서 14결(結) 남짓을 떼어 해현(該縣 평택현)에 주고 25석(石) 10두락(斗落)을 총융청에 떼주었으며, 나머지는 영부(營府)의 늠료(廩料) 경비로 충당하였습니다.

지난 경인년(1830, 순조30)에는 암행어사의 보고[271]에 따라 각각 그 지방관에게 다섯 둔(屯)을 자로 재게 하였는데, 이른바 갑자년(1804, 순조4) 뒤의 이생처라는 곳은 바로 포구의 물이 범람하여 본부의 지경을 무너뜨려서 건너편의 개펄이 도리어 날마다 생겨난 곳이었습니다. 그 당시 수원 유수 홍희준(洪羲俊)이 본부의 옛 토지를 미루어 찾아내

받은 내용이 실려 있다.

271 암행어사의 보고 : 《승정원일기》 순조 30년(1830) 2월 2일 기사에 보이는 공충도(公忠道) 암행어사 홍원모(洪遠謨)의 별단(別單)을 말하는 것으로 추정된다.

서 애초에 다른 지방의 경계를 침탈한 것이 아니라는 것을 이치를 따져 계문(啓聞)하자 곧바로 도로 중지시켰습니다.

기미년(1859, 철종10)에는 또 비변사의 관문(關文)으로 인해 관찰사와 유수(留守)가 임시 선발 인원을 별도로 정하여 일체를 양안(量案 토지 측량 대장)에 따라 상세히 구별하였는데, 고(故) 상신(相臣) 임백경(任百經)[272]이 이 직임을 맡아서 지지난 을묘년(1795, 정조19)에 판하(判下)했던 문적(文蹟)을 근거로 의정부에 물어본 뒤 결정하여 옛 규정을 다시 밝혔습니다. 이것이 각 둔전의 전후 사실로서 금석처럼 없어질 수 없는 것들입니다.

이제 이것을 장부 밖의 부결(浮結)[273]이라 하여 도로 평택에 소속시킨다면, 저쪽은 손톱만큼의 경비도 들인 것이 없다는 것뿐 아니라 이쪽이 손발에 굳은살 박이도록 수고한 보람도 없어지는 것입니다. 더구나 또 당초에 경계를 정할 때 해현(該縣 평택현)에서 스스로 인정하고 스스로 정한 사실

---

272 고(故) 상신(相臣) 임백경(任百經) : 1858년(철종9) 12월 27일 수원 유수에 임명되어 1859년 11월 1일 사직소를 올려 윤허를 받았으므로, 이 당시는 수원 유수로 재직하고 있던 때였다. 1864년(고종1) 6월 15일 우의정에 임명되어 1865년 2월에 병으로 세상을 떠났다. 《承政院日記 哲宗 9年 12月 27日, 哲宗 10年 11月 1日, 高宗 1年 6月 15日》 《嘉梧藁略 册15 右議政文貞任公神道碑》

273 부결(浮結) :《승정원일기》순조 14년(1814) 2월 26일 기사에 "혹은 땅은 없이 결(結)만 있기도 하고 혹은 사람과 땅 모두 없이 결만 있는데, 이를 일컬어 허결(虛結) 또는 부결(浮結)이라고 한다.〔或無土而有結, 或人與土竝無而有結, 稱之以虛結浮結.〕" 라는 내용이 보이며, 순조 28년(1828) 7월 16일 기사에 "밭은 비록 진전(陳田)이 되어도 세금을 경감시켜주는 법이 없으므로 주인이 없는 진결(陳結)은 해마다 이웃 마을에서 배분하여 징수하니, 이것이 이른바 '부결'이다.〔惟其旱田雖陳, 無蠲稅之典, 故無主之陳結, 年年排徵於隣里, 此所謂浮結也.〕"라는 내용이 보인다.

이 손바닥을 가리키는 것처럼 명백하니 더 말해 무엇 하겠습니까.

　지금 만약 몇 결을 떼어준다면 원래 결수와 작황에 따라 세금의 총수를 매기는 뜻이 아닙니다. 본 둔전은 큰 바다와 접하고 있어 짠물이 올라오기도 하고 스며들기도 하며, 이곳에 사는 백성들은 농사를 게을리하여 모였다 흩어졌다 일정하지 않습니다. 본영(本營)에서 거두는 것도 그 작황을 따를 뿐이어서 세금을 매기는 것이 늘었다 줄었다 일정하지 않으니, 떼어주는 것은 실로 만전의 계책이 아닙니다.

　또 만약 토지 전체를 영원히 소속시킨다면, 이는 평택현 하나를 위해서 군영의 둔전 하나를 줄이는 것이니 의리가 없는 것일 뿐 아니라, 직산(稷山)과 아산(牙山) 등 다른 현에서도 줄지어 다시 들고 일어날 것이니 소란이 잠잠해질 날을 또한 기약할 수 없을 것입니다.

　성상께 대책을 아뢰어서 결정한 뒤인데 신이 어찌 감히 당돌하게 떠들어서 나라의 결전(結田)이 중한 것을 생각하지 않겠습니까. 그러나 이것은 정액 외에 더 늘려 걷는 세금이 아니어서 사패(賜牌)[274]한 토지와 다를 것이 없으니, 어찌 하늘처럼 인자하게 덮어주시는 성상의 은총을 스스로 막아서 사실에 근거해 호소할 것을 생각하지 않을 수 있겠습니까. 삼가 바라건대 성상께서는 동조(東朝)[275]께 아뢰어 속히 재결하셔서 옛 규정이 훼손되지 않게 하여 군민(軍民)이 보전될 수 있게 해주신다면 매우 다행이겠습니다.

274　사패(賜牌) : 왕이나 왕족, 공신에게 노비나 토지를 하사할 때에 주던 문서로, 이렇게 받은 토지를 사패전(賜牌田)이라고 한다.

275　동조(東朝) : 익종(翼宗)으로 추존된 효명세자(孝明世子)의 비이자 헌종의 어머니로, 당시 수렴청정하고 있던 대왕대비 신정왕후(神貞王后) 조씨(趙氏)를 이른다.

화성 유수의 직임을 해면해주기를 청하는 소[276]

乞解華城留守疏

삼가 아룁니다. 신이 소원을 모두 이루어서 노모를 모시고 부임하여 맛있는 음식을 구비하여 드리고 지극한 영화로 봉양을 편하게 하고 있으니, 온 집안이 감격하여 북쪽을 바라보며 축원하고 있습니다.

그런데 근래 날씨가 갑자기 더워지고 물이 맞지 않아서 신의 어미가 평소 앓고 있던 고질병이 배나 더 심해졌습니다. 의방(醫方)과 약물을 연달아 시도해보았으나 아직 효험을 보지 못하고 있습니다. 비록 건장한 기운을 가진 사람이라 하더라도 한 번 중한 증세를 앓고 나면 곧바로 회복하기가 어려운데, 더구나 팔순 나이의 노쇠한 모습이 철마다 달마다 달라지는 노모야 더 말해 무엇 하겠습니까. 의원을 찾아가 치료하는 것이 집에 편히 있는 것만 못하겠기에 어제 노모를 모시고 사사로운 처소로 돌아왔는데 뚜렷이 나아지는 기색이 달리 없으니, 신의 사사로운 정에 갈수록 더욱 속이 탑니다.

신이 겸하여 띠고 있는 유수의 직임은 한만한 분사(分司)와는 달라서 능전(陵殿)을 수호하는 것이 더없이 중요한 직무인데도 신이 규례

---

276 화성(華城)······소 : 저자가 52세 때인 1865년(고종2) 5월 12일 행 판중추부사(行判中樞府事)의 신분으로 올린 소이다. 이에 대해 고종은 수원부 유수의 직임을 해면한다는 비답을 내렸다.《승정원일기》에 상소와 비답이 모두 실려 있다. 저자는 동년 2월 25일 종1품 판중추부사에 임명되었으며, 다음 날인 26일 정2품 수원부 유수에 임명되어 이 소를 올릴 당시 두 직함을 겸하고 있었다. '화성'은 수원의 옛 지명이다.《承政院日記 高宗 2年 2月 25日・26日, 5月 12日》

대로 직접 행할 수 없고, 나라의 울타리가 되는 요충지여서 그 책임이 또 엄한데도 신이 기한에 맞추어 임소로 돌아갈 수 없으니, 신의 죄가 더욱 커져 공사(公私) 간에 합당한 것이 없습니다.

옛사람 중에 부모가 연로하다 하여 벼슬에 마음이 없었던 사람이 있었습니다.[277] 지금 신은 어미가 연로한데 또 병까지 들었습니다. 좌우에서 부축하고 모시는 일을 오직 신만 기다리니, 신이 감히 효로 다스리시는 성상께 다급한 소리로 호소하여 낳고 길러주시는 은택을 바라지 않을 수 있겠습니까. 이에 외람됨을 피하지 않고 다급히 짧은 글을 올리오니, 삼가 바라건대 성상께서는 동조(東朝)[278]께 아뢰어 속히 신이 겸하고 있는 직함을 체차하여 신의 어미를 구호하는 데 편하게 해주소서. 그리해주신다면 신의 어미의 남은 삶은 모두 우리 전하께서 내려주신 은혜일 것입니다.

---

277 옛사람……있었습니다 : 44쪽 주57 참조.

278 동조(東朝) : 익종(翼宗)으로 추존된 효명세자(孝明世子)의 비이자 헌종의 어머니로, 당시 수렴청정하고 있던 대왕대비 신정왕후(神貞王后) 조씨(趙氏)를 이른다.

노모의 병구완을 청하며 여러 관사의 겸하고 있는 직임을 해면해주기를 청하는 소[279]

請救護 乞解諸司兼務疏

삼가 아룁니다. 신은 한 달 전에 노모를 모시고 시골로 돌아와 며칠 간 조섭하시는 것을 보살필 생각이었습니다. 그런데 근래 들어 덥고 추운 기후가 달라지고 물이 너무 차가워지자 신의 어미가 평소 앓고 있던 적취(積聚)의 증세가 배나 더 심해져서 구토가 그치지 않고 담화(痰火)[280]가 치밀어 올라와서 숨이 거의 끊어질 듯하여 안위를 알 수 없게 되었습니다. 의원에게 고하고 약제를 자르는 일을 신이 아니면 할 사람이 없으니, 신이 잠시 노모의 곁을 떠나 기한 내에 도성에 들어가서 성상께 문안의 예를 펴는 것은 형편상 참으로 할 수 없게 되었으니, 가슴은 노모를 부축하고 모시는 데 다 타버린 듯하고, 의

279　노모의……소 : 저자가 52세 때인 1865년(고종2) 11월 4일 행 판중추부사(行判中樞府事)의 신분으로 올린 소이다. 이에 대해 고종은 겸하고 있는 직임들을 굳이 사직할 필요가 없으니 편한 마음으로 병구완하라는 비답을 내렸다. 《승정원일기》에 상소의 대략과 비답이 실려 있다. 저자는 동년 2월 25일 종1품 판중추부사에 임명되었다. 겸하여 띤 직임으로 찬집청 총재관(纂輯廳總裁官)과 경모궁(景慕宮) 도제조는 1864년(고종1) 8월 7일에, 봉상시(奉常寺) 도제조는 동년 8월 12일에 임명되었으며, 사직서(社稷署) 도제조는 분명한 기록이 보이지 않으나 1865년 8월 5일 사직서 도제조의 신분으로 기록된 것에 근거하면 이즈음에 임명된 것으로 보인다. 137쪽 주238 참조.《承政院日記 高宗 2年 2月 25日, 11月 4日》《日省錄 高宗 1年 8月 7日·12日, 2年 8月 5日》

280　담화(痰火) : 천식·기침·울렁증·혼절 등의 증상으로 나타나는 심장병의 하나이다.

리는 성상을 멀리 떠나 있는 것에 더욱 송구하기만 합니다. 신의 사정이 이에 이르니 공사(公私) 간에 황공할 뿐입니다.

그리고 더구나 신이 띠고 있는 사직서(社稷署)·경모궁(景慕宮)·봉상시(奉常寺) 제조(提調) 및 찬집청 총재관 직임의 중함은 한만한 직무에 비견할 것이 아닙니다. 한결같이 공무를 살피지 않는 것은 더욱 죄만 더하는 것이기에 외람되이 짧은 글을 갖추어 역마를 통해 호소합니다. 삼가 바라건대 성상께서는 굽어살펴주시어 들어가서 자전(慈殿)[281]께 아뢰어 속히 신의 여러 관사의 겸직을 체차하여 노모의 병구완에 전념할 수 있도록 해주소서. 이어 성상을 번거롭게 한 죄를 다스리시기를 간절히 바랍니다.

---

281 자전(慈殿) : 익종(翼宗)으로 추존된 효명세자(孝明世子)의 비이자 헌종의 어머니로, 당시 수렴청정하고 있던 대왕대비 신정왕후(神貞王后) 조씨(趙氏)를 이른다.

휴가를 청하는 글을 올리며 겸하고 있는 직임을 해면해주기를 청하는 차자[282]

請急陳章 乞解兼任箚

삼가 아룁니다. 초하루와 그믐이 계속 바뀌면서 효문전(孝文殿)의 담제(禫祭)가 어느덧 지나가 종묘에 신주를 합부(合祔)하는 예가 이미 길일이 정해졌으니,[283] 삼가 생각건대 성상의 사모하시는 마음이 더욱 텅 빈 듯 허전하실 것입니다.

신의 어미가 앓고 있는 부창(浮脹)의 증세가 겨울을 지나 봄이 오도록 계속 심해져서 신의 심정이 갈수록 더 타들어갔는데, 새벽에 반열에

---

282 휴가를……차자 : 저자가 53세 때인 1866년(고종3) 2월 1일 행 판중추부사(行判中樞府事)의 신분으로 올린 차자이다. 이에 대해 고종은 겸하고 있는 세 제조(提調)의 직임을 어떻게 한꺼번에 해면하겠느냐며 사직서(社稷署) 도제조의 직임에 대한 해면만 허락한다는 비답을 내렸다. 《승정원일기》에 차자와 비답이 실려 있다. 저자는 1865년(고종2) 2월 25일 종1품 판중추부사에 임명되었다. 저자가 겸하고 있는 직임에 대해서는 159쪽 주279 참조.

283 효문전(孝文殿)의……정해졌으니 : '효문전'은 철종의 혼전(魂殿) 이름으로, 창덕궁의 편전인 선정전(宣政殿)에 설치하였다. 1863년(철종14) 12월 8일 창덕궁 대조전(大造殿)에서 승하한 철종은 창경궁 환경전(歡慶殿)에 빈전(殯殿)을 마련하여 모시다가 5개월 만인 1864년(고종1) 4월 7일 장례하였는데, 효문전은 장례를 치른 뒤 철종의 신주를 모시고 돌아와 종묘에 부묘(祔廟)할 때까지 약 22개월 동안 신주를 봉안한 곳으로, 칠우제(七虞祭)·졸곡제(卒哭祭)·연제(練祭)·대상제(大祥祭)·담제(禫祭)를 모두 이곳에서 지냈다. 담제는 1866년(고종3) 2월 1일 지냈으며, 동년 2월 6일 철종의 신주를 종묘의 제17실에 봉안하였다. 《哲宗實錄 14年 12月 8日》《高宗實錄 卽位年 12月 9日·15日, 1年 4月 7日, 3年 2月 1日·6日》

서 신을 앞으로 나오라 명하시고는 노모의 병의 상태를 하문하시니[284] 신은 은혜롭게 여기고 물러나 엎드려서 감격을 이기지 못하였습니다. 오늘 시골에서 온 소식을 받았는데 어미의 병이 다시 감기가 더하여 식음을 전폐하고 숨이 거의 끊어질 듯하다고 하였습니다. 신이 감히 성상께 먼저 여쭙지 못하고 떠나온 것은 마음이 타는 듯하여 가만히 있을 수가 없어서 창황히 길에 올라 다른 것은 돌아볼 겨를이 없어서였습니다.

다만 신이 겸하고 있는 직임들은 모두 매우 중요한 일들이어서 오랫동안 살피지 않는 것이 더욱 황송하기에 이에 감히 서둘러 짧은 글을 올려 아룁니다. 삼가 바라건대 성상께서는 굽어살펴주시어 들어가서 자전(慈殿)[285]께 아뢰어 신의 사직서(社稷署)·경모궁(景慕宮)·봉상시(奉常寺) 세 제조(提調)의 직임을 모두 변통해주시고, 이어 신이 번거롭게 한 죄를 다스리소서.

---

284 새벽에······하문하시니 : 1866년(고종3) 2월 1일 자시(子時)에 고종이 효문전에 나아가 담제(禫祭)를 친히 지낸 뒤, 입시했던 저자에게 앞으로 나오도록 하여 하문하기를 "근일 모친의 병세가 어떠한가?〔近日親患之加減如何?〕"라고 한 것을 이른다. 저자는 어미의 병이 여전히 차도가 없으나 새해가 되어 용안을 뵙기 위해 잠시 도성에 들어온 것이라고 대답하였다. 《承政院日記》

285 자전(慈殿) : 익종(翼宗)으로 추존된 효명세자(孝明世子)의 비이자 헌종의 어머니로, 당시 수렴청정하고 있던 대왕대비 신정왕후(神貞王后) 조씨(趙氏)를 이른다.

국청을 열었는데 참석하지 않은 것에 대해 허물을 인책하는 차자[286]

設鞫未參 引咎箚

삼가 아룁니다. 신이 병든 어미를 구완하느라 시골집을 오간 지도 벌써 철을 넘겨 1년이 넘어가려고 합니다. 어미의 병이 계속 심하기만 하여 신의 심정이 갈수록 더 초조해졌고, 신도 또한 평소 담벽(痰癖)을 앓고 있는데 근래 감기까지 더하여 오한과 열이 번갈아 드니 기혈이 점점 손상되어서 지금 자리에 쓰러져 신음하며 혼미하여 정신을 차리지 못하고 있습니다.

이즈음에 저보(邸報)를 접하고 이어 재상의 차자를 보니, 세상의 변고가 줄줄이 생기고 인륜이 무너져서 요망하고 패려궂은 말이 사대부의 반열에서 나오고, 간사하고 흉악한 무리가 도성 아래에 잠복해 있다고 하였습니다.[287] 머리끝이 서고 간담이 서늘하니 차라리 아무

---

286 국청을……차자 : 관련 기록이 없어 이 차자를 올린 시기와 당시의 정황이 자세하지 않다. 다만 저자의 어머니 반남 박씨(潘南朴氏)가 향년 75세로 1866년(고종3) 2월 7일 별세한 것과 위 〈휴가를 청하는 글을 올리며 겸하고 있는 직임을 해면해주기를 청하는 차자[請急陳章 乞解兼任箚]〉를 올린 시기에 근거하면 이 차자는 저자가 53세 때인 1866년 2월 1일~7일 사이에 올린 것으로 추정된다.《慶州李氏尙書公派世譜 卷2》(慶州李氏尙書公派種會, 城南: 慶州李氏尙書公派譜所, 1999)

287 세상의……하였습니다 : 1866년(고종3)에 일어난 병인박해를 이른다. 동년 1월 11일 영중추부사 정원용(鄭元容), 영돈령부사 김좌근(金左根), 영의정 조두순(趙斗淳), 판돈령부사 이경재(李景在), 좌의정 김병학(金炳學) 등 시·원임 대신이 연명으로 차자를 올려, 전 승지 남종삼(南鍾三)이 오상(五常)을 어기고 삼강(三綱)을 멸절(滅

말도 하고 싶지 않습니다. 국청을 설치하라는 명을 내리신 것은 응징이 급하기 때문이니, 의리로 볼 때 참으로 힘을 다해야 할 것입니다.

다만 신의 정황이 이미 잠시도 노모의 곁을 떠날 수 없는데, 또 신이 병을 무릅쓰고 가마에 실려 갈 수도 없었습니다. 날짜에 맞추어 국청 자리에 참석하는 것은 실로 논할 수 있는 것이 아닌데 떳떳한 분수를 무너뜨렸으니 더욱 황공합니다. 뿐만 아니라 신이 띠고 있는 겸직은 모두 한만한 직임이 아니건만 업무를 보지 않는 날이 많으니, 신의 죄가 더욱 커져서 병을 하나 더 얹는 것과 같습니다.

이에 감히 황송함을 무릅쓰고 글을 갖추어 성상께 간청하오니, 삼가 바라건대 밝으신 성상께서는 들어가 자전(慈殿)[288]께 아뢰어 먼저 신의 태만한 죄를 다스려서 조정의 기강을 엄히 하시고, 신의 사직서(社稷署)・경모궁(景慕宮)・봉상시(奉常寺) 세 제조(提調)의 직임[289]을 모

絶)하였으니 추국청을 설치하고 실정을 캐내어 난의 싹을 잘라야 한다고 주장하자, 고종은 이를 윤허하였다. 동년 1월 20일, 남종삼은 양학(洋學, 천주교)에 깊이 빠져 나라를 팔아먹을 계책을 품고 몰래 외적을 끌어들일 음모를 꾸몄다 하여, 홍봉주(洪鳳周)는 서양 사람인 장경일(張敬一, 베르뇌)을 데리고 와서 프랑스와 먼저 조약을 맺을 것이라는 말을 주고받고 남종삼을 종용하였다 하여, 이와 관련된 서양 사람 4인과 함께 효수하였다. 이어 1월 25일에도 프랑스인 2명과 천주교 교인 정의배(丁義培)・우세영(禹世英)을 효수하였다. 《高宗實錄 3年 1月 11日, 20日, 25日》

288 자전(慈殿) : 익종(翼宗)으로 추존된 효명세자(孝明世子)의 비이자 헌종의 어머니로, 당시 수렴청정하고 있던 대왕대비 신정왕후(神貞王后) 조씨(趙氏)를 이른다.

289 신의 사직서(社稷署)……직임 : 159쪽 주279 참조. 다만 1866년(고종3) 2월 1일 행 판중추부사(行判中樞府事)의 신분으로 올린 차자에 대한 고종의 비답에서 사직서(社稷署) 도제조의 직임에 대한 해면은 허락한다고 한 것에 근거하면, 이 비답을 받기 전에 올린 차자로 추정된다.

두 변통하여 사사로운 분수를 다행하게 하소서.

다시 임명받은 재상직을 사직하고 아울러 거상하는 정황을 진달하는 소[290]

辭復拜相職 兼陳苫塊情事疏

삼가 아룁니다. 신은 살아 있어도 또한 일개 이미 죽은 사람일 뿐입니다. 먼저 아비를 여의고 모자가 서로 의지하여 살았는데 12년도 채 되기 전에 누적된 재앙이 거듭 혹독하여 갑자기 어미를 여의었으니,[291] 어리석고 모진 목숨이 궁벽한 시골에 엎드려 지내면서 거상 기간은 이미 끝났으나 남은 슬픔이 아직 가시지 않아 실의(失意)하여 세상을 살아갈 마음이 없습니다.

중추부와 의정부의 관직에 임명하는 교지가 연이어 내려오고 겸직으로 띠는 직함도 예전과 같으나[292] 옛 신하를 거두어주신 은혜는 마치 이미 죽은 몸에 내려온 것과 같습니다. 성상의 염려는 비록 백골에

---

290 다시……소 : 저자가 55세 때인 1868년(고종5) 윤4월 17일 올린 좌의정을 사직하는 소이다. 이에 대해 고종은 다시 생각하여 곧바로 길에 올라 목마른 듯 기다리는 마음에 부응하라는 비답을 내렸다. 《승정원일기》에 소의 대략과 비답이 실려 있다. 저자는 동년 윤4월 11일 좌의정에 임명되었다.

291 먼저……여의었으니 : 저자의 아버지 이계조(李啓祚)는 저자가 42세 때인 1855년(철종6) 10월 16일 향년 64세로 별세하였고, 어머니 반남 박씨(潘南朴氏)는 저자가 53세 때인 1866년(고종3) 2월 7일 향년 75세로 별세하였다. 《慶州李氏尙書公派世譜 卷2》(慶州李氏尙書公派種會, 城南 : 慶州李氏尙書公派譜所, 1999)

292 중추부와……같으나 : 저자는 1868년(고종5) 4월 10일 판중추부사에, 동년 4월 15일 사직서(社稷署)·남전(南殿)·봉상시(奉常寺) 도제조에, 윤4월 11일 내의원 도제조와 의정부 좌의정에 임명되었다. 《承政院日記》

다시 살을 붙여주는 것처럼[293] 살펴주신 것이지만 신의 마음은 이미 묵은 재처럼 식었습니다. 놀랍고 감격스러워서 가슴이 무너져 내려 속마음을 호소하려 하니 가슴이 막혀 감히 다 말씀드리지는 못하지만, 우리 전하께서는 신에게 천지와도 같고 신에게 부모와도 같은데 단지 위엄만을 생각하여 번거롭게 해드리는 것만 두려워한다면 신의 정상을 토로할 날이 없을 것이니, 신이 어떻게 살아서나 죽어서나 한이 없을 수 있겠습니까.

예년에 신의 어미가 위중할 때 전하께서는 신을 가까운 곳으로 나아오게 하여 병세가 나아졌는지 물어보셨습니다.[294] 신이 감격하여 가슴 깊이 은혜를 새기고 돌아가 신의 어미에게 말하자 신의 어미는 손을 모으고 감사하다고 하였습니다. 그리고 신의 아비가 신을 경계하여 50세가 되면 관직에서 물러나라고 했던 말을 거론하고,[295] 이어 나라의 은혜가 중할수록 그 마음은 더욱 겸퇴(謙退)하는 것이 바로 보답하지 않음으로써 보답하는 것이라고 거듭 가르쳐주었습니다.

돌아보건대 신이 올리지 않은 상소가 아직도 먼지 쌓인 상자 속에 있으니, 신은 이에 신의 어미가 한 말이 유독 슬프고 신의 아비가 한 부탁에 느꺼워집니다. 3년 동안 잣나무를 붙잡고 슬퍼하며[296] 오로지

---

293 백골에……것처럼 : 깊은 은혜를 입었다는 말이다. 춘추 시대 초(楚)나라의 영윤(令尹) 위자빙(蔿子馮)이 "내가 오늘 신숙예(申叔豫)를 만나보았는데, 이른바 죽은 자를 살리고 백골에 다시 살을 붙여주는 사람이었다.〔吾見申叔夫子, 所謂生死而肉骨也.〕"라고 한 데서 유래하였다. 《春秋左氏傳 襄公 22年》

294 예년에……물어보셨습니다 : 162쪽 주284 참조.

295 신의 아비가……거론하고 : 96쪽 주153 참조.

296 3년……슬퍼하며 : 어머니의 상에 시묘하며 몹시 슬퍼했다는 말이다. 진(晉)나

한 생각만이 가슴속에 맺혔으니, 묘소를 돌보면서 신의 아비의 뜻을 생각하였고, 거적자리에 눕고 흙덩이를 베면서[297] 신의 어미의 가르침을 생각하였는데, 굽어보아도 우러러보아도 불안하고 송구하여 얼굴을 묻고 눈물만 흘렸습니다. 지금 간곡한 말로 부르심에 은혜로운 말씀으로 곡진히 일러주시니, 한 글자 한 글자 뼈에 사무쳐 신은 받들어 읽고 난 뒤에 머리를 조아리고 눈물을 흘리며 어찌할 바를 알지 못하였습니다.

무릇 효를 옮겨 충성하는 것은 신자(臣子)의 마땅한 도리입니다. 성상을 멀리 떠나와 해가 여러 번 바뀌었으니, 지친 말이 군주의 수레를 연모하고 해바라기가 해를 향해 잎을 기울이듯[298] 신이 그리움을 전혀 모르는 것은 아닙니다. 그러나 신의 아비와 신의 어미가 위급한 상황에서 간곡하게 하신 부탁을 또한 어찌 차마 잠시라도 잊고서 오직

라 왕부(王裒)가 사마소(司馬昭)에게 죽임을 당한 아버지의 상(喪)에 시묘하며 아침저녁으로 묘소 앞의 잣나무를 부여잡고 슬피 울자 잣나무가 왕부의 눈물 때문에 말라죽었다는 고사에서 유래하였다. 《晉書 卷88 孝友傳 王裒》

297 거적자리에……베면서 : 부모의 상중에 거상(居喪)하는 예를 이른다. 《의례》〈상복(喪服)〉에 "여막에 거처하며 거적자리에서 자고 흙덩이를 벤다.〔居倚廬, 寢苫枕塊.〕"라는 내용이 보인다.

298 지친……기울이듯 : 군주에 대한 충성을 비유한 말이다. 남조 송(宋)나라 포조(鮑照)의 〈동무음(東武吟)〉중 "버려진 돗자리는 군주의 장막을 생각하고, 지친 말은 군주의 수레를 연모하네.〔棄席思君幄, 疲馬戀君軒.〕"라는 구절과, 삼국 시대 위(魏)나라 조식(曹植)의 〈친척에게 문후하기를 청하는 표문〔求通親親表〕〉중 "마치 해바라기가 해를 향해 잎을 기울이는 것처럼 비록 빛을 반사해주지 않아도 끝내 그곳을 향하는 것은 바로 진심입니다.〔若葵藿之傾葉太陽, 雖不爲之回光, 然終向之者, 誠也.〕"라는 구절에서 유래하였다. 《文選 卷28 樂府詩八首 東武吟 鮑明遠》《三國志 魏志 陳思王植傳》

은총만을 연연하고 작록만을 탐하겠습니까. 아! 신은 비록 보잘것없는 사람이지만 군주를 섬기고 부모를 섬기는 도를 또한 일찍이 군자에게서 가르침을 받았으니, 어찌 감히 살아서는 군주를 속이고 죽어서는 부모를 속여서 스스로 불충과 불효의 죄에 빠지겠습니까.

효제(孝悌)란 부모의 마음을 따르는 것을 말합니다. 부모의 마음은 자식이 선(善)을 행하기를 바라지 않음이 없지만, 또한 자식이 불선(不善)을 행하지 않기를 바라지 않음도 없습니다. 신의 거취에 대해서는 많은 변론이 필요치 않습니다. 부모의 말을 따르지 않는 것이 불효이니, 불효한 사람이 어떻게 나라에 충성하겠습니까. 돌아보건대 지금 효로 다스리시는 정사에 큰 은혜를 천지에 베푸셔서 꿈틀거리는 작은 벌레도 각각 본성대로 살고 있으니, 신처럼 궁박하고 신처럼 가련한 자도 교화 안에 있는 사람인데 어찌 비와 이슬처럼 적셔주시는 성상의 은택을 받을 수 없겠습니까.

그리고 신은 자식 된 몸으로 부모에게 불효하여 살아 계실 때는 봉양을 지극히 하지 못하였고 돌아가신 뒤에는 그 뜻을 받들지 못하였습니다. 상례와 제례의 의절로 말씀드리면, 이것 역시 신의 마음에 만족스럽지 않아 외롭고 외롭게 슬픔만 머금고 있으니, 어느 하나 신의 죄가 무겁고 중하지 않은 것이 없습니다. 옛날에 이른바 '죽느니만 못한 지 오래되었다'는 것[299]은 바로 신의 사정을 말한 것입니다. 오직 이 삶을

---

299 옛날에……것 : 《시경》〈소아(小雅) 육아(蓼莪)〉에 "작은 병의 텅 빔이여, 큰 병의 수치로다. 곤궁한 백성의 삶이여, 죽느니만 못한 지 오래되었도다. 아버지가 없으면 누구를 믿으며, 어머니가 없으면 누구를 믿을까. 나가면 근심을 품고, 들어오면 이를 곳이 없도다.〔甁之罄矣, 維罍之恥. 鮮民之生, 不如死之久矣. 無父何怙? 無母何恃? 出則銜恤, 入則靡至.〕"라는 구절이 보인다.

단절하여 일반 사람들 속에 끼어 살지 않는 것을 죽을 때까지 스스로 속죄하는 도로 삼아야 할 것이니, 갓끈을 휘날리고 허리띠를 드리우고서 다시 벼슬길에 나가는 것은 신이 생각하는 바가 아니며, 현직의 긴요함 여부나 격례에 관계되는 바는 논할 것도 없습니다.

삼가 바라건대 자애로우신 성상께서는 신의 작은 진심은 강요할 수 없음을 긍휼히 여겨주시고 신의 어리석은 고집은 바꿀 수 없음을 살펴주셔서, 신을 사적(仕籍 벼슬아치의 명부)에서 삭제하도록 명하고 신에게 길이 물러나는 것을 허락하여 선친의 무덤을 지키며 여생을 마치게 해주소서. 이렇게 해주신다면 지금부터 죽는 날까지 전하의 은혜 아님이 없을 것입니다. 가슴 치며 글을 엮음에 글자마다 눈물이 흐르니, 바라건대 성상께서는 불쌍히 여기고 가엾게 여겨주소서.

두 번째 재상직을 사직하면서 아울러 피혐해야 할 사정을 진달하고 이어 치사를 청하는 소[300]

再辭兼陳應避 仍請休致疏

삼가 아룁니다. 신이 불충하고 불효하여 목석처럼 완고하고 금수처럼 어두워서 성명(聖明)한 세상에 용납될 수 없다는 것은 신만 스스로 매우 분명히 알고 있을 뿐 아니라 또한 남들도 익히 알고 있는 것입니다. 신이 전부터 물러나게 해달라고 청한 것은 나이가 되어서도 아니고 질병 때문에도 아니며, 신의 아비가 유언으로 당부한 것[301]은 또 비단 신을 위한 계책만은 아니었습니다. 신의 그릇을 헤아리고서 복잡하고 중요한 자리에 외람되이 들어갈 수 없게 하여 넘어지거나 소임을 감당하지 못해 낭패하는 일이 없게 함으로써 군주의 은혜에 만분의 일이라도 보답하게 하려는 것이 바로 선신(先臣 부친 이계조)이 임종을 앞두고 나라를 잊지 않은 지극한 뜻이었습니다. 이 점을 선대왕께서 재위하시던 때 고하여 낳아주고 길러주시는 은택을 입기를 바랐는데, 지금 신이 처한 바는 선친이 신에게 당부한 것과 일체 상

---

300 재차……소 : 저자가 55세 때인 1868년(고종5) 윤4월 20일 올린 좌의정을 사직하면서 치사(致仕)를 아울러 청하는 소이다. 이에 대해 고종은 선친의 훈계가 비록 간절하나 나라의 일 역시 중요하다는 비답을 내려 허락하지 않았다. 《승정원일기》에 소의 대략과 비답이 실려 있다. 저자는 51세 때인 1864년(고종1) 6월 15일 처음 좌의정에 임명되어 재직하면서 수차례에 걸쳐 사직소를 올려 1865년 2월 25일 허락받았고, 1866년 2월 7일 모친상을 당하여 3년의 거상 기간이 끝나자 동년 윤4월 11일 좌의정에 다시 임명되었다.

301 신의……것 : 96쪽 주153 참조.

반될 뿐 아니라 대관(大官)의 이름까지 더하여 바로잡고 보필하는 책임을 권면하시니, 천부당만부당 차지할 수 없다는 것은 어찌 스스로 견고하게 한계를 그은 것에만 그치겠습니까.

연전에 잠깐 벼슬에 나아갔던 것은 우리 성상께서 즉위하신 처음 성대한 때였습니다. 의리상 성상께 복명하는 것이 중하였고[302] 인정상 성상을 알현하는 것이 급하였기에, 정신없이 임명하신 벼슬에 숙배하여 다른 것은 돌아볼 겨를도 없이 6, 7개월을 부지런히 힘쓴 뒤에 다시 예전의 바람을 말씀드렸던 것이니, 이것은 밝으신 성상께서 환히 아시는 것이며 신이 스스로 기약했던 것입니다. 몇 년 사이 신은 상전벽해의 변화를 겪고 질병까지 찾아왔는데 세월이 유수처럼 흘러서 머리카락도 짧고 듬성듬성해졌으니, 신이 신을 보아도 판연히 옛날의 신이 아닙니다. 여기에 더해 신의 어미의 한마디 말씀[303]이 정녕 귀에 남아 꿈에서도 혼이 놀란 듯하고 자나 깨나 가슴에 맺힌 듯합니다.

무릇 신하가 치사(致仕)할 때에 비록 말할 만한 일이 하나만 있어도 곡진히 이루어주시는 성상께 바라기 마련인데, 더구나 신의 정상은

---

302 의리상……중하였고 : 저자는 48세 때인 1861년(철종12) 11월 25일 황해도 관찰사에 임명되어 재직하던 중 1862년 12월 19일 연이어 함경도 관찰사에 임명되었으며, 1863년 12월 8일 철종이 승하하였다는 소식과 고종의 즉위 소식, 1864년(고종1) 6월 15일 좌의정에 임명되었다는 소식 역시 함경도 감영에서 듣고 서울로 돌아와 좌의정의 직책을 수행하였다. 《承政院日記》

303 신의……말씀 : 저자의 아버지가 임종 때 유언으로 저자에게 50세가 되면 관직에서 물러나라고 했던 말을 상기시키고, 나라의 은혜가 중할수록 마음은 더욱 겸퇴(謙退)하는 것이 바로 보답하지 않음으로써 보답하는 것이라고 경계했던 말을 이른다. 166쪽 〈다시 임명받은 재상직을 사직하고 아울러 거상하는 정황을 진달하는 소[辭復拜相職兼陳苫塊情事疏]〉 참조.

이미 선왕께 고하였고 신의 아비와 신의 어미에게 다짐하였으며, 신의 노쇠로 인한 병이 또 이와 같으니 더 말할 것이 있겠습니까. 앞에는 신이 처한 처지가 실로 여기에 있고 뒤에는 신이 지킬 것 역시 여기에 있으니, 만약 성조(聖朝)에서 신하를 예(禮)로 부려서 신을 물리쳐주신다면 참으로 신의 행운일 것입니다. 만약 멋대로 명을 어기고 번거롭게 했다는 것으로 죄를 삼으신다면 부월(鈇鉞)의 주벌을 달게 받을 것이니, 신은 웃음을 머금고 지하에 들어가 신의 아비와 신의 어미를 뵐 때 아마도 뵐 낯이 있을 것입니다.

다만 생각건대 벼슬에 나가고 나가지 않는 것은 선비의 큰 절개입니다. 혹시라도 잘못하면 명교(名敎 유교)에 죄를 얻게 되니, 이 때문에 덕망 높은 선배들이 매번 물러나거나 나아갈 때 심사숙고했던 것입니다. 신의 경우 거취는 이미 정해졌고 생각은 이미 충분히 하였습니다. 군주에게 고하는 것이 진실되지 않다면 본래 합당한 형률이 있으니, 어찌 감히 속이겠습니까.

그리고 신은 영의정 신 정원용(鄭元容)과 피해야 할 혐의가 있습니다.[304] 비록 신이 겪은 것으로 말하더라도 서벽(西壁)의 직함을 격례를 원용하여 체차를 허락받았습니다.[305] 관직은 높고 낮은 차이가 없는데

---

304 신은……있습니다 : 고종은 1868년(고종5) 윤4월 11일 영의정 김병학(金炳學)이 사직소를 올리자 윤허하고, 당일 영의정에 정원용(鄭元容)을, 좌의정에 이유원을 임명하였다. 이유원의 처는 정헌용(鄭憲容)의 딸이며, 정헌용의 아들 정기회(鄭基會)는 종형인 정기세(鄭基世)의 아들을 양자로 들였다. 정기세는 영의정 정원용의 아들로, 이유원은 정원용의 조카사위가 된다. 《嘉梧藁略 冊18 工曹判書東里鄭公墓誌》

305 비록……허락받았습니다 : 벼슬아치가 출근하여 모여 앉을 때 동쪽에 앉는 벼슬을 동벽(東壁), 서쪽에 앉는 벼슬을 서벽(西壁)이라고 한다. 동벽은 의정부의 좌찬성·

도 경(卿)의 반열에 있을 때는 곧장 인험하여 체차하고 재상의 직위에 있을 때는 구애하는 바가 없으시니, 설령 한두 번 임시방편으로 처리한 전례가 있더라도 법전에는 애초에 높은 벼슬은 피험하지 않는다는 조문이 없다면 아랫사람이 체차되어야 하는 것은 없애지 못할 법입니다. 삼가 바라건대 전하께서는 신에게 거듭 내린 직함을 체차하고 신에게 삼자함(三字銜 봉조하)을 허락해주소서. 이어 신의 죄를 다스려서 수효만 채우고 있는 관료들을 경계하소서.

우찬성, 승정원의 도승지·우승지·좌승지, 홍문관의 직제학·전한·응교·부응교를 이르며, 서벽은 의정부의 좌참찬·우참찬, 승정원의 좌부승지·우부승지·동부승지, 홍문관의 교리·부교리·수찬·부수찬을 이른다. 기록에 따르면 1848년(헌종14) 3월 23일 동부승지 이유원이 소를 올려 좌부승지 정기세(鄭基世)와 인험 관계가 있으니 격례에 따라 체차해달라고 청하자 이 소를 해조(該曹)에 내려보내 처리하도록 하였다. 동부승지와 좌부승지는 모두 승정원의 정3품 벼슬이다. 《承政院日記》

세 번째 소[306]

三疏

삼가 아룁니다. 신은 들으니 사람들이 원하는 것이 있으면 하늘은 반드시 들어주며, 자식이 비록 불초하더라도 아버지는 반드시 가르친다고 하였습니다. 보잘것없는 불초한 신이 여러 번 성상의 위엄을 범하였는데, 부주(附奏)는 사체(事體)가 엄하니 번다한 말을 늘어놓아서는 안 되는데도 매일같이 글을 올려 성상을 번거롭게 하였습니다.[307] 신의 죄가 이런 지경까지 이르렀으니 실로 만 번 죽어 마땅한데도 은혜로운 전교를 내려주셨으니 신이 어찌 감히 다시 일삼아 떠들겠습니까. 그러나 이러지도 못하고 저러지도 못해서 마치 양이 울타리를 들이받은 것처럼[308] 답답하고 울적하니 차라리 죽고자 해도 하지 못하고 있습니다.

306 세 번째 소 : 저자가 55세 때인 1868년(고종5) 윤4월 23일 올린 좌의정을 사직하는 소이다. 이에 대해 고종은 윤허한다는 비답을 내렸다. 《승정원일기》에 소의 대략과 비답이 실려 있다. 저자는 1868년 윤4월 11일 좌의정에 임명되자 동월 17일과 20일 연달아 사직소를 올렸다.

307 부주(附奏)는……하였습니다 : '부주'는 임금의 유시에 대해 서계(書啓) 등에 함께 실은 당사자의 답변을 이른다. 저자는 좌의정에 임명된 뒤 사직소와 별도로 수차례에 걸쳐 부주를 올렸는데, 《가오고략》책8 및 《승정원일기》고종 5년(1868) 윤4월 18일·19일·21일·22일 기사에 저자가 올린 부주가 각각 실려 있다.

308 마치……것처럼 : 《주역》〈대장괘(大壯卦) 상육(上六)〉에 "숫양이 울타리를 들이받아 물러가지도 못하고 나아가지도 못하여 이로운 바가 없으니, 어려우면 길하리라.〔羝羊觸藩, 不能退, 不能遂, 无攸利, 艱則吉.〕"라는 구절이 보인다.

지금 정승의 자리는 갖추어지지 않았고[309] 국사는 어려운 상황이어서[310] 지극히 존귀하신 성상께서 위에서 근심하고 애쓰시건만, 신이 깜깜히 아무것도 모르는 것처럼 그저 신의 구구한 사정만을 말씀드려 하루 이틀 사이에도 지루하고 번다함을 꺼리지 않은 것은, 이것이 어찌 좋아서 하는 것이겠습니까.

신이 시골로 내려온 지도 이미 여러 해가 되었습니다. 자전(慈殿)의 연세가 높은데도[311] 신이 앉은뱅이의 정성[312]을 바치지 못하고, 성상의 학문이 일장월취하는데도 신이 강론하는 자리에서 보고 듣지 못하니,

---

309 지금……않았고 : 고종은 1868년(고종5) 윤4월 11일 영의정 김병학(金炳學)이 사직소를 올리자 윤허하고 당일 영의정에 정원용(鄭元容)을, 좌의정에 이유원을 임명하였다. 그러나 윤4월 21일 정원용이 다시 사직소를 올리자 윤허하고, 이틀 뒤인 23일 김병학(金炳學)을 영의정에 임명하였다. 저자가 올린 좌의정을 사직하는 이 세 번째 소는 김병학을 영의정에 임명하기 전에 올린 것으로 보인다. 《高宗實錄》

310 국사는 어려운 상황이어서 : 기록에 따르면 이 당시 이양선이 삼화(三和)・비련도(庇鍊島)・영종도(永宗島) 등지에 출몰하고, 의금부에서는 국청을 설치하여 서학(西學, 천주교) 죄인에 대한 심문을 실시하고 있었다. 《高宗實錄 5年 4月 3日・8日・10日・22日・23日・29日, 閏4月 2日》

311 자전(慈殿)의 연세가 높은데도 : '자전'은 익종(翼宗)으로 추존된 효명세자(孝明世子)의 비이자 헌종의 어머니인 대왕대비 신정왕후(神貞王后, 1808~1890) 조씨(趙氏)로, 이해는 환갑을 맞이하는 61세였다.

312 앉은뱅이의 정성 : 쓸모없는 사람의 정성을 이른다. 이와 관련하여 남송 주희(朱熹, 1130~1200)의 〈갑인행궁편전주차2(甲寅行宮便殿奏箚二)〉에 "하필 소경과 귀머거리를 강요하고 절름발이를 부축하여 끌어서 근시의 반열을 더럽히고 성세의 수치가 되게 하려고 하십니까.〔何必使之勉彊盲聾、扶曳跛躄、以汙近侍之列而爲盛世之羞哉!〕"라는 내용이 보이는데, 이 글은 남송 광종(光宗) 소희(紹熙) 5년(1194)에 영종(寧宗)이 즉위하자 조여우(趙汝愚)의 천거로 주희가 담주(潭州)에서 부름을 받고 경연에 들어가 올린 주차(奏箚)이다. 당시 주희는 65세의 고령이었다. 《朱文公文集 卷14》

여막에 칩거하며 북쪽을 바라보고 그리워하였습니다. 지금 이렇게 옛 신하를 기억해주시니 바로 신이 다시 하늘의 해와 같은 성상을 뵐 수 있는 기회입니다. 참으로 떳떳한 본성을 간직하고 있다면 의리상 마땅히 황급히 달려가서 옛사람이 조금만 더 죽지 않고 살기를 바랐던 마음[313]을 본받아야 할 것입니다.

그런데 왜 스스로 삼공(三公)의 높은 벼슬과 천종(千鍾)의 후한 녹봉에 한계를 긋고 오직 길이 물러나는 것만 일삼아서, 천지에 맹세하고 귀신에게 다짐하여 마음에 맺힌 것이 거의 구리와 쇠처럼 단단하고 나무와 돌처럼 완고해서, 살아도 물러가고 죽어도 물러가서 다시는 몸을 돌릴 수 있는 한 줄기 길도 없는 사람이 되었겠습니까. 비록 스스로 헤아려보아도 필경은 명을 어긴 주벌을 면할 수 없겠지만, 그 심성을 상실한 것은 마치 눈먼 말이 위험에 닥쳐서도 알지 못한 것과 같습니다.[314] 나라의 기강이 신으로 인해 무너지고 신하의 분수가 신으로 인해 없어졌으니, 이는 신의 죄가 아님이 없습니다.

그러나 저 필부필부도 아프면 부르짖어 모두 스스로 그 실정을 통할

---

313 옛사람이……마음 : 한(漢)나라 문제(文帝) 때 가산(賈山)이 〈지언(至言)〉을 올려 치란(治亂)의 도를 논하였는데, 이 가운데 "신은 들으니 산동의 관리가 조령을 선포할 때 백성 중에 비록 노쇠하고 병든 사람들도 지팡이를 짚고 가서 들으며 조금만 더 죽지 않고 살아서 덕의 교화가 이루어진 태평성대를 볼 수 있기를 바랐다고 합니다. 〔臣聞山東吏布詔令, 民雖老羸癃疾, 扶杖而往聽之, 願少須臾毋死, 思見德化之成也.〕"라는 말을 원용한 것이다.《漢書 卷51 賈山傳》

314 마치……같습니다 : 진(晉)나라 때 환현(桓玄)이 은중감(殷仲堪)·고개지(顧愷之)와 함께 위험한 상황에 대해 시구를 지을 때 은중감의 참군(參軍) 중 하나가 "소경이 눈먼 말을 타고, 한밤중에 깊은 못 앞에 다다랐네.〔盲人騎瞎馬, 夜半臨深池.〕"라고 하였다는 고사가 있다. 여기에서 맹인할마(盲人瞎馬)라는 말이 나왔다.《世說新語 排調》

수 있어서 아득히 멀리 있는 하늘도 오히려 환히 굽어보아 낮은 곳의 소리를 들으니,[315] 더구나 신의 아비와 신의 어미가 신에게 경계하고 가르쳐준 것을 어찌 우리 전하께 진달하여 굽혀 따라주셔서 낳아주고 길러주시는 은택을 바라지 않을 수 있겠습니까. 신이 간청을 드린 것은 여러 번이었습니다. 만약 하늘처럼 감싸주시는 인자한 성상께 받아들여지지 못한다면 신은 참으로 애달플 것도 없지만, 하늘을 본받아 아랫사람을 살펴주시는 전하의 도에는 어떻겠습니까.

그리고 신의 병세는 남들은 모르고 신만 홀로 아는 것이 있습니다. 무릇 사람은 세상에 부쳐 살 때 귀와 눈을 사용해 살아갑니다. 신의 경우 우르릉거리는 우레가 오히려 울리고 어둑어둑한 안개가 장막을 친 것 같아서 보고 들을 때 참으로 의지할 것이 없습니다. 의원들은 고요히 생각을 쉬면 조금이나마 청명해질 수 있다고 말하는데, 지금 신이 차지하고 있는 관직은 고요히 요양하는 자리가 아니며 처한 실정은 더더욱 생각을 쉴 수 있는 때가 아닙니다.

바라건대 성상께서는 신을 가엾게 여기고 신을 불쌍히 여기시어 신의 본직과 겸하여 띠고 있는 여러 직임을 체차하소서. 그리고 신의 당돌한 죄를 다스리셔서 더 이상 모두가 올려 보는 재상의 자리에 수효만 갖추지 않게 하소서. 이렇게 해주신다면 비록 죽는 날이라 할지라도 태어나는 해와 같을 것입니다.

---

315 저……들으니 : 《사기(史記)》 권84 〈굴원열전(屈原列傳)〉에 "무릇 하늘은 사람의 시작이고 부모는 사람의 근본이다. 사람이 궁하면 근본으로 돌아가므로 몹시 힘들고 지치면 일찍이 하늘을 부르지 않는 사람이 없고, 아프고 괴로우면 일찍이 부모를 부르지 않는 사람이 없다.〔夫天者, 人之始也, 父母者, 人之本也. 人窮則反本, 故勞苦倦極, 未嘗不呼天也, 疾痛慘怛, 未嘗不呼父母也.〕"라는 내용이 보인다.

겸하고 있는 직임을 해면해주기를 청하는 차자[316]
乞解兼務箚

삼가 아룁니다. 신이 외람되이 간절한 심정을 진달하여 여러 번 성상의 위엄을 범하였는데도 명을 어긴 것에 대한 주벌을 행하지 않으시고, 비답을 내리고 유시(諭示)를 내리셔서 용서해주시고 극진히 대해주시어 신이 선친의 뜻을 이룰 수 있게 해주셨으니,[317] 이 생애 이 세상에서 장차 무엇으로 보답한단 말입니까.

다만 신이 지니고 있는 겸직은 긴요하고 중하지 않은 것이 없지만, 복약을 시봉하는 직임으로 말하면 오랫동안 헛되이 띠고만 있어 송구하고 두려운 마음을 품은 지 벌써 열흘이 지나고 한 달이 넘었습니다. 때때로 궁궐 계단에 올라 성상의 광휘를 가까이 접하는 것은 신의 큰 소원이지만, 평소 앓던 숙서(宿暑)의 증상이 어제 연석에서 물러 나온 뒤 배로 더 극심해져서 먹고 마시는 것을 완전히 물리치고 자리만 보전하고 있습니다.

---

316 겸직의……차자 : 문집의 상소가 시간순으로 편집된 것에 근거하면 이 차자는 저자가 55세 때인 1868년(고종5) 5월 9일 판중추부사의 신분으로 올린 것으로 추정된다. 이에 대해 고종은 시골에 가서 조섭한다고 하니 내의원(內醫院) 도제조의 직임만 잠시 해면한다는 비답을 내렸다. 《승정원일기》에 고종의 비답만 실려 있다. 저자는 1868년 4월 10일 판중추부사에, 동년 4월 15일 사직서(社稷署)·남전(南殿)·봉상시(奉常寺) 도제조에, 윤4월 11일 내의원 도제조와 의정부 좌의정에 임명되었는데, 동년 윤4월 23일 좌의정의 직임만 해면을 허락받은 상태였다. 《承政院日記》

317 신이……해주셨으니 : 1868년(고종5) 윤4월 23일 올린 좌의정을 사직하는 소에 대해 고종이 윤허해준 것을 이른다. 175쪽 주306 참조. '선친의 뜻'은 96쪽 주153 참조.

돌아보건대 지금 치료하는 방법은 들것에 실려 시골집으로 돌아가서 마음대로 조섭하는 것보다 나은 것이 없는데, 신이 띠고 있는 직임들은 계속 비워두어서는 안 됩니다. 신의 실정이 이에 이르게 되니 마치 병을 하나 더한 것과 같기에 외람됨을 피하지 않고 실정을 호소하오니, 삼가 바라건대 자애로우신 성상께서는 굽어살펴주시어 신이 겸하여 띠고 있는 사직서(社稷署)・남전(南殿 영희전)・내의원(內醫院)・봉상시(奉常寺)의 여러 제조(提調)를 즉시 변통하여 공사(公私)를 다 행하게 하소서.

여러 관사의 제조의 직임을 해면해주기를 청하는 차자 1[318]

乞解諸司提擧箚

삼가 아룁니다. 신이 삼가 휴가를 받아 선친의 묘소를 살필 수 있어서 은택이 유명(幽明)에 입혀졌고 사사로운 정을 그동안 살피지 못했던 성묘에 폈습니다. 이러한 즈음에 내의원의 관직에 임명한다는 명이 선친의 묘소가 있는 시골의 적막한 물가에 이르니, 신은 은혜에 감격하고 의리가 두려워 도성으로 급히 달려갔습니다.

어제 문안을 드리면서 그리웠던 심정을 조금이나마 폈으니 어찌 감히 방법을 찾아 모면하고 편의를 취할 생각을 가졌겠습니까. 다만 신의 담현증(痰眩證)이 이렇게 서늘함과 따뜻함이 교차하는 때를 만나고 여기에 더해 길에서 조섭을 잃기까지 하자 외기의 침범에 머리를 들자마자 바로 쓰러졌습니다. 약을 썼으나 효과가 더디니 이와 같은 병세로 의관을 정제하고 공청(公廳)에 나가는 것은 가까운 시일을 기약할 수 없을 듯합니다.

겸하여 띠고 있는 여러 관사의 직임으로 말하면 모두 긴요하고 중한

---

318 여러……차자 1 : 문집의 상소가 시간순으로 편집된 깃에 근거하면 이 차자는 저자가 55세 때인 1868년(고종5) 9월 6일 판중추부사의 신분으로 올린 것으로 추정된다. 이에 대해 고종은 내의원(內醫院) 도제조의 직임만 해면한다는 비답을 내렸다. 《승정원일기》에 고종의 비답만 실려 있다. 저자는 1868년 4월 10일 판중추부사에, 동년 4월 15일 사직서(社稷署)·남전(南殿)·봉상시(奉常寺) 도제조에, 윤4월 11일 내의원 도제조에 임명되었으며, 동년 5월 9일 내의원 도제조의 직임에서 잠시 해면되었다가 동년 8월 20일 다시 내의원 도제조에 임명되었다. 《承政院日記》

데도 신이 시골에 있는 날이 이미 많으니, 계속 자리를 비우는 것이 더욱 염려되고 송구합니다. 이에 감히 글을 갖추어 실정을 호소하오니, 바라건대 자애로우신 성상께서는 굽어살펴주시어 신이 띠고 있는 남전(南殿)·사직서(社稷署)·봉상시(奉常寺)·내의원(內醫院) 제조(提調)의 직임을 모두 체차하셔서 공사(公私)를 다행하게 하소서.

여러 관사의 제조의 직임을 해면해주기를 청하는 차자 2[319]
乞解諸司提擧箚

삼가 아룁니다. 신이 현재 띠고 있는 여러 관사의 겸직들이 어느 것인들 긴요하고 중하지 않겠습니까. 종묘서(宗廟署)·사직서(社稷署)·남전(南殿)·경모궁(景慕宮)의 직임은 한 사람이 겸하여 관장할 수 있는 것이 아니며, 내의원(內醫院)·봉상시(奉常寺)·어영청(御營廳)의 관직 또한 계속 자리를 비워두어서는 안 됩니다.

그런데 신이 어제 공청에서 물러 나와 갑자기 담현증(痰眩症)을 앓게 되어 자리에 드러눕자 마치 움직이고 있는 배에 앉아 있는 것 같았습니다. 이 증세는 한번 나타나면 약물로 효과를 보기까지 가까운 시일을 기약하기 어렵습니다. 지금 조섭하는 방도는 시골의 산천만한 것이 없으니, 도성에 머물러 공경히 직무를 수행하는 것은 형편상 어찌할 도리가 없습니다.

스스로 죄를 생각하니 마치 병이 하나 더해진 듯하였습니다. 두려움만 품고 있기보다는 일찌감치 인자하신 성상께 토로하는 것이 낫겠기에, 이에 감히 문자를 대략 갖추어 존엄하신 성상을 번거롭게 하오니,

---

319 여러……차자 2 : 저자가 56세 때인 1869년(고종6) 5월 7일 판중추부사의 신분으로 올린 차자이다. 이에 대해 고종은 내의원(內醫院) 도제조의 직임만 잠시 해면한다는 비답을 내렸다. 《승정원일기》에 차자의 대략과 비답이 실려 있다. 저자는 1868년 4월 10일 판중추부사에, 동년 4월 15일 사직서(社稷署)·남전(南殿)·봉상시(奉常寺) 도제조에, 1869년 3월 17일 어영청(御營廳) 도제조에, 동년 3월 24일 종묘서(宗廟署)·경모궁(景慕宮) 도제조에, 동년 4월 9일 내의원 도제조에 임명되었다. 《承政院日記》

삼가 바라건대 자애로우신 성상께서는 굽어살펴주시어 신이 지니고
있는 일곱 개 제조(提調)의 직임을 모두 체차하여 공사(公私)를 다행
하게 하소서.

종묘의 신주를 이안할 때 친히 거둥하시는 것을 중지하기를 청하며 연명으로 올린 차자[320]

請寢宗廟移安親行聯箚

삼가 아룁니다. 정월에 길일을 가려 종묘와 영녕전(永寧殿)의 신주를 이안(移安)할 날이 다가왔습니다. 신주를 모실 때에 공경하고 엄숙히 하며 봉안하는 의절에 공경하고 삼가는 것[321]은 참으로 성념(聖念)에 정성과 예가 혹시라도 미흡함이 없도록 하기 위한 것입니다.

다만 지금 새해가 시작된 이래 일기가 열흘 동안 고르지 못하여 비와 눈이 뒤섞여 내리고 음산한 구름이 늘 끼어 있으니, 이 때문에 항간에 돌림감기가 성행하는 것입니다. 더구나 겨울과 봄의 환절기를 만나 기거의 조화를 더욱 배로 조심하고 삼가야 하는데, 이러한 때 수고롭게 거둥하시어 종일토록 저촉하였다가 성궁(聖躬)의 조섭에 크게 어긋나

---

320 종묘의……차자 : 저자가 57세 때인 1870년(고종7) 1월 9일 판중추부사의 신분으로 영중추부사 정원용(鄭元容), 영의정 김병학(金炳學), 우의정 홍순목(洪淳穆)과 함께 연명으로 올린 차자이다. 이에 대해 고종은 청을 따르겠다는 비답을 내렸다. 《승정원일기》에 차자와 비답이 실려 있다. 기사에 따르면 1869년(고종6) 11월 10일 종묘와 영녕전에 빗물이 새자 잠시 신주를 이안(移安)하였다가 보수가 끝난 뒤 환안(還安)하자는 의견이 나왔다. 이에 따라 길일을 가려 1870년 1월 12일 종묘와 영녕전의 신주를 창덕궁으로 이안하고, 동년 3월 29일 종묘와 영녕전으로 환안하였다. 《高宗實錄 6年 11月 10日, 7年 1月 12日, 7年 3月 29日》

321 신주를……것 : 《서경》〈상서(商書) 태갑상(太甲上)〉에 "선왕이 이 하늘의 밝은 명을 돌아보아 상하의 귀신을 받들며, 사직과 종묘를 공경하고 엄숙히 하지 않음이 없었다.〔先王顧諟天之明命, 以承上下神祇, 社稷宗廟, 罔不祇肅.〕"라는 내용이 보인다.

면 자전께서 어찌 안절부절 염려하지 않을 수 있겠습니까.

잠시 전에 내리신 명을 거두어 전알(展謁)을 훗날로 미루었다가 다시 천기가 화창해지기를 기다려 나중에 공경히 전알하소서. 전알은 정성과 예를 돈독히 하는 데에 있으며 빨리하느냐 늦게 하느냐에 있지 않기에 신들이 이런 어리석은 마음으로 서로 이끌어 연명으로 호소하오니, 바라건대 밝으신 성상께서는 심사숙고하시어 신들의 의견을 따라주시기를 간절히 바랍니다.

휴가를 청하며 제조의 직임을 해면해주기를 청하는 차자[322]

請暇乞解提擧箚

삼가 아룁니다. 신은 지난날 전석(前席)에서 강대(講對)할 때 은혜로운 하교를 삼가 받들었는데, 신에게 서울에 머물라고 권면하시며 차근차근 일러주시는 말씀이 보통의 격례를 크게 뛰어넘은 것이었습니다.[323] 신이 황공하고 감격하여 감히 곧바로 시골로 돌아가지 못하고 도성에 머무른 것이 벌써 석 달이 지나서 한 해가 또 새로워졌습니다. 성문 앞에서 기다리며 파루 소리를 듣고 조정에 나아가 하례를 드리는 것은 실로 신의 지극한 영광이고 큰 소원이지만, 시골 산천이 꿈속에 들어오고 선산이 멀리 떨어져 있으니 이때 성묘하고자 하는 것은 인정과 사리가 곧 그러합니다.

---

322 휴가를……차자 : 저자가 57세 때인 1870년(고종7) 1월 23일 판중추부사의 신분으로 올린 차자이다. 이에 대해 고종은 휴가는 허락하나 제조의 해면은 내의원(內醫院) 도제조의 직임만 잠시 해면한다는 비답을 내렸다. 《승정원일기》에 차자와 비답이 실려 있다. 저자는 1868년 4월 10일 판중추부사에, 동년 4월 15일 사직서(社稷署)·남전(南殿) 도제조에, 1869년 3월 24일 종묘서(宗廟署)·경모궁(景慕宮) 도제조에, 동년 11월 29일 내의원 도제조에 임명되었다. 《承政院日記》

323 신은……것이었습니다 : 이와 관련하여 《승정원일기》고종 6년(1869) 11월 30일 기사에, 저자가 경복궁 자경전(慈慶殿)에서 열린 조강(朝講)에 판중추부사의 신분으로 입시했을 때, 고종이 "어찌하여 오랫동안 시골집에 있으려고 하는가?" "만약 서울에서 항상 경을 만나볼 수 있다면 내 마음이 언제나 좋을 것이다." "시골집은 때때로 왕래하고 평소에는 서울에 머물러 있었으면 하는 것이 나의 소망이다." 등등의 말로 저자에게 서울에 머물기를 권유한 내용이 보인다. '강대(講對)'는 조강(朝講)·주강(晝講)·석강(夕講)의 삼강(三講)과 소대(召對)·야대(夜對)의 양대(兩對)를 이른다.

다만 신이 지니고 있는 복약을 시봉하는 직임은 법규상 성 밖에 나가
유숙할 수 없으며, 종묘서(宗廟署)·사직서(社稷署)·남전(南殿)·
경모궁(景慕宮)의 직함으로 말하면 엄숙히 받들고 호위하는 자리이니
또한 계속 비워두어서는 안 됩니다. 이에 새해 아침에 휴가를 가는
고사에 가만히 부쳐 외람됨을 피하지 않고 존귀하신 성상을 번거롭게
하오니, 삼가 바라건대 자애로우신 성상께서는 신의 간청을 살펴주시
어 특별히 내의원 및 네 관사의 제조(提調)의 직임을 체차하여 왕래하
는 데 편하게 해주시기를 간절히 바랍니다.

내의원 제조의 직임을 해면해주기를 청하는 차자[324]

乞解藥院提擧箚

삼가 아룁니다. 신이 여러 번 내의원의 직함을 맡았지만 사직의 뜻을 진달하여 해면을 청하면 그때마다 성상의 은혜로운 헤아림을 입어 시골 산천을 오가며 먹고 마시기를 분수대로 하였으니, 바라는 것이 있으면 반드시 이루어주시는 우리 전하의 깊은 인애와 큰 은택 아님이 없습니다.

지금 이 직임을 다시 외람되이 맡게 됨에 어찌 감히 다시 번거롭게 해드리는 것을 일삼겠습니까. 그러나 질병이 닥쳤을 때 반드시 부모를 부르는 것은 당연한 이치입니다. 신이 평소 앓고 있던 적취(積聚)의 병이 갑자기 추워지는 환절기에 기승을 부려 오한과 발열이 일어나고 식은땀이 흐르며 정신이 혼미하여 몸을 침상에 붙이고 있습니다. 가까운 시일 내에 움직일 가망이 없으니, 이와 같은 현재 상황에서는 다가오는 일차(日次)에 나아가 참여할 길이 없습니다. 의리와 분수가 이지러지고 무너져서 마치 병을 하나 더한 것과 같기에 황송함을 무릅쓰고

---

324 내의원······차자 : 저자가 57세 때인 1870년(고종7) 8월 24일 판중추부사의 신분으로 올린 차자이다. 이에 대해 고종은 내의원(內醫院) 도제조의 사직을 잠시 허락하니 안심하고 조섭하라는 비답을 내렸다. 《승정원일기》에 차자와 비답이 실려 있다. 저자는 1868년 4월 10일 판중추부사에 임명되었고, 동년 4월 15일 사직서(社稷署)·남전(南殿) 도제조에, 1869년 3월 24일 종묘서(宗廟署)·경모궁(景慕宮) 도제조에, 1870년 7월 22일 내의원 도제조에 임명되어 모두 5개의 도제조 직임을 겸하고 있었다. 《承政院日記》

인자하게 감싸주시는 성상께 호소하오니, 삼가 바라건대 성상께서는
굽어살펴주시어 신이 띠고 있는 내의원 도제조의 직임을 즉시 체차하
여 공사(公私) 간에 모두 다행하게 하소서.

위관을 사직하는 차자[325]

辭委官箚

삼가 아룁니다. 옥사를 다스리는 것은 나라의 큰 정사이니, 의정부가 주관한다는 것이 규정에 있습니다.[326] 신이 작년에 명을 받아 외람되이 행했던 것은[327] 곧 일시적으로 변통한 것이어서 구차함과 어려움이 더없이 심하여 두렵고 부끄럽기 그지없었습니다. 지금 이렇게 성

325 위관(委官)을 사직하는 차자 : 저자가 57세 때인 1870년(고종7) 8월 29일 위관에 임명되자 당일 판중추부사의 신분으로 올린 차자이다. 이에 대해 고종은 전례가 이미 많으니 즉시 자리에 나오라는 비답을 내렸다. 《승정원일기》에 차자와 비답이 실려 있다. '위관'은 죄인을 추국(推鞫)할 때 의정대신(議政大臣) 가운데서 임시로 뽑아 옥사를 주관하게 하던 관직이다. 1870년 7월, 충청도 홍주(洪州) 출신의 향반(鄕班)인 이필제(李弼濟, 1825~1871)가 농민을 규합하여 초군작변(樵軍作變)이라고도 불리는 진주작변(晉州作變)을 일으켰기 때문에 추국청이 열린 것이다. 당시 이필재는 달아나고 관련자인 전 정언(前正言) 김희국(金熙國)을 추포하였다. 이필제는 1863년(철종14) 동학에 입도하여 농민을 규합하였는데, 체포령이 내려지자 주성칠(朱成七)·주성필(朱性必) 등으로 성명을 고치고 진주작변을 일으켰으나 밀고로 실패하였다. 이필제는 1863년에 처음 동학에 입도한 뒤로 1871년 8월 2일 체포되어 동년 12월 23일 처형되기까지 약 9년 동안 진천(鎭川)·진주·영해(寧海)·조령(鳥嶺) 등지에서 봉기를 주도하였다. 《承政院日記 高宗 7年 8月 10日, 29日》

326 옥사를……있습니다 : 《고종실록》 1년(1864) 2월 11일 기사에 비변사와 의정부의 업무 분장이 실려 있는데, 이에 따르면 의정부의 경우 형옥(刑獄)을 비롯하여 능과 종묘에 행행(行幸)하는 일 등을 주관한다.

327 신이……것은 : 저자는 1869년(고종6) 6월 5일 위관에 임명되었다. 동년 3월에 민회행(閔晦行) 등이 조선 왕조의 전복을 목적으로 전라도 광양(光陽)에서 민란을 일으켜 추국청이 열린 것이다. 《承政院日記 高宗 6年 6月 5日》

상의 유지(諭旨)가 또 미천한 신에게 이르니 참으로 생각도 못했던 일입니다. 의리로는 피눈물을 삼키며 다른 것은 돌아볼 겨를이 없어야 할 것이나, 사체(事體)를 헤아려보면 감히 명이 떨어지자마자 맡을 수 없기에 바삐 짧은 글을 진달하여 존엄하신 성상을 번거롭게 합니다. 삼가 바라건대 밝으신 성상께서는 신의 위관의 직임을 속히 변통하셔서 옛 규정에 흠결이 없게 하고 사사로운 분수를 편안하게 해주소서.

위관을 사직하는 두 번째 차자[328]

辭委官再箚

삼가 아룁니다. 신은 옥사를 심리하라는 성상의 명에 격례를 끌어와 호소하였으나 윤허를 받지 못해 애써 추국하는 자리에 나아가 얼추 명목장담(明目張膽)의 의리[329]를 바친 것이니 감히 수고로움을 말씀 드리지 못합니다. 그러나 지난날 기승을 부렸던 신의 적취(積聚)[330] 의 증세가 아직 낫지 않았는데 종일 외기(外氣)에 노출되다 보니 배 나 심해졌습니다. 당기는 통증을 수반하는 담과 이리저리 부딪치는 기운에 정신을 잃고 쓰러지니 의관을 정제하고 공청에 나가는 것은 시일을 기약하기 어렵습니다. 오늘 문후하는 반열에 나아가 참석할

---

328 위관(委官)을……차자 : 저자가 57세 때인 1870년(고종7) 9월 8일 판중추부사의 신분으로 올린 차자이다. 이에 대해 고종은 사직을 윤허하고 편안한 마음으로 조섭하라 는 비답을 내렸다. 《승정원일기》에 차자와 비답이 실려 있다. 저자는 동년 8월 29일 위관에 임명되자 당일 사직하는 첫 번째 차자를 올린 적이 있다. 191쪽 주325 참조. 동년 9월 4일, 추국청에서 죄인 김희국(金熙國)은 애초에 서로 관련이 없을 뿐 아니라 스스로 진주옥(晉州獄)에 나타나 자수했으니 풀어주어야 한다고 주청하여 고종의 윤허 를 받았다. 《承政院日記》

329 명목장담(明目張膽)의 의리 : '눈을 밝게 뜨고 담력을 크게 가진다'는 뜻으로, 기 탄없이 분명히 의리를 밝힌다는 말이다. 진(晉)나라의 왕도(王導)가 왕함(王咸)에게 보낸 편지에서 "오늘날 상황을 보았을 때 나는 눈을 밝게 뜨고 담력을 크게 가지고서 6군의 통령이 되어 차라리 충신으로 죽을지언정 간사한 사람으로 살지는 않을 것입니 다.〔今日之事, 明目張膽爲六軍之首, 寧忠臣而死, 不無賴而生矣.〕"라고 한 것에서 유래 하였다.

330 적취(積聚) : 의학 용어로, 배 속에 덩어리가 생기는 병증이다.

수 없어 신하의 분수가 모두 어그러졌으니 두려움이 앞섭니다. 이에
감히 사실대로 말씀드려 번거롭게 하오니, 삼가 바라건대 밝으신 성
상께서는 굽어살피시어 신의 위관의 직임을 속히 변통해주셔서 공사
(公私)를 다행하게 하소서.

어영청 도제조를 사직하는 차자[331]
辭御營都提調箚

삼가 아룁니다. 신이 방금 삼가 저보(邸報)를 보니 삼영(三營)의 도
제조는 의정부의 좌석 순서에 따라 으레 겸임하도록 하라는 명이 있
었습니다.[332] 이는 우리 전하께서 재상의 직책을 중히 여겨 군국 기무
를 총령하도록 하신 뜻이니, 신은 수차례 경건히 송독하였습니다. 다
만 신이 현재 띠고 있는 어영청 도제조의 직임은 마땅히 체차되어야
하기에 이에 감히 글을 갖추어 역마를 통해 올려 성상을 번거롭게 하
오니, 삼가 바라건대 자애로우신 성상께서는 즉시 변통하셔서 전식
(典式)을 완전하게 하시면 더없이 다행이겠습니다.

---

331 어영청(御營廳)……차자 : 기록이 남아 있지 않아 자세하지 않으나 문집의 상
소가 시간순으로 편집된 것에 근거하면 이 차자는 저자가 57세 때인 1870년(고종7)
9월~12월 사이에 판중추부사의 신분으로 올린 것으로 추정된다.

332 삼영(三營)의……있었습니다 : '삼영'은 훈련도감, 금위영, 어영청을 이른다.
《승정원일기》고종 7년(1870) 7월 3일 기사에 "관제법령이 지금 막 차례대로 정비되었
는데, 삼영의 도제조 중 혹 시임 재상이 없다면 군국 기무를 총령하는 뜻이 전혀 아니다.
지금부터는 훈련도감은 영의정이 으레 겸임하고, 금위영 도제조는 좌의정이 으레 겸임
하고, 어영청 도제조는 우의정이 으레 겸임하되, 만약 재상의 직책이 체차되어 원래의
좌석이 구비되어 있지 않을 동안에는 원임이 잠시 그대로 삼영의 도제조를 띠고 있는
것을 정식으로 삼으라.〔官制法令, 方次第釐正, 而三營都提調之或無時相見帶者, 殊非
摠領軍國機務之意也. 自今爲始, 訓局, 領相例兼, 禁營, 左相例兼, 御營, 右相例兼, 若
相職遞改, 而原座未備之間, 原任姑爲仍帶事, 著爲定式.〕"라는 전교가 실려 있다.

여러 관사의 제조의 직임을 해면해주기를 청하는 차자[333]
乞解諸司提擧箚

삼가 아룁니다. 신이 현재 복약을 시봉하는 직임을 지닌 지 이제 넉 달이 되었습니다.[334] 성궁(聖躬)을 보호하는 중책임을 생각하여 초솔하게나마 직책에 달려가는 공손함을 바쳐서 밤낮으로 마음을 졸이며 일심으로 게을리하지 않았던 것은 바로 신의 의리와 분수가 그런 것이니, 어찌 감히 시골 산천에 한가하게 노닐 생각을 품겠습니까.

다만 신의 담벽증(痰癖證)이 추위를 당해 심해졌는데 어지러움까지 겹쳐서 어제는 연석에서 물러 나온 뒤 자리에 쓰러졌습니다. 원기가 소진된 상태를 가릴 수 없으니, 스스로 생각하기에 이 증상은 조용히 요양하는 것이 가장 좋습니다. 신이 띠고 있는 여러 관사의 제조의 직임은 비록 긴요함과 긴요치 않음이 다르지만 때에 따라 대응하는 것이 적절한 조섭에 방해될 수 있습니다. 이때에 미쳐 면직을 청하는 것을 조금도 늦출 수 없기에 황송함을 무릅쓰고 천지 부모와 같은 성상께 호소하오니, 삼가 바라건대 자애로우신 성상께서는 신의 병세를

---

333 여러……차자 : 문집의 상소가 시간순으로 편집된 것에 근거하면 이 차자는 저자가 57세 때인 1870년(고종7) 12월 26일 판중추부사의 신분으로 올린 것으로 추정된다. 이에 대해 고종은 종묘서(宗廟署)와 내의원(內醫院) 도제조의 직임만 잠시 사직을 허락하니 편안한 마음으로 조섭하라는 비답을 내렸다. 《승정원일기》에 비답이 실려 있다. 《承政院日記》

334 신이……되었습니다 : 저자는 1870년(고종7) 10월 28일 내의원 도제조에 임명되었다. 《承政院日記》

헤아리시어 신의 내의원(內醫院) 및 종묘서(宗廟署)·사직서(社稷署)·남전(南殿)·경모궁(景慕宮)·봉상시(奉常寺)·금위영(禁衛營) 제조를 체차하여 공사(公私)를 편하게 하소서.[335]

---

335 신의……하소서 : 저자는 1868년(고종5) 4월 15일 남전(南殿)·사직서(社稷署)·봉상시(奉常寺) 도제조에, 1869년(고종6) 3월 24일 종묘서(宗廟署)·경모궁(景慕宮) 도제조에 임명되었다. 이때 맡은 금위영(禁衛營) 도제조의 임명은 자세하지 않다. 내의원 도제조의 임명은 196쪽 주334 참조.

직무가 서로 방해되는 여러 관사의 제조를 사양하는 차자[336]
辭諸司提擧職務相妨箚

삼가 아룁니다. 신이 사직서(社稷署)·남전(南殿)·경모궁(景慕宮)·
봉상시(奉常寺)의 직함을 받든 지 벌써 여러 해가 지났습니다.[337] 엄
숙히 호위하고 경건히 제물(祭物)을 올리는 것은 모두 신중히 해야
할 직무이니 분주히 달려가 수행하는 것에 참으로 어찌 감히 수고로
움을 말하겠습니까. 그러나 현재 성궁(聖躬)을 보호하는 직임[338]으로
정해진 날짜에 문안을 드리는 일 외에 장차 본원에 나아가 입직하려
면 사무가 매번 방해되는 경우가 많을 것이어서 사사로운 분수에 더
욱 황송합니다. 그리고 금위영(禁衛營)을 겸하여 관장하는 것으로 말
하면 더욱 신이 외람되이 차지할 수 있는 자리가 아니기에 소략하게
나마 문자를 엮어 존귀하신 성상을 번거롭게 하는 것입니다. 삼가 바
라건대 밝으신 성상께서는 굽어살피시어 신이 맡은 다섯 제조의 직
임을 체차하여 공사(公私)를 편안하게 하소서.

---

336 직무가……차자 : 저자가 58세 때인 1871년(고종8) 9월 26일 판중추부사의 신분
으로 올린 차자이다. 이에 대해 고종은 경모궁(景慕宮) 도제조의 사직만 잠시 윤허한다
는 비답을 내렸다. 《승정원일기》에 차자와 비답이 실려 있다. 《承政院日記》

337 신이……지났습니다 : 197쪽 주335 참조.

338 성궁(聖躬)을 보호하는 직임 : 저자가 1871년 7월 21일 임명된 내의원(內醫院)
도제조의 직임을 말한다.

내의원 제조를 사직하는 차자[339]

辭藥院提擧箚

신은 어제 본원에서 물러 나온 뒤 갑자기 감기에 걸렸습니다. 머리는 무엇에 부딪힌 듯 어지럽고 팔은 무엇을 매단 듯 무거운데, 적취(積聚)의 증상이 뒤따라 심해져서 완화하는 약제를 연달아 써보았으나 줄곧 어지러워 누워 있으니 가까운 시일 내에 움직이는 것은 형세로 보아 할 수 없습니다. 정해진 날짜에 문안드리는 반열에 공손히 달려 가는 것이 신의 직분이지만, 이와 같은 병든 상황에서는 장차 자리를 비우는 죄를 면치 못할 것이기에 송구함을 무릅쓰고 다급한 목소리로 천지와 같고 부모와 같은 성상께 호소합니다. 삼가 바라건대 자애로우신 성상께서는 굽어살피시어 신의 내의원 직함에 대해 속히 체차를 윤허해주셔서 공사(公私)를 다행하게 하소서.

---

339 내의원……차자 : 저자가 58세 때인 1871년(고종8) 11월 10일 판중추부사의 신분으로 올린 차자이다. 이에 대해 고종은 내의원(內醫院) 도제조의 사직을 잠시 윤허하니 편안한 마음으로 조섭하라는 비답을 내렸다. 저자는 1871년 7월 21일 내의원 도제조에 임명되었다. 《승정원일기》에 차자와 비답이 실려 있다. 《承政院日記》

일곱 제조의 직임을 해면해주기를 청하는 차자[340]

乞解七提擧箚

삼가 아룁니다. 신은 유도(留都)의 명을 받들어[341] 이른 아침부터 저녁 늦게까지 공청에 있으면서 한 생각도 게을리하지 않았습니다. 지금은 이미 일이 끝나서 장차 시골로 돌아가 김매고 북돋아 농사지으며 성상의 은택을 노래하려고 하는데, 신이 지니고 있는 여러 관사의 제조(提調)를 계속 자리를 비워둘 수 없습니다. 남전(南殿)·경모궁(景慕宮)의 제단과 담장을 보호하는 것은 본래 특별한 일이며, 제물을 정결하게 갖추고 녹봉을 마련하며 보루와 무기를 수리하고 살피는 것은 어느 하나 긴요하고 중하지 않은 일이 없습니다. 그런데 신의 한 몸에 집중되어 있어서 공사(公私) 간에 구차하고 어려우니, 분수와 의리로 헤아려보건대 더욱 황송한 마음이 영광스러운 마음보다

---

340 일곱……차자 : 저자가 59세 때인 1872년(고종9) 3월 11일 판중추부사의 신분으로 올린 차자이다. 이에 대해 고종은 남전(南殿)·사직서(社稷署)·경모궁(景慕宮) 도제조의 사직을 잠시 윤허한다는 비답을 내렸다. 《승정원일기》에 차자와 비답이 실려 있다.

341 신은……받들어 : 저자는 1872년(고종9) 2월 25일 도성에 남아 있으라는 명을 받았다. 고종은 동년 3월 1일 파주(坡州) 행궁에서 유숙하고, 3월 2일 개성(開城) 행궁에 유숙하였으며, 3월 3일 태조의 정비 신의왕후(神懿王后)의 능인 제릉(齊陵)과 정종과 비 정안왕후(定安王后)의 능인 후릉(厚陵)에 제사하고, 3월 5일 문묘에 전배하고 고려 왕궁 터인 만월대(滿月臺)에서 문무과 정시를 시행하였으며, 3월 6일 고려 태조의 현릉(顯陵)에 전작례(奠酌禮)를 행하고, 3월 7일 파주 행궁에서 유숙하고, 3월 8일 경복궁(景福宮)으로 환어하였다. '유도(留都)'는 임금의 거둥 때 도성에 머물러 있으면서 도성을 지키고 정무를 보는 것으로, 유도의 명을 받은 대신을 유도대신이라 한다. 《承政院日記》

앞섭니다. 이에 외람됨을 피하지 않고 짧은 글을 올려 호소하오니,
삼가 바라건대 성상께서는 신의 남전(南殿)·사직서(社稷署)·경모
궁(景慕宮)·봉상시(奉常寺)·금위영(禁衛營)의 직임과 새로 임명
하신 군기시(軍器寺)·군자감(軍資監) 등의 도제조[342]를 모두 변통해
주시기를 매우 간절히 바랍니다.

342 신의······도제조 : 저자는 1868년(고종5) 4월 15일 남전(南殿)·사직서(社稷署)·
봉상시(奉常寺) 도제조에, 1872년(고종9) 2월 14일 군기시(軍器寺)·군자감(軍資
監)·경모궁(景慕宮) 도제조에 임명되었다. 금위영(禁衛營) 도제조의 임명은 자세하
지 않다. 《承政院日記》

칠석제 독권관의 변통을 청하는 차자[343]

七夕製讀券官變通箚

삼가 아룁니다. 신은 삼가 칠석제(七夕製) 독권관(讀券官)의 명을 받
들었습니다. 의리와 분수에 있어 허겁지겁 달려가 받들기에도 겨를
이 없어야 하는데, 아침에 반열에서 물러 나온 뒤 갑자기 곽란이 들
어 구토와 설사가 모두 심하고 오한과 발열이 번갈아 일어났습니다.
여기에 더해 담적(痰積)의 증세까지 치밀어 올라와 자리에 그대로 쓰
러져 누웠는데, 가쁜 숨이 금방이라도 끊어질 듯한 상황입니다.

　이와 같은 현재의 증상으로는 가까운 시일 내에 의관을 정제하고
공청(公廳)에 나아갈 길이 없으니, 두려운 마음에 마치 병을 하나 더한
것 같습니다. 이에 감히 외람됨을 피하지 않고 서둘러 짧은 글을 엮어
서 천지 같고 부모 같은 성상께 슬피 호소합니다. 삼가 바라건대 밝으
신 성상께서는 굽어살펴주시어 신의 독권관의 소임을 변통하여 편하게
조섭할 수 있게 해주소서. 이어 신이 번거롭게 한 죄를 처분하시기를
매우 간절히 바랍니다. 재결하여 주소서.

343　칠석제(七夕製)……차자 : 저자가 59세 때인 1872년(고종9) 7월 18일 판중추부
사의 신분으로 올린 차자이다. 이에 대해 고종은 독권관(讀券官)의 사임을 허락하니
안심하고 조섭하라는 비답을 내렸다. 《승정원일기》에 차자와 비답이 실려 있다. '칠석
제'는 인일제(人日製)・삼일제(三日製)・구일제(九日祭)・황감제(黃柑製)와 함께 오
순절제(五巡節製)의 하나로, 음력 7월 7일에 유생들에게 제술(製述)을 시험한다. 당년
의 칠석제는 7월 22일 경복궁 경무대(景武臺)에서 시행되었으며 합격자는 직부전시(直
赴殿試) 하도록 하였다.

추도기 독권관의 변통을 청하는 차자[344]

秋到記讀券官變通箚

삼가 아룁니다. 신은 한 새벽에 삼가 추도기 독권관(秋到記讀券官)이 되라는 명을 받았는데, 시각이 다 되어가서 많은 선비가 모두 모여 있기에 참으로 즉시 달려가야 했습니다. 그런데 일전에 추위를 무릅쓰고 도성에 들어갔다가 갑자기 감기가 들어 지금 이불을 둘러쓰고 신음하고 있습니다. 정신이 아득하고 어지러워 마치 배를 타고 있는 듯하니 이와 같은 증세로는 의관을 정제하고 나아갈 형편이 안됩니다.

신이 가을에도 이 독권관의 명을 받고 병을 호소하여 윤허받는 은총을 입어 조섭하며 쉴 수 있어서 매우 감격하고 있으니, 어찌 감히 번번이 사임하여 면할 생각을 하겠습니까. 그러나 병이 들어서 억지로 힘을 내기에는 매우 어렵기에 외람됨을 헤아리지 않고 짧은 글로 번독하게 하오니, 삼가 바라건대 밝으신 성상께서는 굽어살펴 속히 변통하시어 시험 보이는 일을 잘 마치게 하신다면 매우 다행이겠습니다.

---

344 추도기(秋到記)……차자 : 저자가 59세 때인 1872년(고종9) 10월 4일 판중추부사의 신분으로 올린 차자이다. 이에 대해 고종은 독권관(讀券官)의 사임을 허락하니 안심하고 조섭하라는 비답을 내렸다. 《승정원일기》에 차자와 비답이 실려 있다. '추도기'는 성균관 유생들이 식당에 출입한 횟수를 장부(도기)에 기록하고서 아침과 저녁 두 끼를 1도(到)로 하여 50도가 찬 유생들에게 보이는 시험이다. 봄철에 보이는 시험을 춘도기(春到記), 가을에 보이는 시험을 추도기라고 한다. 당년의 추도기는 10월 4일 경복궁 경무대(景武臺)에서 시행되었으며 합격자는 직부전시(直赴殿試) 하도록 하였다.

겸하여 띠고 있는 제조의 직임을 해면해주기를 청하는 차자[345]

乞解兼帶提擧箚

삼가 아룁니다. 신은 이미 물러난 몸입니다. 시골 오두막에서 한가롭게 지내며 여생을 마치는 것은 신의 지극한 영광이며 큰 바람입니다. 그런데 은총이 편중된 듯하여 아직도 수삼 개의 긴요한 직함을 띠고 있습니다. 봉상시(奉常寺)의 직임은 10년 동안 세 차례 임명되었고, 군기시(軍器寺)와 군자감(軍資監)의 직임은 같은 날 두 직함을 띠게 되었습니다.[346] 성념에 비록 고사를 살피신 것이지만, 미천한 분수로는 아울러 담당하는 것에 더욱 황송하여 위축되고 편안하지 않은 것이 마치 몸 둘 데가 없는 것 같습니다.

신은 근년 이래 늙고 병이 든 데다 지방에서 지내는 날이 또 많습니다. 겸하고 있는 직무를 살피는 것을 어느 하나도 제대로 못 하고 있어 그저 자리를 비우는 것에 대한 두려움만 더할 뿐입니다. 이에 감히 문자를 소략하게나마 엮어서 존귀하신 성상을 번거롭게 하오니, 삼가

---

345 겸하여……차자 : 저자가 59세 때인 1872년(고종9) 10월 18일 판중추부사의 신분으로 올린 차자이다. 이에 대해 고종은 군자감(軍資監)과 군기시(軍器寺)의 도제조만 잠시 해면한다는 비답을 내렸다. 《승정원일기》에 차자의 대략과 비답이 실려 있다. 저자는 이 당시 군자감과 군기시의 도제조 외에도 봉상시(奉常寺)·금위영(禁衛營)의 도제조도 겸직하고 있었던 것으로 추정된다. 201쪽 주342 참조.

346 군기시(軍器寺)와……되었습니다 : 저자는 1872년(고종9) 2월 14일 두 관사의 도제조에 임명되었다. 《承政院日記》

바라건대 성상께서는 신이 지니고 있는 여러 관사의 제조를 모두 체차하여 신의 마음을 편안하게 해주시기를 매우 간절히 바랍니다.

최익현에게 처분을 내린 뒤 화평에 관한 설을 진달하는 차자[347]

崔益鉉處分後陳和平箚

삼가 아룁니다. 신이 병으로 시골 산천에 엎드려 있은 지 벌써 반년 남짓 되었습니다. 그리운 마음은 꿈에서도 대궐을 맴도는데, 근래 또 감기가 더 심해져서 병풍을 겹겹이 쳐놓아 마치 저승사자가 오기를 기다리는 사람과도 같습니다. 전에 대신이 인책하는 차자를 올릴 때 연명으로 참여하지 못하였는데,[348] 뒤에 공명정대한 의론이 한창 오

---

347 최익현(崔益鉉)에……차자 : 저자가 60세 때인 1873년(고종10) 11월 11일 판중추부사의 신분으로 올린 차자이다. 이에 대해 고종은 겸직의 사직을 윤허하지 않는다는 비답을 내렸다. 《승정원일기》에 차자의 대략과 비답이 실려 있다. '최익현에게 처분을 내렸다는 것'은 11월 3일 최익현이 호조 참판의 신분으로 만동묘(萬東廟)와 서원의 복구 등을 청하는 소를 올렸는데, 고종이 이 소에 자신을 핍박하는 어휘가 많다 하여 찬배(竄配)하도록 한 것을 이른다. 최익현은 11월 9일 찬배의 명을 받아 동월 12일 제주에 위리안치되었다. 《承政院日記》

348 전에……못하였는데 : 1873년(고종10) 10월 25일 동부승지 최익현(崔益鉉)이 소를 올려 시정을 비판하자 대신 등이 인책하는 소를 올린 것을 이른다. 최익현은 소에서 주장하기를, 근래에는 나약한 사람을 등용하여 대신과 육경(六卿)이 모두 의견을 내지 않고 대간(臺諫)과 시종신도 비난을 피하기 위해 묵묵히 있다 보니 아첨하는 자들만 넘치고 올곧은 선비들은 모두 숨었다고 하며 덕망 있는 훌륭한 인재를 등용하여 현재 만연한 폐단을 바로잡아야 한다고 하였다. 이에 좌의정과 우의정 등 대신들이 사직을 청하고 사헌부·사간원·홍문관 등에서 스스로를 인책하는 소를 올렸으며, 다른 한편에서는 일부 대신과 성균관 유생 등이 최익현을 비판하는 소를 올려서 처벌을 받기도 하여 여론이 분분하였다. 동년 11월 2일 고종은 최익현의 소와 관련하여 처벌받은 육조 판서 및 승지·대간·홍문관 관리들을 모두 용서하였다. 《高宗實錄 10年 10月 25日 ·

갈 때[349] 또 소식을 듣지 못하였습니다. 줄곧 보지 못하고 듣지 못하여 하나의 식지 않은 시체가 되어버렸습니다. 신이 이와 같으니 장차 어디에 쓰겠습니까.

가만히 보건대 근일 조정의 분위기가 조화롭지 못하여 소장이 분분히 올라가고 옥사가 잇따라 일어나 갈수록 격렬해지고 있어 언제 안정이 될지 기약할 수 없는 지경에 이르렀습니다. 말이 여기까지 미치니 저도 모르게 한심해집니다. 《주역》에 이르기를 "천지가 감동하면 만물이 화생하고, 성인이 사람의 마음을 감동시키면 천하가 화평해진다. 〔天地感而萬物化生, 聖人感人心而天下和平.〕"라고 하였습니다.[350] 전하의 일심(一心) 공부에 있어 혹 화락함과 너그러움에 미진함이 있어 그런 것입니까? 이것이 신이 전하를 위하여 근심하는 이유입니다.

무릇 하나의 행위, 하나의 정령에 대해 상하로 하여금 기뻐하는 마음을 갖게 하고 온 나라로 하여금 모두 화락한 기운 속에 있게 한다면 음양이 조화로워 비가 때에 맞게 내리고 일월이 빛나서 만물이 밝아져, 경사를 기르고 복을 누려서 억만년토록 무궁한 아름다움을 길이 누릴 수 있을 것이니, 전하께서는 잘 살피소서.

신이 비록 어리석고 무지하나 그래도 군주를 사랑하는 정성은 있기에 병든 몸을 무릅쓰고 들것에 실려 교외에 나와 엎드려서 다른 사람의 손을 빌려 차자를 초솔하게 써서 망령되이 보잘것없는 내용을 진달하오니, 참람함에 대한 주벌은 신이 감히 사양하지 못합니다.

26日·27日·28日·29日, 11月 2日》

349 뒤에……때 : 206쪽 주347 참조.

350 주역에……하였습니다 : 《주역》〈함괘(咸卦) 단(彖)〉에 보인다.

다만 신이 띠고 있는 한두 개의 겸직은 모두 중요한 직임인데도 의리와 분수에 완전히 어두워 항상 시골에 있다 보니 왕명을 태만히 한 불경의 죄를 자초하였습니다. 삼가 바라건대 자애로우신 성상께서는 신의 미천한 실정을 헤아리시어 먼저 신의 죄를 다스리시고, 이어 신의 봉상시(奉常寺)와 호위청(扈衛廳)의 직임³⁵¹을 체차하여 공사(公私)를 온전하게 해주시면 매우 다행이겠습니다.

---

351 봉상시(奉常寺)와 호위청(扈衛廳)의 직임 : 저자는 1872년(고종9) 10월 30일 호위청 호위대장(扈衛大將)에 임명되었다. 봉상시 도제조의 임명은 《승정원일기》 고종 5년(1868) 4월 15일 기사에 보이고 이후의 기록은 보이지 않으나, 1872년(고종9) 10월 18일 올린 〈겸하여 띠고 있는 제조의 직임을 해면주기를 청하는 차자[乞解兼帶提擧箚]〉에서 '10년 동안 세 차례 임명되었다'고 한 것에 근거하면 이후에도 해면과 임명이 반복되었던 듯하다.

열한 개 제조의 직임을 해면해주기를 청하는 차자[352]

乞解十一提擧箚

삼가 아룁니다. 신이 행하기 어려운 일을 힘써 행하여 한두 번 연석에 나가 초솔하게나마 성상의 성대한 덕을 뵙는 정성을 펴고 물러나 집에 엎드려 있으면서 두려움이 더욱 깊어지는 와중에 갑자기 감기가 걸리고 어지러움까지 겹쳐 어제 문안을 여쭙는 예에 나아가지 못하였으니, 마음이 답답하고 울적하여 마치 병을 하나 더한 것 같습니다. 신이 띠고 있는 여러 관사의 제조(提調)를 헛되이 지니고 있어서는 안 되기에 다른 사람의 손을 빌려 차자를 초솔하게 써서 존엄하신 성상을 번거롭게 하오니, 삼가 바라건대 자애로우신 성상께서는 신의 종묘서(宗廟署)·사직서(社稷署)·영희전(永禧殿)·경모궁(景慕宮)·호위청(扈衛廳)·금위영(禁衛營)·봉상시(奉常寺)·사옹원(司饔院)·군기시(軍器寺)·군자감(軍資監)·사역원(司譯院) 등의 직임을 속히 체차하시어 공적인 일에 흠결이 없게 하시고 사사로운 분수를 편안하게 해주소서.

---

352 열한……차자 : 문집의 상소가 시간순으로 편집된 것에 근거하면 이 차자는 저자가 60세 때인 1873년(고종10) 12월 3일 영의정의 신분으로 올린 것으로 추정된다. 저자는 1872년(고종9) 10월 30일 호위청 호위대장(扈衛廳扈衛大將)에, 1873년 11월 12일 내의원(內醫院) 도제조 및 훈련도감(訓鍊都監)·금위영(禁衛營)·어영청(御營廳) 도제조에, 동년 11월 13일 영의정 및 종묘서(宗廟署)·사직서(社稷署)·영희전(永禧殿)·경모궁(景慕宮)·사옹원(司饔院)·군기시(軍器寺)·군자감(軍資監) 도제조에, 동년 12월 1일 사역원(司譯院) 도제조에 임명되었다. 봉상시(奉常寺) 도제조의 임명은 208쪽 주351 참조. 《承政院日記 高宗 10年 11月 13日》《日省錄 高宗 10年 11月 12日·13日, 12月 1日》

두 번째 차자[353]

再箚

삼가 아룁니다. 신이 겸하여 띠고 있는 여러 관사의 제조(提調) 직함은 중대하고 긴요하지 않은 것이 없습니다. 종묘서(宗廟署)·사직서(社稷署)·남전(南殿)·봉상시(奉常寺)의 직함은 중대함이 본래 특별하고, 금위영(禁衛營)·사역원(司譯院)·군기시(軍器寺)·군자감(軍資監)의 직함은 그 긴요함이 매우 심하니, 실로 한 사람이 겸하여 관장할 수 있는 것이 아니기에 해면을 청할 생각으로 자나 깨나 마음에 맺힌 듯하였습니다. 게다가 장차 성궁(聖躬)을 보호하는 직임으로 숙직할 날이 예정되어 있습니다. 수많은 모든 일이 문서에 날짜를 쓰고 서명하는 데 서로 방해가 되니, 이에 실정을 토로하여 은혜를 베풀어 헤아려주시기를 바라지 않을 수 없습니다. 바라건대 전하께서는 속히 모두 체차하여 공사(公私)를 다행하게 하소서.

---

353 두 번째 차자 : 문집의 상소가 시간순으로 편집된 것에 근거하면 이 차자는 저자가 60세 때인 1873년(고종10) 12월 4일 영의정의 신분으로 올린 것으로 추정된다. 이에 대해 고종은 경모궁(景慕宮)·사옹원(司饔院) 도제조 및 호위청(扈衛廳) 호위대장의 겸직만 임시 해면을 윤허하니 안심하고 조섭하라는 비답을 내렸다. 《승정원일기》에 비답이 실려 있다. 저자는 1872년(고종9) 10월 30일 호위청 호위대장에, 1873년 11월 13일 영의정 및 경모궁·사옹원 도제조에 임명되었다. 다른 겸직의 임명은 209쪽 주352 참조.

내의원 및 여러 관사의 제조의 직임을 해면해주기를 청하는 차자[354]

乞解藥院及諸司提擧箚

삼가 아룁니다. 신은 몸소 경사스러운 때[355]를 만나 밤낮으로 공청에 있으면서 상서로운 구름과 태양 아래에서 분주히 뛰어다니고 환호하는 소리와 온화한 기운 속에서 주선하며 기쁜 마음에 스스로 수고로움도 알지 못하였으니, 어찌 감히 편안함을 추구할 생각을 하겠습니까.

현재 성궁(聖躬)을 보호할 직책을 띤 지 벌써 넉 달이 되었는데, 바쁜 공무를 수행하느라 스스로 돌아볼 겨를이 없었지만 해면을 청할 생각은 날로 더해갔습니다. 지금은 원자가 탄생한 지 삼칠일(三七日)이 이미 지나 비로소 사정을 말씀드릴 수 있게 되었기에 외람됨을 피하지 않고 삼가 짧은 글을 갖추어 존엄하신 성상을 번거롭게 하오니, 삼가 바라건대 밝으신 성상께서는 굽어살펴 불쌍히 여기시어 신이 띠고 있는 내의원의 직함을 속히 체차해주소서. 그리고 종묘서(宗廟署) · 사직서(社稷署) · 영희전(永禧殿) 및 사역원(司譯院) · 군기시(軍

---

354 내의원……차자 : 저자가 61세 때인 1874년(고종11) 2월 29일 영의정의 신분으로 올린 차자이다. 이에 대해 고종은 내의원(內醫院) 도제조의 사직만 잠시 윤허한다는 비답을 내렸다. 《승정원일기》에 차자와 비답이 실려 있다. 저자는 1873년 11월 12일 내의원 도제조에, 동년 11월 13일 영의정에 임명되었다. 다른 겸직의 임명은 209쪽 주352 참조.

355 경사스러운 때 : 1874년(고종11) 2월 8일 훗날의 순종인 원자가 태어난 것을 이른다.

器寺)의 여러 직임으로 말하면 줄곧 자리를 비워둘 수 없으니 모두
변통해주시기를 매우 간절히 바랍니다.

가오고략

제 7 권

소차
疏箚

소차疏箚

대신들이 성 밖으로 나간 뒤 스스로를 인책하는 소[1]
諸大臣進出後自引疏

삼가 아룁니다. 신이 외람되이 한 통의 차자를 올려 호소해서 삼가
따뜻한 비답을 받고 물러나 시골 산천에 엎드려 지내며 깊어진 병을

---

1 대신들이……소 : 저자가 60세 때인 1873년(고종10) 11월 14일 영의정의 신분으로
올린 소이다. 이에 대해 고종은 빠른 시일 내에 조정에 나오라는 비답을 내렸다. 동일자
《승정원일기》에 상소와 고종의 비답이 실려 있다. 저자는 동년 11월 13일 영의정에
임명되었으며, 당시 경기도 양주(楊州) 상도면(上道面) 가오동(嘉梧洞)에 있는 집에
서 머물고 있었다. '대신들이 성 밖으로 나갔다'는 것은 1873년 10월 25일 동부승지
최익현(崔益鉉)이 소를 올려 시정을 비판하자 대신 등이 인책하는 소를 올리고 물러간
것을 이른다. 최익현은 소에서 주장하기를, 근래에는 나약한 사람을 등용하여 대신과
육경(六卿)이 모두 의견을 내지 않고 대간(臺諫)과 시종신도 비난을 피하기 위해 묵묵
히 있다 보니 아첨하는 자들만 넘치고 올곧은 선비들은 모두 숨었다고 하며 덕망 있는
훌륭한 인재를 등용하여 현재 만연한 폐단을 바로잡아야 한다고 하였다. 이에 좌의정과
우의정 등 대신들이 사직을 청하고 사헌부·사간원·홍문관 등에서 스스로를 인책하는
소를 올렸으며, 다른 한편에서는 일부 대신과 성균관 유생 등이 최익현을 비판하는
소를 올려서 처벌을 받기도 하여 여론이 분분하였다. 동년 11월 2일 고종은 최익현의
소와 관련하여 처벌받은 육조 판서 및 승지·대간·홍문관 관리들을 모두 용서하였다.
《高宗實錄 10年 10月 25日·26日·27日·28日·29日, 11月 2日》

조리하고 있었는데, 천만뜻밖에도 내의원(內醫院)의 직책에 임명하는 명을 삼가 받들게 되었습니다.[2] 의리가 성궁(聖躬)을 보호하는 데 있으니 황급히 달려가 대궐에 들어가기에도 겨를이 없어야 할 것입니다.

그러나 삼가 들으니 대신들이 성 밖으로 물러간 뒤 이내 은혜로운 견책을 받았다고 하는데, 옆에서 보고만 있자니 황공하였습니다. 신이 마침 시골집에 있었기 때문에 함께 같은 처벌을 받지 못한 것이니, 편안히 요행으로 처벌을 피한 것이 마음에 편할 수 있겠습니까. 이에 서둘러 짧은 글을 갖추어 고을을 통해 소를 올려 호소하오니, 삼가 바라건대 자애로우신 성상께서는 신의 미천한 실정을 헤아려 속히 엄한 비지(批旨)를 내리시어 직임을 제대로 수행하지 못한 자의 경계가 되게 하소서.

이어 삼가 생각건대 신이 조정의 분위기가 조화롭지 못하다는 것으로 망령되이 화평에 관한 설을 진달하였는데,[3] 성상께서 마음을 열고 받아들이셨는지 모르겠습니다. 왕의 말은 가는 실과 같아서 밖으로

---

2 내의원(內醫院)의……되었습니다 : 저자는 1873년(고종10) 11월 13일 내의원 도제조에 임명되었다. 《日省錄》

3 신이……진달하였는데 : 저자가 1873년 11월 11일 판중추부사의 신분으로 올린 《가오고략》 책6의 〈최익현에게 처분을 내린 뒤 화평에 관한 설을 진달하는 차자〔崔益鉉處分後陳和平箚〕〉를 가리킨다. 저자는 이 소에서 최익현의 소로 인해 조정의 의론이 갈리고 옥사가 잇따라 일어나는 것에 대해 《주역》의 "천지가 감동하면 만물이 화생하고, 성인이 사람의 마음을 감동시키면 천하가 화평해진다.〔天地感而萬物化生, 聖人感人心而天下和平.〕"라는 구절을 인용하여, 상하로 하여금 기뻐하는 마음을 갖게 하고 온 나라로 하여금 화락한 기운 속에 있게 한다면 억만년토록 무궁한 복과 아름다움을 누릴 수 있을 것이라고 하였다.

나오면 굵은 인끈이 되니,[4] 한번 말하고 침묵하는 사이에 세도(世道)의
높고 낮음이 달려 있습니다. 근일 연석(筵席)에서 하교하신 말씀 가운
데 중도를 넘은 것이 많아 포용에 혹 잘못함이 있어서 신하를 예(禮)로
부리는 도에 부족함이 있으니, 신은 전하를 위하여 애석하게 여깁니다.
경전에 이르기를 "아랫사람을 대하되 간략함으로 하고, 사람들을 부리
되 관대함으로 한다.〔臨下以簡, 御衆以寬.〕"라고 하였으니, 이는 옛날
강직한 신하가 성제(聖帝)에게 권면한 말입니다.[5] 애타는 마음에 감히
천려일득(千慮一得)의 의견을 바치오니 바라건대 전하께서는 살펴주
소서. 신은 지극히 두렵고 간절한 마음을 금할 수 없습니다.

---

4 왕의……되니 : 《예기》〈치의(緇衣)〉에 "왕의 말이 가는 실과 같으면 밖으로 나왔
을 때는 인끈처럼 굵어지고, 왕의 말이 인끈과 같으면 밖으로 나왔을 때는 널을 끄는
상여 줄처럼 더욱 굵어진다.〔王言如絲, 其出如綸; 王言如綸, 其出如綍.〕"라는 내용이
보인다.
5 경전에……말입니다 : 《서경》〈우서(虞書) 대우모(大禹謨)〉에 보이는 내용으로,
고요(皐陶)가 순(舜) 임금에게 권면한 말이다.

영의정을 사직하는 소 1[6]

辭領議政疏

삼가 아룁니다. 신이 시골 산천에 우거한 지 이제 벌써 10년이 되었는데, 태평성대에 버림받은 사람으로 자처해서가 아니며 청명한 시대를 곧장 결별하고자 해서도 아닙니다.

생각해보면 신은 일찌감치 과거에 급제하여 예문관과 홍문관의 직임을 선왕의 좌우에서 독차지하고[7] 대나무와 옥으로 만든 부절을 서쪽과 북쪽에서 끼고 앉았지만[8] 훌륭한 무언가를 해낸 것은 없이 그저 좋은 벼슬만 띠고 있었습니다. 이어 우리 성상께서 처음 등극하셨을 때 외람되이 분수에 맞지 않는 직임을 차지하였는데, 의리상 복명하는 것이 중하였고 심정으로도 용안을 뵙는 것이 급하였기에 염치를 무릅쓰고 벼슬에 나아가 다른 것은 돌아볼 겨를이 없었습니다.[9] 그리하여

---

6 영의정을 사직하는 소 1 : 저자가 60세 때인 1873년(고종10) 11월 16일 올린 소이다. 이에 대해 고종은 조정에 나와 간절히 기다리는 뜻에 부응하기 바란다는 비답을 내렸다. 동일자 《승정원일기》에 상소와 고종의 비답이 실려 있다. 저자는 동년 11월 13일 영의정에 임명되었으며, 당시 경기도 양주(楊州) 상도면(上道面) 가오동(嘉梧洞)에 있는 집에서 머물고 있었다.

7 신은……독차지하고 : 저자는 28세 때인 1841년(헌종7) 윤3월 13일 문과에 합격한 뒤 동년 12월 6일 예문관 검열을 시작으로, 1842년 규장각 대교, 1844년 홍문관 수찬, 1846년 홍문관 교리 등을 역임하였다.

8 대나무와……앉았지만 : 저자는 1848년(헌종14) 8월 5일 의주 부윤(義州府尹), 1850년(철종1) 12월 8일 전라도 관찰사, 1861년(철종12) 11월 25일 황해도 관찰사, 1862년 12월 19일 함경도 관찰사에 임명되었다.

억지로나마 그대로 눌러앉은 지 거의 5, 6개월 되었을 때 실정을 진달하고 물러났는데, 또 5, 6년 뒤에 다시 이런 명을 받게 되자 여러 차례 간절한 심정을 토로하여 성상의 헤아림을 받을 수 있었으니,[10] 이는 성상께서 아시는 일이며 조정의 동료들도 모두 아는 일입니다.

그런데 지금 과분한 은혜가 또 천만뜻밖에 이르니, 신이 비록 목석처럼 완고하다 해도 이처럼 삼정승의 자리가 모두 비어 있는 때를 당하여[11] 의당 말에 멍에 메는 것을 기다리지 않고 신발 신을 겨를도 없이 달려가서 자리를 비워두고 기다리시는 성상의 보살핌에 부응해야 한다는 것을 어찌 모르겠습니까. 그러나 영의정 자리는 절대로 감당할 수 없다는 것을 낱낱이 진달할 겨를도 없이 다만 신에게 남들과 다른 사정

---

9 이어……없었습니다 : 저자는 49세 때인 1862년(철종13) 12월 19일 함경도 관찰사에 임명되어 재직하던 중 철종의 승하와 고종의 즉위 소식을 들었으며, 51세 때인 1864년(고종1) 6월 15일 함경도 감영에서 좌의정에 임명되었다는 소식을 듣고 곧바로 출발하여 도성으로 돌아왔다. 《承政院日記》

10 억지로나마……있었으니 : 저자는 좌의정을 사직하는 소와 차자를 51세 때인 1864년(고종1) 7월 16일을 시작으로 이후 여러 차례 올린 끝에 1865년 2월 25일 허락받았다. 이어 이튿날 다시 수원부 유수에 임명되었으나 동년 5월 12일 해면되었다. 1866년 2월 7일 모친상을 당하였는데, 3년의 거상 기간이 끝나자 1868년(고종5) 윤4월 11일 좌의정에 다시 임명되었으며, 여러 차례 사직소를 올려 동년 윤4월 23일 허락받았다. 《承政院日記》

11 삼정승의……당하여 : 고종은 1872년(고종9) 10월 13일 영의정에 홍순목(洪淳穆), 좌의정에 강로(姜㳣), 우의정에 한계희(韓啓源)를 임명하였는데, 영의정 자리는 홍순목이 1873년(고종10) 4월 29일 사직소를 올려 허락받은 뒤 동년 11월 13일 저자가 임명될 때까지 6개월여 동안 비어 있었으며, 좌의정과 우의정은 강로와 한계희가 계속 신병(身病)을 이유로 나오지 않자 1873년 11월 11일 파직한 뒤 아직 다른 사람을 임명하지 않은 상태였다. 《承政院日記》

이 있기에 인자함으로 감싸주시는 하늘 같은 성상께 읍소하지 않을 수 없으니, 부디 전하께서는 살펴주소서.

신의 아비는 살아 있을 때 집안이 흥성한 것을 두렵게 여겨서 임종 때 유언으로 간곡하게 당부하였는데, 바로 일찌감치 관직을 그만두라는 것이었으며,[12] 신의 어미도 또 이것으로 이끌고 가르친 것이 여러 번이었습니다. 재상에서 해면된 날 부지런히 힘써 어미 앞에서 이를 다짐하고 그 뒤에는 이를 행하여, 이제 9년이란 오랜 시간이 흘렀습니다. 옛사람은 벗과의 약속도 오히려 지하의 죽은 이를 저버리지 않았는데, 더구나 신은 아비와 어미의 말을 군주 앞에 진달한 지 또한 이미 많은 세월이 지났으니, 어찌 차마 선친의 가르침을 쓸데없는 것으로 여겨서 영화로운 벼슬을 탐하여 응하겠습니까.

돌아보건대 지금 전하의 총명함과 예지는 아무리 미미한 것도 비추지 않음이 없어서 작은 벌레 같은 미물까지도 모두 화육(化育)의 은택을 입고 있으니, 신과 같이 비녀나 신발처럼 미천한 옛 신하[13]를 어찌

---

12 신의……것이었으며 : 저자의 아버지 이계조(李啓祚)는 저자가 42세 때인 1855년 (철종6) 10월 16일 향년 64세로 별세하였는데, 임종할 때 유언으로 "우리 부자는 임금의 은총을 두터이 입었으니 가득 차면 넘친다는 두려움을 항상 생각해야 한다. 나는 사직하고자 해도 지금 병이 들어 일어나지 못하니, 너는 반드시 50세를 기준으로 삼아 관리로서 업적이 이루어졌는지 여부를 따질 필요 없이 용감히 벼슬에서 물러나 복록을 남겨서 후손에게 물려주라.〔吾父子厚被寵渥, 常懷滿溢之懼. 吾欲謝事, 今病不起, 汝必以五十爲準, 宦業之成與不成, 不須較計, 勇退留餘以遺後也.〕"라고 하였다.《嘉梧藁略 卷8 乞致仕疏》

13 비녀나……신하 : 북위 효명제(孝明帝) 신구(神龜) 원년(518)에 임종을 앞두고 우충(于忠)이 표문을 올려 "다만 폐하께서는 지혜로움으로 천하를 다스리시고 황태후께서는 현량함으로 조회에 임하시어 방석과 돗자리도 버리지 않고 비녀와 신발도 버리

불쌍히 여겨서 살려주려 하지 않을 수 있겠습니까. 생각하는 바가 있으면 숨기지 말아야 한다는 의리에 붙여서 번거롭게 해드림을 피하지 않고 존엄하신 성상께 아뢰오니, 삼가 바라건대 자애로우신 성상께서는 굽어살펴 헤아려주셔서 특별히 신에게 새로 내려주신 의정의 직함을 해면하여 나랏일을 막힘이 없게 하고 사사로운 분수를 편안하게 하소서.

지 않으셨습니다.〔但陛下以叡明御宇, 皇太后聖善臨朝, 衽席不遺, 簪屨弗棄.〕"라고 말한 것에서 유래하였다. 방석·돗자리·비녀·신발은 모두 미천한 옛 신하를 비유한 것이다. 《魏書 卷31 于忠傳》

두 번째 사직하며 이어 벼슬에서 물러날 것을 청하는 소[14]

再辭 仍請休致疏

삼가 아룁니다. 신이 거듭 은혜로운 전교를 받들었는데 마음에서 우러나온 말씀이 아닌 것이 없었습니다. 그런데도 미욱하여 변할 줄을 모르고 한결같이 물러나겠다고만 하며, 묘당(廟堂)이 오랫동안 닫혀 있어[15] 지극히 존귀한 성상께서 홀로 근심하는 것은 생각하지 않고 100리 떨어진 도성으로 나아갈 뜻이 없어서, 하늘처럼 높고 땅처럼 무거운 남다른 은혜를 저버린 채 미련하고 완고하게 버티고 있는 것이 참으로 미천한 돼지나 물고기만도 못하니, 신의 죄는 신 스스로 알고 있습니다.

그러나 신이 이렇게 하는 것은 망령되이 스스로를 높이고자 해서가 아니며, 또한 억지로 헛된 명예를 구하고자 해서도 아닙니다. 보잘것없는 신이 변통을 모르고 미련하게 고수하는 것은 바로 이를 지키지 못하여 판연하게 앞뒤가 다른 사람이 되면 비단 걸어갈 때 그림자에 부끄럽고 누웠을 때 이불에 부끄러울 뿐 아니라[16] 한 시대의 공의(公議)가

---

14 두……소 : 저자가 60세 때인 1873년(고종10) 11월 19일 올린 영의정을 사직하는 두 번째 소이다. 이에 대해 고종은 조정에 나와서 서로 마주하고 이야기한다면 뜻을 이루어줄 날이 있을 것이라고 하여 윤허하지 않는 비답을 내렸다. 동일자 《승정원일기》에 상소와 고종의 비답이 실려 있다. 저자는 동년 11월 13일 영의정에 임명되어 11월 16일 첫 번째 사직소를 올렸으며, 당시 경기도 양주(楊州) 상도면(上道面) 가오동(嘉梧洞)에 있는 집에서 머물고 있었다.

15 묘당(廟堂)이……있어 : 219쪽 주11 참조.

참으로 두렵기 때문입니다.

신은 선대왕께서 인정(仁政)을 펴실 때 물러날 것을 청하여[17] 이후 해마다 간절한 마음을 호소하다 보니 오늘날까지 이르렀습니다. 예전에 신을 논하던 자들은 모두 너무 이른 계획이라고 하였는데, 물러나 쉬도록 해줄 것을 그치지 않고 청한 것이 10년이라는 오랜 시간에 이르자 논하는 자들은 또 그 고충이 더욱 절박해짐을 헤아리고서 모두 지극한 소원이 이루어지기를 바라니, 인정을 잘 알 수 있습니다.

지금 만약 명분과 의리의 중함을 완전히 내던지고 한결같이 마구간의 사료 같은 작은 이익을 탐하여 연연해하는 사람이 된다면,[18] 전하의

16 걸어갈……아니라 : 홀로 있을 때도 부끄럽다는 말이다. 북제(北齊) 유주(劉晝)의 《신론(新論)》〈신독(愼獨)〉의 "홀로 서 있을 때 그림자에 부끄럽지 않게 하고, 홀로 잠들 때 이불에 부끄럽지 않게 해야 한다.〔獨立不慚影, 獨寢不慚衾.〕"라는 구절에서 유래하였다. 남송의 이학가(理學家)인 채원정(蔡元定)이 도주(道州)에 유배되었을 때 자식들에게 보낸 편지에도 "홀로 걸을 때 그림자에 부끄럽지 않게 하고, 홀로 잘 때 이불에 부끄럽지 않게 해야 한다.〔獨行不愧影, 獨寢不愧衾.〕"라고 말한 내용이 보인다. 《宋史 卷434 儒林列傳 蔡元定》

17 신은……청하여 : 저자는 48세 때인 1861년(철종12) 11월 25일 황해도 관찰사에 임명되어 부임한 뒤 1862년 2월 27일 병든 노모의 봉양을 위해 사직소를 올렸으나 윤허받지 못하자 7월 14일 재차 사직소를 올렸으며, 동년 12월 19일 황해도 관찰사에서 체차되어 함경도 관찰사에 임명되자 동년 12월 28일 또 사직소를 올렸으나 윤허받지 못하여 1863년 12월 8일 붕어한 철종의 부음을 함경도 감영에서 들었다.

18 마구간의……된다면 : 재주가 짧고 지혜가 얕은 자가 작은 이익을 아까워한다는 말이다. 삼국 시대 위(魏)나라의 권신인 대장군 조상(曹爽)이 제3대 황제인 조방(曹芳)을 보좌하면서 같은 탁고대신(托孤大臣)인 사마의(司馬懿)를 배척하자, 사마의는 249년 조상이 조방을 모시고 낙양(洛陽)을 떠나 제2대 황제 명제(明帝)의 능인 고평릉(高平陵)에 성묘 간 틈을 타서 정변을 일으키고 곽 태후(郭太后)의 허락을 받아 조상의 대장군 직위를 해임하였다. 조상의 지낭(智囊)이라 불리던 환범(桓範)이 성을 빠져나와

포용하시는 덕으로 혹시 곡진히 용서해주신다 하더라도 수많은 사람의 비웃음과 손가락질에 한 몸이 무너지고 손상되는 것은 어찌하겠습니까. 전(傳)에 이르기를 "필부의 뜻은 빼앗을 수 없다.〔匹夫不可奪志.〕"라고 하였습니다.[19] 지금 신이 굽히지 않고 고집하는 것은 흘러간 물과 같고 이미 쏜 화살과 같아서 돌이킬 수 없는 것입니다. 만약 바뀔 수 없는 것을 억지로 강요한다면 소의 머리에 굴레를 씌우고 말의 코에 코뚜레를 뚫는 것과 다를 것이 없으니, 이는 그 본성을 어기고 그 바탕을 해치는 것입니다.

　신은 오장이 다 타는 듯하여 어찌할 바를 모르겠기에 본직이 지극히 중하고 크다는 것에 대해서는 논할 겨를도 없습니다. 오직 두 손 모아 간절히 비는 것은 일찌감치 소명을 어긴 죄에 대한 처벌을 받는 것뿐입니다. 간절한 마음을 애달피 호소하여 존엄하신 성상을 번거롭게 하오니, 삼가 바라건대 밝으신 성상께서는 신의 심정을 살피시어 즉시 물러나게 해주시고, 띠고 있는 여러 직함을 모두 해면하여 밝은 시대에 봉조하(奉朝賀)의 반열을 길이 따르게 해주신다면, 비록 죽는 날이라 할지라도 태어나는 해와 같을 것입니다.

조상에게 달아나니 사마의가 "지낭이 가버렸다.〔智囊往矣.〕"라고 하자, 장제(蔣濟)가 사마의에게 "노둔한 말은 마구간의 사료에 미련을 갖는 법이니, 조상은 필시 환범을 중용하지 못할 것입니다.〔駑馬戀棧豆, 必不能用也.〕"라고 말한 것에서 유래하였다. 환범은 조상에게 황제 조방을 끼고 허창(許昌)으로 들어갈 것을 권했으나 채택되지 못하여 결국 사마의에게 피살되었다. 《晉書 卷1 宣帝紀》

19 전(傳)에……하였습니다 : 《논어》〈자한(子罕)〉에 "삼군의 장수는 빼앗을 수 있으나 필부의 뜻은 빼앗을 수 없다.〔三軍可奪帥也, 匹夫不可奪志也.〕"라는 공자의 말이 보인다.

세 번째 소[20]

三疏

삼가 아룁니다. 신은 듣건대 신하가 은혜로운 임명을 받고서도 이를 사양하는 것은 한 가지 이유만이 아닙니다. 사정이 안 되어 사양하는 경우가 있고, 재능이 미치지 못해 사양하는 경우가 있고, 질병으로 감당할 수 없어서 사양하는 경우가 있습니다. 그 사양하는 이유의 경중은 비록 다르지만 의리상 받을 수 없다는 점은 똑같습니다.

돌아보면 신이 반드시 사양하려는 것은, 재능은 박하고 질병은 고질이니 이것만으로도 모두 사양할 만한 이유가 되지만, 사정은 더욱 절박하여 질병이나 재능에 비할 수 있을 정도가 아니기 때문입니다. 오늘 사정을 고하고 내일 또 사정을 고하여 상하가 그저 서로 버티는 것만 일삼는다면 신의 거취는 장차 어디에서 결말이 나겠습니까.

신은 근년 이래 길이 논밭 사이의 한가한 백성이 되어 이따금 도성에 들어가는데, 예전에 알고 지내던 사람도 종종 그 얼굴을 착각하고 방금 대면하여 알게 된 사람은 이내 또 그 이름과 성을 잊어버려서 아무것도 알지 못해 당황하니, 바로 하나의 나무토막이나 마찬가지입니다. 사람의 이름과 얼굴도 기억하지 못하는데, 더구나 군국의 기무와 묘당의

---

20 세 번째 소 : 저자가 60세 때인 1873년(고종10) 11월 22일 올린 영의정을 사직하는 세 번째 소이다. 이에 대해 고종은 사양할 만한 의리가 없으니 즉시 나오라는 비답을 내렸다. 동일자 《승정원일기》에 상소와 고종의 비답이 실려 있다. 저자는 동년 11월 13일 영의정에 임명되어 동년 11월 16일, 19일 사직소를 연달아 올렸으며, 당시 경기도 양주(楊州) 상도면(上道面) 가오동(嘉梧洞)에 있는 집에서 머물고 있었다.

계책은 어떻게 원대한 계획을 도와서 나라를 이롭게 하고 백성을 윤택하게 하겠습니까. 이는 재능이 미치지 못하는 것입니다.

그리고 신의 병세는 하루 이틀의 일이 아닌데 나이가 또 들고 쇠하니 기력이 따라서 사그라들어 남들은 그냥 지나가는 병도 신에게는 곧 중증이 됩니다. 늘 자리보전하고 있어 병약한 노인처럼 기식이 위태위태하니, 이는 질병 때문에 감당할 수 없는 것입니다.

신의 사정이 이와 같으며 재능 없고 병 많은 것이 또 이와 같은데, 구차하게 무릅쓰고 명에 응하여 나아간다면 흐리멍덩한 헐후(歇後) 재상[21]이 될 것이니, 장차 그런 재상[相]을 어디에 쓰겠습니까.[22] 소략하게 문자를 엮어서 만 번 죽기를 무릅쓰고 효로 다스리시는 성상께 거듭 호소하오니, 삼가 바라건대 성상께서는 속히 신의 직명(職名)을 체차하여 미천한 신의 절조를 보전해주신다면 매우 다행이겠습니다.

---

21 헐후(歇後) 재상 : 당나라의 시인 정계(鄭綮)에서 유래한 말이다. 정계는 어구의 끝을 말하지 않고 그 의미만 암시하는 헐후시를 지어 풍자하는 데에 뛰어났는데, 소종(昭宗)이 정계의 풍자시를 보고 그가 견문이 넓다고 생각하여 재상에 임명하자, 정계는 글자도 모르는 자신이 재상이 되었다고 하면 천하 사람들이 웃을 것이라며 "헐후시를 짓는 내가 재상이 되었으니 이후의 일을 알 만하다.[歇後鄭五爲宰相, 事可知矣.]"라고 하고서 한사코 사양하여 3개월 뒤에 질병을 핑계로 물러났다. 여기에서 유래하여 헐후작상(歇後作相)이라는 말이 생겼다. 《新唐書 卷183 鄭綮列傳》

22 장차……쓰겠습니까 : 《논어》〈계씨(季氏)〉의 "구야! 주임이 말하기를 '능력을 펴서 반열에 나아가 능히 할 수 없는 경우에는 그만두라.' 하였다. 위태로운데도 붙잡아주지 못하며 넘어지는데도 부축하지 못한다면 장차 저 상(相)을 어디에 쓰겠느냐.[求! 周任有言, 陳力就列, 不能者止. 危而不持, 顚而不扶, 則將焉用彼相矣.]"라는 공자의 말을 원용한 것이다. '구(求)'는 공자의 제자인 염유(冉有)의 이름이고, '주임(周任)'은 옛날의 어진 사관(史官)이며, '상(相)'은 장님을 인도하여 예를 돕는 사람이다. 《논어》에서 말하는 '상(相)'이 '재상'이라는 뜻도 있으므로 같은 문장을 인용한 것이다.

네 번째 소[23]

四疏

삼가 아룁니다. 어제 내리신 전지(傳旨)를 도로 거두시고[24] 다시 내려주신 은혜로운 유시(諭示)가 또 융숭하고 지극하여 '난간에 임하여 기다린다'는 말씀까지 있었으니,[25] 두렵고 떨려서 죽으려 해도 할 수가 없었습니다. 소를 올리고 명을 기다리는 곳에서 그대로 엎드려 공

---

23 네 번째 소 : 저자가 60세 때인 1873년(고종10) 11월 26일 올린 영의정을 사직하는 네 번째 소이다. 이에 대해 고종은 더는 고집하지 말고 속히 나오라는 비답을 내렸다. 동일자 《승정원일기》에 상소와 고종의 비답이 실려 있으며, 동일자 《고종실록》에도 상소의 대략과 비답이 실려 있다. 저자는 동년 11월 13일 영의정에 임명되어 동년 11월 16일, 19일, 22일 사직소를 연달아 올렸으며, 당시 경기도 양주(楊州) 상도면(上道面) 가오동(嘉梧洞)에 있는 집에서 머물고 있었다.

24 어제……거두시고 : 고종은 1873년(고종10) 11월 23일 전교를 내려 "이렇게까지 말하였는데도 다시 계속 고집을 부린다면 비록 친히 맞이하는 일을 해서라도 경을 오게 하지 않고는 그만두지 않을 것이다.〔言到於此, 而猶復一向硬執, 則雖至躬迎之擧, 不致卿則不已.〕"라고 하였는데, 동년 11월 24일 형조 판서 박제인(朴齊寅)이 장계를 올려 영의정 이유원이 어제의 돈유(敦諭) 가운데 감히 들을 수 없는 말이 있다면서 고을의 옥사로 달려가 석고대죄하며 오직 부월(斧鉞)의 주벌을 기다리겠다는 말을 했다고 하자, 고종이 이는 필시 자신이 친히 맞이하겠다는 말 때문일 것이라며 이 구절을 지우고 다시 영의정에게 전유(傳諭)하게 한 것을 이른다. 《承政院日記》

25 다시……있었으니 : 《승정원일기》 고종 10년(1873) 11월 26일 기사에서 고종이 내린 전교 중에 "경의 마음을 편안하게 해주기 위해 이미 전에 내린 전교를 취소하였다.……지금 내가 난간에 임하여 기다리고 있다는 것을 정경을 보내 영의정에게 전유하여 기어이 함께 오게 하라.〔爲安卿心, 已寢前敎.……方此臨軒而企之事, 偕來正卿, 傳諭于領議政, 期於偕來.〕"라는 내용이 보인다.

손히 처벌을 기다리고 있는데, 어찌 감히 다시 번거롭게 하여 성상께 누를 끼치겠습니까. 할 말을 이미 다 말씀드렸으나 사정이 너무 절박하기에 괴로움을 호소하는데 말을 가려서 할 겨를이 없습니다.

아, 군주가 부리고 신하가 섬길 때 윗사람은 속박하고 내몰아서 억지로 가게 해서는 안 되며, 아랫사람은 어지러이 넘어지면서 구차하게 명령을 따라서는 안 됩니다. 그러므로 예로부터 벼슬에 나아가고 물러가는 것에 대해 자세히 살핀 자들은 비록 충성을 바칠 뜻이 절실하더라도 혹 세상을 피해 은둔하되 근심하지 않는 경우가 있었으며,[26] 몸을 다 바치고자 하는 정성이 없는 것이 아니지만 또한 몸을 지켜 길이 물러나는 경우도 많았습니다. 이것이 어찌 모두 군주를 섬기는 의리를 생각하지 않아서이겠습니까.

신처럼 융통성 없이 고수하는 사람은 본래 철벽 치는 선이 있기 마련입니다. 밝은 시대를 비록 사모하나 여생은 이미 결정되었으니, 진찰(塵刹)을 받드는 것[27]은 오직 이 마음을 따를 뿐이며 결초(結草)의 보은

---

26 세상을……있었으며 : 《주역》〈건괘(乾卦) 문언(文言)〉에 "용의 덕을 가지고 은둔한 자이다. 세상에 따라 변치 않으며 명성을 이루려 하지 않아서 세상을 피해 은둔하되 근심하지 않으며 남에게 옳게 여김을 받지 못하여도 번민하지 않는다. 그리하여 즐거운 세상이면 도를 행하고 걱정스러운 세상이면 떠나가서 그 뜻이 확고하여 뽑을 수 없는 것이 잠겨 있는 용이다.〔龍德而隱者也. 不易乎世, 不成乎名, 遯世无悶, 不見是而无悶. 樂則行之, 憂則違之, 確乎其不可拔, 潛龍也.〕"라는 내용이 보인다.

27 진찰(塵刹)을 받드는 것 : 은혜에 보답하지 않음으로써 은혜에 보답한다는 '불보지보(不報之報)'의 뜻으로, 벼슬하는 것만이 군주의 은혜에 보답하는 것이 아니라 벼슬에 나가지 않고 자신을 수양하는 것도 군주의 은혜에 보답하는 길이 된다는 말이다. '진찰'은 시방국토(十方國土)의 통칭으로, 티끌 같은 세계, 한량없는 세계를 뜻하는 불교 용어이다. 주희(朱熹)가 진량(陳亮)에게 답하는 편지에서 《능엄경(楞嚴經)》 중 "이

은 내세를 기약할 수 있습니다. 말을 하여 길이 맹세하였으니 푸른 하늘에 질정하여도 바르다 할 것이며, 가슴에 손을 얹어도 단단히 뭉쳐 있으니 아홉 번 죽더라도 후회가 없습니다.[28] 좁은 식견과 도량으로 인한 융통성 없는 뜻과 정성스럽고 한결같은 고집[29]은 전후로 간절한 심정을 호소하여 다시 남은 것이 없습니다.

만약 혹시라도 태만함이 습성을 이루는 데 뛰어나고 편리함을 도모하는 데 뛰어나며, 겉으로는 스스로 진심을 꾸며서 속이고 안으로는 실제로 총애를 구하는 것이라면, 뻔뻔하게 부끄러움을 모르는 것이니 반드시 남들이 얼굴에 침을 뱉을 것이며, 속이지 말라는 도리[30]를 전혀

몸과 마음을 가지고 세상의 모든 중생을 받드는 이것을 이름하여 부처의 은혜에 보답하는 것이라 한다.〔將此身心奉塵刹, 是則名爲報佛恩.〕"라는 아난(阿難)의 말을 인용하여, 출처(出處)를 구차히 해서는 안 된다는 의리를 논하면서 이런 의미로 쓰이게 되었다.《晦菴集 卷36 答陳同甫》

28 아홉……없습니다 : 전국 시대 초(楚)나라 충신 굴원(屈原)의 〈이소(離騷)〉에 "임금님이 나를 내치면서 혜초 띠를 주시고, 또 향초인 채초를 가려 뽑아 거듭 주셨네. 이 또한 내 마음에 달갑게 여기는 바이니, 아홉 번 죽더라도 후회하지 않으리라.〔旣替余以蕙纕兮, 又申之以攬茝. 亦余心之所善兮, 雖九死其猶未悔.〕"라는 구절이 보인다.

29 좁은……고집 :《논어》〈자로(子路)〉에 "말을 반드시 미덥게 하고 행실을 반드시 과단성 있게 하는 것은 식견과 도량이 좁은 소인이지만, 그래도 또한 그다음이 될 만하다.〔言必信, 行必果, 硜硜然小人哉, 抑亦可以爲次矣.〕",《서경》〈주서(周書) 진서(秦誓)〉에 "만일 한 신하가 정성스럽고 한결같으며 다른 재주가 없으나 그 마음이 솔직하고 선을 좋아하여 용납함이 있는 듯해서, 남이 가지고 있는 재주를 자신이 소유한 것처럼 여기고 남의 훌륭하고 성스러움을 마음속에 좋아하되 입에서 나오는 것보다도 더 좋아한다면, 이는 남을 포용하는 것이다.〔如有一介臣, 斷斷猗, 無他伎, 其心休休焉, 其如有容, 人之有技, 若己有之, 人之彦聖, 其心好之, 不啻如自其口出, 是能容之.〕"라는 내용이 보인다.

30 속이지 말라는 도리 :《논어》〈헌문(憲問)〉에, 자로(子路)가 군주를 섬기는 도리

모르는 것이니 무슨 도움이 되겠습니까. 받음이 있으면 은혜만 중해질 뿐이며 보답이 없으면 죄만 쌓여갈 뿐입니다. 더구나 이런 때를 당하여 축원하는 마음이 온 나라가 똑같으니,[31] 신 또한 떳떳한 본성이 있는데 어찌 황급히 달려가 명에 응해야 한다는 것을 알지 못하겠습니까. 그러나 공교롭게도 일을 만나 등대(登對)하는 것이 이렇게 늦어지고 있으니 신의 정황에 더욱 몸 둘 바를 모르겠습니다.

상소를 앞두고 눈물을 닦으며 무어라 말씀을 드려야 할지 모르겠습니다. 성상을 저버린 죄는 신이 참으로 자초한 것이니, 속히 부월(斧鉞)의 주벌을 내리셔서 신하가 되어 명을 어기는 자들의 경계를 삼으소서. 신은 지극히 두렵고 떨리는 마음을 가눌 수가 없습니다.

에 대해 묻자, 공자가 "속이지 말고 군주의 면전에서 간해야 한다.〔勿欺也, 而犯之.〕"라고 대답한 말이 보인다.

31 이런……똑같으니 : 훗날 명성황후(明成皇后)가 되는 중전 민씨(閔氏)의 산달이 가까워 원자가 태어날 것을 온 나라 사람들이 기쁜 마음으로 기다리고 있다는 말이다. 훗날 순종이 된 원자는 1874년(고종11) 2월 8일 태어났다.

영의정이 되어 숙배한 뒤 올리는 소[32]

領議政肅拜後疏

삼가 아룁니다. 신이 위로는 유례없는 은혜로운 임명에 감격하고 아래로는 준엄한 분수와 의리가 두려워 염치를 내던지고 창황하게 달려 나온 것이니, 단지 성상의 면전에서 속사정을 간청하여 살펴주시는 은혜를 입자는 생각만 하였습니다. 참으로 신의 재능이 시대의 어려움을 구제할 수 있고 덕망이 사람들의 마음을 진정시킬 수 있다면, 대대로 벼슬한 집안의 후손으로 기쁨과 슬픔을 국가와 함께해야 하는 처지에 어찌 감히 지모와 힘을 다 바쳐 죽으나 사나 앞으로 나아가지 않고서 무단히 물러갈 것을 구하며 그칠 줄을 모르겠습니까. 선신(先臣)은 살아 있을 때 신이 하나의 벼슬에 임명되고 하나의 명을 받는 것을 볼 때마다 번번이 "하늘의 도는 겸손한 것을 더해주고 사람의 일은 가득 찬 것을 싫어한다.〔天道益謙, 人事惡盈.〕"라고 하였는데,[33] 신은 일찍이 받든 면려하고 경계시킨 이 말이 아직도 귀에 남아

---

32 영의정이……소 : 저자가 60세 때인 1873년(고종10) 11월 28일 올린 영의정 본직과 각 관사의 겸직을 사직하는 소이다. 이에 대해 고종은 지금은 지나치게 겸양하여 물러날 때가 아니며 겸직의 임명은 규례상 어쩔 수 없다는 비답을 내렸다. 동일자《승정원일기》에 상소와 고종의 비답이 실려 있다. 저자는 동년 11월 13일 영의정에 임명되었다.

33 선신(先臣)은……하였는데 : '선신'은 저자의 부친 이계조(李啓祚)를 가리킨다. '하늘의 도' 운운은《주역》〈겸괘(謙卦) 단(彖)〉중 "하늘의 도는 가득 찬 것을 이지러지게 하고 겸손한 것을 더해주며, 땅의 도는 가득 찬 것을 변하게 하고 겸손한 데로 흐르며, 귀신은 가득 찬 것을 해치고 겸손한 것에 복을 주며, 사람의 도는 가득 찬 것을 싫어하고 겸손한 것을 좋아한다.〔天道虧盈而益謙, 地道變盈而流謙, 鬼神害盈而福謙, 人道惡盈

있습니다.

돌아보건대 용렬한 신이 세상에 드문 은택을 입어 성상의 좌우에서 분주하였고 이제 다시 가장 높은 자리에 올랐으니, 이것은 이미 가득 찬 그릇에 더 들이붓는 것이며 한창 빨리 달리고 있는 말에 채찍을 가하는 것입니다. 기울어지고 넘어지지 않기를 바라더라도 반드시 요행이 없을 것입니다. 성상께서 긍휼히 여겨 감싸주셔서 비록 처벌을 받는 것은 요행히 면하였지만, 정원의 꽃처럼 먼저 시들고[34] 아침 이슬처럼 쉽게 사라져서[35] 산 같고 바다같이 큰 성상의 은덕을 끝내 만에 하나도 보답하지 못하게 될까 두렵습니다.

나라에는 충성을 바친 자취가 없고 집안에는 돌아가신 뒤에 효도한 정성이 없으니, 자신을 돌아보고 절로 슬퍼져 눈물이 쏟아지듯 흘러내립니다. 미물인 새나 짐승도 막다른 길에 이르러 슬피 울면 성인(聖人)이 불쌍히 여깁니다. 10년 동안 반열에 두고 예로 부리시기를 또 오래하셨으니, 어찌 우리 전하께 두터이 기대하지 않을 수 있겠습니까.

네 군영의 군무(軍務)와 여러 관사의 제조(提調)가 모두 한 몸에 모인 것[36]은 의정부의 고사에도 또한 보기 드문 것입니다. 비록 사정

而好謙.〕"라는 구절을 원용한 것이다.

34 정원의……시들고 : 북송의 재상 범질(范質)이 조카인 범고(范杲)가 천거해주기를 바라자, 시를 지어 "곱고 고운 정원의 꽃은 일찍 피지만 또한 먼저 시들고, 더디고 더딘 시냇가의 소나무는 울울히 늦도록 푸른빛을 머금네.〔灼灼園中花, 早發還先萎. 遲遲澗畔松, 鬱鬱含晩翠.〕"라고 경계하였다는 고사가 전한다. 《小學 嘉言》

35 아침……사라져서 : 남조 양(梁)나라 강엄(江淹)의 〈한부(恨賦)〉중 "아침 이슬처럼 쉽게 사라지니, 손을 맞잡고 무슨 말을 하리오.〔朝露溘至, 握手何言?〕"라는 구절에서 유래하여, 죽음이 임박했다는 뜻으로 쓰이게 되었다.

때문이기는 하나 주저하며 불안한 마음이 더욱 어떻겠습니까. 이에
다시 글을 올려서 일월처럼 어두운 곳을 비추어주시는 성상께 바라지
않을 수 없었습니다. 삼가 바라건대 성상께서는 신의 본직과 겸직의
직함을 즉시 해면해주시고 다시 어질고 덕망 있는 이를 가려 뽑아 공사
(公私) 간에 다행하게 하소서.

---

36 네……것 : 저자는 이 당시 호위청 호위대장(扈衛大將) 및 훈련도감(訓鍊都監)·
금위영(禁衛營)·어영청(御營廳) 도제조, 종묘서(宗廟署)·사직서(社稷署)·영희전
(永禧殿)·경모궁(景慕宮)·봉상시(奉常寺)·사옹원(司饔院)·군기시(軍器寺)·
군자감(軍資監)·사역원(司譯院) 도제조 등의 직임을 겸하고 있었던 것으로 추정된다.
《가오고략》 책6 〈열한 개 제조의 직임을 해면해주기를 청하는 차자[乞解十一提擧箚]〉
참조.

영의정을 사직하는 소 2[37]

辭領議政疏

삼가 아룁니다. 신은 전혀 가당치 않은 사람으로 천부당만부당한 직임을 외람되이 맡고 있습니다. 처음에 성상의 앞에서는 위엄에 눌리고 신의 마음속에서는 황송함이 일어나 한번 은혜로운 임명에 숙배하여 얼추 신하의 분수와 의리를 폈던 것인데, 경사스러운 때였기 때문에[38] 감히 사사로운 사정을 말씀드리지 못하고 번다한 묘당의 업무를 또 감히 내버려둘 수도 없었기 때문에 애써 그대로 눌러앉았다가 오늘까지 이르게 된 것입니다. 은총을 믿고 영화를 탐하여 뻔뻔하게 부끄러움을 알지 못하고 비웃으면 비웃는 대로, 욕하면 욕하는 대로 내버려두고서 자신을 돌아볼 겨를이 없었으니, 이것이 어찌 신이 당초 마음에 기약했던 것이겠습니까.

아, 음양을 조화롭게 하여 군주의 교화를 돕는 것은 오직 재상의

---

37 영의정을 사직하는 소 2 : 저자가 61세 때인 1874년(고종11) 3월 9일 올린 소이다. 이에 대해 고종은 저자가 사직을 청하는 세 가지 이유에 대해 역으로 반박하며 사직을 윤허하지 않는다는 비답을 내렸다. 첫째 저자가 언급한 백성의 근심과 국가의 재정은 바로 이 때문에 저자를 버릴 수 없다는 것, 둘째 한가한 곳으로 나가 한가히 지낸다 한들 마음이 편안할 수 없을 것이라는 것, 셋째 국사를 담당하여 험난함과 평탄함을 가리지 말라는 선친의 권면을 잊지 말라는 것이다. 그리고 덧붙여서 원자가 탄생한 경사에 사퇴를 말할 때가 아니라고 하였다. 동일자 《승정원일기》에 상소와 고종의 비답이 실려 있다. 저자는 1873년(고종10) 11월 13일 영의정에 임명되었다.

38 경사스러운 때였기 때문에 : 훗날 순종이 된 원자가 1874년(고종11) 2월 8일 태어난 것을 이른다.

직책이 그러하고, 나라를 경영하여 군주에게 선언(善言)을 올리는 것
도 오직 재상의 직책이 그러하며, 앉아서 백관을 다스려 뭇 공적을
원대하게 계획하는 것 또한 오직 재상의 직책이 그러하니, 옛사람은
재상의 현명함 여부로 세도(世道)의 성쇠를 점쳤습니다.[39] 참으로 재상
이 적임자가 아니면 시위소찬(尸位素餐)한다는 비난을 피하기 어려우
니, 재상이란 직책이 어찌 중하고 크지 않겠습니까. 이 중에도 책임의
무게는 영의정이 더욱 큽니다.

　더구나 지금 백성의 근심은 너무 많아서 눈에 넘치고 나라의 계책
또한 손을 대기가 어려우니, 망망하기가 큰 강을 건너는 것 같고 두렵
기가 깊은 계곡으로 떨어지는 것 같습니다. 이와 같은 시기에 이와
같은 사람으로 중임을 맡게 하는 것은 작은 난쟁이에게 천균(千鈞)을
들도록 강요하고 절룩이는 느린 말에게 천 리를 달리도록 채찍질하는
것보다도 더한 것이니, 짓눌리고 엎어질 것은 굳이 지혜로운 자를 기다
리지 않고서도 알 수 있습니다.

　신은 본래 배우지 못하여 아는 것이 없는 데다 또 덕과 재주도 없습

---

39 옛사람은……점쳤습니다 : 송나라 고종(高宗) 때 이강(李綱)이 올린 십의(十議)
중 여덟 번째 의(議)인 '본정(本政)'에 "조정은 천하의 근본입니다. 정사가 한 곳에서
나오면 조정이 높아져 천하가 편안해지며, 정사가 두세 곳에서 나오면 조정이 낮아져
천하가 위태롭게 됩니다. 천하가 편안한지 위태로운지는 조정이 높은지 낮은지에 달려
있고, 조정이 높은지 낮은지는 재상이 현명한지의 여부에 달려 있습니다.〔朝廷, 天下之
本也. 政出於一, 則朝廷尊而天下安, 政出於二三, 則朝廷卑而天下危. 天下之安危, 係於
朝廷之尊卑, 朝廷之尊卑, 係於宰相之賢否.〕"라는 내용이 보이며, 명나라 세종(世宗)
가정(嘉靖) 연간에 양몽룡(梁夢龍)이 올린 소에도 "재상이 현명한지의 여부는 치도의
성쇠에 관계됩니다.〔相臣賢否, 關治道汚隆.〕"라는 구절이 보인다. 《宋名臣言行錄 別集
下卷1 李綱》《明史 卷225 梁夢龍列傳》

니다. 어려서부터 병을 잘 앓았는데 늙자 더욱 망가져서, 하룻밤 자면서 세 번을 잠꼬대하여 오관(五官)이 제대로 기능을 수행하지 못하고, 열 걸음 가는데 아홉 번 넘어져서 사지도 스스로 수습하지 못합니다. 이에 오르내릴 때 위의를 잃어서 매번 남들의 비웃음을 사고 지척에서 들을 때 자주 성상께서 번거롭게 말씀하시게 하니, 이것이 신이 두려움에 움츠러들어 몸 둘 곳을 모르고 한밤중에 벽을 돌며 그칠 데를 몰라서, 밝은 성상의 시대를 저버려 스스로 죄의 구덩이에 빠지지는 않을까 늘 염려하는 이유입니다.

　신의 선친은 일찍이 경계하기를 "가득 참이 극에 이르면 현우(賢愚)에 상관없이 경멸하는 자가 많아지고, 이름과 지위가 성하면 은원(恩怨)에 상관없이 시기하는 자가 많아진다."라고 하였는데, 신이 종신토록 가슴에 새겨 늙어 흰머리가 되어서도 늘 잊지 않는 것은 바로 이 말입니다. 신은 이미 신하가 되어서는 나라의 어려움을 널리 구제하지 못하였고, 자식이 되어서는 선친의 가르침을 따라 지키지 못하였습니다. 나라와 집안에 충성과 효가 모두 흠결이 있으니, 다시 무슨 낯으로 전의후승(前疑後丞)의 사이[40]에서 주선하며 논사찬양(論思贊襄)의 자리[41]를 설만하게 더럽히겠습니까.

40　전의후승(前疑後丞)의 사이 : 군주를 가까이서 보필하는 신하를 이른다. 《상서대전(尙書大傳)》에 "옛날에 천자에게는 반드시 주위에 보필하는 신하가 있었으니, 앞에서 보필하는 신하를 의(疑), 뒤에서 보필하는 신하를 승(丞), 왼쪽에서 보필하는 신하를 보(輔), 오른쪽에서 보필하는 신하를 필(弼)이라고 하였다.〔古者天子必有四鄰, 前曰疑, 後曰丞, 左曰輔, 右曰弼.〕"라는 내용이 보인다.

41　논사찬양(論思贊襄)의 자리 : 군주를 보필하여 정사와 학문을 논하는 자리를 이른다. 《서경》〈우서(虞書) 고요모(皐陶謨)〉에, 고요(皐陶)가 우왕(禹王)에게 "저는 아

한번 시골 산천을 작별하고 떠나온 뒤로 돌아갈 기약이 늦어지고 있습니다. 일찍 시드는 정원의 꽃처럼[42] 쉽게 사라지는 아침 이슬처럼[43] 세월은 기다려주지 않는데, 신의 오랜 소원은 장차 어느 때나 이룰 수 있겠습니까? 사정이 타는 듯 다급하여 죽음을 무릅쓰고 인자함으로 감싸주시는 하늘 같은 성상께 호소하여 바라오니, 신을 불쌍히 여기시고 신을 긍휼히 여겨주시어 즉시 신의 의정의 직함을 체차해주소서. 이어 벼슬에서 물러나고자 하는 청을 허락하시어 우로(雨露)와 같은 은택으로 길러주시는 속에서 여생을 마치게 해주시기를 간절히 바랍니다.

는 바가 없거니와 날로 돕고 도와 다스림을 이룰 것을 생각합니다.〔予未有知, 思曰贊贊襄哉.〕"라고 한 말이 보인다.

42 일찍……꽃처럼 : 232쪽 주34 참조.

43 쉽게……이슬처럼 : 232쪽 주35 참조.

두 번째 소[44]

再疏

삼가 아룁니다. 신이 만 번 죽기를 무릅쓰고 호소하여 성상께서 마음을 돌려주시기를 바랐는데 내치지 않고 도리어 과분하게 온화한 비답을 내리셨습니다. 처음부터 끝까지 100여 자의 말씀이 글자마다 간절하고 정성스러웠으니, 신이 나무도 돌맹이도 아니고 돼지도 물고기도 아닌데 어찌 죽으나 사나 앞으로 나아가고 평탄하든 험하든 가리지 않고서 만분의 일이라도 은혜에 보답할 것을 도모하려 하지 않고, 한 번 호소하고 두 번 호소하며 그칠 줄을 모르겠습니까.

아, 신이 만약 반 푼이라도 감당할 만한 재능이 있고 또한 반 푼이라도 근거할 만한 도가 있다면, 돌아보건대 지금 밝으신 성상께서 위에 계셔 온갖 제도가 다 정비되고 원자가 탄생하여 팔방이 목을 빼고 기대하고 있는 상황에서, 재능 있고 행함이 있는 자들에게 저마다 자신의 재능을 시행하는 데 나아가게 하고[45] 훌륭한 계모와 훌륭한 계책을 모두 들어와 고하게 하여[46] 천지가 제자리를 편히 하고 만물이 잘 생육되

<hr/>

44 두 번째 소 : 저자가 61세 때인 1874년(고종11) 3월 16일 올린 영의정을 사직하는 소이다. 이에 대해 고종은 비록 날마다 열 통의 소를 올려도 허락하지 않을 것이니 더는 번거롭게 하지 말라는 비답을 내렸다. 동일자 《승정원일기》에 상소와 고종의 비답이 실려 있다. 저자는 1873년(고종10) 11월 13일 영의정에 임명되었다.

45 재능……하고 : 《서경》〈주서(周書) 홍범(洪範)〉에 "사람 중에 재능이 있고 행함이 있는 자들에게 그것을 행하는 데 나아가게 한다면 나라가 번창할 것이다.〔人之有能有爲, 使羞其行, 而邦其昌.〕"라는 내용이 보인다.

는 중화(中和)의 교화 속에 푹 젖지 않은 사람이 없으니,[47] 신 또한 우리 전하께서 도야하여 이루어주시는 백성 중 하나인데 참으로 어찌 감히 머뭇머뭇 뒷걸음치며 한결같이 더럽혀질까 두려워하듯 하여[48] 가식적으로 사양한다는 비난을 자초하겠습니까. 오직 물러가기를 고집하는 이유는 실정과 형세 때문입니다.

전(傳)에 이르기를 "지키는 일 중에 무엇이 가장 큰가? 지조를 지키는 것이 가장 크다.〔守孰爲大? 守身爲大.〕"라고 하였고,[49] 또 이르기를

---

46 훌륭한 계모와……하여 : 《서경》〈주서(周書) 군진(君陳)〉에 "너는 아름다운 꾀와 아름다운 계책이 있거든 들어와 안에서 네 임금에게 고하고, 너는 마침내 밖에 가르쳐 말하기를 '이 꾀와 이 계책은 우리 임금님의 덕이다.'라고 하라. 아! 신하가 모두 이와 같이 하여야 어질고 드러날 것이다.〔爾有嘉謀嘉猷, 則入告爾后于內, 爾乃順之于外, 曰斯謀斯猷, 惟我后之德. 嗚呼! 臣人咸若時, 惟良顯哉.〕"라는 내용이 보인다.

47 천지가……없으니 : 《중용장구》제1장에 "중(中)과 화(和)를 지극히 하면 천지가 제자리를 편히 하고 만물이 잘 생육된다.〔致中和, 天地位焉, 萬物育焉.〕"라는 내용이 보인다.

48 더럽혀질까 두려워하듯 하여 : 《맹자》〈공손추 상(公孫丑上)〉에 "백이는 섬길 만한 군주가 아니면 섬기지 않으며, 벗할 만한 사람이 아니면 벗하지 않으며, 악한 사람의 조정에 서지 않으며, 악한 사람과 더불어 말하지 않았다.……악을 미워하는 마음을 미루어서 생각하기를, 시골 사람과 함께 서 있을 때 그 갓이 바르지 않으면 뒤도 돌아보지 않고 떠나가 마치 장차 자신을 더럽힐 듯이 여겼다.〔伯夷非其君不事, 非其友不友, 不立於惡人之朝, 不與惡人言.……推惡惡之心, 思與鄕人立, 其冠不正, 望望然去之, 若將浼焉.〕"라는 내용이 보인다.

49 전(傳)에……하였고 : 《맹자》〈이루 상(離婁上)〉에 "섬기는 일 중에 무엇이 가장 큰가? 부모를 섬기는 것이 가장 크다. 지키는 일 중에 무엇이 가장 큰가? 지조를 지키는 것이 가장 크다. 지조를 잃지 않고서 부모를 잘 섬긴 자는 내가 들었고, 지조를 잃고서 부모를 잘 섬긴 자는 들어보지 못하였다.〔事孰爲大? 事親爲大. 守孰爲大? 守身爲大. 不失其身而能事其親者, 吾聞之矣; 失其身而能事其親者, 吾未之聞也.〕"라는 내용이 보인다.

"부모를 섬기는 것에 바탕을 두어 군주를 섬긴다.〔資於事父以事君.〕"라고 하였습니다.[50] 어찌 자기 몸을 지키지 못하면서 부모의 가르침을 지킬 수 있는 자가 있겠으며, 또 어찌 부모의 가르침을 지키지 못하면서 군주를 섬길 수 있는 자가 있겠습니까.

신이 처음 의정부에 들어온 날은 바로 전하께서 처음 왕위를 계승한 때였습니다.[51] 긴긴 10년 세월 동안 재주가 적은 신은 가죽나무처럼 쓸모없어 버려진 재목[52]보다도 바친 공로가 없는데 성상의 크신 은총은 곤룡포를 내려주는 것보다 더한 표창[53]을 갈수록 더하였으니, 존귀하고 현달한 벼슬은 오직 전하께서 내려주신 것이며, 강과 바다에 은거하여 자유롭게 보낸 세월[54] 또한 오직 전하께서 내려주신 것입니다.

---

50 또……하였습니다 : 《예기》〈상복사제(喪服四制)〉에 "문안의 다스림은 은혜가 의리를 가리고 문밖의 다스림은 의리가 은혜를 끊으니, 부모를 섬기는 것에 바탕을 두어 군주를 섬겨서 공경이 같다.〔門內之治, 恩揜義; 門外之治, 義斷恩. 資於事父以事君, 而敬同.〕"라는 내용이 보인다.

51 신이……때였습니다 : 저자는 51세 때인 1864년(고종1) 6월 15일 처음으로 좌의정에 임명되었다.

52 가죽나무처럼……재목 : 원문은 '저산(樗散)'으로 저력산목(樗櫟散木)의 준말이다. 《장자(莊子)》〈소요유(逍遙游)〉의 "내게 큰 나무가 있는데, 사람들은 이것을 가죽나무라고 합니다. 줄기는 울퉁불퉁하여 먹줄을 칠 수가 없고, 가지는 비비 꼬여서 자를 댈 수가 없습니다. 길에 서 있지만 목수가 거들떠보지도 않습니다.〔吾有大樹, 人謂之樗. 其大本擁腫, 而不中繩墨, 其小枝卷曲, 而不中規矩, 立之塗, 匠人不顧.〕"라는 구절에서 유래하였다.

53 곤룡포를……표창 : 원문은 '곤포(袞褒)'로, 진(晉)나라 범녕(范寧)의 〈춘추곡량전 서(春秋穀梁傳序)〉 중 "한 글자의 표창이 화려한 곤룡포를 주는 것보다 더 영광스럽고, 한 글자의 폄하가 시장에서 매를 맞는 것보다 더 욕되다.〔一字之褒, 寵踰華袞之贈; 片言之貶, 辱過市朝之撻.〕"라는 구절에서 유래하였다.

이번에 신을 힘써 만류하고 신을 가르쳐 깨우쳐주신 것은 참으로 융숭한 은총과 남다른 대우에서 나온 것으로 마치 자애로운 부모가 미욱한 자식에게 일러준 것과 같으니, 신이 비록 변변치 못하나 어찌 차마 밝은 시대를 저버리고 홀로 그 뜻을 행하겠습니까.[55] 길에 고인 물은 바다로 흘러들어가기를 원하더라도 매번 마르고, 느린 말을 멘 수레는 부드럽게 자유자재로 몰기를 바라더라도 중도에 말이 지치는 법입니다.[56] 신이 티끌만한 보답은 하지 못하고 그저 소명을 어긴 죄만 더하고 있는 것은 실로 재주가 미치지 못하고 실정이 억지로 하기 어려운 데서 연유한 것입니다. 이는 단지 신 스스로 알고 있을 뿐 아니라 온 조정 사람들이 모두 헤아리는 것입니다.

밝은 일월은 아무리 어두운 곳도 비추지 않음이 없고, 큰 천지는

---

54 강과……세월 : 당나라 두보(杜甫)의 〈도성에서 봉선현으로 가서 500자로 감회를 읊다(自京赴奉先縣詠懷五百字)〉 중 "강과 바다에 은거할 뜻을 갖고서 자유롭게 세월 보내고픈 마음 없지 않으나, 살아서 요순 같은 임금이 다스리는 세상 만났으니, 차마 곧바로 길이 이별 못 하겠네.(非無江海志, 瀟灑送日月, 生逢堯舜君, 不忍便永訣.)"라는 구절을 원용한 것이다.

55 홀로……행하겠습니까 : 은거하여 자신의 지조를 지키며 살려는 생각이 아니라는 말로, 《맹자》〈등문공 하(滕文公下)〉 중 "뜻을 얻으면 백성과 함께 도를 행하고, 뜻을 얻지 못하면 홀로 그 도를 행한다.(得志, 與民由之; 不得志, 獨行其道.)"라는 구절을 원용한 것이다.

56 길에……법입니다 : 작은 재주와 부족한 지혜로는 군주를 잘 섬기고 싶어도 끝내 이루기가 어렵다는 말이다. 남제(南齊)의 시인 사조(謝朓)의 글 〈중군 기실참군(記室參軍)에 임명되어 수왕을 하직하며 올리는 전문(拜中軍記室辭隋王箋)〉 중 "길에 고인 물은 바다로 흘러들어가기를 원하나 매번 고갈되고, 열등한 말을 멘 수레는 부드럽게 자유자재로 몰기를 바라나 말이 중도에 지치고 만다.(潢汙之水, 願朝宗而每竭; 駑蹇之乘, 希沃若而中疲.)"라는 구절을 원용한 것이다.

아무리 작은 것도 포용하지 않음이 없으니, 신이 밤낮으로 간절히 바라는 것은 혹여 사사로운 바람을 이루어주실까 하는 것입니다. 이에 감히 번거롭게 해드리는 것을 피하지 않고 다시 예전의 간청을 거듭 진달하오니, 삼가 바라건대 성상께서는 특별히 신의 직임을 체차하시어 신으로 하여금 여생을 한가로이 지낼 수 있도록 해주시기를 매우 간절히 바랍니다.

산실청에 하사한 포상을 사양하는 차자[57]

辭産室廳賞典箚

삼가 아룁니다. 종묘사직의 영령이 보우하사 원자가 탄생하여 자손이 면면히 이어질 것을 점칠 수 있게 되었고 나라의 형세가 안정적으로 태산 반석에 놓이게 되었습니다. 자전(慈殿)께 전문(箋文)을 올리고 대궐 뜰에서 신하들의 진하(陳賀)를 받으시니 길한 말과 환호하는 소리가 온 천지에 넘쳤습니다.[58]

신은 직책이 성궁(聖躬)을 보호하는 데 있기에 중궁전을 진찰할 때 참여해 들으면서 다른 내의원 제조(提調)들과 함께 입직(入直)하는 반열에서 주선하였습니다.[59] 천년에 한 번 있을 드문 기회를 만나 억만

---

57 산실청(産室廳)에……차자 : 저자가 61세 때인 1874년(고종11) 2월 15일 영의정의 신분으로 올린 차자이다. 이에 대해 고종은 사양하지 말고 편안한 마음으로 받으라는 비답을 내렸다. 동일자 《승정원일기》에 상소와 고종의 비답이 실려 있다. 훗날의 순종인 원자가 동년 2월 8일 태어나자, 고종은 동년 2월 14일 대사령과 함께 교서를 반포하고 산실청의 직임을 맡은 관원들에게 차등 있게 시상하였는데, 산실청 도제조인 이유원에게는 내사복시(內司僕寺)의 안장을 갖춘 말[鞍具馬] 1필을 면급(面給)하고, 이유원의 아들·사위·조카들 가운데 1명을 교관(敎官)에 자리를 만들어 후보자로 추천해 들이도록 하였다. 《承政院日記》

58 자전(慈殿)께……넘쳤습니다 : 원자가 탄생한 뒤 7일째인 1874년(고종11) 2월 14일 고종은 창덕궁 인정전(仁政殿)에 나아가 친히 대왕대비 신정왕후(神貞王后) 조씨(趙氏)에게 치사(致詞)와 전문(箋文)과 표리(表裏)를 올리고, 이어 창덕궁 중희당(重熙堂)에 나아가 신하들의 진하(陳賀)를 받고 사전(赦典)을 반포하였다. 《承政院日記》

59 신은……주선하였습니다 : 저자는 1873년(고종10) 11월 13일 내의원 도제조에 임명되어 당시까지 이 직책을 지니고 있었다. 산실청은 1873년(고종10) 1월 26일 설치하

년 무궁할 아름다움을 목도하였으니, 성상께서 계신 곳에 올라서는 용안에 기쁜 빛이 있는 것을 우러러보고 입직하는 곳으로 물러나서는 조정 신하들과 마주하고 기뻐하였습니다. 이것은 신에게 있어 영광이고 행운이니, 다시 무슨 분수 밖의 소원이 있겠습니까. 그런데 지난번 경사를 넓혀 은혜를 두루 베푸실 때 융성한 유지(諭旨)를 특별히 선포하여 좋은 말을 하사하시고 자식을 임용하는 은총을 내려주셨습니다. 전례 없는 큰 은혜에 은총이 온몸에 두루 미치니, 신은 이에 황송하고 감격하여 몸 둘 바를 알지 못했습니다.

무릇 포상을 신중히 하고 명기(名器)를 아끼며 형벌을 분명히 하는 것은 정사를 다스리는 도구이니, 혹시라도 남발하면 법에 있어 설만하게 됩니다. 돌아보건대 신이 보답 받을 만한 무슨 수고를 했으며 기록할 만한 무슨 공로가 있어서 외람되이 이러한 상등의 포상과 특별한 예우를 받고 태연하게 본래 가지고 있는 것처럼 하겠습니까. 신이 비록 성상의 은혜를 믿고 공경히 받고자 하더라도 자세히 살펴서 이름과 실제가 서로 부합하게 하는 정사에 어떻겠습니까. 이에 감히 짧은 글을 갖추어 번거롭게 하오니, 삼가 바라건대 밝으신 성상께서는 간절한 마음을 굽어살피시어 속히 명을 도로 거두어서 미천한 신의 분수를 편안하게 하소서.

였으며, 동년 2월 1일부터 내의원의 세 제조, 즉 도제조·제조·부제조가 규례대로 내의원에서 함께 입직(入直)하였다. 《高宗實錄 10年 1月 26日, 29日》

원자궁이 수두에서 회복된 후 하사받은 말을 사양하는 차자[60]

元子宮水痘平復後辭錫馬箚

삼가 아룁니다. 신이 전석(前席)에서 삼가 성상의 하교를 받들고 삼가 원자궁의 수두(水痘)가 약을 쓰지 않고도 회복되었다는 말씀을 들었으니, 위로는 자전(慈殿)의 가상히 여기고 기뻐하는 마음에 이바지한 것이고 아래로는 뭇 백성의 기뻐하고 축원하는 심정에 답한 것입니다. 묵묵히 보우하신 신명의 공이고 모두 하늘이 남몰래 안정시킨 것이니, 경하드리는 기쁜 마음이 어찌 끝이 있겠습니까.

신이 성궁(聖躬)을 보호하는 직책을 맡은 지 며칠 되지도 않았습니다.[61] 신이 어찌 일찍이 기록할 만한 수고가 있으며 언급할 만한 공이 있기에 지금 상등의 좋은 말을 하사하실 때 그 사이에 신을 뒤섞어 끼워 넣으신단 말입니까. 면전에서 사양한다는 말씀을 진달하였으나 윤허를 받지 못하여 오히려 매우 황송하였는데, 말을 기르는 관원이

---

60 원자궁(元子宮)이……차자 : 저자가 61세 때인 1874년(고종11) 6월 22일 영의정의 신분으로 올린 차자이다. 이에 대해 고종은 사양하지 말고 편안한 마음으로 받으라는 비답을 내렸다. 동일자 《승정원일기》에 상소와 고종의 비답이 실려 있다. 훗날의 순종인 원자가 동년 5월부터 수두(水痘)를 앓았는데 별도로 약을 쓰지 않고도 순탄하게 회복되자, 고종은 동년 6월 21일 내의원 도제조 이하에게 차등을 두어 포상하였다. 저자는 내의원 도제조를 겸하고 있어 이때의 포상으로 안장을 갖춘 말[鞍具馬] 1필을 면급(面給) 받았다. 《承政院日記 高宗 11年 6月 20日, 21日, 22日》

61 신이……않았습니다 : 저자는 1874년(고종11) 6월 3일 내의원 도제조에 임명되었다. 《日省錄》

고삐를 끌고 와서 누추한 집이 빛나니 더욱 몸 둘 곳이 없습니다. 반사 (頒賜)해주신 곳에 사은할 길이 없기에 얼추 문자를 엮어 존엄하신 성상을 번거롭게 하오니, 삼가 바라건대 자애로우신 성상께서는 굽어 살피시어 속히 명을 내려 환수하셔서 은혜를 설만함이 없게 하고 사사 로운 분수를 편안하게 하소서.

내일 행하는 차대에 대해 병을 진달하는 차자[62]

次對陳病箚

삼가 내일 빈대(賓對)를 하신다는 명을 받들고, 전하께서 도움을 구하려는 생각이 날로 깊어져 서한(西漢) 때 5일마다 한 번씩 신하들의 의견을 들었던 고사[63]를 본떠 행하신다는 것을 알고 신은 매우 흠앙하고 찬탄하는 마음을 이길 수 없었습니다.

신은 일전에 반열에서 물러 나온 뒤 갑자기 더위 먹은 증상을 앓아 가래가 막히고 숨이 차서 정신을 잃고 자리에 쓰러졌습니다. 여기에 더해 적취(積聚)의 증세가 기승을 부려 두 손으로 배를 눌러보면 숨을

---

62 내일……차자 : 저자가 61세 때인 1874년(고종11) 7월 19일 영의정의 신분으로 올린 차자이다. 이에 대해 고종은 내일의 빈대(賓對)는 물려 거행하겠으니 안심하고 조섭하라는 비답을 내렸다. 《승정원일기》 고종 11년(1874) 7월 19일 기사에 "내일의 빈대는 다시 하교를 기다리라.〔明日賓對, 更待下敎.〕"라는 내용이 보인다. 동일자 《승정원일기》에 상소와 고종의 비답이 실려 있다. '차대(次對)'는 빈대(賓對)라고도 하며, 의정·옥당·대간이 매달 5일·10일·15일·20일·25일·30일 정기적으로 입시하여 중요한 정무를 상주하는 것을 이른다. 처음에는 한 달에 세 차례 행하였으나 1698년(숙종24) 여섯 차례로 바꾸면서 이 중 세 차례는 원임 대신도 참가하는 것으로 정하였다. 《萬機要覽 軍政編1 備邊司》 《肅宗實錄 24年 1月 21日》

63 서한(西漢)……고사 : 5일마다 한 번씩 신하들에게 의견을 듣는 제도는 한(漢)나라 선제(宣帝) 때 시작된 것이다. 선제는 조부 여태자(무제의 아들)가 무고의 난으로 죽어 민가에서 자랐으므로 백성들의 희로애락을 잘 알았는데, 창읍왕(昌邑王) 유하(劉賀)를 한 달도 채 되지 않아 폐하고 자신을 옹립한 뒤 섭정했던 곽광(霍光)이 지절(地節) 2년(기원전 68)에 죽자 각종 정무를 직접 처리하면서 5일마다 한 번씩 조회를 열어 승상 이하 담당 관원들에게 차례로 앞으로 나와 맡은 직무를 아뢰게 하였다. 《漢書 卷89 循吏傳 序》

쉴 수 없으니 어느 겨를에 의관을 정제하고 반열에 나아가 대부의 뒤를 따를 생각까지 하겠습니까.

의정부의 규례에 따르면 비록 영의정이 일이 있을 때를 당하여도 빈대를 행하는 것은 폐하지 않으며 신 또한 외람되이 비변사 당상으로 이 일에 참여해보았으니, 그렇다면 신이 있고 없고는 관계될 것이 없습니다. 더구나 신은 용렬하여 온갖 것이 다른 사람들만 못합니다. 일을 만나면 아는 것이 없어 장님이 밤에 지팡이로 땅을 더듬으며 가는 것과 같으니,[64] 직분을 지키는 것은 단지 큰 은혜에 보답하고자 죽으나 사나 앞으로 나아간 것뿐입니다. 그러나 질병이 찾아와 저절로 태만한 죄를 범하게 되었으니, 이와 같은 신을 장차 어디에 쓰겠습니까.

두려운 마음으로 짧은 글을 갖추어 견책을 청하오니, 삼가 바라건대 자애로우신 성상께서는 굽어살피시어 속히 엄한 처벌을 내려서 조정의 기강을 엄숙하게 하시고 사사로운 분수를 편안하게 하소서.

---

64 장님이……같으니 : 한(漢)나라 양웅(揚雄)의 《법언(法言)》〈수신(脩身)〉에 "몸을 수양하며 성인을 배우지 않는 것은 마치 장님이 지팡이로 땅을 더듬으며 밤에 길을 가는 것과 같을 뿐이다.〔擿埴索塗, 冥行而已矣.〕"라는 내용이 보인다.

내의원 제조의 직임을 해면해주기를 청하는 차자[65]

乞解藥院提調箚

삼가 아룁니다. 신이 올해 들어서 재차 내의원의 직함을 띠었는데 경사스러운 시기를 만남으로 인해 번번이 특별한 포상을 받았습니다.[66] 은혜에 감격하여 감히 면직을 청하지 못하고서 날마다 기거하시는 일을 여쭙고 때로 진찰하는 자리에 올라 가까이서 성상을 뵈었으니 영광과 은총이 지극하였습니다. 비록 성상의 덕을 알리고 선양하여 기력이 다한다 한들 무슨 수고라고 할 것이 있겠습니까.

그러나 근래 가을 기운이 점점 매서워져 더위가 추위를 대적하지 못하니 감기가 침범하여 밤에는 기침하고 낮에는 괴로워하고 있습니다. 약도 효과가 더뎌서 정신이 혼몽하니 어느 때나 의관을 정제하고

---

65 내의원……차자 : 저자가 61세 때인 1874년(고종11) 9월 5일 영의정의 신분으로 올린 차자이다. 이에 대해 고종은 겸하여 맡고 있는 내의원 도제조의 직임을 잠시 해면하니 안심하고 조섭하라는 비답을 내렸다. 동일자 《승정원일기》에 상소와 고종의 비답이 실려 있다. 저자는 1874년 6월 3일 내의원 도제조에 임명되었다.

66 신이……받았습니다 : 저자는 1873년(고종10) 11월 13일 내의원 도제조에 임명되어 1874년 2월 29일 차자를 올려 면직을 청하여 윤허를 받을 때까지 재직하였다. 1874년 2월 29일 이날부터 동년 6월 3일 이유원이 다시 내의원 도제조에 임명될 때까지 우의정 박규수(朴珪壽)가 내의원 도제조를 맡았다. 1874년 2월 8일 훗날의 순종인 원자가 태어나자 동년 2월 14일 내의원 도제조로서 산실청 도제조의 직임을 띠고 있던 이유원은 내사복시(內司僕寺)의 안장을 갖춘 말[鞍具馬] 1필을 면급(面給) 받았으며, 원자가 1874년 5월부터 수두(水痘)를 앓다가 회복되자 이유원은 동년 6월 21일 내의원 도제조로서 안장을 갖춘 말 1필을 면급 받았다. 《日省錄 高宗 10年 11月 13日, 11年 2月 29日, 11年 6月 3日》《承政院日記 高宗 11年 2月 14日, 6月 20日·21日·22日》

나갈지 가망이 없습니다. 이와 같은 증상으로는 문안하는 일차(日次)에 나아갈 길이 전혀 없기에 이에 감히 외람됨을 피하지 않고 짧은 글을 올려 호소하오니, 삼가 바라건대 자애로우신 성상께서는 굽어살피시어 속히 신의 내의원 도제조의 직임을 체차하여 조섭하는 데 편하게 해주시면 매우 다행이겠습니다.

겨울 우레로 인해 인책하는 차자[67]

冬雷引咎箚

삼가 아룁니다. 순음(純陰)의 달에 천둥 벼락의 이변은 이 무슨 까닭입니까?[68] 신은 벌떡 일어나 소스라치게 놀라며 속으로 근심스러운 마음을 절로 이길 수 없었습니다. 삼가 생각건대 지금 이때 성상께서는 놀라고 경계하실 것이니 잠자리가 어찌 편안하시겠습니까.

옛날에 선유(先儒)는 군주에게 고하기를 "상서로운 일이 많아도 이를 믿으면 반드시 위험하지 않은 것은 아니며, 괴이한 일이 많아도 이를 경계하면 반드시 편안하지 않은 것은 아닙니다."라고 하였습니다.[69] 그렇다면 재이가 되고 상서가 되는 것은 진실로 전하께서 하늘이

---

67 겨울……차자 : 저자가 61세 때인 1874년(고종11) 10월 7일 영의정의 신분으로 올린 차자이다. 이에 대해 고종은 안심하고 정무를 살피며 계책을 내어서 이변을 만나 수성(修省)하는 자신의 뜻을 도우라는 비답을 내렸다. 동일자 《승정원일기》에 상소와 고종의 비답이, 동일자 《고종실록》에 상소의 대략과 비답이 실려 있다. 《승정원일기》 등에 1874년 10월 6일 우레가 울리고 우박이 내렸다는 기록이 보인다.

68 순음(純陰)의……까닭입니까 : '순음의 달'은 《주역》의 64괘 중 음(陰)으로만 이루어진 곤괘(坤卦 ䷁)의 달인 10월을 이른다. 우레는 유가(儒家)에서 중추의 달인 8월에 소리를 거두고 중춘의 달인 2월에 다시 소리를 내는 것을 정상으로 보았으므로 맹동의 달인 10월에 우레가 치는 것을 이변으로 보았다. 《예기》〈월령(月令)〉에 "중춘의 이달에 춘분이 들어 낮과 밤이 반으로 나뉘며, 우레가 마침내 소리를 내며, 처음 번개가 친다.〔是月也, 日夜分, 雷乃發聲, 始電.〕", "중추의 이달에 추분이 들어 낮과 밤이 반으로 나뉘며, 우레가 땅속으로 들어가 처음으로 소리를 거둔다.〔是月也, 日夜分, 雷始收聲.〕"라는 내용이 보인다.

69 옛날에……하였습니다 : 남송의 학자 진덕수(眞德秀)가 1213년 10월 11일 영종

보인 경계를 어떻게 대하느냐에 달려 있으니, 감히 알 수 없지만 전하께서는 장차 어떻게 수성(修省)하여 천심(天心)에 응답하시겠습니까?

오늘날의 급선무를 말씀드린다면 기강이 날로 해이해져가니 확립하지 않으면 안 되며, 재용이 날로 고갈되어가니 넉넉하게 하지 않으면 안 되며, 조정의 기상이 갈수록 매우 흐트러져가니 바로잡지 않으면 안 되며, 백성의 습속이 갈수록 더욱 혼탁해가니 진정시키지 않으면 안 됩니다. 이것이 진실로 우리 전하께서 밤낮으로 근심하며 정신을 가다듬고 다스리기를 도모하여 저 수성의 방도를 다하는 것입니다.

그런데 군주와 한 몸처럼 의지하여 아래에서 직책을 받들어 수행하는 사람은 바로 오직 재상뿐입니다. 무릇 재상은 인군이 그와 더불어 하늘의 직책을 함께 수행하여 하늘의 일을 대신하는 사람입니다. 도를 논하고 나라를 다스리며 음양을 조화롭게 다스리는 책임이 이 재상에게 있고,[70] 군주의 그릇된 마음을 바로잡고 올바른 길로 인도하는 책임이 이 재상에게 있고,[71] 백관을 감독하고 통솔하며 천지의 도를 두루 다스리는 책임 또한 이 재상에게 있습니다. 만약 혹시라도 적임자가

(寧宗)에게 올린 주차(奏箚)에 보인다. 《西山文集 卷3 對越甲藁 直前奏箚1》

70 도를……있고 : 《서경》〈주서(周書) 주관(周官)〉에 "태사·태부·태보를 세우노니, 이들이 바로 삼공이다. 도를 논하고 나라를 경륜하며 음양을 조화롭게 다스린다.〔立太師、太傅、太保, 玆惟三公, 論道經邦, 燮理陰陽.〕"라는 내용이 보인다.

71 군주의……있고 : 《서경》〈주서(周書) 경명(冏命)〉에, 목왕(穆王)이 백경(伯冏)에게 "나 한 사람이 어질지 못하여, 좌우전후의 지위에 있는 선비들이 나의 미치지 못함을 도우며, 허물을 바로잡고 잘못을 바로잡아 나의 그릇된 마음을 바로잡아서, 능히 선조의 공렬을 계승할 수 있도록 실로 힘입고자 하노라.〔惟予一人無良, 實賴左右前後有位之士, 匡其不及, 繩愆糾謬, 格其非心, 俾克紹先烈.〕"라고 이른 내용이 보인다.

아닌데 이 직책을 욕되게 차지하면 뭇 공적이 폐해지고 온갖 일이 무너지게 되니, 그 허물이 있는 곳에 충분히 재앙이 초래될 수 있습니다. 그러므로 주 부자(朱夫子 주희(朱熹))가 우레의 이변으로 인해 차자를 올릴 때 대신이 직책을 제대로 수행하지 못한 잘못을 먼저 말했던 것[72]은 이 때문입니다.

지금 신은 용렬하고 견문이 적어 사람들 사이에서 가장 못난 자인데, 녹을 훔치고 자리만 채워서 구차하게 자리를 차지하여 작은 계책 하나 낸 적이 없으니, 이른바 대신으로 직책을 제대로 수행하지 못한 사람들 가운데 신보다 심한 경우가 없었습니다. 그렇다면 하늘의 경고가 어찌 곡진히 반복되지 않을 수 있겠습니까. 이변을 그치게 하는 정사로는 또한 쓸모없는 신을 내치는 것보다 앞설 것이 없습니다. 재이(災異)를 만나 책서(策書)를 내려 면직하는 것이 비록 고사이기는 하나[73] 신의 간청은 실로 진심에서 나온 것입니다. 삼가 바라건대 밝으신 성상께서는 신의 직명(職名)을 삭제하시고, 이어 신의 시위소찬(尸位素餐)의 죄를 다스려서 백관을 경계하시면 매우 다행이겠습니다.

---

72 주 부자(朱夫子)가……것 : 1181년 남송 효종(孝宗) 때 겨울에 우레가 울리는 변고가 있자 주희(朱熹)가 차자를 올려 경계하였는데, 이 가운데 "생각건대……군자가 혹 등용되지 못하고 소인이 혹 제거되지 않아서일 수 있으며, 대신이 혹 그 직책을 제대로 수행하지 못하고 미천한 자가 혹 그 권병을 훔쳐서일 수 있습니다.〔意者……君子或有未用而小人或有未去歟, 大臣或失其職而賤者或竊其柄歟!〕"라는 내용이 보인다. 《朱子大全 卷13 辛丑延和奏箚1》

73 재이(災異)를……하나 : 후한 화제(和帝)와 상제(殤帝) 때의 재상 서방(徐防)은 안제(安帝)가 즉위한 뒤 용양후(龍鄕侯)에 봉해졌으나 그해에 재이가 일어나고 외적이 침략했다 하여 면직되어 봉국(封國)으로 돌아갔는데, 삼공(三公)이 재이로 인해 면직된 것은 서방에서부터 시작되었다고 한다. 《後漢書 卷44 徐防列傳》

손영로가 소를 올린 뒤 거듭 내린 임명을 사양하는 소[74]

孫永老疏後辭重拜疏

삼가 아룁니다. 신이 듣건대 인군의 직책은 재상을 헤아려 세우는 것이 중하고 재상을 맡는 도는 염치를 장려하는 것이 크다고 하였습니다. 신이 염치를 무릅쓰고 재상의 자리를 차지하고 있으니 온갖 일이 잘못되고 있습니다.

근래 남의 논박을 당한 것은 마치 거리에서 무뢰한을 느닷없이 만난 것과 같아서, 잡아끌고 발로 차는데 아무런 방향도 없고 속되고 상스러운 말을 하는데 또 조리가 없었습니다. 재상이란 관직의 중함을 생각하

---

74 손영로(孫永老)가……소 : 저자가 61세 때인 1874년(고종11) 12월 11일 영의정의 신분으로 경기도 양주(楊州)의 감옥에서 처분을 기다리며 고을을 통하여 올린 소이다. 이에 대해 고종은 경이 이 의리와 분수에 대해 필시 깊이 헤아렸을 것이지만 나는 그것이 옳은지 모르겠다는 비답을 내렸다. 동일자 《승정원일기》에 상소와 고종의 비답이 실려 있다. '손영로의 소'는 1874년 11월 29일 전(前) 사헌부 장령(掌令) 손영로가 소를 올려, 이유원이 지난해에 다시 정승으로 들어온 것은 전하의 마음을 떠보려는 심사에서 나왔는데 조상의 가르침에 가탁하여 해마다 물러갈 것을 청하던 끝에 이때를 이용할 만하다고 생각하고 받아들인 것이니 그가 운운한 조상의 교훈은 세상을 속이고 명예나 낚자는 계책에 지나지 않는다는 것, 뇌물을 받고 의정부의 일을 처리했다는 것, 어린 자식을 합격시키기 위하여 근시(近侍)에게 접근했다는 것, 서양의 원수들에 대한 원한을 잊어버리고 도리어 면포를 거래하여 이익을 보았다는 것 등의 죄가 있으니 이유원을 제거해야 한다고 주장한 것을 이른다. 손영로는 이 일로 탄핵을 받고 동년 12월 2일 금갑도(金甲島)에 위리안치되었다. 손영로의 소가 올라간 11월 29일 당일, 이유원은 도성 밖으로 물러가 대죄하고서 수차례의 하유(下諭)에도 돌아가지 않아 12월 4일 영의정에서 파직되었다가 이튿날인 12월 5일 다시 영의정에 임명되었다. 《承政院日記 高宗 11年 12月 11日》 《高宗實錄 11年 11月 29日, 12月 2日・4日・5日》

지 않고 그저 신이란 사람이 하찮다는 것만을 생각하여, 종이에 한가득 뿜어낸 것이 돌아보고 꺼리는 것이 없어서 우리 밝은 조정의 당당한 정사의 근본인 재상에게 수치를 끼쳤습니다. 남이 하는 말은 참으로 돌아볼 것이 못 되지만, 염치를 장려하는 도에 있어서 이익을 탐하는 것을 우선해서는 안 되기에 신이 전후로 성상의 명을 어긴 것은 오로지 이 때문입니다.

지금 전하께서 반드시 신을 불러들이고자 은혜로운 소명(召命)을 계속해서 내리시는 것은, 신의 몸을 중히 여겨서가 아니라 바로 신의 직임을 중히 여겨서입니다. 신의 직임은 참으로 중한 것입니다. 그런데 교외로 나가고 시골로 나갔다가 나가기가 무섭게 곧바로 들어와 염치를 다 버린다면 또 달아나기에 겨를이 없음을 보지 않으리라 어찌 장담하겠습니까.

아, 관직을 덕이 없는 자에게 주면 재능 있는 신하가 나아오지 않고, 작위를 공이 없는 자에게 베풀면 수고한 신하가 권면되지 않습니다. 신은 일컬을 만한 덕이 없고 기록할 만한 공이 없는데도 구차하게 삼공의 반열에 자리를 채우고 있은 지 겨우 1년 되었습니다.[75] 탄탄대로를 걸으며 요행으로 재앙을 면했지만 필경은 뜻밖에 닥친 말이 일신의 명예를 욕보임이 이런 지경까지 이르렀습니다. 만약 신에게 이런 일이 있어서 고치게 한 것이라면 신은 마땅히 절하며 사례해야 할 것이고, 만약 신에게 이런 일이 없지만 힘쓰게 한 것이라면 신은 더욱 마음에 새겨야 할 것입니다. 그러나 신이 스스로 슬퍼하는 이유는 일찍이 '성

75 삼공의……되었습니다 : 저자는 1873년(고종10) 11월 13일 처음 영의정에 임명되었다.

상을 속이지 않는다[不欺天]'는 말로 전하 앞에서 다짐하였는데, 이제 마침내 스스로 성상을 속이는 죄에 빠지고 말았다는 것입니다.

신의 죄가 이에 이르렀으니 죽어도 참으로 속죄하기 어렵습니다. 이에 감히 다급한 소리로 슬피 부르짖어 고을을 통하여 봉장(封章)을 올리오니, 삼가 바라건대 자애로우신 성상께서는 신의 간절한 마음을 헤아려서 즉시 신에게 다시 임명하신 직명(職名)을 체차하시고, 법을 담당한 관리에게 신을 내려보내 나라를 저버린 신의 죄를 조사하여 처분하시면 매우 다행이겠습니다.

두 번째 소[76]
再疏

삼가 아룁니다. 신이 남의 비판을 당한 뒤로 진심을 봉주(封奏)하였으나 말이 서툴고 정성이 부족하여 낮은 곳의 소리도 들어주는 인자하신 성상의 마음을 돌리지 못하였습니다. 그리하여 끝내 신의 작은 소원을 곡진히 이루어주시는 은혜를 아끼시고 매일같이 윤음을 거듭 내리셔서 명을 전하는 신하가 100리 길에 계속 이어지니, 지금 신이 자취를 거두고 허물을 자책하는 것이 다만 영화를 구하고 은총을 얻는 매개체가 되고 말았습니다. 이에 소를 올려 호소하는 것이 또 두려운 일임을 모르지 않으나 감히 이렇게 염치를 무릅쓰고 아뢰지 않을 수 없습니다.

아, 예로부터 어찌 신처럼 은혜를 받고서도 신처럼 나라를 저버린 사람이 있단 말입니까. 성상께서는 즉위하신 처음에 등용해주시기를 이미 높이 하시고는 예우를 특별히 남달리 해주셔서 정리(情理)를 들어주어 한가로이 지낼 수 있도록 해주셨습니다.[77] 지난해에 이르러서

---

76 두 번째 소 : 저자가 61세 때인 1874년(고종11) 12월 14일 영의정의 신분으로 경기도 양주(楊州)의 감옥에서 처분을 기다리며 고을을 통하여 올린 두 번째 사직소이다. 전 사헌부 장령 손영로(孫永老)가 동년 11월 29일 소를 올려 이유원을 비난하자 당일 바로 양주의 감옥에서 처분을 기다리며 첫 번째 소를 올리고, 이에 대해 사직을 허락하지 않자 3일 뒤인 이날 다시 소를 올린 것이다. 자세한 내용은 254쪽 주74 참조. 이에 대해 고종은 경이 이미 은혜를 받았다 하고 차마 할 수 없다 하였으니, 은혜를 받았으면 보답해야 하고 차마 할 수 없다면 물러가기 어렵다는 것을 생각하라는 비답을 내렸다. 동일자 《승정원일기》에 상소와 고종의 비답이 실려 있다.

는 영의정을 맡겨 세상일을 책임 지우시고, 일이 있으면 반드시 묻고 아룀이 있으면 그때마다 윤허하셔서, 한 해 동안 유난히 크게 포용해주시는 은혜를 입어 무거운 책벌을 가하지 않으셨습니다. 시골로 달아나와 있은 뒤로 왕의 말씀은 지극히 엄중한 것임에도 말씀마다 곡진히 가르쳐주지 않은 것이 없었고, 은혜는 마땅히 아껴야 하는데도 일마다 베풀어주지 않은 것이 없으셨습니다. 그런데도 어리석은 신의 편협하고 완고한 성질은 그저 액운을 만난 두려움만 돌아보고 대궐에서 추운 밤에 번거롭게 응하시게 한 것을 생각하지 못했습니다. 신의 몸이 이에 이르렀으니, 어찌 감히 은혜를 받음은 끝이 없는데 나라를 저버린 말로 다 할 수 없는 죄를 피하겠습니까.

옛날에 자기 지조를 아낀 자들이 간혹 이른 아침부터 늦은 밤까지 머뭇거리며 머물러 있었던 것은 녹봉에 대한 미련 때문이 아니라 차마 곧바로 결별하지 못해 그런 것이었습니다. 신 또한 하늘로부터 본성을 똑같이 얻었으니 어찌 차이가 있겠습니까. 그러나 신은 이미 망가진 모습을 다시 완전하게 할 길이 없고 이미 더러워진 몸을 다시 씻어내기를 바라기 어려워졌으니, 신이 직명(職名)을 하루 헛되이 띠고 있으면 조정에 하루의 욕을 남기는 것이고, 신에게 주벌을 하루 내리지 않으면 왕정(王政)에 하루의 누를 끼치는 것입니다. 이에 당돌한 혐의를 피하

77 성상께서는……해주셨습니다 : 저자는 1864년(고종1) 6월 15일 좌의정에 임명된 뒤 시골집에 편한 대로 오갈 수 있도록 허락을 받았으나, 부친의 유언과 모친의 병을 이유로 수차례의 사직소를 올린 것이 받아들여져서 1865년 2월 25일 면직되었다. 1866년 2월 7일 모친상을 당하여 3년의 거상 기간이 끝나자 1868년(고종5) 윤4월 11일 다시 좌의정에 임명되었으나 신병을 이유로 올린 사직소가 받아들여져서 동월 23일 체직되었다. 이후 양주 가오곡에서 지내던 중 1873년(고종10) 11월 13일 영의정에 임명된 것이다.

지 않고 또다시 다급한 소리로 호소하오니, 삼가 바라건대 자애로우신 성상께서는 신을 헤아려주시고 신을 가엾게 여겨주소서. 이어 은혜를 저버리고 명을 어긴 신의 죄를 처분하여 백관을 경계하소서.

숙배 후 사직하는 소[78]

肅拜後辭疏

삼가 아룁니다. 신은 대대로 녹을 먹은 집안의 후손입니다. 몸을 바쳐 나라에 보답하고자 하는 마음은 곧 선조들이 대대로 전한 가업이니, 빈궁과 영달, 총애와 모욕 때문에 평소의 지조를 고치지 않으며 질시나 의론을 받는 것 때문에 평소의 행실을 바꾸지 않습니다. 지금은 늙어 흰머리로 지기(志氣)가 이미 쇠하고 껍데기만 남았으나 한 조각 충정은 만 번 죽어도 사라지지 않을 것입니다.

생각건대 갑자기 닥친 액운에 무슨 개의(介意)할 것이 있어 자취를 거둘 계책을 내겠습니까. 결연히 미련스럽게 고집하는 것은 신 자신을 위한 것이 아니며 단지 이 관직의 중함 때문입니다. 그렇지 않으면 지금 밝으신 성상께서 위에서 치세(治世)를 도모하시고 뭇 신하들이 아래에서 보좌하여 선비 중에 조정에 서서 기꺼이 쓰이기를 바라지

---

78 숙배……소 : 저자가 61세 때인 1874년(고종11) 12월 17일 영의정의 신분으로 올린 소이다. 이에 대해 고종은 경은 상소를 그만두고 나를 도와 시대의 어려움을 구제하라는 비답을 내렸다. 동일자 《승정원일기》에 상소와 고종의 비답이 실려 있다. 저자는 1873년(고종10) 11월 13일 처음 영의정에 임명되었는데, 1874년 11월 29일 전 사헌부 장령 손영로(孫永老)가 소를 올려 비난하자, 혐의를 피해 당일 곧바로 양주(楊州)로 돌아가 감옥에서 처벌을 기다린다며 고종의 돌아오라는 명을 거듭 어겼다가 1874년 12월 4일 파직되었다. 이튿날인 12월 5일 다시 영의정에 임명되었으나, 양주에 머물며 계속 사직소를 올리고 숙배하지 않다가 12월 16일 서울에 올라와 입시(入侍)하여 숙배한 뒤 이튿날 다시 소를 올린 것이다. 손영로의 소에 관한 자세한 내용은 254쪽 주74 참조.

않는 사람이 없으니, 신이 홀로 무슨 마음으로 차마 밝은 시대를 결별하여 고개를 치켜들고 영영 떠나가서 돌아오지 않겠습니까.

신이 작년 이맘때 융숭한 은총에 감격하고 더없이 엄한 의리와 분수가 두려워 엎드려 있던 곳에서 꾸물꾸물 일어나 염치를 무릅쓰고 나와서 명에 응하였으나, 한 번 숙배한 뒤 물러가 시골에 은거할 생각은 확고하였습니다. 마침 경사스러운 때를 만나[79] 사사로운 사정을 말씀드릴 겨를이 없어 시간을 끌며 세월만 보내다가 어느덧 이제 1년이 되었는데, 또 명을 받드니 지극한 은혜가 도리어 전보다 더하여 마치 이 사람이 아니면 안 되는 것처럼 하셨습니다.

아, 의정(議政)의 직임은 참으로 한 사람이 눌러앉아 차지할 수 있는 것이 아니니, 돌아보면 이렇게 거듭 임명하신 것은 어찌 구차한 선발이 매우 심하고 남다른 은총이 너무 치우친 것이 아니겠습니까. 순(舜) 임금의 조정에서는 관직을 임명할 때 반드시 여러 사람의 의견을 살폈고,[80] 주(周)나라에서는 정사를 확립할 때 마찬가지로 세 장관을 임명하였으니,[81] 이것은 각각 마음과 힘을 다하여 장단을 서로 보완하여

---

79 마침……만나 : 1874년(고종11) 2월 8일 훗날의 순종인 원자가 태어난 것을 이른다.

80 순(舜)……살폈고 : 《서경》 〈주서(周書) 입정(立政)〉에, 순 임금이 "공을 일으켜요 임금의 일을 넓힐 자가 있으면 백관에 거하게 해서 여러 일을 밝혀 무리를 순히 다스리게 하겠다.〔有能奮庸, 熙帝之載, 使宅百揆, 亮采惠疇.〕"라고 한 뒤, 신하들의 천거를 받아 우(禹)와 직(稷)과 설(契)과 고요(皐陶) 등을 등용한 내용이 보인다.

81 주(周)나라에서는……임명하였으니 : '세 장관'은 목민관의 장(長)인 상백(常伯)과 정사를 맡은 상임(常任)과 법을 담당한 준인(準人)을 이른다. 《서경》 〈주서(周書) 입정(立政)〉에 "왕의 좌우 신하는 상백과 상임과 준인이다.〔王左右, 常伯、常任、準人.〕", "당신의 정사를 맡은 자를 자리에 두며, 당신의 목(牧)을 자리에 두며, 당신의 준(準)을 자리에 두어야 왕이 될 수 있다.〔宅乃事, 宅乃牧, 宅乃準, 玆惟后矣.〕"라는 내용

여러 가지로 군주를 닦는 공[82]을 이루기 위한 것입니다.

그런데 지금은 작은 한 몸으로 한 나라의 중책을 맡아서 1년이고 2년이고 그대로 맡고 또 그대로 맡고 있으니, 하는 말이 모두 중도에 맞고 하는 일이 모두 이치에 합당하기를 바라기 어려운데 더구나 온갖 것이 남만 못하여 취할 만한 것이 전혀 없는 자이겠습니까. 신의 사람됨이 이미 이와 같고 남들 하는 말이 또 저와 같으니, 신이 처음부터 끝까지 두려워하며 반드시 물러가고야 말겠다는 것은 어찌 다만 남들의 말이 두려워서일 뿐이겠습니까. 조정의 존귀함이 신으로 인해 낮아지고 청렴의 정사를 행함이 신으로 인해 해이해질까 두렵기 때문입니다.

전석(前席)이 엄하고 두려워 감히 다 아뢰지 못하여 다시 진심을 토로하여 존귀하신 성상을 번거롭게 합니다. 삼가 바라건대 성상께서는 속히 신의 본직과 겸직을 체차하시어 국사가 거듭 잘못되는 데 이르지 않게 해주시기를 매우 간절히 바랍니다.

이 보인다.

82 여러……공 : 군주를 도와 바로잡아주는 것을 이른다. 《서경》〈상서(商書) 열명하(說命下)〉에 "너는 나의 뜻을 가르쳐서, 만약 술과 단술을 만들거든 너는 누룩과 엿기름이 되며, 만약 간이 맞는 국을 만들거든 너는 소금과 매실이 되라. 너는 여러 가지로 나를 닦아서 나를 버리지 말라. 내가 능히 너의 가르침을 행할 것이다.〔爾惟訓于朕志, 若作酒醴, 爾惟麴糵, 若作和羹, 爾惟鹽梅. 爾交修予, 罔予棄. 予惟克邁乃訓.〕"라는 내용이 보인다.

두 번째 소[83]

再疏

삼가 아룁니다. 신이 수차례 간절한 마음을 호소한 것에 대해 헤아려 주시는 은혜는 입지 못하였으나 은혜로운 말씀을 빈번히 내려서 마음을 풀어주고 면려해주셨습니다. 마치 마른 풀뿌리가 다시 살아나고 그늘진 벼랑이 절로 빛이 나는 것과 같으니, 신이 목석이 아닌데 어찌 감격할 줄 모르겠습니까.

신이 연전에 시골에서 나와 명에 응한 날 마음에 맹세한 것은 일념으로 성실하게 나라를 위해 몸과 마음을 다 바치겠다는 것뿐이었습니다. 그러나 사람됨이 하는 것마다 어두운 것을 어찌하겠습니까. 업무를 본 지 한 해가 지나도록 오로지 일을 그르치기만 하였는데, 성상의 도량이 하늘처럼 커서 포용하고 비호해주시며 매번 연석(筵席)에서 차근차근 가르쳐주셨습니다. 나라의 문물제도 중 후세에 준칙이 될 만한 것과 바로잡은 백성들의 병폐 중 당시 힘써야 할 것에 적중한 것은 거의 모두 성상의 말씀을 듣고 뜻을 따른 것이니, 신의 직무는

---

83 두 번째 소 : 저자가 61세 때인 1874년(고종11) 12월 19일 본직인 영의정과 겸직을 사직하는 소이다. 이에 대해 고종은 내의원 도제조의 직임만 잠시 해면하니 안심하고 조섭하라는 비답을 내렸다. 동일자 《승정원일기》에 상소와 고종의 비답이 실려 있다. 저자는 1873년(고종10) 11월 13일 처음 영의정에 임명되었으며, 손영로(孫永老)의 소로 인해 1874년 12월 4일 파직되었다가 이튿날인 12월 5일 다시 영의정에 임명되었다. 겸직인 내의원 도제조는 동년 12월 9일 임명되었다. 손영로의 소에 관한 자세한 내용은 254쪽 주74 참조. 《承政院日記》

오직 장부나 서류를 기일 안에 보고하는 일상적인 일을 그때그때 처리하는 것뿐이었습니다.[84] 어찌 한 가지 일이라도 계획할 만하고 한마디 말이라도 채택할 만하여, 신하들이 도모하는 것이 밝아지며 보필하는 자가 화목해지도록 성상을 도와 다스림을 이루고 음양을 조화하여 다스린 것이 있습니까.[85] 신의 재주는 단지 이와 같을 뿐입니다. 호박(琥珀)은 썩은 지푸라기를 취하지 않고 자석은 굽은 바늘을 받아들이지 않는 법이니,[86] 지금 비록 과분하게 예우하여 신을 예전과 같은 관직에

84 신의……것뿐이었습니다 : 관청의 일상적인 일만 하였다는 말이다. 한(漢)나라 문제(文帝) 때 가의(賈誼)가 소를 올려 "대신이 단지 장부나 서류가 기일 안에 보고되지 않은 것만 큰일로 여기고, 풍속이 잘못되어 세상이 어지러워지는 것에 대해서는 편안히 여기고 괴이하게 여길 줄을 모릅니다.〔大臣特以簿書不報期會之間, 以爲大故, 至於俗流失世壞敗, 因恬而不知怪.〕"라고 말한 것에서 유래하였다. 《漢書 卷48 賈誼傳》

85 신하들이……있습니까 : 재상 본연의 일은 행한 것이 없다는 말이다. 《서경》〈우서(虞書) 고요모(皐陶謨)〉에 고요가 "군주가 진실로 그 덕을 행하면 신하들이 도모하는 것이 밝아지며 보필하는 자가 화목해질 것입니다.〔允迪厥德, 謨明弼諧.〕", "저는 아는 바가 없거니와 날로 돕고 도와 다스림을 이룰 것을 생각합니다.〔予未有知, 思曰贊贊襄哉.〕"라고 한 말이 보이며, 《서경》〈주서(周書) 주관(周官)〉에 "태사‧태부‧태보를 세우노니, 이들이 바로 삼공이다. 도를 논하고 나라를 경영하며 음양을 조화롭게 다스린다.〔立太師、太傅、太保, 玆惟三公, 論道經邦, 燮理陰陽.〕"라는 내용이 보인다.

86 호박(琥珀)은……법이니 : 훌륭한 군주는 훌륭한 신하만 둔다는 말이다. 《삼국지》 배송지(裴松之)의 주에, 한 손님이 오(吳)나라 우번(虞翻)의 형을 찾아와 안부를 물으면서 자신에게는 들르지 않고 떠나자, 추후에 편지를 보내 "저는 들으니 호박은 썩은 지푸라기를 취하지 않고 자석은 굽은 바늘을 받아들이지 않는다고 합니다. 찾아와서도 안부를 묻지 않는 것이 또한 당연하지 않겠습니까.〔僕聞虎魄不取腐芥, 磁石不受曲鍼, 過而不存, 不亦宜乎?〕"라고 했다는 내용이 보인다. 여기에서 유래하여 '서로 의기투합하다'의 뜻을 가진 침개상투(針芥相投)라는 성어가 있다. '호박(琥珀)'은 반투명의 누런색 광물로, 호박(虎珀) 또는 호박(虎魄)이라고도 쓴다. 《三國志 吳志 卷12 虞翻傳

두시더라도 장차 어디에 쓰겠습니까.

그리고 신이 벼슬에서 물러날 것을 청한 것은 이미 선왕 때부터 시작하여 오늘에 이르기까지 10년 남짓 되었습니다.[87] 한 번 사직을 호소할 때마다 번번이 꾸짖고 타이르시는 비답을 받았으며, 심지어는 뜻을 이루어줄 날이 있을 것이라고 전석(前席)에서 대면하여 말씀하시기까지 하였습니다.[88] 신은 황공하고 감격하여 오직 그날만을 기다렸는데, 생각지도 않게 남들 말이 이것까지 조롱하며 언급하니 저절로 세상을 속여서 명예를 낚는 죄를 지은 것으로 귀결되고 말았습니다.

남들이 이것을 가지고 논란하는 것은 변명할 것이 없습니다. 그러나 전하께서 이미 신의 실정을 환히 아시고서 '이루어주겠다〔成就〕'는 한 마디를 허락하셨으니 신이 성상께 바랐던 것은 빠르고 늦음을 따질 것 없이 반드시 이루어질 것이라고 스스로 기뻐했는데, 지금은 애초의 뜻은 이루지 못하고 마침내 도리어 남들의 말거리가 되고 말았으니

裴松之注》

87 신이……되었습니다 : 저자는 50세 때인 1863년(철종14) 7월 15일 첫 번째 치사 (致仕)를 청하는 소를 올린 이후 67세 때인 1880년(고종17) 10월 16일 소를 올리기까지 모두 21번의 치사를 청하는 소를 올려 마지막 스물한 번째 소에 대해 윤허를 받고 봉조하 (奉朝賀)의 직함을 하사받았다. 저자의 이 소는 1874년(고종11) 10월 11일 열세 번째 치사를 청한 소를 올린 뒤에 올린 것이다.

88 심지어는……하였습니다 :《승정원일기》고종 10년(1873) 11월 27일 기사에 대신 들이 경복궁 자경전(慈慶殿)에 입시(入侍)했을 때, 고종이 영의정인 저자에게 "경은 매번 선친의 유훈을 가지고 사직을 간청하였는데, 내 어찌 모르겠는가. 지금이야 백성 의 근심과 나라의 계책을 경이 아니면 함께 해결해 나갈 수가 없지만, 경의 뜻을 이루어 주는 것으로 말하면 어찌 그럴 날이 없겠는가.〔卿每以遺訓陳懇, 予豈不知乎? 此時民憂 國計, 非卿無以共濟, 至於成就卿志, 豈可無日乎?〕"라고 한 말이 보인다.

고통이 가슴을 가득 메웁니다.

　입이 100개라도 용납되기 어려우니, 신은 처분을 기다리며 감히 전에 말씀드렸던 것을 다시 아뢰지 않겠습니다. 바라건대 성상께서는 애처롭게 여기고 불쌍히 여기시어 먼저 재상의 직임을 체차하시고, 이어 엄한 벌을 내리시어 신하 된 자가 자신을 단속하지 못하여 남의 비난을 후히 부르는 자들의 경계가 되게 하소서. 이어 삼가 생각건대 신이 띠고 있는 겸직 중 내의원(內醫院)의 직임은 임명받은 지 비록 얼마 되지 않았다고는 하나[89] 근일 두려운 나머지 자리에 누워서도 잠꼬대를 하니 어려운 업무를 수행할 수 없습니다. 그리고 사직서(社稷署) · 영희전(永禧殿) · 사역원(司譯院) · 군기시(軍器寺) 등의 직함[90]으로 말하면 모두 한 몸에 매여 있으니 매우 황송합니다. 즉시 체차해 주시기를 매우 간절히 바랍니다.

89　내의원(內醫院)의……하나 : 저자는 1874년(고종11) 12월 9일 내의원 도제조에 임명되었다.

90　사직서(社稷署)……직함 : 《승정원일기》 기록에 따르면 저자는 고종 11년(1874) 12월 5일 사직서(社稷署) · 영희전(永禧殿) · 사역원(司譯院) · 군기시(軍器寺) 도제조에 임명되었다.

정면수가 소를 올린 뒤에 이로 인해 스스로를 인책하는 소[91]
因鄭勉洙疏後自引疏

삼가 아룁니다. 구경(九經)[92]은 군주가 세상을 어거하는 권병(權柄)이고, 사유(四維)[93]는 신하[94]가 몸을 단속하는 도구입니다. 구경이 확립되지 않으면 군주는 잘 다스리는 것을 꾀할 수 없고, 사유가 펼쳐

---

91 정면수(鄭勉洙)가……소 : 저자가 61세 때인 1874년(고종11) 12월 24일 영의정의 신분으로 올린 소이다. 이에 대해 고종은 상소를 그만두고 편안한 마음으로 집에 돌아가서 국사를 다행하게 하라는 비답을 내렸다. 동일자《승정원일기》에 상소와 고종의 비답이 실려 있으며, 동일자《고종실록》에도 상소의 대략과 고종의 비답이 실려 있다. '정면수의 소' 운운은 1874년 12월 24일 전(前) 사간원 정언(正言) 정면수가 소를 올려, 영의정 이유원이 정조가 경기도 수원(水原)에 신읍(新邑)을 조성할 때 능침 아래에 묻어둔 다른 산의 돌 하나를 기미년(1859, 철종10)에 사사로이 파내어 자기 조상의 묘 앞에 비석으로 세워두었으니 용서해서는 안 된다고 주장한 것을 이른다.《高宗實錄 11年 12月 24日》

92 구경(九經) : 천하와 국가를 다스리는 아홉 가지 준칙을 이른다.《중용장구》제20장에 "무릇 천하와 국가를 다스리는데 아홉 가지 떳떳한 법이 있다. 몸을 수양하는 것, 어진 이를 높이는 것, 친척을 친히 하는 것, 대신을 공경하는 것, 신하들의 마음을 체찰하는 것, 백성들을 자식처럼 사랑하는 것, 백관을 오게 하는 것, 먼 지역의 사람을 위로하는 것, 제후들을 은혜롭게 하는 것이다.〔凡爲天下國家有九經. 曰 : 修身也, 尊賢也, 親親也, 敬大臣也, 體群臣也, 子庶民也, 來百工也, 柔遠人也, 懷諸侯也.〕"라는 내용이 보인다.

93 사유(四維) : 나라를 다스리는 네 가지 강령, 즉 예(禮)·의(義)·염(廉)·치(恥)를 이른다.

94 신하 : 저본에는 '인군(人君)'으로 되어 있으나, 앞뒤 문맥과《승정원일기》고종 11년(1874) 12월 24일 기사에 근거하여 '인신(人臣)'으로 바로잡아 번역하였다.

지지 않으면 신하는 행실을 가다듬을 수 없습니다. 전하께서 신하를 예(禮)로 부릴 때 아무리 구경으로 바탕을 삼으셔도 신하가 스스로 몸을 지킬 때 사유로 단속하지 않으면 장차 어디에서 힘을 빌려 우리 전하를 섬기겠습니까. 신이 세상 사람들에게 비웃음과 손가락질을 당한 것은 비단 신 스스로 분명히 알 뿐 아니라 전하께서도 이미 남김없이 환히 알고 계시니, 신이 무슨 낯으로 버젓이 조정에 서서 득의양양 스스로 보통 사람들의 대열에 나아가겠습니까.

옛사람의 말에 "욕됨은 부끄러움을 알지 못하는 것보다 큰 것이 없다.〔辱莫大於不知恥.〕"라고 하였습니다.[95] 지금 신이 구구하게 이를 행하는 것은 얼추 조금이라도 부끄러움을 아는 의리를 지켜서 재차 욕을 당하지 않는 데에 이르지 않기를 바라는 것입니다. 여러 번 올린 사직단자에 대해 비록 접수하지 않고 봉한 채 그대로 돌려보내신 명을 삼가 받았으나, 신의 지극히 괴로운 사정은 지금도 예전과 같기에 명을 어긴 죄만 쌓여서 하루하루 더해만 갑니다. 미련스레 옛 신념을 지키는 것은 백번 돌아보아도 변하기 어렵고, 철벽같이 한계를 둔 것은 만 겹으로 둘러쳐 있어 넘기 어렵습니다. 특별히 온전히 보전해주시는 은택을 내리시어 신의 의정부의 직함 및 여러 관사의 도제조[96]를 체차하시고, 이어 신의 이름을 벼슬아치의 명부에서 삭제하여 여생을 마치게 해주

---

95 옛사람의……하였습니다 : 수(隋)나라 왕통(王通)의 《중설》에 "죄는 나아가기를 좋아하는 것보다 큰 것이 없고, 재앙은 말을 많이 하는 것보다 큰 것이 없고, 병통은 허물을 듣지 않는 것보다 큰 것이 없고, 욕됨은 부끄러움을 알지 못하는 것보다 큰 것이 없다.〔罪莫大於好進, 禍莫大於多言, 痛莫大於不聞過, 辱莫大於不知恥.〕"라는 내용이 보인다. 《中說 卷10 關朗篇》

96 여러 관사의 도제조 : 266쪽 주90 참조.

시기를 매우 간절히 바랍니다.

소를 써서 올리려고 할 때 승정원에 도착한 전(前) 정언(正言) 정면수(鄭勉洙)가 올린 소의 내용을 삼가 듣게 되었습니다. 신을 꾸짖고 신을 욕하여 심지어는 수원(水原)의 비석을 사사로이 파내어 가져다 조상의 묘에 세웠다고까지 하였습니다. 신은 이에 마음 가득 놀라고 두려워 스스로 몸 둘 바를 모르겠으니, 신이 비록 처분을 기다리는 중이지만 이에 대해 한번 아뢰고자 합니다.

지난 을묘년(1855, 철종6)에 선친의 산소를 조성하는 일을 하고자[97] 비석 하나를 고(故) 장신(將臣) 조심태(趙心泰)의 집안에서 샀습니다. 내력을 물어보니 하사받은 물건인데 집이 가난하여 내다 파는 것이라고 하기에 마음이 몹시 편안하지 않아서 그대로 두고 쓰지 않았습니다. 그 뒤 을축년(1865, 고종2)에 신이 이 부(府)를 맡았을 때[98] 문적(文蹟)을 살펴보니 장부에 기록되어 있는 돌이 있었습니다. 그러므로 하사받은 돌이든 장부에 기록된 돌이든 어찌된 영문인지 따질 것 없이 본영(本營)에 소속시키는 것이 옳기에 장리(將吏)를 불러서 장부에 설명을 달고 돌을 내주었습니다.

지금 저 상소에서 사사로이 파내어 가져다 높이 세웠다고 말한 것은 무엇을 가리키는 것인지 알지 못하겠지만, 전후의 사실이 이와 같고 그대로 놓아둔 연도가 분명하니 지금 수원부로 하여금 한번 사실을

---

97 지난……하고자 : 저자는 1855년(철종6) 10월 16일 부친 이계조(李啓祚)의 상을 당하였다.

98 을축년에……때 : 저자는 1865년(고종2) 2월 26일 정2품 수원부 유수(水原府留守)에 임명되어 동년 5월 12일 올린 사직소가 받아들여질 때까지 약 2개월 동안 수원부 유수로 재직하였다.

조사하게 하면 확실히 알 수 있으실 것입니다. 신이 어찌 감히 속이겠으며, 또한 어찌 낮은 곳의 소리도 들어주시는 성상께 한번 털어놓지 않을 수 있겠습니까.

신이 행실이 변변치 못하여 남의 말이 생각지도 않게 거듭 나와 단지 신의 이름에 욕될 뿐 아니라 우리 전하의 청명한 조정에 누를 끼치게 되었습니다. 신의 죄가 여기에 이르게 되었으니 어떤 형률을 적용해야 하겠습니까. 서둘러 문자를 아뢰고 곧바로 시골길을 찾아가오니,[99] 삼가 바라건대 성상께서는 속히 엄한 벌을 내리시어 백관을 경계하소서.

---

99 서둘러……찾아가오니 : 당시 저자는 경기도 양주(楊州) 가오동(嘉梧洞)의 집으로 물러가 머물며 조정에 나오라는 고종의 명을 한사코 거부하였다가 1874년(고종11) 12월 27일 영의정에서 파직되었다. 《承政院日記》

부주를 올린 뒤 면직을 청하는 소[100]

附奏後辭免疏

삼가 아룁니다. 신은 이미 한량없는 죄를 지었건만 도리어 세상에 드문 은총을 받아, 은혜에 대한 보답은 실낱만큼도 바치지 못했는데 명을 어긴 죄는 오히려 부월(斧鉞)과 질곡(桎梏)의 주벌을 면하였습니다. 수차례 명소패(命召牌)를 반납하였으나 그때마다 온화한 윤음을 내리시어 위로하여 풀어주고 돈독히 면려하여 갈수록 더욱 정성을 다하셨습니다. 심지어는 견책을 받아 파직된 것이 두 차례 있었고 중도부처(中途付處) 처분을 받은 것이 한 차례 있었는데도 관로(管路)에 나아갈 길을 열어주셨습니다.[101] 그러나 보잘것없는 미천한 신은

---

100 부주(附奏)를……소 : 저자가 62세 때인 1875년(고종12) 1월 1일 영중추부사(領中樞府事)의 신분으로 올린 소이다. 이에 대해 고종은 경이 비록 영의정의 직책은 벗었으나 새해가 되었으니 즉시 조정에 나와 훌륭한 계책을 일러주기 바란다는 비답을 내렸다. 동일자《승정원일기》에 상소의 대략과 고종의 비답이 실려 있다. 저자는 1874년(고종11) 12월 24일 전 사간원 정언(正言) 정면수(鄭勉洙)의 탄핵을 받고 당일 경기도 양주(楊州) 가오동(嘉梧洞)의 집으로 물러가 머물며 조정에 나오라는 고종의 명을 한사코 거부하다가 동년 12월 27일 영의정에서 파직되었는데, 이틀 뒤인 12월 29일 영중추부사에 임명되자 당일 고종의 유지(諭旨)를 들고 찾아온 사변가주서를 통해 부주를 올려 이를 사양하였다. 정면수의 탄핵은 267쪽 주91 참조.《承政院日記 高宗 11年 12月 24日・27日・29日, 12年 1月 1日》《日省錄 高宗 11年 12月 29日》

101 견책을……열어주셨습니다 : '중도부처(中途付處)' 운운은 1874년(고종11) 11월 29일 전 사헌부 장령 손영로(孫永老)가 소를 올려 영의정이었던 저자를 탄핵하자, 저자가 경기도 양주(楊州)의 감옥에서 처분을 기다리며 돌아오라는 고종의 명을 수차례 어긴 죄로 동년 12월 11일 천안군(天安郡)에 중도부처 되었다가 하루 만인 12월 12일

돼지나 물고기만도 못하여 어리석고 완고하게도 성상의 우로(雨露) 같은 은혜와 상설(霜雪) 같은 위엄의 가르침을 알지 못하여, 붓을 들어 대답함에 절로 '떠난다〔去〕'는 한 글자를 잊지 못하겠습니다.

아, 신은 비록 떠난다 해도 동강(東岡)에 머물며 지조를 지키는 선비가 아니며,[102] 또 〈고반(考槃)〉 시의 길이 맹세한 자와 같은 부류도 아닙니다.[103] 단지 거칠게라도 명예와 예를 닦아서 조금이나마 조정을 높이고 나라의 은혜에 보답할 여지가 있기를 바라서입니다. 실정은 이미 곤궁하고 드릴 말씀은 이미 다 하였으니, 실로 무슨 말씀을 아뢰어야 군부(君父)께 불쌍히 여겨 살펴주시는 은혜를 입을 수 있을지

전날의 중도부처 전교가 철회된 것을 이른다. 중도부처는 어느 곳을 지정하여 머물러 있게 하던 형벌이다. '파직된 것' 운운은, 손영로의 소가 올라간 동년 11월 29일 당일, 저자가 도성 밖으로 물러나 대죄하고서 수차례의 하유(下諭)에도 돌아가지 않아 12월 4일 영의정에서 파직되었다가 이튿날인 12월 5일 다시 영의정에 임명된 것과, 동년 12월 27일 영의정에서 파직되었으나 이틀 뒤인 12월 29일 영중추부사에 임명된 것을 이른다. 손영로의 탄핵 소에 대한 자세한 내용은 254쪽 주74 참조.

102 동강(東岡)에……아니며 : 조정에서 초빙해도 벼슬에 나가지 않고 안빈낙도(安貧樂道)하는 덕망 높은 사람이 아니라는 말이다. 후한 때 사람 주섭(周燮)은 성현의 경전이 아니면 읽지 않고 직접 심지 않은 곡식은 먹지 않았는데, 후에 효렴(孝廉)·현량방정(賢良方正)에 천거되어 조정의 초빙을 여러 번 받았으나 병을 핑계로 사양하고 벼슬에 나가지 않자, 그의 종족이 "선대 이래로 공훈과 은총이 이어졌는데 그대만 홀로 어찌 이 동강을 지키는가?〔自先世以來, 勳寵相承, 君獨何爲守東岡之陂乎?〕"라고 하였다는 고사가 전한다. 《後漢書 卷53 周燮列傳》

103 고반(考槃)……아닙니다 : 밝은 임금을 만나지 못해 물러나 곤궁하게 사는 현자(賢者)가 아니라는 말이다. 《시경》〈위풍(衛風) 고반(考槃)〉에 "거처할 집을 이룬 것이 시냇가에 있으니, 큰 사람의 마음이 넉넉하도다. 홀로 자고 깨어 말하나, 이 즐거움을 길이 잊지 않겠노라 맹세하도다.〔考槃在澗, 碩人之寬. 獨寐寤言, 永矢弗諼.〕"라는 구절이 보인다.

모르겠습니다.

신은 이미 재상의 직책에서 해면되어 띠고 있는 직임이 없으니 비록 신을 형적에 구애받지 않고 멋대로 살도록 내버려두어 여생을 한가롭게 지내게 하더라도 무슨 안 될 것이 있겠습니까. 그런데도 지금 전하께서 신을 반드시 도성으로 불러들이고자 하는 것은, 참으로 비녀나 신발처럼 미천한 옛 신하[104]를 차마 대번에 버리지 못해 대부의 반열에 두고서 성상께 문안드리는 예를 펴게 하기 위해서입니다. 그러나 이 진퇴양난의 종적을 돌아보면 다시 무슨 낯으로 대궐에 나아가 지척에서 성상을 모시겠으며 물러나 조정 대신들을 마주하여 스스로 고관의 반열에 끼겠습니까.

전(傳)에 이른바 '가서 부역하는 것은 의(義)이고 가서 만나보는 것은 의가 아니라는' 말[105]을 신이 또한 받들어 외고 있으니, 신이 어찌 일의 쉬움과 어려움을 가리지 않는 의리를 몰라서 이렇게 머뭇거리는 것이겠습니까. 남은 진심을 성상께서 모두 살펴주시기를 바라서 또 이렇게 진달하여 청하오니, 삼가 바라건대 밝으신 성상께서는 위로는 나라의 체통을 생각하고 아래로는 미천한 정성을 헤아려주셔서 속히 신의 직명(職名)을 조적(朝籍)에서 삭제하게 하소서. 그리하여 신이 궁벽한 시골에서 몸을 편안히 하고 분수를 지키며 조금이나마 남은

---

104 비녀나……신하 : 220쪽 주13 참조.

105 전(傳)에……말 : 《맹자》〈만장 하(萬章下)〉에, 만장이 "서인이 군주가 자신을 불러 부역을 시키면 가서 부역하지만, 군주가 그를 만나보고자 하여 부르면 가서 보지 않는 것은 어째서입니까?〔庶人, 召之役則往役, 君欲見, 召之則不往見之, 何也?〕"라고 묻자, 맹자가 "가서 부역하는 것은 의이고, 가서 만나보는 것은 의가 아니기 때문이다. 〔往役, 義也. 往見, 不義也.〕"라고 대답한 내용이 보인다.

목숨을 연장하여 성상의 덕과 은택을 노래할 수 있도록 허락해주신다
면 공사(公私) 간에 매우 다행일 것입니다. 신은 지극히 절박하고 간절
한 마음을 금할 수 없습니다.

이승택의 탄핵 소 뒤에 스스로를 인책하는 소[106]

李承澤疏後自引疏

삼가 아룁니다. 옛사람은 탄핵을 당했을 때 혹은 스스로 지조를 지켜 산림에서 여생을 마친 이가 있고, 혹은 다시 일어나 사람 노릇 하여 왕사(王事)에 목숨을 바친 이가 있습니다. 이는 참으로 두 가지 행동이 다 도리에 어긋나지 않아서 모두 성인(聖人)의 백성이 될 뿐입니다. 신은 처음에는 스스로 지조를 지키고자 하였으나 그렇게 하지 못하였고, 끝내 다시 일어나 왕사에 목숨을 바치고자 하였으나 또 그렇게 하지 못하였습니다. 한 번 탄핵을 당한 것도 모자라서 두 번, 세 번 당하는 데에까지 이르러 신이 탄핵을 당하는 것이 지금까지도 그치지 않고 있습니다.

아, 신 또한 사유(四維)[107] 중의 한 물건입니다. 그런데 지금 키로

---

106 이승택(李承澤)의……소 : 저자가 62세 때인 1875년(고종12) 1월 15일 영중추부사의 신분으로 올린 소로, 당시 저자는 경기도 양주(楊州) 상도면(上道面) 가오동(嘉梧洞)의 집에 머물고 있었다. 이에 대해 고종은 사직하지 말고 속히 돌아와서 조정의 기상을 진정시키고 경사스러운 때에 함께하여 기대를 저버리지 말라는 비답을 내렸다. 동일자 《승정원일기》에 상소의 대략과 고종의 비답이 실려 있다. '이승택의 탄핵 소'는 1875년 1월 12일 부호군(副護軍) 이승택이 소를 올려, 전 사헌부 장령(掌令) 손영로(孫永老)와 전 사간원 정언(正言) 정면수(鄭勉洙)가 소를 올려 저자를 탄핵한 것에 대해 저자가 변명한 것은 앞뒤가 맞지 않으니 처벌하여 염치를 장려하라고 한 것을 이른다. 이 일로 이승택은 원악도(遠惡島)에 위리안치되었다. 손영로의 소와 정면수의 소는 각각 254쪽 주74, 267쪽 주91 참조. 《高宗實錄 12년 1月 12日》

107 사유(四維) : 나라를 다스리는 네 개의 강령, 즉 예(禮)・의(義)・염(廉)・치(恥)를 이른다. 《관자》에 "나라에는 네 개의 밧줄이 있다. 하나의 줄이 끊어지면 나라가

곡식을 까부르듯 비난하는데 전혀 거리낌이 없어 작은 종이 안에 하지 못한 말이 없고 비판하지 않은 일이 없습니다. 심지어는 다른 산의 돌까지 그 속에 던져 놓고 진짜라느니 가짜라느니, 썼다느니 아니라느니 하였습니다.[108] 다행히 성상께서 하늘의 해와 같은 명철함으로 곡진히 분변하여 온 세상 사람에게 환히 의심 없도록 해주시니, 신이 비록 어리석고 미욱하나 어찌 감격할 줄 모르겠습니까.

그러나 이미 젖은 옷은 마를 기약이 없고 이미 썩은 그루터기는 소생할 날이 없습니다. 진퇴양난으로 가쁜 숨이 채 가라앉기도 전에 살갗의 털을 불어 그 속의 작은 흠을 찾는 무리[109]가 한결같이 가혹하게 들추어대니, 듣는 자는 현혹되고 전하는 자는 잘못 전하여 점점 더 수습할 수 없게 되었습니다. 신이 이에 지각없는 벌레처럼 융숭히 베풀어주신 은혜도 무너진 분수와 의리도 생각하지 않고 탄핵을 당할 때마다 번번

기울고, 두 개가 끊어지면 위태롭고, 세 개가 끊어지면 전복되고, 네 개가 끊어지면 멸망한다. 기울어진 것은 바로잡을 수 있고, 위태로운 것은 안정시킬 수 있고, 전복된 것은 일으킬 수 있으나, 멸망한 것은 다시 둘 수 없다. 무엇을 네 개의 밧줄이라고 하는가? 첫째는 예의이고, 둘째는 의로움이고, 셋째는 청렴함이고, 넷째는 부끄러움이다.〔國有四維, 一維絶則傾, 二維絶則危, 三維絶則覆, 四維絶則滅. 傾可正也, 危可安也, 覆可起也, 滅不可復錯也. 何謂四維? 一曰禮, 二曰義, 三曰廉, 四曰恥.〕"라는 내용이 보인다. 《管子 卷1 牧民 四維》

108 다른……하였습니다 : 267쪽 주91 참조.

109 살갗의……무리 : 억지로 남의 작은 흠이나 결점을 찾아내어 생트집을 잡는다는 말이다. 《한비자(韓非子)》〈대체(大體)〉의 "옛날에 대체를 온전히 돌아보는 자는…… 살갗의 털을 불어 그 속의 작은 흠을 찾지 않고, 때를 씻어 그 속의 알아내기 어려운 것을 살피지 않았다.〔古之全大體者……不吹毛而求小疵, 不洗垢而察難知.〕"라는 구절에서 유래한 것으로, 취모구자(吹毛求疵)라는 성어가 있다.

이 달아나 길에서 손가락질을 당하니, 신의 일신의 창피함은 이미 말할 것도 없지만 조정의 기상을 보면 참으로 작은 근심이 아닙니다. 차라리 도성에서 자취를 감추고 길이 시골집에 엎드려 우로(雨露)처럼 길러주는 속에서 이생을 마치는 것이 나을 것입니다.

그리고 신은 근래 이름과 지위가 너무 성하여 관직으로 말하면 거의 다 관장하고 죄로 말하면 매번 요행으로 처벌을 피한 경우가 많았으니, 이것이 더욱 신이 사람들의 노여움과 귀신의 시기를 받게 된 한 단서입니다. 다만 현재의 직임으로 말씀드린다면 책례(冊禮)의 여러 차비(差備 임시 관원)[110]에 대해 직무를 비우는 것이 더욱 송구하며, 예전부터 띠고 있는 여러 도제조의 직임[111] 또한 오랫동안 비워두어서는 안 됩니다. 생각건대 밝으신 성상께서는 신에게 천지와 같으며 신에게 부모와 같으시니, 신의 실정과 처지를 헤아리시어 신의 직명(職名)을 모두 체차해주소서. 그리고 신을 형벌을 관장하는 부서에 내려보내 속히 명을 어기고 번거롭게 한 신의 죄를 다스리시기를 매우 간절히 바랍니다.

---

110 책례(冊禮)의 여러 차비(差備) : 저자는 1874년(고종11) 12월 27일 영의정에서 파직된 뒤 영중추부사로서 1875년 1월 1일 왕세자 책봉도감 도제조(王世子冊封都監都提調), 동년 1월 6일 죽책문 제술관(竹冊文製述官), 동년 1월 7일 왕세자 책봉 주청정사(王世子冊封奏請正使)에 임명되었다. 《日省錄》

111 여러 도제조의 직임 : 저자는 1874년(고종11) 12월 28일 사직서(社稷署)·영희전(永禧殿)·군기시(軍器寺)·사역원(司譯院)·훈련도감(訓鍊都監) 도제조에 임명되었다. 《日省錄》

두 번째 소[112]

再疏

삼가 아룁니다. 신은 온갖 허물만 있고 어느 것 하나 취할 만한 점이 없는 사람입니다. 그저 선조의 음덕에 기대어 가장 높은 자리까지 잘 못 올랐으니, 조정에 서서 지금까지 35년 동안 전전긍긍 한결같은 마음으로 아는 것을 다하고 있는 힘을 다하여 나라의 은혜에 만에 하나라도 보답하고자 하지 않은 적이 없었지만, 아는 것은 이미 따라가지 못하는데 힘이 또 미치지 못하여 밤낮으로 근심하고 두려워하며 그림자와 이불에도 부끄러웠습니다.[113]

결국 신에 대한 탄핵이 거듭 이르러 몇 달 사이에 세 번이나 도성 문을 나가게 되었고 사람들의 말 역시 극에 달했다 할 것입니다.[114] 매번 성상의 특별한 은혜로 인하여 애써 달려가 명에 응하지 않을 수

---

112 두 번째 소 : 저자가 62세 때인 1875년(고종12) 1월 17일 영중추부사의 신분으로 올린 소로, 동년 1월 12일 부호군(副護軍) 이승택(李承澤)의 탄핵을 받은 뒤 스스로를 인책하는 두 번째 소이다. 동년 1월 17일 검교직각 김영수(金永壽)가 올린 장계에 따르면 이 당시 저자는 경기도 양주의 집에 편안히 있지 못한다며 양주를 떠나 도성 밖에 머물고 있었다. 이에 대해 고종은 공사(公私)의 경중을 헤아려 즉시 집으로 돌아가라는 비답을 내렸다. 동일자 《승정원일기》에 상소의 대략과 고종의 비답이 실려 있다.

113 그림자와 이불에도 부끄러웠습니다 : 223쪽 주16 참조.

114 결국……것입니다 : 저자는 1874년(고종11) 11월 29일 전 사헌부 장령(掌令) 손영로(孫永老)의 상소, 1874년 12월 24일 전 사간원 정언(正言) 정면수(鄭勉洙)의 상소, 1875년 1월 12일 부호군(副護軍) 이승택(李承澤)의 상소로 탄핵을 당하였다. 자세한 것은 254쪽 주74, 267쪽 주91, 275쪽 주106 참조.

없었지만, 오늘날에 이르러서는 비난을 받음이 더욱 심해져서 몸을 망치고 명예를 상실하여 더는 여지가 없게 되었습니다. 근심스럽고 두려운 것이 마치 그물 속에 갇힌 것과 같아서 왼쪽으로 가려는데 오른쪽에서 당기고 앞으로 가려는데 뒤로 넘어뜨려서 몸 둘 곳을 알지 못하니, 단지 부르짖고 기구하며 한 가닥 목숨이 온전하기만을 구하여 천지 같고 부모 같은 성상께 바랐습니다.

그런데 과분한 은총이 분수에 차고 넘쳐 신이 시골로 도망 와서 미처 안장을 벗기기도 전에 규장각의 근신[115]이 뒤따라와 성상의 유지(諭旨)를 전하였으며 이어 함께 오라는 명이 있었습니다. 이런 일은 산림의 학식과 덕망 높은 노인에게서 일찍이 한 번 본 적이 있으며 신처럼 용렬한 무리에게 내려왔다는 말은 듣지 못하였으니, 신의 황송함과 부끄러움이 어찌 그칠 수 있겠습니까. 신이 이러한 남다른 은혜를 입고 이러한 융숭한 가르침을 받고서도 끝내 명을 받들지 못하는 것은 거의 사람의 도리상 할 수 있는 일이 아닙니다.

그러나 오직 신의 붉은 충정만은 늘 성상의 곁에 머물러 거친 산과 들판의 강물도 전하를 모시고자 하는 마음을 막지 못하니, 맑은 새벽 깊은 밤이면 전하를 우러르는 마음이 배나 간절합니다. 신이 몸은 비록 물러났으나 숨이 아직 남아 있는 한 어찌 감히 잠시라도 우리 임금님을 잊겠습니까. 이 때문에 전후로 올린 소에서 간절한 심정을 남김없이 아뢰고 엄한 처벌을 공손히 기다렸는데, 처벌하지 않으셨을 뿐 아니라 도리어 이례적인 예우가 분에 넘쳤습니다. 혹 일월 같은 밝으심으로도

---

115 규장각의 근신 : 《승정원일기》 고종 12년(1875) 1월 17일 기사에 따르면 검교직각 김영수(金永壽)를 가리킨다.

신의 심정을 비추어 아시지 못하고 하해 같은 큰 도량으로도 작은 몸의 소원을 용납하기 어려워서 그런 것입니까.

나아감과 물러감이 모두 어렵고 잠자코 있는 것은 더욱 송구하여 성 밖에 달려와 엎드려 죽음을 무릅쓰고 거듭 호소하오니, 삼가 바라건대 성상께서는 굽어살피시어 속히 부월(斧鉞)의 주벌을 내리셔서 백관을 경계하소서.

세 번째 소[116]

三疏

삼가 아룁니다. 신이 엄명에 쫓겨 염치를 무릅쓰고 도성에 들어왔지만 실은 책례(冊禮)[117]가 중하기 때문에 그렇게 했던 것으로 다른 것은 돌아볼 수 없었습니다. 그러나 무릇 사람이 금수와 다른 것은 염치가 있기 때문입니다. 신이 이미 염치를 잃고 애써 길에 올랐으니 가만히 엎드려 있어야 할 의리에 전혀 어두운 것입니다. 이것으로 본다면 신이 전에 도성을 나가고 지금 도성에 들어온 것은 어찌 그리 모든 것이 상반된단 말입니까.

내려주신 책망하는 유지(諭旨)에 은덕을 베푸시는 뜻이 융숭하고 정성스러웠으니 비록 목석이라도 감격할 줄 알 것이고, 경하하는 예를 거행할 시기에 일을 독려할 일정이 있으니 비록 절름발이 앉은뱅이라

---

116 세 번째 소 : 저자가 62세 때인 1875년(고종12) 1월 19일 영중추부사의 신분으로 올린 소로, 동년 1월 12일 부호군(副護軍) 이승택(李承澤)의 탄핵을 받은 뒤 스스로를 인책하는 세 번째 소이다. 동년 1월 18일 검교직각 김영수(金永壽)가 올린 장계에 따르면 저자는 1월 17일 올린 두 번째 소에 대해 집으로 돌아가라는 고종의 비답을 받고 1월 18일 서울 집으로 돌아가 이곳에서 소를 올렸다. 이에 대해 고종은 조금도 머뭇거리거나 돌아보지 말라는 것과 겸하여 띠고 있는 여러 직임 중 영희전(永禧殿) 도제조의 직임을 잠시 해면한다는 비답을 내렸다. 동일자《승정원일기》에 상소와 고종의 비답이 실려 있다.

117 책례(冊禮) : 1875년(고종12) 2월 18일 거행할 왕세자의 책봉식을 이른다. 저자는 동년 1월 1일 왕세자 책봉도감 도제조(王世子冊封都監都提調)에, 동년 1월 6일 죽책문 제술관(竹冊文製述官)에 임명되었다. 왕세자는 훗날의 순종으로, 1874년 2월 8일 태어났다. 《日省錄》

하더라도 모두 고무될 것입니다. 그리고 신은 나라의 은혜를 두터이 입어 신의 몸은 신의 것이 아니니, 신은 감히 시종일관 명을 어기고 성상의 뜻을 저버리는 죄를 거듭 범하지 못합니다. 그러나 맑은 의론을 주도하는 자들의 비웃으며 하는 비난에서는 사유(四維)[118]가 펼쳐지지 않았다고 하며 여러 시기하는 자들의 떠들어대는 소리는 막기 어려운 강물과 같으니, 신이 지금 백발의 노쇠한 나이로 이를 내버리고 뒤집어서 스스로 염치를 무너뜨리는 죄의 구덩이로 들어가 청명한 조정을 다시 더럽히겠습니까.

신이 근심하고 두려워하는 이유는 오직 여기에 있으며 신이 호소하는 이유 역시 오직 여기에서 연유한 것입니다. 이에 성상을 번거롭게 하는 것을 피하지 않고 짧은 글을 올려 천지 같고 부모 같으신 성상 앞에 거듭 토로하오니, 삼가 바라건대 자애로우신 성상께서는 신이 겸하여 띠고 있는 여러 직함을 체차하시고, 아직 처분하지 않은 형률로 신을 처분하시어 공사(公私) 간에 모두 다행하게 하소서.

---

118 사유(四維) : 275쪽 주107 참조.

책례에 맡은 여러 차비를 사직하는 차자[119]

辭冊禮諸差備箚

삼가 아룁니다. 신이 외람되이 병세를 진달하여 여러 직무를 해면해 주시기를 청하였는데, 윤허하지 않으셨을 뿐 아니라 도리어 전에 없던 특별한 은전을 내려주시어 신에게 습의(習儀 의식 예행연습)에 참여하지 말고 편하게 조리하도록 명하셨습니다.[120] 큰 은혜를 받드니 매우 감격스럽고 황공합니다.

다만 신이 앓고 있는 증상은 이미 가까운 시일 내에 나을 수 있는 것이 아닐 뿐 아니라 현재 절대 무릅쓰고 나가기 어려운 사정이 있습니다. 비록 감히 이런 일로 아뢰어 성상을 번거롭게 하지는 못하나 더없이 중요한 의식이 신의 병 때문에 장차 그 위차(位次)가 비어 일의

---

119 책례(冊禮)에……차자 : 저자가 62세 때인 1875년(고종12) 2월 11일 영중추부사의 신분으로 올린 차자로, 동년 2월 18일 거행할 왕세자 책례를 위해 임명된 여러 관직을 신병을 이유로 사직하는 차자이다. 이에 대해 고종은 때가 임박하여 체직시킬 수 없으니 다시는 사양하지 말라는 비답을 내렸다. 동일자 《승정원일기》에 차자와 고종의 비답이 실려 있다. 저자는 1875년 1월 1일 왕세자 책봉도감 도제조(王世子冊封都監都提調)에 임명되었으며, 동년 1월 7일 왕세자 책봉 주청정사(王世子冊封奏請正使)에 임명되었다. 왕세자는 훗날의 순종으로, 1874년 2월 8일 태어났다. 《承政院日記 高宗 12年 1月 1日·7日, 2月 11日·18日》

120 신에게……명하셨습니다 : 1875년(고종12) 2월 10일 저자가 차자를 올려 책례를 위해 임명된 여러 직임을 해면해달라고 청하자, 고종은 "병환이 매우 염려되나 일시적인 증상이라 약을 쓰지 않아도 될 것이다. 여러 직무를 어찌 갑자기 해면할 수 있겠는가. 습의에는 나아가지 말고 경은 안심하고 조리하라.[愼節奉慮萬萬, 一時之祟, 自當勿藥. 諸務何可遽解? 習儀勿爲進去, 卿其安心調理.]"라는 비답을 내렸다. 《承政院日記》

체모가 손상될 것이니, 이는 더욱 신의 분수에 감히 편안히 여길 수 있는 것이 아닙니다.

성상께서 비록 곡진히 살펴주셨으나 신의 작은 고집은 무릅쓰고 받는 것이 더욱 두렵습니다. 이에 감히 외람됨을 피하지 않고 우러러 지엄하신 성상께 청하오니, 삼가 바라건대 성상께서는 속히 신의 여러 차비(差備)와 약원(藥院)의 직임[121]을 체차하여 공사(公私)를 다행하게 해주시기를 매우 바랍니다.

---

121 약원(藥院)의 직임 : 저자는 1875년(고종12) 2월 6일 내의원 도제조에 임명되었다. 《承政院日記》

영의정을 사직하는 소 3[122]

辭領議政疏

삼가 아룁니다. 신하가 관작을 받고 사양하는 것은 그 이유가 똑같지 않으나, 윗사람이 아랫사람을 살펴 헤아리는 도는 각각 그 실정에 맞게 이루어줄 뿐입니다. 질병을 이유로 사양하는 것에 대해서는 혹 억지로 나오게 할 수 있고, 적임자가 아니라는 이유로 사양하는 것에 대해서도 또한 억지로 나오게 할 수 있습니다. 그러나 일이 염치에 관계되면 그 허락을 하지 않을 수 없기에 그 사양하는 마음을 다 펴게 하지 않은 적이 없습니다.

신이 전후 실정상 염치를 무릅쓰고 나가기 어렵고 의리상 반드시 사직해야 한다는 것을, 짐을 멘 자가 내려놓기를 바라고 몸이 묶인 자가 풀어주기를 바라는 것처럼 끊임없이 간청을 드렸던 것은 단지 그 염치를 중히 여겼기 때문입니다. 그런데 지금 이렇게 거듭된 임명이 이미 체직된 몸에 또 미쳐서,[123] 수삼 개월 안에 과분한 은혜를 대번에

---

122 영의정을 사직하는 소 3 : 저자가 62세 때인 1875년(고종12) 2월 16일 올린 소이다. 이에 대해 고종은 국사를 위해 다시 제수한 것이니 즉시 조정에 나오라는 비답을 내렸다. 동일자 《승정원일기》에 상소와 고종의 비답이 실려 있다. 저자는 하루 전인 2월 15일 영의정과 세자사(世子師)에 임명되었다. 《承政院日記》

123 이미……미쳐서 : 저자는 1873년(고종10) 11월 13일 영의정에 임명되었으며, 1874년 11월 전 사헌부 장령 손영로(孫永老)의 탄핵 상소로 인해 동년 12월 4일 파직되었다. 그러나 하루 만인 12월 5일 다시 영의정에 임명되자, 경기도 양주(楊州) 가오동(嘉梧洞)에 머물며 나가지 않고 사직 상소를 거듭 올려 1874년 12월 27일 파직되었다. 이후 영의정 자리는 비어 있는 상태였다. 254쪽 주74 참조. 《承政院日記》

내리시어 신으로 신을 대신하시는 것이 마치 신이 아니면 안 되는 것처럼 하셨습니다.

아, 신은 본래 평범한 관리요 하등의 재능을 지닌 사람으로 문채와 바탕 어느 하나 마땅한 것이 없으니, 위로는 태산 같은 은혜를 받고서 아래로는 실낱같은 공도 바치지 못했습니다. 사람됨을 말한다면 오늘날의 신하는 지난날의 신하에 지나지 않으니, 오늘날이 지난날과 무엇이 다르기에 지난날 사양한 관직을 오늘날 받을 수 있겠습니까. 받아서는 안 되는데 받는다면 이것은 양심을 저버리는 것이며, 사양해서는 안 되는데 사양한다면 이것은 나라를 저버리는 것입니다. 혹 이 중에 하나만 있어도 능히 세상에 행세하고 조정에 선 자를 신은 듣지 못하였습니다.

전(傳)에 이르기를 "필부의 뜻은 빼앗기 어렵다."라고 하였습니다.[124] 성인(聖人)은 필부에 대해서도 억지로 하게 할 수 없는 것은 억지로 하게 하지 않았으니, 신이 감히 성인이 억지로 하게 하지 않는 것을, 이루어주지 않는 사물이 없고 밝게 살피지 않는 일이 없으신 우리 전하께 우러러 바라지 않겠습니까. 늘 잊지 않고 물러날 생각만 한 것이 이미 오래되었으니 명을 받들 길이 없습니다. 이에 감히 설만함을 피하지 않고 지엄하신 성상을 번독하게 하오니, 삼가 바라건대 자애로운 성상께서는 굽어살펴 헤아려주셔서 속히 신의 재상의 직함을 체차하시어 공기(公器 벼슬)를 중하게 하고 사사로운 분수를 편하게 해주소서.

---

124 전(傳)에……하였습니다 : 《논어》〈자한(子罕)〉에 "삼군의 장수는 빼앗을 수 있으나 필부의 뜻은 빼앗을 수 없다.〔三軍可奪帥也, 匹夫不可奪志也.〕"라는 공자의 말이 보인다.

하사하신 말을 사양하는 차자 1[125]

辭錫馬箚

삼가 아룁니다. 길한 날 좋은 때에 왕세자의 책례(冊禮)가 순조롭게 이루어졌습니다. 종묘사직이 의탁할 곳이 있게 되었으니 왕세자의 탄생은 만년의 계책에 응한 것이고, 민심이 화목하게 되었으니 왕세자의 책례는 팔도 백성의 송축에 부응한 것입니다.

신이 이에 처음에는 백관을 독려하는 일을 맡고 다시 사신의 임무를 행하게 되어, 따뜻한 바람이 불고 상서로운 기운이 감도는 가운데서 주선하였으니 지극한 영광이었습니다. 무슨 노고라고 할 것이 있겠습니까. 그런데도 말을 하사해주시는 은전이 보잘것없는 미천한 신에게까지 잘못 미쳐 궁중의 말을 기르는 관원이 말을 끌고 와서 온 마을이 떠들썩하였으니, 신은 은혜에 감격하고 의리에 두려워서 몸 둘 바를 몰랐습니다.

무릇 은총은 혹 설만하면 신중히 하고 아껴야 할 경계를 어기게 되고, 사사로운 분수는 한번 넘으면 절로 요행과 참람으로 돌아가게 됩니

---

125 하사하신……차자 1 : 저자가 62세 때인 1875년(고종12) 2월 20일 영의정의 신분으로 올린 차자이다. 동년 2월 18일 거행한 왕세자의 책례(冊禮)가 무사히 끝나자 고종은 책례에 관련된 정사(正使) 이하 관원들에게 차등하여 상을 내렸는데, 저자 역시 안장을 갖춘 말[鞍具馬] 1필을 면급(面給) 받자 이를 사양하는 소를 올린 것이다. 이에 대해 고종은 사양하지 말고 편안한 마음으로 받으라는 비답을 내렸다. 저자는 1875년 1월 1일 왕세자 책봉도감 도제조(王世子冊封都監都提調)에 임명되었으며, 동년 1월 7일 왕세자 책봉 주청정사(王世子冊封奏請正使)에 임명되었다. 동일자《승정원일기》에 상소와 고종의 비답이 실려 있다.《承政院日記》

다. 이 때문에 옛날에 이 상을 받았던 이들은 대부분 모두 머뭇거리고
물러나 돌아보며 감히 받들지 못하였습니다. 이에 감히 번다함을 피하
지 않고 황망히 짧은 글을 올리오니, 삼가 바라건대 자애로운 성상께서
는 굽어살펴 헤아려주시어 속히 명을 내려 도로 거두셔서 공사(公私)
를 모두 다행하게 하소서.

경사스러운 예를 거행한 후 면직을 청하는 소[126]
慶禮後辭免疏

삼가 아룁니다. 신은 우둔하고 완고하여 사체(事體)의 경중을 알지 못하고 생각하는 것이 있으면 반드시 진달했다가 스스로 죄를 부르고 말았습니다.[127] 석고대죄하며 오직 부월(鈇鉞)의 주벌을 기다렸는데, 하늘처럼 크신 성상의 도량으로 벌은 내리지 않고 온유한 유시를 여러 번 내리셔서, 너그러이 용서해주심이 지극하고 엄히 명하심이 갈수록 심해지니 돌이킬 수가 없어서 조금이나마 숙배(肅拜)하여 사은하는 정성을 폈던 것입니다. 신이 엎어지고 넘어지는 것은 참으로 논할 것이 없지만, 신을 논하는 맑은 의론은 과연 다시 어떻겠습니까.

아, 신은 또한 전하의 한 적자(赤子)일 뿐입니다. 자애로운 어머니는 적자에 대해 굶주리면 배부르게 하고 추우면 따뜻하게 하여 각각 그 상황에 맞게 하니, 혹 마땅함을 잃기라도 하면 적자에게 질병이 뒤따라 닥칩니다. 신의 관작과 봉록은 배부르게 하고 따뜻하게 하는 것을 넘어섰고 신이 당한 탄핵은 질병보다 심하니, 신이 감히 자애로운 어머니의 길러주는 은혜를 인자함으로 덮어주시는 성상께 후히 바라지

---

126 경사스러운……소 : 저자가 62세 때인 1875년(고종12) 2월 21일 올린 소로, 동년 2월 18일 거행한 왕세자의 책례(冊禮)가 끝나자 영의정을 사직하는 소를 올린 것이다. 이에 대해 고종은 아무리 여러 번 사양해도 허락하지 않을 것이니 다시는 번거롭게 하지 말라는 비답을 내렸다. 동일자《승정원일기》에 상소와 고종의 비답이 실려 있다. 저자는 동년 2월 15일 영의정에 임명되었다.《承政院日記》

127 신은……말았습니다 : 285쪽 주123 참조.

않겠습니까.

성상의 근심이 특별히 절박하고 세 정승의 수를 채우는 것이 한창 다급했으며, 단지 중한 군주의 명이 있었을 뿐 아니라 또 더없이 큰 경사를 만났기 때문이니, 자신을 생각하지 않고 염치를 무릅쓰고 나와 부름에 응한 것이, 어찌 혹시라도 혈기가 쇠한 이때 얻기를 탐하는 경계[128]를 생각하지 않고 그런 것이겠습니까.

신은 이제 늙었습니다. 실로 말할 만한 조그마한 장점도 없지만, 마치 물이 축축한 곳으로 흐르고 불이 마른 곳에 나아가듯[129] 죽든 살든 앞을 향해 나아가는 것은 신이 자신했던 것이었습니다. 그러나 정신은 이미 흐려지고 힘은 마음처럼 되지 않는 것을 어찌하겠습니까. 일상적인 일도 대부분 잊어버려서 아침에 결정한 것을 저녁에 보고서 언제 했는지 분별하지 못합니다. 심지어는 계단을 오르내리고 빠른 걸음으로 공경히 달려가야 할 때 비틀비틀 기어가며, 지척에서 명을 듣는 자리에서도 귀머거리처럼 웃기만 하여 위의를 잃고서 송구한 적이 한두 번이 아닙니다. 이것으로 본다면 신이 아무런 쓸모가 없다는 것은 성상께서도 환히 아시는 것이고 같은 조정의 동료들도 아는 것입니다.

정사의 근본인 재상의 자리는 중요한 자리입니다. 온갖 책무가 다 몰려들고 사방에서 모두 바라봅니다. 이처럼 폐하여 버릴 물건을 아무

---

128 혈기가······경계 : 《논어》〈계씨(季氏)〉에 "늙어서는 혈기가 쇠하므로 경계함이 얻기를 탐하는 데 있다.〔及其老也, 血氣旣衰, 戒之在得.〕"라는 내용이 보인다.

129 마치······나아가듯 : 서로 비슷한 성질끼리 감응한다는 말이다. 《주역》〈건괘(乾卦) 문언(文言)〉에 "같은 소리는 서로 응하고 같은 기운은 서로 구하여, 불은 마른 것에 나아가고 물은 축축한 곳으로 흐른다.〔同聲相應, 同氣相求, 火就燥, 水流濕.〕"라는 공자의 말이 보인다.

리 망아지처럼 매어놓고 소처럼 코뚜레를 꿴다 한들 어떻게 짐을 지고 한 마당이라도 달릴 수 있겠으며 반 이랑이라도 밭을 갈 수 있겠습니까. 옛말에 이르기를 "능력을 펴서 반열에 나아가 능히 할 수 없는 경우에는 그만두어야 한다."라고 하였습니다.[130] 신처럼 스스로 힘쓸 수도 없고 억지로 지팡이 짚고 나갈 수도 없는 자는 오직 그만두어야 할 곳에서 그만두어야 할 것입니다.

이에 감히 번독하게 해드림을 피하지 않고 지엄하신 성상께 우러러 청합니다. 바라건대 성상께서는 속히 신의 재상직을 체차하시고, 이어 신이 시골로 물러가도록 허락해주시어 편의대로 요양하며 한가하게 지내어서 조금이나마 남은 목숨을 연장할 수 있도록 해주소서.

---

130 옛말에……하였습니다 : 《논어》〈계씨(季氏)〉에, 공자가 계씨(季氏)의 잘못을 막지 못한 염구(冉求)를 꾸짖으며 옛 사관인 주임(周任)의 말을 인용하여 "능력을 펴서 반열에 나아가 능히 할 수 없는 경우에는 그만두라.〔陳力就列, 不能者止.〕"라고 한 내용이 보인다.

훈련도감과 사역원 및 여러 관사의 제조의 직임을 해면해주기를 청하는 차자[131]

乞解訓局舌院及諸司提擧箚

삼가 아룁니다. 신이 장차 국경을 나가게 되어 전하를 작별할 날이 얼마 남지 않았습니다.[132] 기쁜 마음은 비록 세자 책봉을 받는 것이 간절하지만 성상을 그리워하는 마음은 늘 대궐 처마에 걸려 있을 것입니다.

다만 신이 띠고 있는 여러 관사의 제조는 모두 긴급한 직임인데, 4, 5개월 동안 문서를 점검하거나 서명·날인하여 결재하는 일이 막히지 않은 곳이 없을 것입니다. 훈련도감과 사역원의 직임은 일이 더욱 많으므로 계속 방치해둘 수 없으며, 사직서(社稷署)와 군기시(軍器寺)의 직임도 이에 따라 자리를 비우게 되니 매우 황송합니다. 삼가 바라건대 성상께서는 신의 고충을 헤아려주셔서 신이 띠고 있는 네 제조의 직임을 체차하여 공사(公私)를 편하게 해주소서.

---

131 훈련도감과……차자 : 저자가 62세 때인 1875년(고종12) 7월 18일 영중추부사의 신분으로 올린 차자로, 사신이 되어 중국으로 떠나기에 앞서 저자가 당시 띠고 있던 여러 관사의 직임에 대한 해면을 청한 것이다. 저자는 동년 1월 7일 왕세자 책봉 주청정사(王世子冊封奏請正使)에 임명되었으며, 당시 해면을 청한 직임은 훈련도감 도제조, 사역원 도제조, 사직서 도제조, 군기시 도제조였다. 이에 대해 고종은 비답을 내려 사직서 도제조에 대해서만 해면을 허락하였다. 동일자《승정원일기》에 차자와 고종의 비답이 실려 있다.《承政院日記》

132 신이……않았습니다 : 1875년(고종12) 7월 30일, 저자는 주청정사(奏請正使)로서 부사 김시연(金始淵), 서장관 박주양(朴周陽)과 함께 사폐(辭陛)하고, 동년 12월 16일 청나라에서 돌아와 복명하였다.《高宗實錄》

주청사의 일을 마치고 돌아온 뒤 상을 사양하는 차자[133]
奏請回還後辭賞典箚

삼가 아룁니다. 신이 공경히 왕세자 책봉을 청하는 임무를 받들어 천자께 기쁜 일을 고한 것은 신의 분수에 당연한 것입니다. 무슨 기록할 만한 노고가 있기에 지금 이렇게 상이 갑자기 상등의 말을 하사해주시는 데 이르고, 자제를 등용하는 은혜와 토지·노비의 하사를 더해주시기까지 한단 말입니까. 보통의 격례를 훨씬 벗어나는 것을 조금도 주저하거나 어려워하지 않으시니, 신은 이에 감격과 두려움으로 몸 둘 바를 모르겠습니다.

무릇 책봉 받는 전례는 지극히 중하고 큰 경사입니다. 신이 이런 일에 참여할 수 있는 것도 이미 매우 영광스러운데, 어찌 감히 다시 분수에 넘치게 반사해주시는 특별한 은혜를 바라겠습니까. 문자를 간략하게 갖추어 지엄하신 성상을 번독하게 하오니, 삼가 바라건대 밝으신 성상께서는 특별히 명기(名器)를 삼가고 아끼는 뜻을 살피시어 도로 거두라는 명을 속히 내려 사사로운 분수를 편안하게 해주시면 매우 다행이겠습니다.

---

133 주청사(奏請使)의……차자 : 저자가 62세 때인 1875년(고종12) 12월 18일 영중추부사의 신분으로 올린 차자이다. 저자는 동년 1월 7일 왕세자 책봉 주청정사에 임명되어, 동년 7월 30일 사폐(辭陛)하고, 동년 12월 16일 청나라에서 돌아와 복명하였다. 동년 12월 18일 이에 대한 상으로, 내사복시(內司僕寺)의 안장을 갖춘 말[鞍具馬] 1필을 면급(面給) 받고, 아들·사위·아우·조카 중에서 한 사람을 초사(初仕)에 등용하는 은전 및 노비 7구(口)와 전지(田地) 30결(結)을 하사받았다. 이에 대해 고종은 사양하지 말고 편안한 마음으로 받으라는 비답을 내렸다. 동일자 《승정원일기》에 차자와 고종의 비답이 실려 있으며, 왕세자 책례는 동년 2월 18일 거행하였다. 《承政院日記》

겸하고 있는 직무의 해면을 청하는 차자[134]

乞解兼務箚

삼가 아룁니다. 신이 현재 군기시(軍器寺)와 사역원(司譯院)의 직함을 지니고 있은 지 이제 이미 4년이 되었습니다. 군기를 준비하고 통역을 담당하는 것이 어느 때인들 긴요하고 중하지 않겠습니까만, 돌아보건대 지금은 사대교린(事大交隣)으로 변경의 업무가 많습니다. 노환으로 눈과 귀가 어두운 것이 갈수록 심해지는 신의 몸으로 이 자리를 하루 차지하고 있으면 그저 하루의 죄를 더할 뿐입니다. 그리고 호위청의 직임으로 말하면 이것 역시 군사를 거느리는 일이니 더더욱 시골에 사는 자가 잠시도 함부로 차지할 수 있는 자리가 아닙니다. 이에 감히 설만함을 피하지 않고 지엄하신 성상을 번거롭게 하오니, 삼가 바라건대 전하께서는 속히 신의 세 겸직을 체차하여 공사(公私)를 다행하게 하소서.

---

134 겸하고……차자 : 저자가 63세 때인 1876년(고종13) 윤5월 14일 영중추부사의 신분으로 올린 세 가지 겸직에 대한 해면을 청하는 차자이다. 저자는 당시 군기시(軍器寺) 도제조, 사역원(司譯院) 도제조, 호위청(扈衛廳) 호위대장의 직임을 맡고 있었다. 이에 대해 고종은 호위청 호위대장의 직임만 해면한다는 비답을 내렸다. 동일자 《승정원일기》에 차자와 고종의 비답이 실려 있다. 《承政院日記》

사역원 도제조의 직임을 해면해주기를 청하는 차자[135]

乞解舌院提擧箚

삼가 아룁니다. 신이 사역원의 직함을 지닌 지 지금 이미 4년이 되었습니다. 해면을 청하겠다는 일념만이 자나 깨나 마음에 맺힌 듯 줄곧 떠나지 않았는데, 마침 일이 생김으로 인해[136] 감히 사정을 말씀드리지 못하고 간신히 참으며 날을 보내다 지금에 이르렀으니, 이것이 어찌 신의 당초 마음이겠습니까. 단지 겨를이 없어 이렇게 된 것뿐입니다. 더구나 신이 늘 시골집에 있어 자취가 오리와 같아서[137] 사대교린(事大交隣)의 일을 줄곧 지체시키고 있으니 더 말해 무엇 하겠습니

---

135 사역원……차자 : 저자가 63세 때인 1876년(고종13) 11월 7일 영중추부사의 신분으로 올린 차자로, 당시 겸직하고 있던 사역원 도제조의 해면을 청한 것이다. 이에 대해 고종은 오가면서 직임을 살피는 것이 무슨 지체할 일이 있겠느냐며 허락하지 않았다. 동일자《승정원일기》에 차자와 고종의 비답이 실려 있다. 《承政院日記》

136 마침……인해 : 저자는 사역원 도제조에 임명된 이후 1875년(고종12) 1월 7일 왕세자 책봉 주청정사(王世子冊封奏請正使)에 임명되어 청나라 연경(燕京)에 갔다가 동년 12월에 귀국하였으며, 왕세자 책례는 동년 2월 18일 거행하였다. 또 이듬해인 1876년 2월에는 강화도조약이 체결되었다. 《承政院日記》

137 신이……같아서 : 저자가 경기도 양주(楊州) 가오동(嘉梧洞)의 집에 거처하면서 일이 있을 때만 조정에 나온다는 말로, 후한 명제(明帝) 때 섭현(葉縣)의 영(令)이었던 왕교(王喬)의 고사를 원용한 것이다. 왕교는 신선술을 익혀 수레나 말을 타지 않고 매달 초하루와 보름날 대궐의 조회에 참석했는데, 명제가 이를 이상히 여겨 사정을 알아보게 하자 왕교가 올 때마다 오리 두 마리가 동남쪽에서 날아온다고 하였다. 이에 오리가 날아올 때를 기다려 그물로 잡자 예전에 상서성의 관속들에게 하사했던 신발만 들어 있었다고 한다. 《後漢書 卷82上 方術列傳 王喬》

까. 생각이 여기에 미치니 황송함이 더욱 많습니다. 이에 감히 외람됨을 피하지 않고 지엄하신 성상을 번독하게 하오니, 삼가 바라건대 자애로우신 성상께서는 신의 간청을 불쌍히 여기시어 신의 사역원 도제조의 직임을 체차해주시면 매우 다행이겠습니다.

휴가를 청하고 내의원 도제조의 직임을 해면해주기를 청하는 차자[138]

請暇乞解藥院提擧箚

삼가 아룁니다. 신이 성상을 오랫동안 떠나 있다가 용안을 우러러보며 지척의 거리에서 옥음을 들으니[139] 신이 시골에 머무르는 것을 꾸짖으시며 신에게 서울로 돌아오라고 권면하셨습니다.

신이 어찌 감히 줄곧 명을 어기고 편안함만 찾을 생각을 하겠습니까. 신이 사는 곳은 선조의 묘소가 있는 고을입니다. 근래 장맛비를 거치면서 묘역이 무너져 내려 지금처럼 선선한 가을에 다시 고쳐 쌓아야 하는데 신이 직접 살피지 않으면 잘 끝마칠 사람이 없습니다.

무릇 성묘하거나 봉분에 가토(加土)하는 일이 있을 때마다 은혜로운 휴가를 받았으니, 이는 조정에서 신하들의 마음을 살피는 정사입니다. 그런데 신은 지금 내의원의 직임에 매여서 법규상 마음대로 도성을 떠날 수 없습니다. 답답한 심정에 설만함을 피하지 않고 지엄하신 성상

---

138 휴가를……차자 : 저자가 64세 때인 1877년(고종14) 8월 10일 영중추부사의 신분으로 올린 것으로, 동년 7월 20일 내의원 도제조에 임명되자 이에 대한 해면을 청하는 차자이다. 고종은 비답을 내려 해면을 허락하고 편리한 대로 오가도록 하였다. 저자의 차자는 《공거문총(公車文叢)》(규장각 소장. 奎12864)에 실려 있으며, 고종의 비답은 동일자 《승정원일기》에 실려 있다. 《공거문총》은 조선 정조 이후의 상소문과 차자를 연월일 순으로 모은 책이다.

139 용안을……들으니 : 《내각일력》 고종 14년(1877) 8월 9일 기사에 고종이 친히 진전(眞殿)에 다례(茶禮)를 거행할 때 저자 역시 각신(閣臣)으로 입참한 기록이 보이는데, 이때를 말한 것으로 보인다. 《內閣日曆 高宗 14年 8月 9日》

을 번독하게 하오니, 삼가 바라건대 자애로우신 성상께서는 굽어살펴 헤아려주시어 속히 신의 내의원 도제조를 체차하여 편하게 오갈 수 있도록 해주신다면 매우 다행이겠습니다.

하사하신 말을 사양하는 차자 2[140]

辭錫馬箚

삼가 아룁니다. 신명과 사람이 보우하여 중전께서 순산하시고 수라를 잘 드시어 옥체가 더욱 강녕하시며 본손과 지손이 번성하니 온 천지에 기쁨이 넘칩니다.

신이 누차 옥체를 보호하는 직임에 참여하여 매번 빈번한 하사를 받았으니, 번번이 입는 은택에 영광과 감격이 어찌 끝이 있겠습니까. 그러나 남다른 은혜는 설만하게 내려서는 안 되고 후한 상은 함부로 받아서는 안 됩니다. 여기에 또 신의 자제를 임용하는 은전까지 더해주시니 황공하여 더욱 몸 둘 바를 모르겠습니다.

이에 감히 외람됨을 피하지 않고 황급히 짧은 글로 진달하여 지엄하신 성상을 번독하게 하오니, 삼가 바라건대 성상께서는 굽어살펴 헤아려주시어 속히 환수하라고 명을 내리셔서 사사로운 분수를 편안하게 해주소서.

---

140 하사하신……차자 2 : 저자가 65세 때인 1878년(고종15) 2월 25일 영중추부사의 신분으로 올린 차자이다. 동년 2월 18일 대군 이부(李坿)가 태어나자 고종은 산실청(產室廳) 관원들에게 상을 내렸는데, 저자 역시 산실청 도제조로서 동년 2월 24일 안장을 갖춘 말〔鞍具馬〕 1필을 면급(面給) 받고, 아들·사위·아우·조카 중에서 한 사람을 초사(初仕)에 임용하는 은전을 받자 이를 사양하는 차자를 올린 것이다. 이에 대해 고종은 편안한 마음으로 받으라는 비답을 내렸다. 동일자 《승정원일기》에 차자와 고종의 비답이 실려 있다. 대군 이부는 동년 6월 5일 태어난 지 채 4개월이 못 되어 죽었다. 《承政院日記 高宗 15年 2月 18日, 24日, 25日》《高宗實錄 15年 6月 15日》

내의원 도제조의 직임을 해면해주기를 청하는 차자[141]

乞解藥院提擧箚

삼가 아룁니다. 신이 7일마다 문안드리는 반열[142]의 직임이 이제 막 지나고 3개월 동안 직임을 헛되이 띠고 있는 것이 더욱 송구하여[143] 해면을 구하는 바람을 오늘에야 비로소 사사로이 말씀드립니다.

신이 노쇠한 몸으로 성궁(聖躬)을 보호하는 자리에서 주선하며 노인을 불쌍히 여기는 은택까지 입었으니, 성상의 은혜가 이미 융성하고

---

141 내의원……차자 : 저자가 65세 때인 1878년(고종15) 3월 9일 영중추부사의 신분으로 올린 차자이다. 동년 1월 16일 내의원 도제조에 임명되어 직임을 살피다가 동년 2월 18일 대군 이부(李坿)가 태어나고 이후 3칠일이 되자 도제조를 사직하는 차자를 올린 것이다. 고종은 이에 대해 사직을 허락한다는 비답을 내렸다. 동일자 《승정원일기》에 차자와 고종의 비답이 실려 있다. 저본의 목록에는 '걸해약원제거차(乞解藥院提擧箚)'라는 제목이 연속하여 두 번 기록되어 있는데, 잘못 중복하여 들어간 것으로 추정된다. 《承政院日記 高宗 15年 1月 16日, 2月 18日, 3月 9日》

142 7일마다 문안드리는 반열 : 내의원 관원이 계사(啓辭)로 문안하는 것은 5일마다 있으며, 산실청(産室廳) 관원이 계사로 문안하는 것은 왕자 탄생 후 1칠일(七日), 2칠일, 3칠일, 백일 되는 날에 있다. 여기에서는 산실청 도제조의 직임을 맡고 있었던 저자가 1878년(고종15) 2월 18일 대군이 태어난 뒤 3칠일이 된 당시까지 제조·부제조와 함께 돌아가며 숙직해야 하는 내의원 도제조의 직임도 맡고 있었다는 말이다. 《승정원일기》에 따르면 1칠일은 2월 24일, 2칠일은 3월 1일, 3칠일은 3월 8일이었다. 《六典條例 禮典 內醫院 問安, 宿直》《承政院日記 高宗 15年 2月 18日·24日, 3月 1日·8日》

143 이제……송구하여 : 저본의 원문은 '纔經三朔之虛糜滋悚'이다. 《승정원일기》 고종 15년(1878) 3월 9일 기사에는 '지(之)'가 '이(而)'로 되어 있는데, '纔經三朔而虛糜滋悚'으로 보면 '이제 막 석 달이 지났는데 직임을 헛되이 띠고 있는 것이 더욱 송구하여'의 뜻이 된다.

신의 분수가 이미 충족되었습니다. 어찌 감히 편안함을 취하려는 계책만 생각하겠습니까. 그러나 병이 들었는데 증세가 심상치 않아서 앉으면 배를 타고 있는 것 같고, 누우면 골짜기에 떨어지는 것 같습니다. 눈을 들면 뿌연 구름이 창문을 한가득 뒤덮은 듯하고, 사지를 뻗으면 등나무 넝쿨이 침상에 늘어져 얽혀 있는 듯합니다. 노쇠하면 으레 일어나는 증상이라 말하는 사람도 있지만 신은 갈수록 더 사그라들기만 합니다. 지금 현재 상태로 지난날 분발하여 일했던 때를 되돌아보면 그 쇠약해진 것이 과연 어떠합니까.

지금을 위한 방도로는 휴가를 청하여 시골로 돌아가서 이 기회에 산천의 효험을 보고 얼추 약물의 도움을 얻는 것만한 것이 없으니, 이렇게 해주신다면 우리 전하께서 낳고 길러주시는 물건 아님이 없을 것입니다. 삼가 바라건대 성상께서는 속히 신의 내의원의 직함을 체차하여 편안한 마음으로 조리하게 해주신다면 매우 다행이겠습니다.

시책문을 지은 데 대한 상을 사양하는 차자[144]

辭諡冊文製述賞典箚

삼가 아룁니다. 세월이 쉬이 흘러 효휘전(孝徽殿)의 우사(虞事)가 여러 번 이루어지니,[145] 삼가 생각건대 성상의 사모하는 마음에 더욱 황황하실 것입니다.

방금 각 도감(都監)에 내려온 별단(別單)을 보니 신이 외람되이 찬술하는 반열에 있었다 하여 과분하게도 말을 하사받는 은전의 대상에 들어 있었습니다. 신은 놀라고 황공하여 무슨 말을 해야 할지 모르겠습니다.

무릇 대행 대비를 모시는 일을 마무리 짓는 자리는 슬픔이 우선이므

---

144 시책문(諡冊文)을……차자 : 저자가 65세 때인 1878년(고종15) 9월 24일 영중추부사의 신분으로 올린 차자이다. 철종의 비인 철인왕후(哲仁王后, 1837~1878)가 동년 5월 12일 향년 42세로 창경궁 양화당(養和堂)에서 승하하자 저자는 동년 5월 13일 시책문 제술관(諡冊文製述官)에 임명되어 시책문을 지어 올렸는데, 동년 9월 23일 국장도감(國葬都監)의 직임을 맡은 관리들에게 상을 내릴 때 저자 역시 길이 잘 든 말〔熟馬〕 1필을 면급(面給) 받자 이를 사양하는 차자를 올린 것이다. 이에 대해 고종은 사양하지 말고 편안한 마음으로 받으라는 비답을 내렸다. 동일자 《승정원일기》에 차자와 고종의 비답이 실려 있다. 《가오고략》 책10에 〈철인왕비 시책문(哲仁王妃諡冊文)〉이 실려 있다. 《承政院日記》

145 효휘전(孝徽殿)의……이루어지니 : '효휘전'은 창경궁에 설치한 철인왕후의 혼전(魂殿)으로, 여기에서는 철인왕후를 가리킨다. 철인왕후에 대한 우제(虞祭)는 왕의 예와 똑같이 일곱 차례를 지냈는데, 1878년(고종15) 9월 18일 장례 당일 이루어진 초우제(初虞祭)를 시작으로, 동년 9월 19일 재우제(再虞祭), 동년 9월 21일 삼우제(三虞祭), 동년 9월 23일 사우제(四虞祭)를 지냈다. 《高宗實錄》

로[146] 설혹 다 기록할 수 없을 만큼 노고가 많다 하더라도 이로 인해 상을 받는 것은 감히 받들지 못합니다. 더구나 일은 관계됨이 중하고 큰데 공은 말할 만한 것이 없는 경우야 말해 무엇 하겠습니까.

신은 본래 사륙문(四六文)에 익숙하지 않습니다. 매번 글을 짓는 일을 받들 때마다 재주는 짧고 붓은 무디어서 성대한 덕을 잘 선양하지 못했건만 번번이 반사해주시는 은택을 입었으니, 이 점이 바로 신이 부끄러움으로 위축되어 스스로 편안하지 못한 것이 전후로 다름없는 이유입니다.

이리저리 헤아려보아도 받들 명분이 없기에, 이에 감히 짧은 차자로 호소하여 번거롭게 해드림을 피하지 않습니다. 삼가 바라건대 성상께서는 신이 받은 상을 속히 도로 거두어주소서. 재결해주소서.

---

146 우선이므로 : 저본에는 '견선(見先)'으로 되어 있으나, 뜻이 통하지 않아 《승정원일기》 고종 15년 9월 24일 기사에 근거하여 '견(見)'을 '거(居)'로 바로잡아 번역하였다.

유도의 직임을 살필 때 장계를 잘못 누락한 것에 대해 스스로를 탄핵하는 차자[147]

留都狀啓做錯 自劾箚

삼가 아룁니다. 신은 이번 행행(行幸) 때 삼가 유도(留都)의 명을 받았는데, 노차(路次)에서 공경히 맞이하여 무사히 돌아오는 어가를 바라보고 그저 두 손 모아 축원하는 마음만 간절하였습니다.

문후드리는 반열에서 물러나 곧장 시골길을 찾았는데, 삼가 들으니 9일 올라온 각 군영의 유진(留陣)에 대한 장계에 잘못한 일이 있어 마침내 하문하시는 일까지 있었다고 하였습니다. 신은 마음 가득 황공하여 몸 둘 바를 모르겠습니다.

저 유도는 얼마나 중대한 일이며, 계문(啓聞)은 또 얼마나 삼가 살펴야 하는 일입니까. 그런데 한 군영의 보고를 누락하여 군율(軍律)을 어긋나게 하고 조례(條例)에 빠짐이 있게 함으로써 성상께서 수고롭게 하문하시도록 하였습니다. 승정원의 조사에서 탄로가 났으니 신의 죄

---

147 유도(留都)의……차자 : 저자가 65세 때인 1878년(고종15) 10월 13일 영중추부사의 신분으로 올린 차자이다. 동년 10월 9일 고종은 경기도 고양(高陽)에 행행(行幸)하여 철종과 비 철인왕후(哲仁王后)의 능인 예릉(睿陵)에 친히 제사를 지냈는데, 저자는 이를 위해 동년 10월 3일 유도하라는 명을 받고 직임을 살폈으나 10월 9일 올라온 한 군영의 장계를 누락하여 이를 자책하는 차자를 올린 것이다. 이에 대해 고종은 인혐(引嫌)할 것이 없다는 비답을 내렸다. 동일자 《승정원일기》에 차자와 고종의 비답이 실려 있다. '유도'는 임금의 거둥 때 도성에 머물러 있으면서 도성을 지키고 정무를 보는 것으로, 유도의 명을 받은 대신을 유도대신이라 한다. 《承政院日記 高宗 15年 10月 9日, 13日》《日省錄 高宗 15年 10月 3日》

를 논한다면 어떤 벌에 처해야 하겠습니까.

아, 신은 젊어서 군대의 일을 배우지 못했는데 늙어서 눈과 귀가 어두운 병이 더욱 심해져 일을 만나면 문제가 생기곤 하더니 끝내 육주(六州)의 철을 다 합하여도 만들지 못할 줄[錯]을 주조하여[148] 일월처럼 밝으신 성상의 감식을 피할 수 없게 되었습니다. 의당 죄에 대한 벌을 내려야 하건만 성상의 도량으로 포용해주시고, 마땅히 탄핵해야 하건만 사직(司直)[149]의 논의가 들리지 않습니다.

비록 조정에서 후하게 예(禮)로 대우해주었기 때문이라 하나 신의 상황이 이런 지경에 이르렀으니 어찌 감히 스스로 편안할 수 있겠습니까. 도성 밖[150]에 나가 엎드려 외람되이 짧은 글로 진달하고서 공손히 부월(斧鉞)의 주벌을 기다립니다. 삼가 바라건대 성상께서는 속히 엄한 벌을 내리셔서 일의 체통을 중히 하여 백관을 경계하소서.

---

148 육주(六州)의……주조하여 : 돌이킬 수 없는 큰 잘못을 저지르고 말았다는 말이다. '줄[錯]'은 쇠붙이를 깎는 연장[鑢]으로, 여기에서는 '잘못'이라는 이중의 의미를 지닌다. 당(唐)나라 소종(昭宗) 때의 군벌인 위박 절도사(魏博節度使) 나소위(羅紹威)가 훗날 양(梁)나라 태조가 되는 선무 절도사(宣武節度使) 주전충(朱全忠)에게 이용당하여 수많은 재물을 탕진한 뒤로 위병(魏兵)이 잔약해지자, 몹시 후회하며 "6주 43현의 철을 다 합하여도 이런 줄은 만들지 못할 것이다.[合六州四十三縣鐵, 不能爲此錯也.]"라고 하였다는 고사를 원용한 것이다. 《資治通鑑 卷265 唐紀81 昭宗 天祐 3年》

149 사직(司直) : '곧음을 주관한다'는 뜻으로, 사헌부와 사간원의 관원을 이른다. 《시경》〈정풍(鄭風) 고구(羔裘)〉의 "저 사람이여, 나라의 사직이로다.[彼其之子, 邦之司直.]"라는 구절에서 유래하였다.

150 도성 밖 : 저본에는 '성외(誠外)'로 되어 있으나, 문맥이 통하지 않아 《승정원일기》고종 15년 10월 13일 기사에 근거하여 '성(誠)'을 '성(城)'으로 바로잡아 번역하였다.

새로 임명받은 수영의 규장각 대교의 직임을 체차해주기를 청하는 소[151]

乞遞壽榮新除奎章閣待敎疏

삼가 아룁니다. 신은 곡진히 이루어주시는 은택을 두텁게 입어 시골 산을 오가며 유유자적 살고 있으니, 성상의 은혜는 이미 융숭하고 신의 분수는 이미 충족되었습니다. 어찌 분수에 넘친 생각이 조금이라도 싹틀 수 있겠습니까. 그런데 생각지도 않게 신의 아들 수영(壽榮)이 외람되이 규장각 벼슬의 명을 받았습니다. 영광이 조정의 반열에 있는 자들을 격동시켰으니, 사람이면 어느 누가 부러워하지 않겠습니까.

그러나 이 아이는 본래 시골구석에서 태어나 자란 데다 거듭 병까지 앓아서 문자에 있어서는 쓸모없는 물건에 속합니다. 처음 과거에 급제했을 때 10년의 여가를 청하여[152] 삼청(三淸)[153]의 입직을 잠시나마 면

---

151 새로……소 : 저자가 65세 때인 1878년(고종15) 12월 1일 영중추부사의 신분으로 올린 소이다. 당시 22세였던 아들 이수영(李壽榮, 1857~1880)이 동년 11월 29일 홍문관 정자(正字), 규장각 대교(待敎), 교서관 정자(正字)에 임명되자, 나이 어린 자식에게 이런 청직(淸職)은 천부당만부당하다며 체차해주기를 청한 것이다. 이에 대해 고종은 비록 10년의 여가를 청했다고는 하지만 벼슬살이와 독서는 병행할 수 있는 것으로, 옛사람 중에도 이러한 사람이 많았으니 즉시 숙배하게 하라는 비답을 내렸다. 동일자 《승정원일기》에 상소와 고종의 비답이 실려 있다. 《承政院日記 高宗 15年 11月 29日, 12月 1日》

152 처음……청하여 : 아들 이수영이 1874년(고종11) 9월 9일 거행된 문과 정시(庭試)에서 18세의 나이로 합격하자, 저자는 동년 10월 11일 영의정의 신분으로 소를 올려

할 수 있었는데, 지금 갑자기 하나의 청귀(淸貴)한 직함을 천부당만부
당하게 무지몽매한 아이에게 내리시니, 이는 참으로 규장각이 설치된
100년 이래 있은 적도 본 적도 없는 일입니다.

신이 거쳐온 벼슬로 말씀드리겠습니다. 신이 처음 회권(會圈)에서
제일 먼저 권점(圈點)을 받아 남상(南床)의 직함을 맡은 것은 신의
미천한 나이가 29세였을 때입니다.[154] 그때에도 오히려 신이 보잘것없
는 신진이라 하여 일을 제대로 할 수 없을 것을 노성(老成)한 이들은
모두 우려하였습니다. 지금 신의 자식이 신의 자취를 밟아 신이 선발되
었던 관직에 뒤이어 선발되었는데, 이 아이의 나이는 선발될 당시 신의
나이에 아직 7세가 미치지 못합니다. 그런데 질병도 이와 같고 몽매함
도 이와 같으니, 신이 지난날 외람되이 임명되었던 날을 돌아보면 또다

이수영에게 10년 동안 여가를 줄 것을 청하여 고종의 윤허를 받았다. 관련된 저자의
상소는 《가오고략》 책8에 〈치사를 청하는 열세 번째 소를 올리며 아울러 수영에게
여가를 내려주기를 청하다[乞致仕十三疏 兼請壽榮給暇]〉라는 제목으로 실려 있다. 다
만 이수영이 태어난 해가 《경주이씨상서공파세보(慶州李氏尙書公派世譜)》에는 정사
년 즉 1857년(철종8)으로, 《문과방목(文科榜目)》에는 무오년 즉 1858년(철종9)으로
기록되어 있는데, 《가오고략》 책8의 위 상소와 《승정원일기》 고종 11년 10월 11일
기사에 문과에 합격했을 당시 이수영의 나이를 《세보》와 같은 '18세'로 말하고 있는
것에 근거하면 1857년 정사년이 옳은 듯하다.

153 삼청(三淸) : 도가에서 이른바 신선이 산다고 하는 옥청(玉淸)·상청(上淸)·태
청(太淸)의 삼부(三府)로, 여기에서는 대궐을 가리킨다.

154 신이……때입니다 : 저자는 1841년(헌종7) 윤3월 13일 실시한 문과 정시(庭試)
에서 28세의 나이로 합격하고, 이듬해인 1842년 3월 13일 홍문관 정자(正字), 교서관
정자(正字), 규장각 대교(待敎)에 임명되었다. '남상(南床)'은 홍문관 회좌(會座) 때
남쪽에 앉는 박사(博士)·저작(著作)·정자(正字) 등의 하위직 관원을 이른다. 《文科
榜目》《承政院日記》

시 어떠하겠습니까.

속히 역마를 타고 올라오도록 부르시니,[155] 조속한 시일 내에 길에 올라 은혜로운 명에 한 번 숙배하게 하는 것이 어길 수 없는 신하의 분수이지만, 이 아이에게는 또한 나아가기 어려운 실정과 형세가 있습니다. 신이 일찍이 경계하고 타일러서 무릇 성상을 가까이하는 직책에는 앞으로 가까이 나아가지 못하게 함으로써 죄 위에 죄를 더하는 것을 면하도록 하였습니다. 이것은 명을 어기고자 해서 그런 것이 아니라, 곧 사대부의 명예와 절조를 중히 여기고 염치와 절개를 면려하는 뜻이었습니다. 성상의 뜻은 옛 신하를 거두어주시는 데 간절하시다 하더라도 사사로운 의리로는 변통을 모르는 소신을 바꾸지 못합니다.

이에 감히 참람됨을 피하지 않고 번거롭게 하오니, 삼가 바라건대 전하께서는 신을 아껴주시고 신을 불쌍히 여기시어 속히 신의 자식 수영의 관직을 체차해주소서. 이어서 성상을 번독하게 한 신의 죄를 다스려 처음부터 끝까지 온전히 보전해주신다면 신의 부자(父子)는 은덕을 베푸신 성상의 뜻을 외지 않는 날이 없을 것입니다.

---

155 속히……부르시니 : 1878년(고종15) 11월 29일 규장각 대교에 임명된 이수영(李壽榮)이 당시 경기도 양주(楊州)의 집에 머물고 있었으므로 고종은 이수영에게 "속히 역마를 타고 올라오도록 하라.〔速乘馹上來.〕"는 전교를 내렸다. 《承政院日記》

두 번째 소[156]

再疏

삼가 아룁니다. 신이 외람되이 사사로운 실정을 진달하고 공손히 윤허의 옥음을 기다렸는데, 비답[157]을 받들고 보니 전교의 말씀이 온화하고 간곡하였고 깨우쳐 가르쳐주심이 지극하여 마치 자애로운 아비가 미욱한 자식에게 일러주는 것과 같았습니다. 신이 어떤 사람이기에 밝으신 성상 앞에서 이런 남다른 은혜를 얻는단 말입니까. 눈물이 앞을 가리고 황송함에 몸 둘 바를 몰랐습니다.

신의 자식에게 내리신 관직이 반이라도 감당할 수 있는 도가 있다면 은혜가 이처럼 융숭하고 광영이 또 이처럼 성대한데, 신이 어찌 수레가 준비되기를 기다릴 겨를 없이, 신발 신기를 기다릴 겨를 없이 달려가라고 지도하지 않겠으며, 저 아이가 어찌 감격하며 엎어지고 거꾸러지도록 황급히 달려가 명을 받들지 않겠습니까. 신이 진달할 만한 실정이 있기에 황송함을 무릅쓰고 다시 호소하오니, 바라건대 전하께서는 긍휼히 여겨 살펴주소서.

---

156 두 번째 소 : 저자가 65세 때인 1878년(고종15) 12월 8일 영중추부사의 신분으로 올린 소이다. 당시 22세였던 아들 이수영(李壽榮)이 동년 11월 29일 홍문관 정자(正字), 규장각 대교(待敎), 교서관 정자(正字)에 임명되자, 이수영의 관직을 체차해주기를 청한 두 번째 소이다. 이에 대해 고종은 이렇게 간절히 청하니 변통하겠다는 비답을 내리고, 동년 12월 16일 이수영을 홍문관 부교리(副校理)에 임명하였다. 동일자《승정원일기》에 상소와 고종의 비답이 실려 있다.《承政院日記 高宗 15年 11月 29日, 12月 8日》《日省錄 高宗 15年 12月 16日》

157 비답 : 306쪽 주151 참조.

아, 신이 조정에 선 지 이제 지금까지 38년 되었습니다. 전후로 베풀어주신 성상의 은혜는 어디에도 비길 데가 없으니, 세상에서 말하는 맑은 관함과 아름다운 관직을 독차지하지 않은 것이 없으며 끊임없이 오르고 품계를 건너뛰어 승진하여 순식간에 최고의 자리까지 올랐습니다. 하늘의 도는 가득 찬 것을 싫어하니[158] 귀신이 노여워하고 시기하여 끝내는 치욕이 어린 자식에게까지 미치고 말았습니다.[159] 흡사 물 앞에서 다리를 끊어버리고 구덩이에 밀어 넣은 뒤 돌로 누르는 것과 같았지만 신이 자초하지 않은 것이 없습니다.

지금은 은총이 더욱 무겁고 가문이 더욱 번성해졌으니 재앙이 닥쳐올 것은 필연적인 이치입니다. 이 때문에 신이 아침부터 밤까지 근심하고 두려워하며 편안히 있을 겨를이 없는 것입니다. 그리고 더구나 자식을 대신해 관직을 사양하여 끝내 도로 거두어들이는 은혜를 입은 사례가 《국조고사(國朝故事)》에 많으니, 어찌 오늘날 크게 바라지 않을 수 있겠습니까.

감히 군주 앞에 숨기지 않는 의리[160]를 가지고서 인자하게 덮어주는

---

158 하늘의……싫어하니 : 《주역》〈겸괘(謙卦) 단(彖)〉에 "하늘의 도는 가득 찬 것을 이지러지게 하고 겸손한 것을 더해준다.〔天道虧盈而益謙.〕"라는 내용이 보인다.

159 치욕이……말았습니다 : 이수영(李壽榮)은 1874년(고종11) 9월 9일 거행된 문과 정시(庭試)에서 18세의 나이로 합격하였는데, 동년 11월 29일 전 장령(掌令) 손영로(孫永老)가 소를 올려 당시 영의정이었던 저자를 탄핵하면서 "어린 아들을 과거에 합격시키기 위하여 악창이 있는 근시에게 접근하는 것도 서슴지 않았다.〔圖科第於稚子, 而不顧惡瘡之近侍.〕"라고 말한 것을 가리킨다. 손영로의 탄핵 상소는 254쪽 주74 참조.

160 군주……의리 : 《예기》〈단궁 상(檀弓上)〉에 "군주를 섬기되 면전에서 직간함은 있고 숨겨서 은미하게 간함은 없다.〔事君, 有犯而無隱.〕"라는 내용이 보인다.

하늘과 같은 전하께 모두 토로하였으니, 삼가 바라건대 전하께서는 깊이 생각하시어 속히 신의 자식 수영의 규장각 직함을 체차해주소서. 이어 이조에 명하여 근시(近侍)의 반열에 있는 직임에 후보로 올리지 말라고 하셔서 특별히 시종일관 돌보아주시는 은택을 내려주시기를 매우 간절히 바랍니다.

문천의 송전에 대해 논한 올리지 못한 소[161]

論文川松田未徹疏

삼가 아룁니다. 섬오랑캐가 해마다 서울에 오는 것은 3백년 이래 처음 있는 일입니다. 그 의도를 헤아릴 수 없으니 나라 사람들이 괴이하게 여기고 분노하며 탄식하는 것입니다. 이미 새로운 항구 두 곳을 허락하였으니[162] 곡진히 따라주는 도를 지극히 한 것이고 다한 것입니다. 어찌하여 저들이 또 다른 곳을 돌아본다 하여 저들의 욕심을 채워주고 저들의 뜻대로 다하게 하고자 기약한단 말입니까.

아아, 임진년의 일은 아직도 차마 말할 수 있겠습니까. 우리나라 전 국토 안의 살아 있는 생령(生靈)은 모두 저들과 한 하늘을 함께 이고 살기를 바라지 않으니, 단지 동래(東萊)의 왜관(倭館)에서만 만

---

161 문천(文川)의……소 : 기록이 남아 있지 않아 지은 시기가 자세하지 않다. 저본이 연도별로 편차된 것에 근거하면 저자가 65세 때인 1878년(고종15) 12월 8일 이후부터 1879년 6월 17일 사이에 지은 것으로 추정된다. '문천'은 함경도에 있는 군(郡)이다. '송전(松田)'은 문천군에 속한 송전촌(松田村)으로, 북쪽으로 영흥(永興)에 접하고 남쪽으로 덕원(德源)에 접한다.

162 이미……허락하였으니 : 함경도 원산(原山)과 경기도 인천(仁川)에 항구를 열어주기로 한 것을 이른다. 《일성록》에 따르면 1879년(고종16) 5월 23일, 고종은 일본 공사(公使)에게 명하여 병자수호조규(丙子修好條規)에 따라 덕원부의 원산포에 개항을 허락하였다. '병자수호조규'는 1876년(고종13) 병자년 2월 3일에 일본과 맺은 조약으로, 일명 강화도조약이라고도 한다. 병자수호조규 제5관에 개항과 관련하여 경기도·충청도·전라도·경상도·함경도의 5도 가운데 연해의 통상하기 편리한 항구 두 곳을 골라 지명을 지정하되, 개항 시기는 병자년 2월부터 계산하여 모두 20개월로 한다는 내용이 있다. 《日省錄 高宗 16年 5月 23日》《高宗實錄 高宗 13年 2月 3日》

날 수 있도록 한 것은 진실로 조종조(祖宗朝)의 지극한 인자함과 두터운 은택에서 나온 것이며 또한 깊고 원대한 계책이 없지 않은 것입니다. 그런데 지금 방자하게도 중히 여기는 땅에 발을 들여놓게 해주기를 바라면서 먼저는 개항을 말하고 다시 석탄을 쌓아둘 곳을 말하여[163] 그 말을 이리저리 바꾸니 계략을 더욱 예측할 수 없습니다. 이것이 어찌 의론할 만하고 허락할 만한 일이겠습니까.

신이 함경도의 지형을 가지고 진달해보겠습니다. 이른바 '송전(松田)'이라는 것은 바로 문천(文川)의 송곶(松串)입니다. 숙릉(淑陵)[164]과의 거리가 겨우 20리밖에 되지 않으며, 영흥(永興) 본궁(本宮)[165]에

---

163 먼저는……말하여 : 조선에서는 1876년(고종13) 병자년 2월에 맺은 병자수호조규에 따라 동년 여름에 함경도 북청부(北靑府)와 전라도 진도부(珍島府) 두 곳에 개항을 허락하였는데, 1877년 정축년 10월 21일 일본에서 대리공사(代理公使) 하나부사 요시모토[花房義質]를 파견하여 두 곳의 수로가 불편하니 진도는 개항하기 어렵고 다른 곳 역시 해안을 정밀히 측량하지 못했다는 이유로 거절하고는 함경도의 경우 반드시 문천군(文川郡)으로 개항해줄 것을 요구하였다. 조선에서는 처음에는 거절하였으나 수차례 반복되는 요청에 결국 이를 허락하여 이듬해 3월 일본에서 다시 와서 우리나라 남북 연해를 측량할 때 6개월 또는 12개월 동안 함경도 문천과 전라도 진도 두 곳의 바다 입구에 석탄을 쌓아두고 물을 긷는 곳으로 삼을 수 있도록 하였다. 1877년 11월 16일, 함경도의 해안을 측량할 때 석탄을 쌓아둘 곳을 먼저 가려 정하되, 만약 정하지 못하게 되면 부득이 6개월을 기한으로 하여 문천군의 송전촌(松田村)에 석탄을 쌓아두었다가 기한 내에 좋은 땅을 찾으면 그곳으로 옮기고, 찾지 못하면 다시 6개월을 연장하여 쌓아두기로 하였다. 1878년 무인년 3월, 12개월 동안 전라도 진도의 벽파정(碧波亭)과 거문도(巨文島)에 석탄을 저장해두기로 하였다. 《同文彙考4 原編續 倭情 丁丑, 附編 通商1 丁丑》

164 숙릉(淑陵) : 조선 태조의 증조인 익조(翼祖)의 비 정숙왕후(貞淑王后)의 능으로, 함경도 문천에 있다.

165 영흥(永興) 본궁(本宮) : 태조 이성계(李成桂)의 아버지 환조(桓祖)의 옛집으

서는 또 채 30리가 되지 않습니다. 수륙(水陸) 간에 사당이 보이는 곳으로 장중하고 엄숙하며 맑은 기운이 있는 땅입니다. 어찌 부정한 기운이 오가도록 하여 지난날의 원수를 생각하지 않을 수 있겠습니까. 생각이 여기에 미치니 신도 모르게 뼈가 저리고 심장이 떨립니다.

신은 늙고 귀가 어두워 세간의 일을 알지 못하지만, 나라 사람들이 하는 말을 옆에서 들으니 모두 안 된다고들 하였습니다. 이것은 떳떳한 본성을 가진 사람이면 누구나 다 그렇게 여기는 것입니다. 의정부에 회좌(會坐)하라는 명이 있다면 신이 참으로 엎어지고 넘어지더라도 급히 달려가서 겨를이 없어야 할 것입니다. 그러나 병으로 엎드려 신음하고 있다 보니 달려가 참여할 길이 없으며, 비록 달려가 참여한다 하더라도 별도로 다시 진달할 말이 없기에, 설만함을 헤아리지 않고 망령되이 짧은 차자로 호소합니다.

삼가 바라건대 성상께서는 굽어살펴 헤아려주셔서 속히 담당 관리에게 명하여 예우를 후하게 하고 말을 온화하게 하여 멀리 있는 자를 회유하는 뜻[166]을 보이게 하소서. 그러나 만일 분수에 넘는 요구의 말이 있다면 일체를 엄히 배척하여, 크게는 반접관(伴接官)[167]에게 죄를 묻

로, 태조와 신의왕후(神懿王后)·신덕왕후(神德王后)의 위판을 봉안하였다.

166 멀리⋯⋯뜻 : 《서경》〈우서(虞書) 순전(舜典)〉에 "멀리 있는 자를 회유하고 가까이 있는 자를 길들이며, 덕이 있는 자를 후대하고 어진 자를 믿으며 간사한 자를 막으면 오랑캐들도 서로 거느리고 와서 복종할 것이다.〔柔遠能邇, 惇德允元, 而難任人, 蠻夷率服.〕"라는 내용이 보인다.

167 반접관(伴接官) : 외국의 사신이나 공사(公使)를 접대하는 일을 맡은 임시 벼슬이다. 이때 반접관은 예조 참판 홍우창(洪祐昌)으로, 1877년(고종14) 10월 12일 반접관에 임명되었다. 일본의 대리공사(代理公使)는 외무대승(外務大丞) 하나부사 요시모토

고 작게는 직임을 맡은 임관(任官)과 통역을 맡은 역관(譯官)의 무리
를 다스려서 나라의 법이 있음을 알게 하는 것을 결단코 그만두어서는
안 될 것입니다.

〔花房義質〕였다.《高宗實錄》

인천을 개항하는 것은 시행하기를 허락해서는 안 된다고 한 소[168]

仁川開港不可許施疏

삼가 아룁니다. 일본 공사(公使)가 서울에 머무른 지도 지금 이미 수삼 개월 남짓 되었고, 공적으로 일을 처리한 것도 한두 차례에 이른 것이 아닙니다. 덕원(德源) 개항을 특별히 허락한 것[169]은 오로지 멀리 있는 자를 회유하는 의리[170]에서 나온 것이니, 이미 그 만족을 모르는 욕심을 채웠으면 저들은 응당 순순히 받고서 나갔어야 합니다. 그런데 끝내 인천(仁川)의 개항은 허락할 수 없다는 것 때문에 서로 오랫동안 버티니, 상하가 놀라고 의혹하여 의론이 갈수록 더욱 끓어오르고, 심지어 신들이 사석에서 모여 논의하는 일까지 있었습니다. 가부간에 그 의견이 다른 것은 본래 일상적인 일이어서 조정의 논의가 아직 이처럼 일치하지 않건만 저 일본 공사는 한사코 개항을 청하며 그치지 않고 있습니다.

---

168 인천(仁川)을……소 : 저자가 66세 때인 1879년(고종16) 6월 17일 영중추부사의 신분으로 올린 소이다. 저자가 인천을 개항하는 문제로 조정의 논의가 일치하지 않으니 고향에 내려가 처분을 기다리겠다고 하자, 고종은 함께 해결할 생각은 하지 않고 갑자기 이런 소만 올리고 고향으로 돌아가니 섭섭하다는 비답을 내렸다. 동일자 《승정원일기》에 상소와 고종의 비답이 실려 있다. 《고종실록》에는 동년 6월 16일 기사에 상소의 대략과 고종의 비답이 실려 있다.

169 덕원(德源)……것 : 312쪽 주162 참조.

170 멀리……의리 : 314쪽 주166 참조.

호남·호서와 인천이 요지인 점은 비록 별 차이가 없으나, 인천은 서울에서 채 100리도 되지 않아 도성 안에 섞여 사는 것과 다름이 없으니, 당당한 국법에 어떻게 이렇게 할 수 있겠습니까. 오늘날 국사를 돌아보면 민심이 소란한데도 진정시킬 방법이 없고 재력이 고갈되었는데도 계책을 내어 대응할 길이 없으니, 혹여 밖에서 쳐들어오는 환난이 있다 한들 실로 안에서 막을 방도가 없습니다.

이러한 때 편리한 쪽으로 귀결하자는 논의가 부득이한 데서 나온 것임을 모르는 바가 아니니 신이 어찌 감히 입을 놀리겠습니까만, 삼천리강토는 전하의 소유이고 500년 동안 지켜온 예의는 전하께서 지켜야 할 바입니다. 그런데 섬오랑캐가 날뛰고 수교에 구애된다 하여 갑자기 허락하기 어려운 땅을 허락하여 무궁한 근심을 연다면 천하 후세에 장차 무어라 말하겠습니까. 당(唐)나라 신하 육지(陸贄)의 말에, 왕기(王畿)는 사방의 근본이고 도성은 또 왕기의 근본이라 하여, 도성을 몸으로 비유하고 왕기를 팔로 비유하여 어긋나지 않고 위태롭지 않게 해야 한다고 하였으니,[171] 이는 진실로 지금을 위해 준비된 말입니다.

신이 늙어 머리가 희어지도록 죽지 않고 서울 집에서 머뭇거리며

---

171 당(唐)나라……하였으니 : 당나라 절도사였던 이희열(李希烈)이 반란을 일으켜 양성(襄城)을 공격했을 때, 육지(陸贄)가 덕종(德宗)에게 올린 대책(對策) 중에 "천하를 다스리는 사람은 몸이 팔을 부리듯, 팔이 손가락을 부리듯 크고 작은 것을 알맞게 하여 어긋나지 않게 해야 합니다. 왕기는 사방의 근본이고, 도성은 왕기의 근본입니다. 그 형세가 도성은 몸과 같고 왕기는 팔과 같으며 사방은 손가락과 같으니, 이것이 바로 천자의 큰 권세입니다.〔治天下者 若身使臂, 臂使指, 小大適稱而不悖. 王畿者, 四方之本也, 京邑者, 王畿之本也. 其勢當京邑如身, 王畿如臂, 而四方如指, 此天子大權也.〕" 라는 말이 보인다. 《新唐書 卷157 陸贄列傳》

수차례 이 논의에 참여하였는데, 고집을 바꾸기 어려워 입을 다물라는 경계[172]를 지키지 못하고 망령되이 짧은 글로 진달하였습니다. 들것에 실려 시골집으로 돌아가 공손히 재결을 기다리오니, 바라건대 성상께서는 살펴주소서.

---

172 입을 다물라는 경계 : 《주역》〈곤괘(坤卦) 육사(六四)〉에 "주머니 끈을 묶듯이 입을 다물고 말하지 않으면 허물도 없고 칭찬도 없으리라.〔括囊, 無咎無譽.〕"라는 구절이 보인다.

대신들이 연명으로 차자를 올린 뒤 이에 대해 올린 소[173]
諸大臣聯箚後對擧疏

삼가 아룁니다. 신이 지난번에 올린 소는 참람함에서 나온 것이었습니다. 이미 잠자코 입을 다물지 못하여 끝내 목구멍 밖으로 목소리가 나오는 것을 면치 못함으로써 결국 대신들이 연명으로 차자를 올리는 일을 부르고 말았으니, 신은 마음 가득 황공하고 부끄러워 몸 둘 바를 모르겠습니다.

신은 본래 편협하고 너그럽지 못한 데다 몸가짐에 어두워서 일을 만나면 기세만 등등하니, 신을 허여(許與)하는 사람이 적습니다. 이 때문에 일찌감치 물러날 것을 결심하여 여생을 보존하고자 했던 것입니다. 머물러 있기를 권하시는 성상의 은혜를 누차 입게 되자 감히 씩씩대며 박차고 나올 수 없어 중추부를 서성이며 작은 이익에 미련을

---

173 대신들이……소 : 저자가 66세 때인 1879년(고종16) 7월 18일 영중추부사의 신분으로 올린 소이다. 동년 7월 16일 영돈령부사 김병학(金炳學), 판중추부사 홍순목(洪淳穆)·한계원(韓啓源), 영의정 이최응(李最應), 좌의정 김병국(金炳國)이 연명으로 차자를 올려, 저자가 동년 6월 17일 올린 소에서 대신들이 인천의 개항에 대해 의견이 다르다고 한 것은 사실이 아니며 모두 인천 개항을 한결같이 반대하였다고 하자, 저자는 자신이 함부로 당돌하게 의견을 개진함으로써 조정의 기강을 어지럽혔으니 처분을 바란다는 소를 올린 것이다. 이에 대해 고종은 인혐(引嫌)할 것 없다는 비답을 내렸다. 동일자 《승정원일기》에 상소와 고종의 비답이 실려 있으며, 《고종실록》에는 상소의 대략과 고종의 비답이 실려 있다. 다만 《승정원일기》에는 동년 6월 20일 기사에도 저자의 상소와 고종의 비답이 중복되어 실려 있다. 동년 6월 17일 올린 저자의 소는 316쪽 〈인천을 개항하는 것은 시행하기를 허락해서는 안 된다고 한 소[仁川開港不可許施疏]〉 참조.

버리지 못하는 것이 부끄러웠는데, 갑자기 일본 사신이 자주 오게 되자 더러 미천한 의견을 내놓기도 하였습니다. 가부간에 혀를 붙잡아두는 것을 경계하지 못하여 비록 조금 다른 의견을 내어도 그때마다 동료들의 너그럽게 용서하는 우의에 힘입어 별도로 화기(和氣)를 잃는 일은 없었습니다.

그러나 인천(仁川)의 일에 이르러서는 어리석은 마음에 그저 우려와 근심만 간절하여 언사가 당돌하다는 것을 깨닫지 못하였으니, 구구하게 말하는 바가 일에 나아가 일만 논하는 것을 넘지 말아야 했습니다. 지금 와서 시시비비는 우선 놓아두고 논할 것 없이 나랏일이 별 탈 없이 순조롭게 끝난다면 실로 다행이겠습니다.

다만 신처럼 미천한 자가 설령 일이 좋은 쪽으로 귀결된다 하더라도 멋대로 의론한 죄에 대해서는 어찌 감히 그 비난을 사양하겠습니까. 슬픈 것은 보잘것없는 미천한 신이 눈과 귀가 어두워 앞뒤를 분간하지 못하다 보니 조정의 기상을 어지럽혀 결국 이런 지경까지 이르게 되었다는 것입니다. 이와 같은 정상으로 보면 그대로 두어도 도움 될 것이 없고 버려도 아까울 것이 없으니, 신이 신을 보아도 아, 또한 슬픕니다.

번거롭게 해드림을 피하지 않고 급히 짧은 글을 얽어서 역마를 달리게 하여 남김없이 진달하오니, 삼가 바라건대 성상께서는 굽어살피시어 신의 경솔함을 처벌하셔서 백관을 경계하소서.

왕세자의 천연두가 회복된 뒤 의약청에 내린 상을 사양하는 차자[174]

王世子·痘候平復 辭議藥廳賞典箚

삼가 아룁니다. 조종(祖宗)께서 묵묵히 돌보아주시고 신명께서 보호해주시어 세자의 천연두가 순조롭게 능히 하늘의 화기(和氣)를 회복하였습니다. 위에서 오직 병들까 근심하던 것이 도리어 기쁨으로 바뀌고 아래에서 기원하던 것이 마침내 기쁨을 보게 되었으니, 이는 참으로 우리 동방의 더없이 큰 경사입니다. 누구인들 상서로운 구름과 햇살 속에서 춤추며 기뻐하지 않겠습니까.

신은 다행히 천년에 한 번 있을 아름다운 때를 만나 대략 열흘 남짓 직숙(直宿)에 이바지하였습니다. 매번 문안드릴 때마다 공손히 세자의 위의를 뵈었는데, 금처럼 빛나고 옥처럼 청수하여 혈기가 화평하였

---

174 왕세자의⋯⋯차자 : 저자가 66세 때인 1879년(고종16) 12월 22일 영중추부사의 신분으로 올린 차자이다. 왕세자의 천연두가 동년 12월 12일 발진하였다가 이때 와서 회복되자 12월 21일 의약청(議藥廳) 도제조 이하에게 상을 내렸는데, 동년 12월 12일 내의원 도제조에 임명되어 직임을 살폈던 저자는 내사복시(內司僕寺)의 안장을 갖춘 말[鞍具馬] 1필을 면급(面給) 받고, 아들·사위·아우·조카 중 한 사람이 임기가 거의 끝난 교관 자리에 후보자로 추천되고, 표범 가죽 2장과 전(田) 40결과 노비 각각 5구(口)를 하사받았다. 저자가 이 차자를 올려 사양하자, 고종은 사양하지 말고 마음 편히 받으라는 비답을 내렸다. 동일자 《승정원일기》에 차자와 고종의 비답이 실려 있다. '의약청'은 어의청(御醫廳)·침의청(鍼醫廳)과 함께 내의원의 부속 관사이다. '천연두'는 저본에는 '두후(痘候)'로 되어 있으나, 앞뒤 문맥에 근거하여 '두(痘)'를 '두(痘)'로 바로잡아 번역하였다. 《承政院日記 高宗 16年 12月 12日, 21日, 22日》

으며 구슬처럼 밝고 모래처럼 빛나 남모르게 큰 복을 받은 모습이었습니다. 날마다 절로 평상의 모습에 이르시니, 억만년 종묘사직의 무궁한 복이 이제부터 시작될 것입니다.

신이 당시 성궁(聖躬)을 보호하는 직임을 맡은 것은 직분이요 영광스러운 일입니다. 다시 어찌 말할 만한 노고가 있겠습니까. 그런데 지난번 별단(別單)을 내리시어 특별한 상을 나누어 주셨는데, 외람되이 신의 몸에까지 미쳐서 분수에 넘치게도 내사복시(內司僕寺)의 좋은 말과 나라의 창고에 보관한 표범 가죽을 하사받았습니다. 그리고 음직(蔭職)의 벼슬을 내려주신 큰 은혜와 전답 및 노비를 영구히 내려주신 것으로 말씀드리면, 더더욱 유례없는 남다른 예우이고 빈번히 내려주시는 은총이니, 크나큰 은혜에 감읍하여 참으로 받기에도 겨를이 없어야 할 것입니다.

그러나 신이 직숙하는 동안 의원을 거느리고 진찰하여 약물을 쓰지 않고서도 쾌차하시는 기쁨[175]에 이르게 된 것은, 바로 모든 영령이 지켜주신 것이고 온갖 복이 함께하여 약속이나 한 듯 자연히 그렇게 된 것입니다. 애초에 작은 재능을 가진 신이 공으로 삼을 수 있는 바가 아니니, 더없이 중한 상등의 상을 어찌 편안히 염치를 무릅쓰고 받아서

---

175 약물……기쁨 : 예기치 않은 원인 모를 병이 저절로 없어졌다는 말이다. 《주역》〈무망괘(无妄卦) 구오(九五)〉에 "무망의 병은 약물을 쓰지 않으면 기쁜 일이 있으리라.〔无妄之疾, 勿藥有喜.〕"라는 내용이 보이는데, 정이(程頤)의 전(傳)에 "사람이 병이 있으면 약물로 부정한 기운을 제거해서 올바른 기운을 길러야 하지만, 만약 기운이 화평하여 본래 질병이 없는데도 약물로 다스리면 도리어 정기를 해치므로 약을 쓰지 않으면 기쁜 일이 있는 것이니, '기쁜 일이 있다'는 것은 병이 저절로 없어짐을 이른다."라고 하였다.

스스로 외람되이 차지하는 죄를 범하겠습니까.

　급히 짧은 글을 읽어서 지엄하신 성상을 번거롭게 하오니, 삼가 바라
건대 밝으신 성상께서는 굽어살펴주시어 속히 도로 거두셔서 사사로운
분수를 편안하게 해주신다면 천만다행이겠습니다.

왕세자의 천연두가 회복되어 격일의 문안을 그만둔 뒤 내의원의 직임을 사직하는 차자[176]

王世子痘候平復 間日問安置之後 辭藥院箚

삼가 아룁니다. 신은 지난날 특별히 내의원의 직임을 받들었는데, 곧바로 입시하라는 명이 있어 수레의 말에 멍에 메고 신발 신기를 기다리지 않고 황급히 달려가 연석(筵席)에 올랐습니다. 세자궁의 천연두 증세가 순조로운 것을 보고서 의원을 거느리고 의약청에서 직숙하며 조석으로 진찰하고 격일로 가까이 뵈었습니다. 지척에서 주선하며 일상의 기거를 자세히 살폈는데, 온화한 기운이 충일하고 상서로운 기운이 자욱하였습니다.

나아가서는 용안에 기쁜 빛이 있음을 우러르고, 물러가서는 사람들이 서로 기뻐하는 모습을 보면서 어느덧 30일의 기한이 지나 돌아가며

---

176 왕세자의……차자 : 저자가 67세 때인 1880년(고종17) 2월 5일 영중추부사의 신분으로 올린 차자이다. 저자는 1879년 12월 12일 왕세자의 천연두가 발진하자 이날 내의원 도제조에 임명되었는데, 직숙(直宿)하며 직임을 살피다가 12월 21일 왕세자가 회복하자 이후 격일로 문안하였다. 1880년 2월 4일 고종이 전교를 내려 왕세자가 이미 회복되었으니 격일로 문안하는 것은 내일부터 그만두라고 하자, 2월 5일 곧바로 사직하는 차자를 올린 것이다. 이에 대해 고종은 윤허한다는 비답을 내렸다. 동일자《승정원일기》에 차자와 고종의 비답이 실려 있다. 규정에 따르면 내의원에서는 격일로 문안드리다가 격일의 문안을 그만두라는 명이 내려오면 그대로 중지한다. '천연두'는 저본에는 '두후(痘候)'로 되어 있으나, 앞뒤 문맥에 근거하여 '두(痘)'를 '두(痘)'로 바로잡아 번역하였다.《承政院日記 高宗 16年 12月 12日・21日・22日, 17年 2月 4日・5日》《銀臺便攷 卷5 禮房攷 藥房》

직숙하던 것을 그만두었는데, 곧이어 세자궁에 문안하는 일을 그만두라는 전교를 삼가 받들고서 세자궁의 체후가 능히 하늘의 화기(和氣)를 회복한 것을 알게 되었습니다. 이미 약물을 쓰지 않고서도 낫게 되었으니,[177] 기뻐하며 두 손 모아 송축하는 마음 중에 어느 것이 이 경사보다 크겠습니까.

성궁(聖躬)을 보호하려는 신의 한마음은 시간이 갈수록 더욱 절실해지니 어찌 감히 사사로운 일을 말씀드리겠습니까만, 서울 집에 머무른 지 벌써 수개월이 되어 해가 또 바뀌었습니다. 만약 새봄에 휴가를 주는 고사를 써서 잠시 신에게 시골집에 다녀오도록 허락해주신다면 이 또한 은혜 가운데 하나가 될 것입니다. 이에 번거롭게 해드림을 피하지 않고 성상께 청하오니, 삼가 바라건대 성상께서는 속히[178] 신의 내의원 도제조의 직함을 체차해주신다면 천만다행이겠습니다.

---

177 약물을……되었으니 : 322쪽 주175 참조.

178 속히 : 저본에는 '함(函)'으로 되어 있으나, 문맥에 의거하여 '극(亟)'으로 바로잡아 번역하였다.

여섯 조항에 해당하는 인재를 천거하라는 명에 대해 사양하는 내용으로 올리려고 한 차자[179]

擬辭六條薦人箚

삼가 아룁니다. 신이 오랫동안 시골 마을에 머물다 보니 일전에 도성에 들어가서야 비로소 근래 여섯 조항에 해당하는 인재를 천거하라는 명이 있었다는 말을 삼가 듣게 되었습니다.

　무릇 이 일은 멀리 경영하는 큰 계책이며 미리 대비하는 큰 계모입니다. 예로부터 지금까지 한 시대의 사람으로 한 시대의 일을 마쳤으니, 어찌 일찍이 인재를 다른 시대에서 빌린 적이 있었습니까.[180] 이 때문에

179　여섯……차자 : 기록이 남아 있지 않아 지은 시기가 자세하지 않다. 저자가 67세 때인 1880년(고종17) 5월 25일, 고종은 이조와 병조를 거친 시·원임 장신(將臣), 의정부의 유사당상(有司堂上)과 구경(九卿), 각 도의 도신(道臣, 관찰사)과 수신(帥臣, 절도사)에게 명을 내려 다음 여섯 조항에 해당하는 사람, 즉 학문과 행실이 순수하고 독실하거나[學行純篤], 관리로서 치적이 남다르게 뛰어나거나[吏治優異], 기예가 뛰어나면서도 민첩하거나[技藝精敏], 재주가 숙련되었거나[幹局通鍊], 병기와 기계를 잘 만들거나[繕造兵械], 산술을 잘 아는[能解算術] 사람을 각각 몇 명씩 천거하도록 하였는데, 이 차자는 이 무렵에 지은 것으로 추정된다.《承政院日記 高宗 17年 5月 25日》

180　예로부터……있었습니까 : 당 태종(唐太宗) 정관(貞觀) 2년(628)에 우복야(右僕射) 봉덕이(封德彝)가 천거할 만한 인재가 없다고 하자, 태종이 "전대의 밝은 왕은 사람을 그릇에 따라 부려서 모두 당대에서 인재를 취하고 다른 시대에서 인재를 빌리지 않았다. 어찌 은(殷)나라 고종처럼 부열을 꿈꾸기를 기다리고 주(周)나라 문왕처럼 강태공 여상을 만나기를 기다린 연후에 정사를 행하겠는가. 그리고 어느 시대인들 현자가 없겠는가. 다만 빠트리고 인재를 알아보지 못할까 근심할 뿐이다.〔前代明王使人如器, 皆取士於當時, 不借才於異代. 豈得待夢傅說, 逢呂尙, 然後爲政乎? 且何代無賢?

밝은 왕이 위에 있으면 인재들이 모두 그 조정에 서기를 원하고 등용되는 것을 즐거워하였으니, 신이 감히 인재를 널리 찾아서[181] 애타게 기다리시는 성념(聖念)에 답하지 않을 수 있겠습니까.

그러나 신은 본래 보고 듣는 것이 폭넓지 않고 아는 것이 평소 어두운 데다, 다년간 시골에 살며 만나는 사람이 거의 없고 만년에 정신까지 흐릿하여 헤아림이 있어도 바로 잊어버리니, 지금 여섯 등급의 수재에 대해 어찌 하루 잠깐 변별하여 긴급히 요구하심에 갖출 수 있겠습니까.

참으로 적절한 등용이 있다면 인재가 없는 것은 근심할 것이 없습니다. 국가를 경영하는 방법을 익힌 사람이나 학문과 행실에 뛰어난 인재를 반드시 조정에 등용하고, 기예와 산술에 밝은 현자를 초야에 버려두지 않는다면, 자연스레 재목에 따라 쓰는 성상 아래로 인재들이 남김없이 망라될 것이니, 실로 신이 천거를 빠르게 하느냐와 관계있는 것이 아닙니다.

주머니에 넣은 송곳이 통째로 삐져나오듯 재능이 뛰어난 인재를 보지 못하였고[182] 의복 주머니에 평소 등용할 만한 인재를 기록해둔 책자

但患遺而不知耳.〕"라고 대답하였다는 고사가 전한다. 또 명나라 때 진사 곽여하(霍與瑕)의 〈호 장숙공 유고 서(胡莊肅公遺稿序)〉에 "이런 말이 있다. 하늘이 한 시대의 인재를 내면 절로 한 시대의 쓰임이 되기에 충분하다고 하니, 이는 믿을 만한 말이다.〔語有之, 天生一代之才, 自足一代之用, 此信言也.〕"라는 내용이 보인다. 《貞觀政要 卷3 擇官》《明文海 卷238 胡莊肅公遺稿序》

181 널리 찾아서 : 저본에는 '전방(傳訪)'으로 되어 있으나, 문맥이 통하지 않아 통상의 예에 근거하여 '전(傳)'을 '박(博)'으로 바로잡아 번역하였다.

182 주머니에……못하였고 : 전국 시대 조(趙)나라 평원군(平原君)의 식객이었던 모

도 없으니,[183] 삼가 여러 대부의 뒤를 뒤늦게나마 따라서 소식을 들은
대로 이렇게 아뢰오니, 이 또한 삼가 성념을 받드는 뜻입니다. 병으로
쓰러져 혼몽하여 천거하는 단자가 따라서 지체되니 신하의 직분으로
헤아리건대 매우 황송합니다. 이에 감히 짧은 글로 스스로를 꾸짖어
지엄하신 성상을 번거롭게 하오니, 삼가 바라건대 자애로우신 성상께
서는 명을 태만히 한 신의 죄를 다스리시면 매우 다행이겠습니다.

수(毛遂)가 "나를 주머니 속에 있게 하였다면 송곳 전체가 다 삐져나왔을 것이요, 그
끝만 보일 뿐이 아니었을 것이다.〔使遂蚤得處囊中, 乃穎脫而出, 非特其末見而已.〕"라
고 하며 스스로를 추천했던 고사를 원용한 것이다. 여기에서 낭중지추(囊中之錐)라는
성어가 유래하였다. 《史記 卷76 平原君列傳》

183 의복……없으니 : 북송 태종(太宗) 때 재상을 역임한 여몽정(呂蒙正)이 평소 의
복 안쪽 주머니〔夾袋〕에 작은 책자를 넣고서 사방에서 사람들이 찾아오면 반드시 그들
에게 추천할 만한 인재를 물어본 뒤 적어두었다가 조정에서 현자를 구할 때 이들을
천거하였다는 고사를 원용한 것이다. 여몽정의 천거를 통해 등용된 인물로는 훗날 명재
상이 된 부필(富弼) 등이 있다. 또 남송의 정치가인 시사점(施師點) 역시 촉(蜀) 지방
으로 부임하여 인재를 수소문한 다음 손수 그 이름을 써서 의복 안쪽 주머니에 넣어두었
다가 관리를 임명할 때 이들을 등용하였다고 한다. 이들을 협대중인물(夾袋中人物)이
라 한다. 《史要聚選 卷3 相國》《宋史 卷385 施師點列傳》

일본과 서양에 항구를 여는 일에 대해 논하여 올리려고 한 차자[184]

擬論倭洋開港箚

신은 병으로 궁벽한 시골에 엎드려 있으면서 세상과 떨어져 잊고 살고 있습니다. 지난번에 동료인 재상이 청나라 사람 황준헌(黃遵憲)의 책자[185]를 싸서 보내주고, 겸하여 이에 대해 의론하며 언급한 일이 있었는데, 신은 그 당시 미처 자세히 알지 못하여 초솔하게 답하였습니다. 이제 일본인에게 인천(仁川)을 개항하는 일로 조야(朝野)의 논의가 분분하더니 끝내 이미 허락하였다고 하는데,[186] 이에 대해서는 신이 작년에 대략 한 말씀을 진달했습니다.[187] 그 당시 신은 대신들이

---

184 일본과……차자 : 기록이 남아 있지 않아 지은 시기가 자세하지 않다. 본문의 내용에 근거하면 저자가 67세인 1880년(고종17) 8월 이후, 동년 12월 이전에 지은 것으로 추정된다.

185 황준헌(黃遵憲)의 책자 : 수신사(修信使) 김홍집(金弘集)이 일본에서 가지고 온 청나라 사람 황준헌이 지은 《사의조선책략(私擬朝鮮策略)》을 가리킨다. 조선의 외교 방향에 대해 논의한 것으로, 러시아의 남침에 대한 방어책으로서 친중국(親中國)·결일본(結日本)·연미국(聯美國)의 방도를 제시하고, 더 나아가 영국·프랑스·독일·이탈리아 등 여러 나라와 조약을 체결해 문호를 개방할 것을 역설하였다. 황준헌은 당시 공서참찬(公署參贊)으로 일본에 머물고 있었는데 김홍집을 만나자 이 책을 증정했으며, 김홍집은 이를 가지고 와 고종에게 올렸다. 김홍집은 1880년(고종17) 3월 23일 일본국 수신사에 임명되어 동년 5월 28일 사폐(辭陛)하고 떠났다가 동년 8월 28일 사신의 임무를 마치고 돌아와 복명하였다.《高宗實錄 17年 3月 23日, 5月 28日, 8月 28日, 9月 8日》

186 일본인에게……하는데 : 병자수호조규는 312쪽 주162 참조.

한사코 고집했던 본래 의도를 알지 못하고 망령되이 스스로 논단하여 끝내 혹심한 꾸지람을 받았습니다.[188] 오히려 지금까지도 부끄러워 끊임없이 사죄하고 있으니, 신이 감히 더는 이러쿵저러쿵하지 못합니다.

미국에 개항을 허락하는 것으로 말씀드리면, 이는 바로 황준헌의 책자에서 언급한 일입니다. 연석에서 말을 주고받을 때 신 또한 들을 수 있었는데, 적이 도성에 닥친 것도 아니고 군대가 칼날을 부딪치지도 않았으니 단지 하나의 떠도는 삿된 부류의 설에만 의거하여 미리 가부를 결정하는 것은 반드시 옳지는 않을 듯합니다.

그리고 무진년(1868, 고종5)의 주문(奏聞)[189]은 엄하여 어길 수 없으

---

187 이에……진달했습니다 : 저자가 66세 때인 1879년(고종16) 6월 17일 영중추부사의 신분으로 올린 소를 이른다. 316쪽 〈인천을 개항하는 것은 시행하기를 허락해서는 안 된다고 한 소[仁川開港不可許施疏]〉 참조.

188 그……받았습니다 : 319쪽 주173 참조.

189 무진년의 주문(奏聞) : 1868년(고종5) 무진년 4월에 독일의 상인 대발(戴拔), 즉 오페르트(Oppert, Ernst Jacob)가 충청도 덕산군(德山郡) 가야산(伽倻山)에 있는 홍선대원군의 아버지 남연군(南延君) 이구(李球)의 묘를 도굴하려다 석회로 봉해진 무덤에 막혀 실패하는 사건이 발생하자, 동년 윤4월에 조선에서 중국 예부에 자문(咨文)을 보내 오페르트 사건의 전말을 보고하면서 "이제부터는 원한이 매우 깊어졌으니 결단코 이전처럼 잘 대우하고 용서해서는 안 된다는 뜻을 군신 상하가 이미 논의해 결정하였다."라고 한 것을 이른다. 오페르트는 이후 영종도(永宗島)에 상륙하여 약탈을 자행하다가 조선 수비대의 저항을 받고 중국으로 돌아가는데, 나중에 쓴 회고록《금단의 나라, 조선》에서 조선과 통상조약을 체결하고 은둔국인 조선을 세계에 알릴 목적으로 도굴하였다고 주장하였다. 이때 중국 예부에 보낸 자문을 평안도 관찰사 박규수(朴珪壽)가 작성하였는데, 당시 조선에서 인식한 이 사건의 본말이 두 편의 〈서양 선박의 정황에 대해 진술하는 자문[陳洋舶情形咨]〉에 자세히 보인다. 《瓛齋集 卷7 陳洋舶情形咨》

니, 바로 강화를 맺는 일은 자문(咨文)으로 청하는 것 또한 어렵습니다. 다만 안위(安危)의 형세를 가지고 논한다면, 멀리 만 리 떨어진 양인(洋人)을 믿고 지척에 있는 강국을 제어하고자 하는 것은, 어찌 서북쪽의 진(秦)나라 사람이 불이 나자 동남쪽의 월(越)나라에 호소하여 불을 끄려고 하는 것과 다르겠습니까. 나라를 부유하게 하는 방도는 우리가 씀씀이를 절도 있게 하는 데 달려 있으며, 외적의 힘을 빌려 부유하게 한다는 말은 듣지 못하였습니다. 군대를 강하게 하는 방책은 우리가 백성을 어루만지고 육성하는 데 달려 있으며, 외국과 사귀어서 강하게 한다는 말은 듣지 못하였습니다.

역사서를 살펴보면 외국의 오랑캐와 사귀고 화친하였다가 그 화를 당하지 않은 경우가 드뭅니다. 천진(天津)에 주차(駐箚)하던 이 총독 홍장(李總督鴻章)은 서양인을 막으려다 도리어 서양을 부지해주게 되었습니다.[190] 근래 하는 말에 "멀리 있는 나라는 사귀고 가까이 있는 나라는 공격한다.〔遠交而近攻.〕"[191]라고 하는데, 이것은 각각 그 형세

《김명호, 초기 한미관계의 재조명, 역사비평사, 2005》

190 천진(天津)에……되었습니다 : 청나라 말기 정치가인 이홍장(李鴻章)은 1870년(고종7) 8월 이후 25년 동안 직례총독 겸 북양대신(直隷總督兼北洋大臣)이 되어 중국 정계를 이끌었는데, 중체서용(中體西用)의 양무운동(洋務運動)을 전개하여 중국 전역에 모두 24개의 공장을 설립하였으며 천진(天津)에도 천진 기지국을 만들었다. 1879년(고종16) 봄에 일본이 유구국(琉球國, 류큐)을 일본 영토로 편입시키자, 이홍장은 저자에게 편지를 보내 일본을 견제하고 러시아 사람들이 엿보는 것을 방지하기 위해 영국·독일·프랑스·미국과 통상할 것을 권하였다. 《高宗實錄 16年 7月 9日》《嘉梧藁略 冊11 答肅毅伯書》

191 멀리……공격한다 : 전국 시대 위(魏)나라 사람 범수(范睢)가 진(秦)나라로 와서 소양왕(昭陽王)에게 유세하여 "왕께서는 멀리 있는 나라와 사귀고 가까이 있는 나라

를 따라 말한 것입니다. 그러나 강토를 지키는 자는 어찌 반드시 멀리 있는 나라를 사귀어서 가까이 있는 국경을 소란스럽게 할 필요가 있겠습니까. 오늘날을 위한 방도로는, 고요히 처하여 일어날 움직임을 관망하고 편안히 처하여 수고로워질 것에 대비해서[192] 변화에 대응하는 기미를 놓치지 않는 것보다 좋은 방책이 없으니, 이것이 본래 상대방을 굴복시켜 이기는 법입니다.

를 공격하는 것보다 좋은 방책이 없습니다. 한 치를 얻으면 한 치가 왕의 땅이 되고, 한 자를 얻으면 한 자가 왕의 땅이 됩니다.〔王不如遠交而近攻. 得寸則王之寸, 得尺亦王之尺也.〕"라고 했다는 고사가 있다. 《史記 卷79 范雎列傳》

192 편안히……대비해서 : 송(宋)나라 진사도(陳師道)의 〈의어시무거책(擬御試武擧策)〉에 "편안히 처하여 수고로워질 것에 대비하고 장구히 처하여 일어날 변화에 대비하면 낭비 없이 대비함이 있게 되니 좋은 방책이라 할 수 있습니다.〔逸以待勞, 久以待變, 亡費而有備, 可謂善矣.〕"라는 내용이 보인다. 《後山集 卷14》

신섭 등이 올린 소의 내용에 대해 올리는 소[193]

申㯳等疏句語對擧疏

삼가 아룁니다. 신이 삼가 유례없는 남다른 은혜를 입어 삼자함(三字
銜 봉조하)의 숙원을 이룰 수 있었으나, 병으로 궁벽한 시골에 엎드려
있어 아직도 사은하는 예를 행하지 못하고 있으니 밤낮으로 황송해
하며 성상을 그리는 심정을 금할 수 없습니다.

   방금 경기 유생 신섭(申㯳) 등이 올린 소를 베껴 전해준 것을 삼가
보니, 신의 이름이 그 안에 들어 있었습니다. 장황하게 말을 늘어놓으
면서 신이 이 총독 홍장(李總督鴻章)과 서신을 주고받은 일을 거론하
였습니다. 신이 늘 이 일에 대해 한번 진달하려는 생각을 익히 하지
않은 것은 아니나 토로할 만한 계제가 없었는데, 지금 다행히 단서로
인해 모두 말씀드리겠습니다.

   신이 연전에 연경(燕京)에 사신으로 갔을 때[194] 마침 이 사람과 왕래

193　신섭(申㯳)……소 : 저자가 68세 때인 1881년(고종18) 윤7월 8일 봉조하(奉朝
賀)의 신분으로 올린 소이다. 동년 윤7월 6일 경기 유생 신섭 등이 소를 올려 척사(斥邪)
를 주장했는데, 이 가운데 저자가 청나라 총독 이홍장(李鴻章)과 서신을 왕래하며 청나
라 사람 황준헌(黃遵憲)의 글이 우리나라의 실정에 맞는다고 주장하니 이는 국시(國
是)를 어지럽히는 것이라고 비판하자, 저자가 소를 올려 해명하고 피혐(避嫌)한 것이
다. 이에 대해 고종은 유생이 올리는 소라는 것이 모두 터무니없는데 굳이 이렇게까지
인혐하고 해명할 것이 있느냐며 소를 올린 주동자는 엄하게 징계하였다는 비답을 내렸
다. 동일자《승정원일기》에 상소와 고종의 비답이 실려 있다. 신섭의 소는《고종실록》
18년 윤7월 6일 기사에 그 대략이 보인다. '황준헌의 글'은 329쪽 주185 참조.

194　신이……때 : 저자가 62세 때인 1875년(고종12) 1월 7일 왕세자 책봉 주청정사

하였는데, 바로 중원의 수각로(首閣老)입니다. 혹 서로 도움이 되는 것이 있을까 하여 수년 동안 서신을 통하였는데, 홀연 기묘년(1879, 고종16) 가을에 책정(柵庭)에서 한 통의 서신이 도착하였습니다. 일본과 서양의 일을 상세히 말하였고, 심지어는 일본인에게 빌려주어 개항한 부근에서 미국인이 함께 장사할 것이라고까지 하였습니다. 신은 병으로 한 달을 넘기고서야 비로소 도성에 들어가 대신들과 함께 논의한 뒤, 매우 엄하게 답신을 보내 "서양의 학문은 우리 유교와 다르니 실로 백성의 본성과 어긋납니다."라고 하여 국법에 근거하여 거절하였습니다.[195] 후에 별자관(別咨官)[196]이 천진(天津)에서 돌아와 이홍장의

(王世子冊封奏請正使)에 임명되어 동년 7월에 사폐(辭陛)하고 연경에 갔다가 동년 12월에 귀국한 것을 이른다.

195 홀연……하였습니다 : 이와 관련하여 《고종실록》16년(1879) 7월 9일 기사 및 《가오고략》책11 〈숙살백에게 답하는 편지〔答肅毅伯書〕〉에, 이홍장이 7월 9일 보냈다고 하는 편지와 저자가 8월 그믐 즈음에 이홍장의 이 편지를 받고 답한 편지가 실려있다. '일본인에게 빌려주어' 운운은 "만일 일본이 은밀히 영국·프랑스·미국 등 여러나라와 결탁하여 개항의 이로움으로 유혹하거나, 아니면 혹 북쪽으로 러시아와 결탁하여 영토 확장의 계책으로 유인한다면, 귀국은 형세상 고립될 것이니 매우 큰 걱정입니다.〔萬一日本陰結英·法·美諸邦, 誘以開阜之利, 抑或北與俄羅斯句合, 導以拓土之謀, 則貴國勢成孤注, 隱憂方大.〕"라는 구절을 말하는 듯하다.

196 별자관(別咨官) : 중국 조정에 자문(咨文)을 가지고 가던 재자관(齎咨官)의 하나로, 정기적인 일이 아닌 특별한 일이 있어 자문을 올릴 때 파견되는 관리이다. 여기에서는 1880년(고종17) 7월 9일 군비(軍備)를 강구하는 일로 북경 예부(禮部)에 자문으로 요청한 뒤, 동년 9월 16일 역관(譯官)이었던 재자관 변원규(卞元圭)가 천진(天津)에 가서 기기국(機器局)·제조국(製造局)·군기소(軍機所) 및 서고(西沽)의 화기와 화약을 쌓아둔 각 창고들을 보고, 이어 22일 이홍장(李鴻章)을 회견하여 천진에 가서 무기 제조와 군사 훈련을 배우는 문제와 관련된 여러 조목과 무기 제조술과 군사 훈련을 배우는 장정(章程)을 상의한 일을 가리킨다. 《萬機要覽 財用編5 燕使》《高宗實錄 17年

일을 말하기에 잘되지 못한 것에 스스로 탄식하였고, 또 편지가 왔으나 신은 끝내 답하지 않았으니, 이런 일들은 이로부터 끝내 상관이 없게 되었습니다.

황준헌(黃遵憲)의 책자로 말씀드린다면, 김홍집(金弘集)이 일본에서 가져온 것입니다.[197] 애초에 김홍집은 신에게 책자를 보내오지 않았을 뿐 아니라 또 신을 만나러 온 일이 없습니다. 그러다가 돌고 돌아 서울 인편을 통해 볼 수 있었는데, 책자에서 말한 것은 바로 미국에 관한 일이었습니다.

무릇 우리나라는 서양의 여러 나라와 성기(聲氣)가 원래 통하지 않으며 천주교는 본래 삿되고 더럽습니다. 큰 바다를 사이에 두고 만리 밖에 있으니, 비록[198] 지척에 강적의 우환이 있다 하더라도 장차 의지하여 믿을 수 있겠습니까. 나라를 부유하게 하는 방도는 우리가 씀씀이를 절도 있게 하는 데 달려 있으며, 외국과 사귀어 부유하게 한다는 말은 듣지 못하였습니다. 군대를 강하게 하는 방책은 우리가 백성을 어루만지고 잘 방비하는 데 달려 있으며, 적의 힘을 빌려 강하게 한다는 말은 듣지 못하였습니다. 이것이 어찌 서북쪽의 진(秦)나라 사람이 불이 나자 동남쪽의 월(越)나라에 호소하여 불을 끄려고 하는 것과 다르겠습니까.

신의 어리석은 견해로도 이미 이홍장의 서신과 황준헌의 책자가 모

7月 9日》

197 황준헌(黃遵憲)의……것입니다 : 329쪽 주185 참조.

198 비록 : 저본에는 '유(維)'로 되어 있으나, 문맥이 통하지 않아 《승정원일기》 고종 18년(1881) 윤7월 8일 기사에 근거하여 '수(雖)'로 바로잡아 번역하였다.

두 부정한 방법으로 남을 속이는 것이어서 믿을 것이 못 된다는 것은 알고 있지만, 타국의 사람으로 함께 분석하기가 어려워 오랫동안 침묵하고 있었다는 것은 온 세상이 다 아는 것이니, 지금 이 소에 대해 어찌 이러쿵저러쿵 변명하여 일의 체면을 손상하겠습니까.

시골 유생이 저간의 사정을 알지 못하여 이런 뜻밖의 말을 하였지만, 신이 스스로를 보았을 때 신도 모르게 부끄러워집니다. 소가 이미 승정원에 도착하여 신의 이름이 드러났으니, 신이 어찌 감히 태연히 아무 일도 없는 것처럼 염치[199]의 중함을 생각하지 않을 수 있겠습니까. 다른 사람의 손을 빌려 소를 얽어서 현(縣)을 통해 호소하오니, 삼가 바라건대 성상께서는 신의 전후 사실을 살피시어 신의 신중하지 못한 죄를 다스려서 백관을 경계하소서.

---

199 염치 : 저본에는 '염방(廉方)'으로 되어 있으나, 《승정원일기》 고종 18년(1881) 윤7월 8일 기사에 근거하여 '방(方)'을 '방(防)'으로 바로잡아 번역하였다.

은혜를 받아 서용되고 돈유를 받은 뒤 올린 소[200]

恩敍敦諭後疏

삼가 아룁니다. 신이 용서받기 어려운 죄를 지었는데도 관대하게 용서받는 은전을 입어 탄핵하는 소가 그치자마자 조서가 곧 과분하게 내려오니, 모두 선배들에게 거의 없던 특별한 은총이었습니다. 그리하여 외람되이 대궐에 들어가 용안을 지척에서 뵙고 반열에 달려가 참여하여, 뭇 관료들을 따라서 국상(國喪)에 곡을 하며 사람들 속에 끼어 마치 아무 일도 없는 사람처럼 하였으니, 이것이 어찌 신이 그만둘 수 있는데도 그만두지 않는 것이겠습니까.

　아, 신은 밝은 세상의 일개 버려진 사람입니다. 나이 70이 다 되어

200　은혜를……소 : 저자가 69세 때인 1882년(고종19) 7월 3일 봉조하(奉朝賀)의 신분으로 올린 소이다. 저자는 유생들이 1881년 윤7월 6일 올린 흉패한 소를 징계하지 못하고 윤7월 8일 소를 올려서 자기 자신에 대한 변명만 늘어놓았다 하여 윤7월 14일 사헌부·사간원·홍문관의 탄핵을 받고 평안도 중화부(中和府)에 정배(定配)되었다가 윤7월 25일 경상도 거제부(巨濟府)로 이배(移配)되었으며, 동년 12월 11일 석방되었다. 이듬해인 1882년 6월 9일 임오군란(壬午軍亂)이 일어나 6월 10일 군병들이 대궐을 침입하고 왕후 민씨(閔氏, 훗날의 명성황후)가 달아나자 고종은 중전이 승하한 것으로 국상(國喪)을 발표하고 동년 6월 15일 저자를 서용하여 시책문 제술관(諡冊文製述官)에 임명하였다. 저자는 동년 7월 1일 사관을 통해 경기도 양주(楊州) 가오동(嘉梧洞)의 시골집에서 고종의 돈유(敦諭)를 받자, 7월 2일 주벌을 청하는 내용으로 부주(附奏)를 올리고, 7월 3일 또 이 소를 올린 것이다. 동일자《승정원일기》에 상소와 고종의 비답이 실려 있다. '유생들이 올린 소'는 333쪽 주193 참조.《高宗實錄 18年 閏7月 6日·8日·14日·25日, 12月 11日, 19年 6月 9日·10日·15日》《承政院日記 高宗 19年 7月 1日, 2日, 3日》

삼자함(三字銜 봉조하)을 이룰 수 있었고,[201] 신을 시골에 부쳐 살게 하시어 성상의 은택을 노래하게 되었으니, 분수에 이미 족하고 영광이 이미 지극합니다. 그런데 생각지도 않게 스스로 재앙을 만들어 죄가 무거웠는데도 처벌은 가벼워서, 유배지에서 반년을 살다가 하루아침에 용서를 받고 돌아와 예전처럼 유유자적 지내며 선영이 있는 곳에서 살고 있습니다.

신이 어떤 사람이기에 죄를 매개로 은총을 받는 것이 이렇게 지극한 데까지 이를 수 있단 말입니까. 신의 현재 상황을 돌아보면 죄를 지어 폐해지고서도 살아남아 더러움이 몸에 가득합니다. 어찌 감히 나라와 고락을 함께해야 하니 사사로운 정황은 말할 겨를이 없다고 말하며 더없이 엄한 궁궐에 의기양양 함부로 들어가겠습니까. 또 어찌 감히 나라와 환난을 함께해야 하니 다른 것은 돌아볼 겨를이 없다고 말하며 맑은 조정의 여러 현명한 이들의 대열에서 꾸물꾸물 움직여 죄 위에 죄를 더하는 결과를 생각하지 않겠습니까.

무릇 군주를 섬기는 절조는 반드시 충성을 다 바칠 것을 생각해야 하건만 신이 저버린 것이 이와 같고, 염치를 닦는 도는 반드시 스스로 의리에 편안할 것을 생각해야 하건만 신이 거꾸로 뒤집은 것이 또 이와 같습니다. 일월 같은 은혜가 비록 엎어놓은 동이 아래 같은 처지의 신에게 내려온다 해도 추상같은 처벌이 낙엽이 졌을 때 같은 처지의 신에게 내려오지 않으니, 그저 옛 잘못을 자책할 뿐 마음을 다 토로할 길이 없습니다.

---

201 나이……있었고 : 저자는 68세 때인 1881년(고종18) 12월 28일 치사봉조하(致仕奉朝賀)가 되었다. 《承政院日記》

신이 이와 같으니 살아도 죽느니만 못합니다. 별유(別諭)가 내려와 나아갈 수도 물러날 수도 없어 대략 문자를 엮어 현(縣)을 통해 호소하오니, 삼가 바라건대 성상께서는 굽어살피시어 아직 처벌하지 않은 신의 죄를 처벌하셔서 신하로서 부끄러움을 모르는 자들의 경계를 삼으소서.

전권대신으로 임명한 유지를 거두어줄 것을 청하는 차자[202]
請收全權諭旨箚

삼가 아룁니다. 신은 죄를 지은 신하로서 곡진히 보살펴주시는 성상의 은혜를 받아 남김없이 죄를 용서받고 삼자함(三字銜 봉조하)을 예전처럼 몸에 지니고서 도성에서 백리 떨어진 궁벽한 시골에 길이 칩거하고 있었습니다.

그러던 차에 삼가 일본 공사가 진퇴가 무상하다는 말을 듣고 근심되어 도성에 들어왔는데, 여러 대신이 성상의 교지를 꺼내 전해주었습니다. 국사를 위해 반복하신 말씀이 간곡하고 애절하였으며, 심지어는 봉조하가 함께 도와서 이루라는 명이 있었습니다. 그리고 몇 시각이 안 되어 홀연 신에게 전권대신의 직임을 맡겨 인천(仁川)에 가서 조약을 처리하도록 하시고, 뒤이어 또 사신이 성상의 유지(諭旨)를 전하여

---

202 전권대신(全權大臣)으로……차자 : 저자가 69세 때인 1882년(고종19) 7월 19일 봉조하(奉朝賀)의 신분으로 올린 차자이다. 동년 6월 9일 임오군란(壬午軍亂)이 발생하여 일본 공사관(公使館)이 피해를 입은 것에 대해 일본 공사가 배상과 처벌을 요구하자, 고종은 동년 7월 14일 저자를 전권대신에, 공조 참판 김홍집(金弘集)을 부관에 임명하여 협상하도록 하였다. 이에 저자는 전권대신으로서 부관 김홍집과 함께 동년 7월 17일 일본 변리 공사(辨理公使) 하나부사 요시모토[花房義質]와 조일 강화 조약(朝日講和條約) 및 조일 수교 조규(朝日修交條規)의 속약(續約)을 체결하였다. 이날 올린 저자의 차자에 대해, 고종은 전권대신으로 임명한 유지(諭旨)를 환수하겠다는 비답을 내렸다. 동일자 《승정원일기》에 차자와 고종의 비답이 실려 있다. 이때 일본과 체결한 조약의 내용은 동일자 《고종실록》에 자세하다. 《承政院日記 高宗 19年 7月 19日》《高宗實錄 19年 7月 14日, 17日》

신에게 길에 오를 것을 재촉하였습니다.

비록 일시적인 방편의 정사이기는 하나 본조에 처음 있는 호칭이었기에 당혹스럽고 두려운 것은 이미 말할 것도 없었지만, 그저 왕명에 응하는 것이 중하다는 것만 생각하고 정사에서 물러난 자가 간여해서는 안 된다는 것은 완전히 잊어버렸습니다. 밤새도록 바다를 건너가 연일 바람을 맞았으나, 일은 잘 처리하지 못하고 병만 이렇게 더 심해져서 복명도 하지 못하고 곧장 사저로 돌아왔습니다. 머물지 않고 흘러버린 세월에 부끄럽고 몸 바쳐 일하기 어려운 근력이 한스러울 뿐이니, 돌아와 침상에 누우면 더욱 죽을 때가 다 되었다는 생각이 듭니다.

아, 신의 몸이 다시 살아난 것은 참으로 전하께서 내려주신 은혜이니, 남은 세월 동안 끝까지 보전해주시기를 어찌 다시 전하께 바라지 않을 수 있겠습니까. 바라건대 전하께서는 속히 끝까지 보살펴주는 은택을 내려주시어 신을 전권대신으로 임명한 유지를 거두시고 직임을 제대로 수행하지 못한 죄를 다스리셔서 신이 병을 조리할 수 있게 해주시기를 땅에 엎드려 삼가 바랍니다.

그리고 신에게 내려주신 반록(半祿)[203]의 은전 및 주급(周急)과 월치(月致)[204]의 하사는 실로 시골에 있는 자가 감히 편안히 받을 수 있는

---

203 반록(半祿) : '절반의 녹봉'이란 뜻으로,《반계수록(磻溪隨錄)》卷20〈녹제고설(祿制攷說) 당록제(唐祿制)〉에 "여러 직사관으로 나이 70에 5품 이상으로 치사한 자는 각각 절반의 녹봉을 지급한다.〔諸職事官年七十五品以上致仕者, 各給半祿.〕"라는 내용이 보인다.

204 주급(周急)과 월치(月致) : '주급'은 다급한 처지에 있는 사람을 구휼해준다는 의미로,《논어》〈옹야(雍也)〉의 "군자는 곤궁한 사람을 도와주고 여유가 있는 사람을 더 도와주지는 않는다.〔君子周急, 不繼富.〕"라는 구절에서 유래하였다. '월치'는 벼슬에

것이 아닙니다. 전례를 끌어와 사랑으로 감싸주시는 성상께 호소하오니, 이것 또한 환수하여 성조(聖朝)에서 한 번 찡그리고 한 번 웃는 것도 아끼는 뜻205을 중히 하시고, 미천한 신의 작은 지조를 이룰 수 있게 해주신다면 매우 다행이겠습니다.

서 물러난 관원에게 매달 보내주는 물품을 이른다. 규정에 따르면 벼슬에서 물러난 대신에게 주급으로는 쌀 8석(石), 콩 3석, 팥 1석, 민어 10마리, 조기 15묶음, 소금 2석, 땔나무 200근, 숯 3석을 봄·가을과 세시(歲時)에 세 차례 실어 보내며, 월치로는 돼지고기 10근, 산 닭 5마리를 매달 지급한다. '급(急)'은 저본에는 '급(給)'으로 되어 있으나, 《육전조례》 및 다수의 용례에 근거하여 바로잡아 번역하였다. 주급(周給)은 '두루 나누어 주다'의 뜻이다. 《六典條例 戶典 戶曹 題給》

205 한 번 찡그리고……뜻 : 임금은 아무 이유 없이 함부로 상을 주어서는 안 된다는 말이다. 전국 시대 한 소후(韓昭侯)가 해진 바지를 잘 보관해 두라고 하며 "나는 들으니 현명한 군주는 한 번 찡그리고 한 번 웃는 것도 아낀다고 하였다. 찡그리는 데는 찡그릴 이유가 있고 웃는 데는 웃을 이유가 있다. 지금 저 해진 바지가 어찌 단지 찡그리고 웃는 것뿐이겠는가. 바지는 찡그리고 웃는 것과 현격한 차이가 있으니, 내 반드시 공이 있는 자를 기다리므로 보관하게 하고서 주지 않는 것이다.〔吾聞明主之愛一嚬一笑, 嚬有爲嚬, 而笑有爲笑. 今夫袴豈特嚬笑哉? 袴之與嚬笑, 相去遠矣. 吾必待有功者, 故藏之未有予也.〕"라고 한 고사에서 유래하였다. 《韓非子 內儲說上》

금보전문서사관의 직임을 사직하는 소[206]

辭金寶篆文書寫疏

삼가 아룁니다. 신이 방금 삼가 추상존호도감(追上尊號都監)의 보고를 보니 미천한 신의 이름이 외람되이 금보전문서사관(金寶篆文書寫官)의 직임에 들어 있었습니다.

다만 지금 드물게 있을 경사스러운 연회에 구곡(九曲)의 글자를 그리고 십붕(十朋)[207]의 손잡이를 새기는 것은 영광스러운 일에 참여하는 기쁨이 남보다 못하지 않습니다. 그러나 신의 노쇠하고 병약한 몸이 근래 넉 달 동안 중한 증세를 거치면서 한 가닥 실낱같은 목숨이 거의 끊어질 듯하여 아직도 자리를 보전하며 약물에 목숨을 맡기고 있습니다. 정신은 운무 속에 있는 듯 혼몽하여 법을 살피려 해도 방법

206 금보전문서사관(金寶篆文書寫官)의……소 : 저자가 69세 때인 1882년(고종19) 11월 27일 봉조하(奉朝賀)의 신분으로 올린 소이다. 1년 후인 1883년에 익종(翼宗, 효명세자)의 비인 대왕대비 신정왕후(神貞王后, 1808~1890) 조씨(趙氏)가 국모가 된지 50주년이 된다고 하여 존호를 가상(加上)하면서 익종에게도 존호를 추상(追上)하기로 하고, 동년 11월 21일 저자를 익종대왕 추상존호 금보전문서사관(翼宗大王追上尊號金寶篆文書寫官)에 임명하였다. 이에 저자가 병을 이유로 사직하는 소를 올리자, 고종은 병환이 염려되므로 사직을 허락한다는 비답을 내리고, 11월 27일 당일 저자를 체차하고 윤의선(尹宜善)을 금보전문서사관에 임명하였다. 동일자 《승정원일기》에 상소와 고종의 비답이 실려 있다. 《高宗實錄 19年 11月 21日, 27日》

207 십붕(十朋) : 두 마리의 거북이라는 뜻이다. 《주역》〈손괘(損卦) 육오(六五)〉에 '십붕지귀(十朋之龜)'라는 구절이 나오는데, 주희(朱熹)의 본의(本義)에 "두 마리의 거북을 '붕'이라 하니, 십붕의 거북은 큰 보물이다.〔兩龜爲朋, 十朋之龜, 大寶也.〕"라고 한 것에서 유래하였다.

이 없고, 팔의 힘은 저울추를 매단 듯 힘이 없어 붓을 옮기려 해도 방도가 없습니다.

이와 같은 현재 상황에서 더없이 중한 일을 맡아 공인(工人)을 독려하는 곳에 달려 나가는 것은 형편상 어찌할 도리가 없기에 황송함을 무릅쓰고 소를 초안하여 역마를 통해 급히 호소하오니, 삼가 바라건대 성상께서는 굽어살펴주시어 속히 명을 내려 변통하셔서 공사(公私)를 다행하게 하소서.

공복과 사복의 제도를 바꾸어 정하는 것에 대해 철회할 것을 청하는 소[208]

請寢公私服改定疏

삼가 아룁니다. 신은 장복(章服)[209]과 사복(私服)을 바꾸어 정하라는 명을 듣고부터 마음 가득 너무 놀라서 신도 모르게 벽을 돌며 방황하였습니다.

무릇 문물제도와 예의(禮儀)는 국가의 대절(大節)에 관계됩니다. 지난 선묘조(宣廟朝)에서 조관(朝官)의 복색을 논의할 때 논의하는

---

208 공복과……소 : 저자가 71세 때인 1884년(고종21) 6월 3일 봉조하(奉朝賀)의 신분으로 올린 소이다. 동년 윤5월 24일 고종은 전교를 내려 당상관이 관복으로 홍단령(紅團領) 입는 것을 금지하고 흑단령(黑團領)을 착용하도록 하였으며, 이튿날인 25일 또 전교를 내려 의복의 제도는 변통할 수 있는 것이 있고 변통할 수 없는 것이 있는데 사복은 변통할 수 있는 것이니 간편함을 따라 착수의(窄袖衣)와 전복(戰服)과 사대(絲帶)를 착용하는 것을 정식으로 삼도록 하고, 관복은 새로 만들되 옛것은 단지 착수의로 만들어 착용하도록 하였다. 이에 대신들을 비롯하여 사헌부·사간원·홍문관의 관원들이 소를 올려 극구 반대하였는데, 저자 역시 소를 올려 반대한 것이다. 이에 대해 고종은 지금은 변통하는 계책이 없어서는 안 되니 이해하라는 비답을 내렸다. 동일자《승정원일기》에 상소와 고종의 비답이 실려 있으며, 동일자《고종실록》에도 상소의 대략과 고종의 비답이 실려 있다.《承政院日記 高宗 21年 6月 3日》《高宗實錄 21年 閏5月 24日, 25日》

209 장복(章服) : 일월성신 등의 무늬가 있는 예복을 이른다. 천자의 경우 십이장복(十二章服)을 착용하여, 상의(上衣)에는 일(日)·월(月)·성신(星辰)·산(山)·용(龍)·화충(華蟲)의 여섯 가지 무늬를 그리고, 하상(下裳)에는 종이(宗彝)·조(藻)·화(火)·분미(粉米)·보(黼)·불(黻)의 여섯 가지 무늬를 수놓은 옷을 입었다. 이하 신분에 따라 9장·7장·5장·3장의 의복을 착용하였다.

자들이 모두 한결같이 중국의 제도를 따라서 홍색을 청색으로 바꾸는 것이 마땅하다고 하였으나, 신의 선조인 문충공(文忠公) 신 항복(恒福)은 헌의(獻議)하기를 "결코 홍색을 청색으로 바꾸어서는 안 됩니다."라고 하였습니다.[210] 헌묘조(憲廟朝)에서 철릭(貼裏)의 색을 바꾸어 정할 때 그 당시 재상 조인영(趙寅永)은 신의 선조의 헌의(獻議)를 인용하여 말하기를 "어찌 옛 재상이 이미 헌의한 것에서 벗어날 수 있겠습니까."라고 하였습니다.[211] 그 반복하여 진달한 것이 가볍고 경솔해서는 안 된다는 뜻이 있으니, 이를 통해 본다면 오늘날의 장복 또한 홍색을 흑색으로 바꾸어서는 안 됩니다.

사복을 넓은 소매에서 좁은 소매로 바꾸는 것에 대해 말씀드린다면, 참으로 간편히 하려는 뜻에서 나온 것입니다. 그러나 옛 법을 상고해보면 도포는 장갈(長褐)이었습니다. 주(周)나라 때부터 이미 그 제도가 있었는데 소매를 좁게 했다는 말은 듣지 못하였습니다. 고려 때의 신하 김부식(金富軾)이 말하기를 "송(宋)나라의 사신이 소매가 넓은 우리 옷을 보고 삼대(三代)의 옷이 이 나라에 있다고 감탄하였다."라고 하였으니,[212] 고려 때 이렇게 소매가 좁은 옷이 없었음을 알 수 있습니다.

<hr />

210 지난……하였습니다 : 영의정 이항복(李恒福)이 복색을 바꾸어 정하는 것에 대해 논한 것이 《선조실록》 34년(1601) 6월 8일 기사에 보인다.

211 헌묘조(憲廟朝)에서……하였습니다 : 영의정 조인영(趙寅永)이 복색을 바꾸어 정하는 것에 대해 논한 것이 《승정원일기》 헌종 8년(1842년) 9월 5일 기사에 보인다. '철릭(貼裏)'은 문무 관원이 먼 길을 갈 때 입던 옷으로, 소매가 넓고 상의(上衣)와 하상(下裳)이 연결되어 있으며, 허리에는 주름이 잡혀 있다. 오른쪽 소매에는 단추를 달아 붙였다 떼었다 할 수가 있어서 유사시에는 융복(戎服)으로 입을 수도 있었다.

212 김부식(金富軾)이……하였으니 : 김부식이 지은 《삼국사기》에 다음과 같은 일화

중의(中衣)²¹³의 제도는, 옛날에는 석전(釋奠)에 사용했는데 폐슬은 붉은색이었고 옷깃과 소매에 가선을 둘러 사용하였습니다. 지금은 비록 이 제도가 보이지 않으나 옛날에는 그러하였습니다. 도포와 중의는 모두 유자(儒者)의 예복이니, 이 의복이 없다면 무엇으로 위의를 형상하고 귀천을 표시하겠습니까.

"드리운 띠가 늘어져 있도다.〔垂帶悸兮.〕"²¹⁴라고 하고, "띠가 남음이 있다.〔帶則有餘.〕"²¹⁵라고 하였는데, 모두 경(經)과 전(傳)에 나옵니다. 관(冠)은 머리를 장엄하게 하는 것이고 신발은 발을 중하게 하는 것이며, 상의(上衣)와 하상(下裳)을 가지런히 하는 것은 조급함을 방지하기 위해서이니, 이것 또한 선유(先儒)의 말입니다.²¹⁶ 우리나라는

가 실려 있다. "송나라 사신 유규와 오식이 빙문 와서 관사에 머물고 있을 때였다. 연회에서 향장(鄉粧)을 한 기생을 보고 불러서 계단 위로 올라오게 한 뒤 기생이 입은 소매가 넓은 저고리와 채색 명주 끈으로 맨 띠와 폭이 넓은 치마를 가리키며 감탄하기를 '이것은 모두 하나라·은나라·주나라 태평 시대의 옷인데, 여전히 쓰이고 있을 줄은 몰랐다.'라고 하였다.〔宋使臣劉逵、吳拭來聘在館. 宴次見鄉粧倡女, 召來上階, 指闊袖衣、色絲帶、大裙, 嘆曰: 此皆三代之服, 不擬尚行.〕" 이 일화가 《임하필기》에도 고려 숙종 때의 일로 실려 있는데, 《고려사》에 따르면 고려 숙종 8년(1103) 6월 5일 임자일에 송나라에서 호부 시랑(戶部侍郎) 유규(劉逵)와 급사중(給事中) 오식(吳拭)이 사신으로 왔다고 한다. 《三國史記 卷33 雜志2 色服》《高麗史 卷12 世家 肅宗 8年 6月》《林下筆記 卷12 文獻指掌編 倡女》

213 중의(中衣) : 조복(朝服)이나 제복(祭服) 안에 입는 옷을 이른다.

214 드리운……있도다 : 《시경》〈위풍(衛風) 환란(芄蘭)〉에 "늘어져 있으며 쳐져 있으니, 드리운 띠가 늘어져 있도다.〔容兮遂兮, 垂帶悸兮.〕"라는 구절이 보인다.

215 띠가 남음이 있다 : 《시경》〈소아(小雅) 도인사(都人士)〉에 "띠를 드리우려 한 것이 아니라 띠가 남음이 있기 때문이다.〔匪伊垂之, 帶則有餘.〕"라는 구절이 보인다.

216 관(冠)은……말입니다 : 수(隋)나라 왕통(王通)의 《중설(中說)》〈주공편(周公

유술(儒術)을 숭상하고 도를 중히 여기는 것으로 나라를 세우는 법을 삼았습니다. 이 때문에 유자(儒者)의 옷이 서인(庶人)들과 매우 다른 것이니, 옛일을 끌어와 지금 일을 증명한다면 어찌 일찍이 유자의 옷을 바꾼 적이 있었습니까. 이것은 성현이 만든 것이기 때문입니다.

번거로움을 없애고 간편함으로 나아가는 것에 대해 말씀드리면, 성상의 뜻이 있음을 모르는 것은 아니나, 문관은 유복(儒服)을 입고 무관은 융의(戎衣)를 입는 것이 만전의 계책에 해롭지 않습니다. 혹여 불행한 일이 생긴다면 조정의 명령을 기다리지 않고도 절로 간편한 옷으로 이를 것이니, 어찌 굳이 미리부터 이런 조처를 강구해야 하겠습니까. 저마다 신분에 맞게 예전대로 입고 고치지 않느니만 못하니, 이것이 결국 대성인(大聖人)의 장구한 성덕(盛德)에 맞습니다.

신은 줄곧 병세가 위중하여 이름난 샘물을 찾아 마시기 위해 서울과 시골을 떠돈 지 벌써 이제 3년 되었습니다. 이미 큰 논의를 하는 말석에 참여할 수 없는데, 또 도성 가까운 곳에 나아가 엎드릴 수도 없어서, 고루하다는 것도 완전히 잊고서 다른 사람의 손을 빌려 소를 초안해서 역마를 통해 급히 호소하오니, 삼가 바라건대 성상께서는 심사숙고하시어 온 나라가 바라는 바를 따라주신다면 매우 다행이겠습니다.

篇)〉에 "관을 쓰는 것은 머리를 장엄하게 하기 위한 것이고, 신을 신는 것은 발을 중하게 하기 위한 것이고, 상의와 하상을 가지런히 하고 검과 패옥을 차서 쟁그랑 소리가 나게 하는 것은 모두 조급함을 방지하기 위한 것이다.〔爲冠所以莊其首也, 爲履所以重其足也, 衣裳襜如, 劍珮鏘如, 皆所以防其躁也.〕"라는 내용이 보인다.

여러 대신이 처벌을 받은 뒤 이들을 바로잡아 구제해주기를 청하고 이어서 함께 처분해주기를 청하는 소[217]

諸大臣被罪後匡救 仍請同勘疏

삼가 아룁니다. 신이 일전에 은혜로운 비답을 받들었는데,[218] 부월(斧鉞)과 질곡(桎梏)의 주벌을 내리지 않으시고 도리어 과분하게도 온화하게 일러주시는 하유를 내려주시니 황송하고 감격하여 궁벽한 시골에 엎드려 있었습니다.

　방금 삼가 들으니 여러 대신이 혹은 문외출송(門外黜送)되고 혹은 불서지전(不敍之典)을 시행하여 처벌을 받는 자가 이어지고 있다 하였

217　여러……소 : 저자가 71세 때인 1884년(고종21) 6월 13일 봉조하(奉朝賀)의 신분으로 올린 소이다. 동년 윤5월 24일 고종이 의복 제도를 변경하겠다는 전교를 내리자, 동년 6월 1일 영중추부사 홍순목(洪淳穆), 영의정 김병국(金炳國), 우의정 김병덕(金炳德)이 연명으로 차자를 올려 강경히 반대하였다. 고종이 경장(更張)을 그만둘 수 없다는 비답을 내렸는데도 대신들이 여전히 고집을 꺾지 않자, 고종은 6월 5일 홍순목과 김병덕에게 문외출송(門外黜送)의 법을 시행하라는 전교를 내리고, 6월 8일 김병국에게 불서지전(不敍之典)의 법을 시행하라는 전교를 내렸다가 6월 9일 불서지전 시행을 중지하라는 전교를 내렸다. 이에 저자가 홍순목과 김병덕을 용서해달라는 소를 올린 것이다. 고종은 두 대신에 대한 처분은 그만둘 수 있는데도 그만두지 않은 것이 아니니 양해하라는 비답을 내렸다. 동일자 《승정원일기》에 상소와 고종의 비답이 실려 있다. '문외출송'은 관작을 빼앗고 도성 밖으로 추방하던 형벌이다. '불서지전'은 서용하지 않는 법을 시행하라는 뜻으로, 역시 형벌의 하나이다. 의복 제도의 변경에 대해서는 345쪽 주208 참조.《承政院日記 高宗 21年 6月 9日, 13日》《高宗實錄 21年 6月 1日, 5日, 8日》

218　신이……받들었는데 : 345쪽 주208 참조.

습니다. 신이 만약 도성에 있었다면 처벌의 명을 기다릴 때 함께 참여할 수 있었을 것이고, 또 뵙기를 청하는 대열에도 뒤따라 들어갔을 것입니다. 그런데 편안히 시골에서 지낸 나머지 전에는 이런 뜻을 말씀드릴 수 없어서 그저 형식만 갖춘 꼴이 되었으니 신의 죄이고, 뒤에는 함께 해당 형률을 적용받을 수 없어서 세상의 요행스러운 사람이 되었으니 또한 신의 죄입니다. 신은 이에 마음 가득 두렵고 부끄러워 몸 둘 바를 모르겠습니다.

옛사람의 말에 인군은 아버지이고, 대신은 종자(宗子)이고, 대부와 사(士)는 중자(衆子)라고 하였습니다.[219] 중자 중에 벌을 내릴 때 하나라도 혹 빠트리면 그 답답한 심정이 과연 어떻겠습니까. 당일의 일은 신이 감히 알지 못하나, 여러 대신이 아뢴 것이 비록 번다하다 하더라도 어찌 털끝만큼이라도 나라에 해가 될 일을 이처럼 한사코 고집하며 주장하였겠습니까. 하늘처럼 크신 성상의 도량으로 포용하는 은택을 내리셔야 했건만, 일괄 물리쳐서 조금도 어렵게 여기지 않으시니 가만히 전하를 위하여 안타깝게 여깁니다.

돌아보면 지금 전하께서는 춘추가 한창 왕성한 때이니 요 임금이

---

219 옛사람의……하였습니다 : 남송의 학자 진덕수(眞德秀)가 강동 전운부사(江東轉運副使)에 임명되었을 때 영종(寧宗)에게 올린 차자 중에 "무릇 천하의 큰 뿌리는 한집안과 같습니다. 인군은 아버지이고, 대신은 종자이고, 대부와 사는 집의 여러 자제와 같으며, 미천한 서인에 이르러서도 또한 집안의 몸종과 같습니다. 부형이 잘못하면 자제가 간하고, 자제가 잘못하면 몸종이 말해주니, 한집안의 일에 고락을 실로 같이합니다.〔夫天下之大本同一家, 人主者父也, 大臣者宗子也, 大夫士者家之衆子弟也. 至於庶人之賤, 亦家之陪隷也. 父兄有過, 子弟爭之, 子弟有過, 陪隷言之, 蓋一家之事, 休戚實同.〕"라고 한 내용이 보인다. 《西山文集 卷4 對越甲藁 奏箚 除江東漕十一月二十二日朝辭奏事箚子1》

되고 순 임금이 되셔서 덕화(德化)가 퍼지는 것을 볼 수 있을 것입니다. 그런데 어찌하여 이런 큰 거조가 여기에까지 이르렀단 말입니까. 일식이나 월식처럼 허물을 고치면 사람들이 모두 우러러볼 것이니,[220] 둥근 물건을 굴리듯 간언을 쉬이 따르는 도량[221]을 베풀어주시기 바랍니다.

신은, 여러 대신을 조속한 시일 내에 불러서 돌아오도록 하여 조야(朝野)의 기대에 부응하고, 망령되이 말한 신의 죄를 다스려 백관을 경계하셔서, 나라의 체통을 중히 하고 사사로운 분수를 편하게 해주시리라 생각합니다.

---

220 일식이나……것이니 : 《논어》〈자장(子張)〉에 "군자의 허물은 일식·월식과 같아서 잘못이 있으면 사람들이 모두 볼 수 있고, 허물을 고쳤을 때는 사람들이 우러러본다.〔君子之過也, 如日月之食焉. 過也, 人皆見之, 更也, 人皆仰之.〕"라는 자공(子貢)의 말이 보인다.

221 둥근……도량 : 전한 때 매복(梅福)이 상서(上書)하여 "옛날에 한고조는 선한 말을 받아들일 때는 미치지 못할 것처럼 행여 놓칠까 두려워하였고, 간언을 받아들일 때는 둥근 물건을 굴리는 것처럼 순순히 쉬이 받아들였습니다.〔昔高祖納善若不及, 從諫若轉圜.〕"라고 한 것에서 유래하였다. 《前漢書 卷67 梅福列傳》

후사를 세우기 위하여 윤허를 청하는 소[222]

爲嗣子請命疏

삼가 아룁니다. 신은 타고난 명이 박하여 누차 상을 당해 아직도 제사를 맡길 만한 아들이 없는데,[223] 어느덧 80이 다 되어 죽음을 눈앞에 둔 나이가 되었습니다. 외롭고 쓸쓸하여 마음이 몹시 아픔을 이길 수 없어 12촌 아우 전 참판 이유승(李裕承)의 둘째 아들 이석영(李石榮)을 데려와 아들로 삼아서 사후의 일을 맡길 수 있게 되었으니, 이는 인륜의 대사입니다.

우리나라 사대부들 사이에 이미 행했던 예를 살펴보니 양자를 가려서 후사로 정한 것이 단지 옛날에만 많이 있었던 것이 아니었습니다. 선정신(先正臣) 이이(李珥)의 의(議)에 "남의 후사가 된 자는 마땅히 형제의 순서로 그 봉사손(奉祀孫)을 정해야 한다."라고 하였고, 또 송(宋)나라의 예를 인용하여 말하기를 "호안국(胡安國)은 친아들이 있었는데도 마침내 후사로 삼은 아들을 봉사손으로 삼았다."라고 하였습니다.[224] 신의 선조 문경공(文敬公) 신 세필(世弼)의 예론(禮論)에 이르

---

222 후사를……소 : 저자가 72세 때인 1885년(고종22) 1월 10일 봉조하(奉朝賀)의 신분으로 올린 소이다. 아들 이수영(李壽榮, 1857~1880)이 죽어 후사가 없었기 때문에 12촌 아우인 전 참판 이유승(李裕承)의 둘째 아들 이석영(李石榮, 1855~1934)을 후사로 삼을 수 있도록 청한 것이다. 동일자《승정원일기》와《고종실록》에 상소와 고종의 비답이 실려 있다.

223 신은……없는데 : 저자가 67세 때인 1880년(고종17)에 24세였던 아들 이수영의 상을 당하고, 2년 뒤인 1882년(고종19)에 68세였던 아내 동래 정씨(東萊鄭氏)의 상을 당한 것을 이른다.

기를 "아들이 일찍 죽어 다시 같은 항렬에서 양자를 들이는 경우 나이가 많은 아이를 형으로 삼고 종자(宗子)로 삼으며, 굳이 아들이 된 선후에 따라 전중(傳重)할 것이 없다."라고 하였습니다.[225] 당시 현인들이 서로 토론을 하고 이를 정론으로 꼽았습니다.

신이 이에 어찌 감히 처지를 다 토로하여 옛사람이 조정에 명을 청한 뜻을 본받지 않겠습니까. 쇠잔한 정신을 추슬러 도성에 나아와 엎드려서 천지 같고 부모 같은 성상 앞에 머리를 들고 슬피 호소하오니, 삼가

---

224 선정신(先正臣)……하였습니다 : 이이(李珥)의 문집인 《율곡전서》에 "아들이 없어서 아들을 두게 되었으니 부자간의 인륜이 이미 정해진 것이고, 그 아들이 도리어 자기를 낳은 부모를 백부모나 숙부모로 삼게 되었으니 친아들과 조금도 다름이 없다. 마땅히 형제의 순서로 봉사손을 정해야 할 것이다. 그러므로 송나라의 현인 호안국(胡安國)은 친아들이 있었는데도 마침내 후사로 들인 호인(胡寅)을 봉사손으로 삼았던 것이다. 부자간이 이미 이와 같다면 조손의 인륜 또한 정해질 것이다.〔無子而有子, 父子之倫已定, 反以所生父母爲伯叔父母, 則與親子無毫髮之殊, 當以兄弟之序定其奉祀. 故宋賢胡安國有親子, 而乃以繼後子寅奉祀. 父子旣如此, 則祖孫之倫亦定矣.〕"라는 내용이 보인다. 《栗谷全書 卷8 立後議2》

225 신의……하였습니다 : 이세필(李世弼, 1642~1718)은 저자의 6대 족조(族祖)로 예학에 조예가 깊었다. 이세필의 문집인 《구천유고》에, 김간(金榦)이 "양손이 죽은 손자보다 9세가 많으니 나이의 장유로 말하면 양손이 형이 되고 종손이 되어야 할 듯하나, 자식이 된 선후로 전중(傳重)한다면 죽은 손자가 형이 되고 종손이 되는 것이 의심할 여지가 없으니, 어찌하면 좋을지 모르겠습니다.〔養孫長於亡孫九歲, 以年之長幼言之, 則養孫似當爲兄爲宗, 以爲子先後歸重, 則亡孫之爲兄爲宗無疑, 未知如何?〕"라고 묻자, 이세필이 "이미 법을 관장하는 관사에 후사를 고하였고 나이가 또 9세가 많다면 굳이 아들이 된 선후에 따라 전중할 필요가 없습니다. 마땅히 양자를 형으로 삼고 종자로 삼는 것이 의심의 여지가 없을 듯합니다.〔旣告法司爲後, 年歲又長九歲, 則爲子先後, 不必歸重. 當以養子爲兄爲宗, 恐無疑.〕"라고 대답한 내용이 보인다. '전중(傳重)'은 종자의 지위를 전한다는 뜻이다. 《龜川遺稿 卷15 禮說 喪禮 爲人後禮 答金直卿》

바라건대 성상께서는 특별히 긍휼히 여기는 은택을 내려주시어 자식 없는 신으로 하여금 자식을 두어서 끊어진 대를 잇고 망한 집안을 보존 하게 해주시기를 간절히 바라 마지않습니다.

비답은 다음과 같다. "소를 보고 경의 간절한 마음을 잘 알았다. 후사 로 삼은 자식의 나이가 친자식보다 많다면 후사로 삼은 자식이 종자 가 되고 형이 되는 것은 실로 참작하고 변통해서 권도(權道)에 통하 는 의리에 부합한다. 선유(先儒)와 선정(先正)에게 이미 정론(定論) 이 있고, 더구나 경의 선대의 예설(禮說)이 분명한 증명이 될 수 있 음에랴. 마땅히 나이의 순서를 가지고 전중(傳重)하는 준칙으로 정 해야 할 것이니, 청한 바는 그대로 시행하겠다."

하례하는 대열에 참석하지 못하는 것에 대해 처분을 청하는 차자[226]

賀班未參 請勘箚

삼가 아룁니다. 새해를 맞이하여 우리 동조(東朝 신정왕후) 전하의 보령이 만 80세가 되셨으니, 길일을 가려 금으로 주조한 인장과 옥에 새긴 단서(丹書)를 친히 올리는 것은 성상의 효성이 더욱 빛나는 일이요 천고의 전에도 보기 드문 성대한 일입니다.

하례 의식을 하루 앞두고 절름발이와 앉은뱅이도 모두 일어나는데 신이 감히 시골집에 가만히 누워 있을 수 없어 들것에 실려서라도 도성에 들어가 대략이나마 함께 경하드리는 정성을 펴고자 하였습니다. 그러나 신의 노쇠로 인한 병의 상황은 일월처럼 밝은 성상께서도 이미 환히 아시는 것이며 반열에 있는 관원들 또한 알고 있습니다. 전에

---

226 하례하는……차자 : 저자가 74세 때인 1887년(고종24) 1월 12일 봉조하(奉朝賀)의 신분으로 올린 차자이다. 하루 뒤인 1월 13일 경복궁 근정전(勤政殿)에서 대왕대비 신정왕후(神貞王后, 1808~1890) 조씨(趙氏)가 80세 된 것을 경축하여 '홍경(洪慶)'이라는 존호를 가상(加上)하고, 옥책(玉冊)과 금보(金寶), 치사(致詞)와 전문(箋文)을 올리는 예를 행하는데, 저자는 노쇠로 인한 병 때문에 이날 참석하지 못한다고 미리 사죄하는 소를 올린 것이다. 이에 대해 고종은 안심하고 몸조리하라는 비답을 내렸다. 동일자《승정원일기》에 차자의 대략과 고종의 비답이 실려 있는데, 여기에서는 저자가 갑자기 감기에 걸려 나아갈 수 없게 되었다고 구체적인 이유를 말하고 있다. 신정왕후에 대한 존호는 1837년(헌종3)에 '효유(孝裕)'를 올린 것을 시작으로, '홍경'을 올리기 전까지 이후 '헌성 순화 문광 원성 숙렬 명수 협천 융목 수녕 희강 현정 휘안 흠륜(獻聖純化文光元成肅烈明粹協天隆穆壽寧禧康顯定徽安欽倫)'이라는 존호를 가상하였다. 《承政院日記 高宗 24年 1月 12日, 13日》

이미 새가 날개를 편 것처럼 빨리 걸어 나아가는 공경을 펴지 못하였는데[227] 지금은 산호(山呼)·재산호(再山呼)의 대열에 참여하지 못하게 되었습니다.[228] 신이 이와 같으니 장차 어디에 쓰겠습니까.

만약 두렵다고만 생각하여 사저에 가만히 엎드려 있으면 경하의 말씀을 바칠 수 없고, 만약 또 동료 재상을 통해 실정과 이유를 전달하게 한다면 황송하게도 당돌한 죄를 다시 범하게 될 것입니다. 이에 번거롭게 해드림을 피하지 않고 문자로 호소하오니, 삼가 바라건대 성상께서는 신의 노쇠로 인한 병약함을 헤아려주시고 신의 태만한 죄를 벌하소서. 비록 마땅히 참석해야 할 일이지만 신에게 그만두라고 해주셔서 조정의 체면에 해가 없도록 하시고 사사로운 분수를 편안하게 해주소서.

---

227 전에……못하였는데 : 고종의 명을 받고서도 나아가지 못했다는 말이다. 《논어》 〈향당(鄕黨)〉에 "군주가 불러 군주의 명을 전달하는 빈을 시키시면 낯빛을 변하고 발걸음을 조심하였으며……빨리 걸어 나아갈 때는 새가 날개를 편 듯하였다.〔君召使擯, 色勃如也, 足躩如也……趨進翼如也.〕"라는 내용이 보인다.

228 지금은……되었습니다 : 신정왕후(神貞王后)에게 존호를 가상하는 의식에 참여할 수 없게 되었다는 말이다. '산호(山呼)·재산호(再山呼)'는 나라의 중요한 의식에 통례(通禮)가 '산호'를 창(唱)하면 신하들이 두 손을 맞잡아 이마에 얹고 '천세(千歲)'를 외치고, 다시 통례가 '재산호'를 창하면 신하들이 '천천세(千千歲)'를 외치는 의식을 이른다.

옥책문 제술관을 사직하는 차자[229]

辭玉冊文製述官箚

삼가 아룁니다. 오늘날의 칭경례(稱慶禮)는 천지와 덕을 합하고 인륜의 차례가 모두 갖추어진 것입니다. 온 동토(東土)의 생명을 가진 무리가 모두 화육(化育) 속에서 발을 구르고 춤추며 기뻐하니, 이러한 때 차비(差備 임시 관원)의 대열에 참여할 수 있다면 누구인들 영광스러운 일에 참여하지 않겠습니까. 신의 이름이 외람되이 제술관의 직임에 들어 있으니, 어찌 감히 붓을 드는 말석에 용감하게 달려가서 작은 정성을 만에 하나라도 펴지 않겠습니까.

다만 신은 노쇠한 병으로 붓 잡는 일을 오래도록 방치하고 정신이 쇠잔하여 먹물 한 점도 찍지 못합니다. 지난날 섭렵했던 것을 지금은 모두 잊어버려서 자획은 선과 후를 구분하지 못하고, 음의(音義)는

---

229 옥책문……차자 : 기록이 남아 있지 않아 올린 날짜가 자세하지 않으나, 저자가 74세 때인 1887년(고종24) 11월 11일 이후, 75세 때인 1888년 1월 24일 이전에 봉조하의 신분으로 올린 것이다. 대왕대비 신정왕후(神貞王后, 1808~1890) 조씨(趙氏)가 81세 되는 것을 경축하기 위해 고종이 동년 11월 8일 가상존호도감(加上尊號都監)을 설치하도록 하고 존호를 '태운(泰運)'으로 정한 뒤, 동년 11월 11일 저자를 가상존호도감 대왕대비전 옥책문 제술관(加上尊號都監大王大妃殿玉冊文製述官)에 임명하자 이를 사직하는 차자를 올린 것이다. 《승정원일기》고종 25년(1888) 1월 24일 기사에 신정왕후에게 존호를 가상(加上)하고 옥책(玉冊)과 금보(金寶)를 올리는 의식을 거행한 기록이 있으며, 동년 1월 28일 기사에 옥책문 제술관 봉조하 이유원에게 내하 대표피(內下大豹皮) 1령(令)을 사급(賜給)하였다는 기록이 있다. 《承政院日記 高宗 24年 11月 8日·11日, 25年 1月 24日·28日》

상성(上聲)과 평성(平聲)을 완전히 잃었습니다. 사륙문(四六文)으로 말씀드리면 옛날 사마광(司馬光)도 익숙하지 않다는 것으로 자처하였으니,[230] 신과 같이 미련하고 엉성한 자가 어떻게 하늘을 본뜨고 해를 묘사해서 금보(金寶)를 주조하고 옥책(玉冊)을 새기는 일을 도울 수 있겠습니까.

이에 감히 외람됨과 설만함을 피하지 않고 천지 같고 부모 같은 성상 앞에 실정을 진달하오니, 삼가 바라건대 성상께서는 신의 병든 상황을 살피시어 속히 변통해주셔서 대사를 완전하게 하고 사사로운 분수를 편안하게 해주소서.

---

230 사륙문(四六文)으로……자처하였으니 : 《송사》에 다음과 같은 내용이 보인다. "신종이 즉위하여 한림학사로 발탁하자 사마광이 한사코 사양하였다. 신종이 묻기를 '옛날 군자 중에 어떤 사람은 학문은 뛰어났으나 문장이 뛰어나지 않았고, 어떤 사람은 문장은 뛰어났으나 학문이 뛰어나지 않았다. 오직 동중서와 양웅만이 이를 겸하였는데, 경은 문장과 학문이 모두 뛰어나다. 어찌하여 사양하는가?'라고 하자, 사마광이 대답하기를 '신은 사륙문을 잘 짓지 못합니다.'라고 하였다.〔神宗卽位, 擢爲翰林學士, 光力辭. 帝曰: 古之君子, 或學而不文, 或文而不學, 惟董仲舒·揚雄兼之. 卿有文學, 何辭爲? 對曰: 臣不能爲四六.〕"《宋史 卷336 司馬光列傳》

김재양이 소를 올린 뒤 이에 대해 올리려고 한 차자[231]

金在穰疏後擬箚

삼가 아룁니다. 신은 병으로 5년 동안 누워서 귀신과 이웃하며 일체 세상사를 귀에 들이지 않고 입에 가까이하지 않고서 혼몽하고 쇠약한 몸으로 오직 저승사자만 기다리고 있습니다.

풍문으로 들으니 저보(邸報)에 패려궂은 유생 김재양(金在穰)이 글을 올린 일이 실렸다고 하였습니다. 종이 한가득 횡설수설 조정을 비방하지 않은 것이 없다 하니 신도 모르게 간담이 서늘해졌는데, 신의 이름이 그 사이에 뒤섞여 들어가 있어 무단히 희롱하는 말이 두서가 전혀 없다 하니, 시신을 닦을 수건을 준비하고[232] 숨이 다할 날만 기다리는 중에 무슨 의론할 만한 비방과 명예가 있어서 장주(章奏) 사이에 이름이 오른단 말입니까.

---

231 김재양(金在穰)이⋯⋯차자 : 기록이 남아 있지 않아 작성한 날짜가 자세하지 않다. 김재양은 행력이 자세하지 않다. 《승정원일기》 고종 9년(1872) 3월 11일 기사에 황해도 평산(平山)에 거주하는 유학(幼學) 김재양이 훈신(勳臣)의 후예로서 잡역에 종사하는 것이 억울하다며 상언(上言)하였다는 기록이 보이고, 《고종실록》 22년 (1885) 12월 7일 기사에 유학 김재양이 여덟 가지 시폐(時弊)에 관해 소를 올렸다는 기록과 함께 소의 대략이 실려 있다.

232 시신을⋯⋯준비하고 : 초상 치를 준비를 하고 있다는 말이다. 《의례》〈사상례(士喪禮)〉에 "목건 1장과 욕건 2장을 모두 거친 갈포로 만들어 대바구니에 담는다.〔沐巾一, 浴巾二, 皆用絺於笲.〕"라는 내용이 보이는데, '목건(沐巾)'은 시신의 머리를 감기고 빗질한 뒤 머리와 얼굴의 물기를 닦는 수건이며, '욕건(浴巾)'은 시신의 상체와 하체의 땀과 때를 닦는 수건이다.

아, 신은 비록 변변치 않으나 묘당의 수반이며 향당의 기로(耆老)입니다. 보잘것없는 잡류가 감히 능멸하여 거리낌이 없으니 단지 공분을 막을 수 없을 뿐만이 아니며, 신의 정상이 이보다 더 창피할 수 없으니 마음에 부끄러워 마치 시장에서 회초리를 맞은 것 같습니다. 무슨 면목으로 반열을 두루 다니며 동료들을 대하여 태연하게 아무 일도 없는 것처럼 하겠습니까. 패려궂은 유생에게는 비록 이미 시행할 만한 죄가 없다 하나 수치심으로 인해 나오는 신의 땀은 걷힐 날이 없으니, 베개에 엎드려 소를 초안하여 현(縣)을 통해 호소합니다. 삼가 바라건대 성상께서는 굽어살펴주시어 먼저 신이 평소 몸가짐을 경계하지 못한 죄를 다스리시고, 갑작스러운 후일의 폐단을 엄히 막는 것을 결단코 그만두어서는 안 될 것입니다.

상을 사양하는 차자[233]

辭賞典箚

삼가 아룁니다. 올해는 우리 동조(東朝 신정왕후) 전하의 보령이 망구(望九 81세)가 되는 해입니다. 성상의 효성이 탁월하시어 금으로 주조하고 옥에 새겨서 친히 금보(金寶)와 옥책(玉冊)을 올리시고 근정전(勤政殿)에 납시어 하례를 받으시니 일이 천추에 빛납니다. 온 동토(東土)의 생명을 가진 무리가 누군들 기쁜 소리와 화합하는 기운 속에 발을 구르고 춤추며 기뻐하지 않겠습니까.

그런데 신의 이름이 외람되이 찬술하는 직임에 들어 있어서 구마(廏馬 사복시의 말)를 하사받는 은혜를 입었는데 경하드리는 마음이 어찌 남보다 못하겠으며, 이는 최고의 상이요 지극한 영광인데 어찌 감히 초솔하나마 옛사람의 사은하는 예를 흉내 내지 않을 수 있겠습니까. 그러나 한때 붓을 잡은 일에 지나지 않으니, 무슨 기록할 만한 노고가 있어 태연히 염치를 무릅쓰고 받아서 분수와 의리를 전혀 모르는 짓을 하겠습니까. 이에 황망히 짧은 글로 진달하여 심정과 이유를 토로하오니, 삼가 바라건대 성상께서는 속히 명을 내려 도로 거두셔서 법을 중히 하고 사사로운 분수를 편안하게 해주소서.

---

233 상을 사양하는 차자 : 기록이 남아 있지 않아 올린 날짜가 자세하지 않으나, 본문의 내용에 근거하면 저자가 75세 때인 1888년(고종25)에 올린 차자이다. 대왕대비 신정왕후(神貞王后)의 보령이 81세 되는 망구(望九)의 해를 맞이하여 동년 1월 24일 신정왕후에게 '태운(泰運)'이라는 존호를 가상하였는데, 저자는 옥책문 제술관으로서 동년 1월 28일 내하 대표피(內下大豹皮) 1령(令)을 하사받았다. 357쪽 주229 참조. 《承政院日記》

영의정이 체직된 뒤에 스스로를 인책하는 차자[234]

領相遞後自引箚

삼가 아룁니다. 신은 한 달 전 어가의 거둥 때 마침 서울 집에 있었기에[235] 감히 태연히 사저에 있을 수 없어 마을 입구에 빠른 걸음으로 나아가서 초솔하나마 어가의 행차를 바라보는 정성을 폈습니다. 그때 동료 재상이 신이 있는 곳을 지나갔는데, 후배 녹사(後陪錄事)가 뒤따라 가로질러 가자 신의 하인들이 그 하속을 좀 꾸짖기에 신이 곧

---

234 영의정이……차자 : 저자가 75세 때인 1888년(고종25) 4월 7일 봉조하(奉朝賀)의 신분으로 올린 차자이다. 동년 4월 5일 영의정 심순택(沈舜澤)이 소를 올려 사직을 청하자 고종은 마지못해 체차하였는데, 저자가 자신으로 인해 체차한 것이 아닌가 혐의하여 차자를 올린 것이다. 이에 대해 고종은 이런 작은 일을 가지고 이렇게 인책하니 마땅히 노성(老成)한 도량을 가져야 할 것이라는 비답을 내리고, 4월 7일 당일 심순택을 다시 영의정에 임명하였다. 동일자 《승정원일기》에 차자와 고종의 비답이 실려 있다. 《承政院日記 高宗 25年 4月 5日, 7日》

235 신은……있었기에 : 1888년(고종25) 3월 10일 고종은 왕세자(훗날의 순종)와 함께 영희전(永禧殿)에 나아가 작헌례(酌獻禮)를 행하고 저경궁(儲慶宮)에 나아가 전배(展拜)하기 위해 거둥하였는데, 한성부 남부 훈도방(薰陶坊)에 있는 영희전에 작헌례를 행한 뒤에 남부 회현방(會賢坊)에 있는 저경궁에 가기 위해 출발하여 훈도방 저동(苧洞) 병문(屛門)에 이르렀을 때 저자가 저동 입구 길가에서 고종을 맞이한 일을 이른다. 당시 저자의 서울 집 역시 훈도방 저동계(苧洞契)에 있었기 때문이다. '영희전'은 세조의 잠저(潛邸)로, 태조·세조·원종·숙종·영조·순조의 어진(御眞)을 모시고 제사 지내던 도성 내 진전(眞殿)이다. 1619년(광해군11)에 설치했던 남별전(南別殿)을 1690년(숙종16)에 고친 것이다. '저경궁'은 인조의 생부인 원종이 살던 곳으로, 소나무가 울창하여 송현궁(松峴宮)이라 했던 것을 영조 때 원종의 어머니 인빈(仁嬪) 김씨(선조의 후궁)의 신위를 새로 봉안하면서 고쳐 부른 것이다. 《承政院日記》

바로 그만두게 하였습니다. 본래 일은 이런 정도였을 뿐인데 지금 영의정이 올린 소에 이 일을 은미하게 언급하였으니, 신은 너무도 송구하고 부끄러워 몸 둘 바를 모르겠습니다.

무릇 조정의 체모가 매우 엄격한 것은 예로부터 그러하거니와, 신은 정신이 갈수록 혼몽하여 방 안에서 하는 일도 환히 살피지 못하는데 더구나 길 위의 지나가는 일이겠습니까. 모두 신이 한 가닥 목숨이 아직 남아 있어 자주 도성을 오갔기 때문입니다. 다른 사람의 손을 빌려 소를 초안하여 감히 스스로 탄핵하는 뜻을 바치오니, 삼가 바라건대 성상께서는 신을 헤아려주시고 신을 긍휼히 여겨주시어 신을 해당 형률로 다스려서 백관을 경계하소서.

지은이 **이유원(李裕元)**

1814년(순조14)~1888(고종25). 본관은 경주(慶州), 자는 경춘(景春), 호는 귤산(橘山)·묵농(默農), 시호는 충문(忠文)이다. 백사(白沙) 이항복(李恒福)의 9세손으로, 백사 이래 이태좌(李台佐)·이광좌(李光佐)·이종성(李宗城)·이경일(李敬一) 등의 재상을 배출한 명문가의 후손이다. 부친은 이조 판서를 지낸 이계조(李啓朝)이다. 1841년(헌종7) 문과에 급제하였고, 32세 때인 1845년(헌종11) 10월 동지사의 서장관으로 청나라에 다녀왔다. 이후 의주 부윤, 함경도 관찰사 등을 역임하였다. 고종 초에 좌의정에 올랐다가 1865년(고종2) 이후 한동안 정계에서 물러나 남양주 천마산(天摩山) 아래 가오곡(嘉梧谷)에서 지냈다. 1873년(고종10) 흥선대원군의 실각과 함께 영의정으로 정계에 복귀하였다. 1875년(고종12) 순종의 왕세자 책봉을 주청하기 위한 진주 겸 주청사로 다시 청나라에 다녀왔다. 1879년(고종16) 8월 말 이홍장으로부터 미국을 비롯한 서양 제국들과 통상조약을 체결하고 일본과 러시아를 견제해야 한다는 권유 편지를 받았으나, 미국과의 수교 권유는 거부했다. 1882년(고종19) 7월에 전권대신 자격으로 일본 공사 하나부사 요시모토(花房義質)와 제물포조약을 체결하였다.

이유원은 정치가일 뿐만 아니라 자하(紫霞) 신위(申緯)에게 시를 배운 당대의 시인이었다. 특히 조선의 악부시(樂府詩)에 많은 관심을 가졌고 이를 창작으로 드러내었다. 또 추사(秋史) 김정희(金正喜)와 예서(隸書)를 논한 서예가이며, 금석 서화와 원예·골동은 물론 국고 전장에 상당한 식견을 보여준 19세기의 비중 있는 학자이자 예술가의 한 사람이기도 하다. 나아가 연행과 이후 서신을 통해 섭지선(葉志詵) 등 당대 중국의 지식인들과 교유하며 청대의 학풍까지 두루 섭렵하였다. 이러한 학문적·예술적 성과가 그의 저술 《임하필기(林下筆記)》·《가오고략(嘉梧藁略)》·《귤산문고(橘山文稿)》에 담겨 있다. 또 국가경영에 관계된 저술로 《체론유편(體論類編)》과 《국조모훈(國朝謨訓)》이 있으며, 아울러 《경주이씨금석록(慶州李氏金石錄)》과 《경주이씨파보(慶州李氏派譜)》 등도 편찬하였다.

옮긴이 **이상아(李霜芽)**

1967년 전북 정읍에서 태어났다. 공주사범대학 중국어교육과, 성균관대학교 한문고전번역협동과정 석사와 박사과정을 졸업하였다. 민족문화추진회 부설 국역연수원 연수부 및 상임연구부에서 한문을 수학하였다. 한국고전번역원 번역전문위원을 거쳐 현재 성균관대학교 대동문화연구원에 재직하고 있다. 번역서로 《무명자집 7, 8, 15, 16》, 《삼산재집 1, 2, 3, 4, 5》, 《국역 기언 1》(공역), 《교감학개론》(공역), 《주석학개론 1, 2》(공역), 《사고전서 이해의 첫걸음》(공역), 《대학연의 1, 2, 3, 4, 5》(공역), 《국역 의례(상례편)》(공역), 《국역 의례(제례편)》(공역), 《국역 의례(관례혼례편)》(공역), 《예기정의 1, 2》(공역), 《예기집설대전 3, 4》(공역), 《오서오경독본 예기 상, 중, 하》(공역) 등이 있다.

권역별거점연구소협동번역사업 연구진

연구책임자　이영호(성균관대학교 HK 교수)
공동연구원　안대회(성균관대학교 한문학과 교수)
책임연구원　이상아
　　　　　　이성민
　　　　　　이승현
　　　　　　서한석
　　　　　　김내일
　　　　　　임영걸

가오고략 4

이유원 지음 | 이상아 옮김
2023년 12월 31일 초판 1쇄 발행
편집·발행 성균관대학교 출판부 | 등록 1975. 5. 21. 제1975-9호
주소 (03063) 서울시 종로구 성균관로 25-2
전화 760-1253~4 | 팩스 762-7452 | 홈페이지 press.skku.edu
조판 김은하 | 인쇄 및 제본 영신사
ⓒ 한국고전번역원·성균관대학교 대동문화연구원, 2023
Institute for the Translation of Korean Classics · Daedong Institute for Korean Studies

값 25,000원
ISBN 979-11-5550-618-9　94810
　　　979-11-5550-568-7 (세트)